揭开敦煌千年的神秘面纱

DUNHUANG PASSWORD
敦煌密码

第二卷

古藏经洞

飞天◉作品

九州出版社
JIUZHOUPRESS

图书在版编目(CIP)数据

古藏经洞 / 飞天著. — 北京：九州出版社，2010.11
（敦煌密码）
ISBN 978-7-5108-0694-0

Ⅰ. ①古… Ⅱ. ①飞… Ⅲ. ①长篇小说－中国－当代 Ⅳ. ①I247.5

中国版本图书馆CIP数据核字(2010)第198052号

古藏经洞

作　　者　飞　天　著
出版发行　九州出版社
出 版 人　徐尚定
地　　址　北京市西城区阜外大街甲35号（100037）
发行电话　（010）68992190/2/3/5/6
网　　址　www.jiuzhoupress.com
电子邮箱　jiuzhou@jiuzhoupress.com
印　　刷　三河市祥达印装厂
开　　本　710毫米×1000毫米　16开
印　　张　17
字　　数　280千字
版　　次　2010年11月第1版
印　　次　2010年11月第1次印刷
书　　号　ISBN 978-7-5108-0694-0
定　　价　28.00元

揭开敦煌千年的神秘面纱

DUNHUANG PASSWORD

敦煌密码

第二卷

古藏经洞

第一部　地底诡变

第二部　古藏经洞

敦煌密码

卷②

古藏经洞

第一部　地底诡变

〔壹〕

石门原在镜中

事发突然，门里门外的人全都愣住了。

彼时，空气中充满了浓烈的血腥气，将暗夜也渲染得越发狰狞了。

我第一个回过神来，纵身跃上房顶。白光早就消失，无法追踪去向。事实上，四面房顶上暗藏的那些人也看到了白光，大部分都忘记了自己的伏击任务，撑起身子，面面相觑。

“喂，杨进！”白雪矫捷的身影出现，几个起落便到了我身边。

作为燕盟十二君子的首脑，她绝对是经过大风大浪的，一边奔跑跳跃，一边连连吹出高低不一的口哨声。随即，暗藏者中间立刻出现了一阵互相攻击的骚动。

“不要杀人了，无益。”我无法多说什么，只是好言相劝。

宝藏没现身，已经有睡佛那样的大人物以身献祭，这不得不说是一件惊心动魄的事。可能睡佛临死都不能接受这种突变吧——“老屋附近竟匿伏着像白光一样的绝世高手？”

“没有杀人，我要他们清剿隼机关的敌人，只缴械驱走，绝不滥杀。下面呢，是什么情况？”白雪的脸冷得像一块冰，不停地抬起头巡视四面。最终，等到四下里的黑影重新伏低，不再发出一点噪声时，她便孤傲而落寞地笑了。

自古无敌最寂寞，白雪、花错摆下“天方夜谭之杀”的战阵，准备与睡佛做石破天惊一战，但那来无影去无踪的白光一出现就将睡佛绞杀为肉屑，完全省掉了彻夜鏖战的过程，一定会让她们与四大高手茫然若失。

江湖永远有浪，而且暗流中到处充满不可知的危险，唯有踏浪之上、遨游万里的人才能决定自己的命运。江湖上都知道，屈居新加坡弹丸一隅的燕盟是不可能永久甘心寂寞的，梁夫人看似宁静致远、淡泊名利，实则是在暗中蓄力，等待石破天惊的复出。

我突然有些倦意，慢慢在瓦垄上坐下，凝视着东面的天空。

“如果不是为了大哥，我是永远不会踏足大陆西北的，这里的人已经被宝藏冲昏了头脑，就像几百年前那些异国的寻宝者一样，眼中只见宝藏的金光，却将自己的生命浑然置之度外。还有什么比生命更宝贵的呢？失去生命，枯骨随尘沙同朽，还有机会追悔吗？”我忽然很想大声发笑，因为最初嚣张狂妄的睡佛以为局面完全在自己掌控之下，瞬息之间尸骨无存，好局顿失，这岂非正是一场荒诞可笑的舞台剧？

院子东墙根下那棵百年古槐的枯枝残叶在夜风中簌簌抖着，仿佛一个垂暮的巨人，无力对抗时间的洪流。

上次我曾注意到，古树的枝干沿着南北方向分为半荣半枯的两部分，东侧向阳的那一半已经枯萎干裂，西侧背阴的这一半却依旧致密茁壮。明年春来之时，一定会抽枝散叶，重新焕发勃勃生机。

“想什么呢？”白雪对我的沉默有些不耐。

“半荣半枯之禅……”我低声自语。

“荣枯禅”是佛教僧人静修的极高境界，修行方法源于印度，传到中国之后发扬光大，如今修禅者遍及全世界，因各国民俗风情不同，修炼形式各有三千法门。所谓枯禅，枯者，古木也，枯木逢春，静待其繁荣之时。枯向荣，荣向枯，都是向前，九转九还，荣枯之间，来去转圜，道在其中。所以，佛偈有云：未惯逍遥轻此身，荣枯禅乐定如真。此生已向青灯老，何用菩提说纷纭？

从古树身上，令我想到人生的顺逆转换、江湖的风水流变，心里立刻升起了诸多感慨。

踌躇满志的睡佛突遭齑粉之厄，正是由“正荣”向“死枯”骤变的过程。他的死，或许能给云集敦煌的各路江湖好手以当头棒喝般的警示。

关于“荣枯禅”，很多哲学家与佛界高僧都曾指出：“枯木逢春，以待来年。人有十二经脉，合十二时辰，应二十四个节气。人在谨守苦禅之中，如果能够顺时应节、合和四相、调匀五行、九转九还、自然而然、没有一丝一毫的刻意作为念想，则一旦遇时至，生三花聚顶，会五气朝元，万孔生春，遍体生香。何解？盖因枯能向荣，以无能致有，器用者空也。”

以上所说通俗概括起来就是一句话——“荣枯禅，能通寿，可百年不死”。古树如人，在这种半荣半枯状态下，其生命力越发强劲，抗得住岁月风沙的摧折。

“什么？”白雪微笑起来，轻轻捻动自己的发梢，慢慢地吸了一口气，摇了摇头，“杨进，你这个人真是让我看不透呢。看，我们已经控制了局面，为什么看不见你脸上有一丁点儿的喜色？”

夜色之中，她的笑与艳幻化成最美丽的风景，完全掩盖了下面铺天盖地的血腥气。

“没人能掌控局面，由宝藏引发的杀戮齿轮一经转动，没有人能令它中途停下，直至走完这一轮回。白雪，劝劝梁夫人，停手吧，燕盟并非隼机关的对手。我必须告诉你，隼机关好比巨锤，燕盟只不过是砧板上的核桃，覆巢之下，绝无完卵。”我非常认真地告诉她。

西北敦煌的形势恰如那棵古树，活百年不易，一朝斧凿加身，几小时内就会结束生命，烟消云散。古城中的平民百姓渴望的是宁静平安的生活，太多江湖杀戮展开后，必会殃及无辜。

白雪淡淡地一笑：“杨进，有些事，不做，怎么知道能不能做？怎么知道做不做得？人在江湖，如同逆水行舟，不进则退。如果人人都像你一样淡薄懒散，社会就不要发展进步了。看，你那么年轻，怎么说起话来像个老头子一样瞻前顾后的？”

她举起手来，迎着灯光看着自己的手指。

我皱了皱眉，并没有反驳，因为雷动天说过同样的话。

“其实，梁夫人非常看好你呀！”白雪笑吟吟地向着指尖轻吹了一口气，“看，洗干净手指，谁会知道上面曾沾满江湖人的鲜血。杨进，燕盟的计划一经制定，就会坚定不移地执行下去，梁夫人虽然是一个女人，但她的雄心和铁腕，远胜过很多男人。”

我点点头，沉吟了一下，才轻轻回应：“的确如此。”

之前，雷动天就很欣赏、倾慕梁夫人，每年梁夫人生日，他都会亲自挑选厚礼飞抵新加坡祝贺。人前人后，他每次提及梁夫人，都会不吝赞赏溢美之词。不过，一次私宴酒醉后，他曾吐露真言：“像她那样的女子，只该被供养起来，装饰得光鲜亮丽，粉漆得焕然一新，端坐在高位，供很多男人女人们观瞻学习。要找妻子、情人，绝不能找她那样的，看看港岛上下，大把大把年轻靓丽、清纯可人的女孩子随便挑、随便选，其中任何一个都比梁夫人更称我老雷的心。换句大实话，梁夫人是女人的榜样，男人要的可不是榜样，而是——哈哈哈哈……”

江湖是不属于女人的，身在江湖的女人往往长得再漂亮也会令人敬而远之，就像白雪。

我默默地笑了，只因为白雪亦用到“控制局面”四字。

几分钟后，花错站在院子里向白雪报告：“两个孩子都被软禁起来，密室里的人也被控制。现在，要不要暴力破解那扇石门，看看后面有什么？”

睡佛的死并没有让花错喜形于色，相反，她的声音嘶哑低沉，情绪一下子消沉下去。

“杨进，你的意思呢？”白雪俯身问。

我摇摇头，不想开口。石门和月刀日盾透着玄机，用炸药暴力破解的话，也许会有意想不到的祸患，就像睡佛之死那样不可捉摸。

“杨进，你怎么了？”白雪轻轻跺了跺脚。

“石梦呢？是否也被你控制住了？”我淡淡地反问。

白雪点头：“当然，燕盟做事，从不遗漏细节。石梦迫切想要知道多吉占堆大师脑子里的秘密，已经侵犯了燕盟的利益。我这么做，也是迫不得已，但她现在非常安全，不会受到一点点伤害。”

“我要见石梦，现在。”我向花错招了招手。

花错为难地赔笑：“杨先生，这个……这个……”

白雪挥挥手：“好，按杨先生说的做。他是咱们的盟友，以后无论有多困难，都要满足杨先生的要求。”

花错打了声呼哨，十几秒钟内，便有人带着石梦进来。

我跃下去，向石梦简略介绍了密室里的情况，顾不上她满脸的疲惫。

“毒蜘蛛护法、掀天动地密室机关结构、空无一物的石室这三点，都符合伏藏师的栖居特点。那扇石门是关键，只能软解，不能暴力硬来。否则，连伏藏师都死了，还有谁能传达历经岁月时间考验的‘伏藏’？现在，我们同多吉占堆大师一起下去，再看看那扇门！”石梦没有多说废话，更不理会侧面站着的白雪和花错，大步走向屋里。

对于她的话，我深以为然。破解伏藏不是掘墓挖宝，因为所谓的“伏藏”是有着玄妙生命力的，只会留给有缘者。

接下来，我再次听到了多吉占堆的声音："在拉卜楞寺的那夜，我施展全部意念力，耗时三炷香，终于收敛、拾摄、镇住了石布先生思想中波涛起伏、汹涌无定的心魔。藏传佛教的信徒都知道，莲花生大士心咒是无所不能的。'嗡阿吽班杂咕汝叭嘛斯地吽'这十二个字母带着佛陀说法十二部（八万四千法门的精华）的整个加持，所以念金刚上师咒就等于念颂或修持佛陀全部教法的加持。十二部教法是解药，可以令被心魔所困者从'十二因缘'解脱出来，而使得我们轮回六道无限运转的正是这十二因缘，即无明、行、识、名色、六入、触、受、爱、取、有、生、老死。十二因缘是轮回的机制，让轮回不断进行。透过念金刚上师咒的十二个字母，十二因缘就被净化，你就可以完全驱除和净化烦恼，从轮回中获得解脱……"

"但，我哥哥还是死了，用死亡这种亘古不变的方式令自己彻底解脱。谢谢大师赐予他的莲花生大士心咒，但现在已经什么都不重要了。"石梦不卑不亢地截断他的话。燕盟的挟持囚禁，并没磨损她的斗志，她的步调依然沉着，章法丝毫不乱。

石梦、多吉占堆并排向前走，白雪故意放慢脚步，靠近我身边。

"我总觉得，石梦知道太多事，却不肯大大方方地公开。杨进，你可以找机会旁敲侧击地问问她，她姓石，石达开也姓石，这两者之间会不会有什么必然的联系？"白雪沉吟着问。她最大的优点是敢于怀疑一切，从不放过任何微不足道的细节。

这次，我被白雪的话引得微笑起来，如果石布、石梦是石达开的某一代后人的话，他们挖掘翼王宝藏就属于合理继承、正大光明的了。

"你笑起来还是很好看的。"白雪莫名其妙地加了这么一句。

"她是不会说的，我看得出，她是那种对真正的秘密始终守口如瓶的人。今晚你是最大的赢家，她说什么不说什么还有分别吗？"我摇头拒绝了白雪的建议。

眼下，花错正命人清理战场，避免惊动附近的居民。白光的出现，令隼机关睡佛的大好局面化为乌有，反而成全了燕盟，果真是不幸中的万幸。

"石小姐，请恕我直言，你的思想似乎也被一种邪恶的力量影响，很快就要陷入与石布相同的困境中去。握着这个'六字真言莲花鱼'吧，希冀借着活佛的力量能助你渡过心灵中的大劫难关。"多吉占堆从袖子里取出一枚小小的藏银鱼挂件，仅有半寸长，鱼身分为五节，嘴眼鳞尾，无不栩栩如生。鱼嘴上系着一条黑色的牛皮绳，在灯下泛着幽幽的油光。

我的心忽地一跳，多吉占堆是位藏传佛教得道高僧，不是信口胡说的人。他说这些话，一定是预感到了什么。

石梦接过藏银鱼，撑开牛皮绳，慢慢地挂在脖子上，回头向着我，张了张嘴，欲言又止。

我忍不住急促地叫了声："石小姐，你感觉到了什么？"

石布坠楼前，曾有过种种匪夷所思的诡谲举动，吃一堑长一智，我不想再有同样的惨剧在自己的眼前发生。

白雪"哧"地一笑："喂喂，当着这么多人眉来眼去的，羞不羞？"

石梦脸红了，摇头微笑，又向密室入口指了指，随后与多吉占堆一起进了侧房密室。

我的脑子里忽然灵光一闪，低声问白雪："那藏族少年班措和程霓裳呢？把他们送来，一起下去。另外，要你的人小心戒备，谨防黑星帮和刀子帮的人闯入。"

白雪一笑："他们的人早就到了，像是跑来抢骨头吃的豺狗一样。不过，都被花错的手下一网打尽了，等大事了结，再放他们走。"

很快，程霓裳和班措牵着手站在我面前，笑吟吟地看着我。

"问他，密室最下面有什么？怎样才能开启石门？"我吩咐程霓裳。

班措不必程霓裳转译，立即用汉语回答："我不知道，我只是一面旗子。风来，随风转；雪来，随雪飘。"

程霓裳随即补充："杨叔叔，要想知道伏藏的秘密，就要去请教掘藏师。你已经听到班措的话了，他在这里的用处仅仅是一面信号旗而已，只是要让掘藏师准确地捕捉到伏藏师匿伏的位置，除此之外，再没有第二个用处。"

白雪突然一声冷笑："那么，你们此刻一起结出来的手印呢？又是什么用意？'三世明王阿陀罗印'，那个手印的意思，是要用'天眼通、天耳通、天心通'的方式告诫自己的同伴对吧？"

密宗之手印极多，通常以十二合掌及四种拳为基本印。此时程霓裳与班措的手同时使出第六持水合掌，即梵文的"阿陀罗印"：并两掌而仰，指头相抵，稍屈合之，如掬水状。梵文经典中曾提及，此种手印，是修持"天心通"之人长期修炼的必备姿势。

班措脸上的笑意一下子隐去了，他摇摇头，一字一句地回答：“你错了，我是在用‘天心通’寻找伏藏师的下落，而不是通知他。现在，我们马上就去那密室，一直到完成掘藏大事为止。实话告诉你吧，伏藏师的活力已经降至最低了，继续拖延下去，只会导致掘藏失败，历史上早就有过相同的例子。”

他那张脏兮兮的脸上蓦地显现出睿智孤傲的表情，高昂着头，跟在石梦和多吉占堆身后进入密室。

程霓裳毫不迟疑地跟上去，对我和白雪不闻不问。

白雪耸耸肩膀，好脾气地苦笑着：“呵呵，怎么办？继续等下去？”

我凝视着程霓裳的背影，想象着她翩翩起舞时的样子，稍稍梳理了一下思路，才做了一个顺水推舟式的决定：“下去，静观其变。不过白小姐，你得保证眼前这群人的绝对安全，千万别自作聪明地下套算计。否则，我们的朋友就做到头了。”

燕盟胃口很大，我提前预警，就是要白雪知难而退，别走到大家刀兵相见的地步。

我和白雪并肩踏上了通向密室的阶梯，她主动靠过来，挽住了我的右臂，淡淡的“毒药”香水味轻轻盈盈地钻进我的鼻孔里。在这种深入地底的过程中，幽暗逼仄的环境很容易令人忘记身在何处，浑然忘了头顶即是名为“敦煌”的西北边塞小城。其实，全球任何一个人工建筑藏宝地都是极其近似的，全都是石壁、甬道、阶梯之类，冷冰冰的，没有一点人情味儿，从古到今，从中到西都是如此。

“也许我们有一个共同的追索目标，那就是大侠杨正的下落。他是我从小到大的精神偶像，我努力上进，努力做事，为的就是有一天脱离燕盟，安安心心地做他的女朋友。这种想法，从十五岁那年第一次见到他时就牢牢地扎根在我心里，然后破土、成苗、疯长。看到石布带来的照片时，我悲喜交加，不能自抑，至少他还活在这世界上……别笑我痴，为了找到他，我可以做任何事。”阴暗的阶梯走完，当我们重新立足于灯光下的时候，白雪便退开一步，表情自若地出现在地下石室里，仿佛刚刚那番话是暗夜中的梦呓，跟她无关。

“在这片土地，多杀无益，只会把自己同样送上断头台。”我的心情被她搅动了，声音不自觉地变得温柔了许多。

“对隼机关而言，以暴制暴是不二之选。要知道，睡佛不死，死的就将是你我。”白雪斩钉截铁地回答。借回身之机，她悄悄挥袖，拭掉了眼角的两颗晶莹泪珠，将自己内心的秘密又一次完好地隐藏起来。

我心里忽然掺加了一丝迷茫：“我们真的有共同目的吗？白雪的话真的还是假的？”

那时石梦正站在石门前，她的影子清晰地映在门上。

“那面石壁简直像是一面古镜，不知道被石匠们研磨过多少次，才达到了现在的样子。古代人以铜为镜，不知是哪年哪月的能工巧匠，竟然能磨石为镜，可惜竟没在千年敦煌历史上留下一个名字。”白雪低声叹着。

中国古代历史源远流长，在西北这片广袤的漠野上，到底诞生过多少勇士和智者已经无可追寻。我只知道，那些从未被载入史册的无名氏们，一定也曾用自己的独特方式在地球上刻下了名字。

“杨大哥，你见多识广，是否知道嵌着月刀日盾的这面石壁是哪一种石头砌成的？透明度和反光度如此之好，比起大幅穿衣镜来丝毫不逊色。”石梦转身，双臂平举，去抓墙上的刀和盾。

同样的动作，睡佛等人也做过，或者每一个看到石壁的人都会这样做。

石梦抓不到刀和盾，手指在石壁上徒劳地屈伸着，像一只落在镜面上的蝴蝶。

我忽然受到了启发，指着墙壁低叫：“那不是石壁，而是一面镜子。里面出现的就是实际景物的倒影。那么，那扇石门应该在——”我走到与石门遥遥相对的石室另一侧，在粗糙的灰色墙面上缓缓摸索着。

在我看来，既然那石壁“像一面镜子”，何妨把它直接当做镜子，向影子的来处寻找真相？这种思路非常难以理解，是以所有人都难以置信地盯着我，却没有一个人过来帮忙。

最后，还是石梦第一个赶过来，把靴筒里的小刀递给我：“杨大哥，用小刀剔几下看看。不过我还是有些疑惑，就算那一面的石壁是材质特殊的镜子，可镜子中毕竟出现了门和月刀、日盾，这面墙上相应位置就该有同样的东西，否则‘镜子’一说怎么能成立？”

我知道自己的想法很怪异，但不再解释，只是用小刀在石壁上刮了几下，渐渐的，那些颜色比较特殊的灰色粉末簌簌而落，露出来一大块硬邦邦的平滑石板来。

石梦“啊”地一声低叫，立刻动手帮忙，把覆盖在石板上的那层半寸厚的灰色遮盖物清理干净，露出了半扇顶天立地的石门。其他人都愣住了，等石梦大声招呼他们时，他们才如梦方醒，飞奔过来帮忙。石门两侧，果然发现了深深嵌在墙壁里的月刀和日盾。我回头向对面的石门望去，两下对比，一模一样，只是月刀和日盾的左右位置互换过了。

白雪激动地吹了一声口哨，喃喃地说：“这太神奇了，太不可思议了。”

没人理她，所有人都沉浸在莫名惊诧中，无法相信自己的眼睛。我和石梦信手一推，石门便应手而开。里面，又是一条伸手不见五指的甬道。

〔贰〕

安坐荣枯禅中，古树精华为食

所有的人并没有发出欢呼声，而是一起屏住呼吸，向漆黑的甬道深处张望着，谁也没有率先闯入。一股巨大的霉湿气息涌来，石梦立刻捂住了口鼻。

“那唐卡上的将军是右手刀、左手盾的，将石门比作面对我们的双翼将军，也应该是右刀左盾，绝不会错。至于镜子里映出的是刀盾和石门，而不是空白墙壁，大概是因为盖住石门的材料属于特别制造的，既能瞒过人眼，又不会遮住镜面的反射。”我的解释虽然牵强，但除此之外，又有什么道理能说得通眼前怪事呢？

大哥杨正说过：“世间一切，玄妙无方，万事皆有可能。”

这种似镜非镜的谜题，已经超越了人类的想象力，所以才令大家困惑了那么久。由此，我也想到，莫高窟内的“反弹琵琶舞”壁画是否也蕴藏着太多人类无法破解的智慧壁垒，才导致我们陷入一筹莫展的境地呢？

“既能遮盖又能透光的材料？这已经违背了物理学上对镜面反射与光线传播的解释，地球上没有任何一种材料能像你描述得那样。”白雪禁不住摇头。

“世界上总有很多奇怪现象是现代物理学所不能解释的，”石梦冷笑，深吸了一口气，向着甬道深处大叫，“有人吗？有人吗？有——人——吗？”

回声激荡中，白雪亦是一声冷笑：“石小姐，在这种深入地下的密闭环境中，可能有活人存在吗？人类生存需要的空气、阳光、水分、食物一样都不具备，要有人，也只能是死人，对不对？”

她们两个都是绝顶漂亮、绝顶聪明的江湖奇女子，在某些问题上针锋相对，互不相让，所以对话的口气难免咄咄逼人。

石梦淡淡地冷笑：“白小姐，你为什么不能跳出城市人的思维桎梏来想问题？敦煌古城向来是西北边陲的一处重镇，它的地理位置和独特环境引发了太多不可思议的怪事，所以我们没必要提前否定某些事。门就在这里，里面什么样子，走进去就知道了，不是吗？”

依照她喊话时的回声推测，前面这甬道并不太长，只是里面异常潮湿。

白雪耸了耸肩膀，微笑着摇头：“我才不想第一个走进去呢，里面还不知道藏着多少杀人的毒虫。”

她举手摸了一把湿腻腻的甬道侧墙，顺手揪下一小片黑绿色的苔藓在指尖上揉捏着。

“向前去吧，我猜第三层识藏就在里面，书藏、圣物藏、识藏缺一不可，那里面一定蕴藏着极大的秘密，才会被层层遮蔽包裹起来。感谢上苍，赐我以灵慧聪颖的引路人，才能完成善举，得存善果。”多吉占堆重新振作起来，准备第一个进去。

突然间，奄奄一息的万沙浪一下子跳起来，一头把我撞开，自己冲进门去，瞬间便消失在黑暗里。

石梦想追，被我一把按住：“我去，你们押后，听白雪的话。”

一旦明白白雪曾暗恋大哥杨正，我对她的信任便又添了几分，两人之间的距离似乎突然拉近了。她的江湖阅历远超石梦，所以我才能安心地把石梦托付给她。

石梦点点头，随即向跟随下来的花错等人吩咐：“谁都不要动石壁上的刀和盾，除了呼吸之外，不要做任何冒失的动作。”

刀和盾是嵌在石壁里的，虽然不能确定它们是不是启动诡异机关的按钮，但是最好别碰，免得机关转动，葬送了这几十人的大好性命。

我踏入黑暗中，借着听到的万沙浪的凌乱脚步声前冲，感觉甬道仍是倾斜向下的，到处飘散着难闻的霉湿气味。甬道内是如此潮湿，头顶不断有湿湿腻腻的水滴落下，而脚底则步步打滑，令人踉踉跄跄。我只能竭尽全力地运用轻功，在万沙浪背后紧追不舍。

“这甬道该通向何处？地底藏宝处……”我一边奔跑，一边调匀呼吸，做好了随时迎接挑战与暗袭的准备。

“喂，喂……喂……我来了，我已经来了，你在哪里？我知道你在那里……”万沙浪陡然扬声大叫起来，回声伴着水滴声激荡交织着，仿佛是唤醒无间地狱中罗刹恶鬼的钟鼓声。

在一个拐角处，万沙浪来不及收脚，砰的一声撞在对面石壁上，仰面跌倒。我还没来得及扑过去捉住他，他已经杀猪般地大叫着弹跳起来，重新找到方向，继续向前狂奔。

我提气大叫："站住，前面危险！"

第六感告诉我，万沙浪似乎早就预知秘道里的情况，他拼命向前，是在寻找一个人，但在这密闭的地底，活人又是如何生存的？

在第二个拐角处，我赶上万沙浪，一把扭住他的肩膀，把他摁在石壁上。

"放开我，放开我，他就在那里，我知道他就在那里……"他气喘吁吁地嚷着，恶狠狠地向我龇出白森森的牙齿，仿佛一头被丢进囚笼里的困兽。

"谁？"我冷静地问。

"预知生死、永生不死的人。"他咽了口唾沫，眼底透出一抹疯狂的亮色。

"等后面的人下来再走，前面危险。"我淡淡地一笑，知道自己眼前的人已经如癫似狂。睡佛已死，万沙浪身上会存在某些线索，对我和白雪都很重要。

"生死的大门已经开启，我等不了，我等不了！"万沙浪的眼珠暴怒地凸出，胸膛一起一伏，喉咙里发出呼噜呼噜的痰音。蓦地，他的左侧肩膀一晃，左腋下的衣服被一件东西顶了起来。

我侧身闪避，一颗无声手枪的子弹擦着我的脖颈飞过，射在石壁上，又叮的一声弹开。

万沙浪借这个空当，猛地挣脱我的手，向甬道深处冲去。

我禁不住苦笑一声，好意救他，差点大意中枪，这实实在在地给自己提了个醒："身在敦煌，没人值得可怜，也没人值得相信。要想活命，就分分秒秒提高警惕，不得大意，哪怕是在已经掌控局面的状况下。"

终于，转弯四次，奔跑一百五十余步后，甬道到了尽头，一个顶上悬着古铜油灯的正方形石室呈现在我面前。头顶的水滴落得更加密集，滴滴答答声几乎连成一片。

石室边长约二十步，古铜油灯是悬在正中间的，高有两尺，造型是一朵含苞待放的莲花，花瓣上储存灯油的瓶子是半透明的，应该是大块的无色水晶抠成。所以，我第一眼便看出，灯油将近，只剩浅浅的一个瓶底，"油尽灯枯"四个字立刻弹上我的脑海。

灯下，是一个端坐在莲花座石台上的白眉光头老僧，身上披着一件灰白色的长袍，头顶光秃秃的，露出微微凹陷的天灵盖来。他膝盖上横着一只三尺宽的卷轴，似睡非睡、似醒非醒地眯缝着眼睛沉思着。

万沙浪在石室入口顿了一下，然后一步跃过去，举手要拿卷轴。

与上面那石室不同，这间石室的左边堆满了紫红色的木盒和帛书经卷，除去那名老僧，再无旁人。或许万沙浪以为对方已经是个死人了，才会毫无顾忌地出手。

啪的一声，万沙浪的手刚刚碰触到卷轴，老僧的枯瘦左臂便举起来，一掌拍在万沙浪头顶百会穴上。卷轴一端坠地，刷地展开，露出了一幅千军万马交战厮杀的复杂图画来。不知为什么，那老僧身形一动，我耳中的水滴声突然多了许多变化，仿佛从鼓舞行家手底敲出来的一曲《将军令》，铿锵处穿云裂石、石破天惊，低沉处扣人心弦、弦外有音。

万沙浪啊地叫了一声，膝盖一软，跪倒在老僧面前。莲花座前的地面上积着薄薄的一片水洼，水滴立刻从他膝盖处飞溅开来。

他们之间的交手已经无法吸引我的注意力，因为这石室里还有一件更奇怪的事，那就是——石室顶上的两个不规则圆洞里垂下两条粗大的树根，直径超过成人的胳膊，一条光鲜滋润，一条干瘪枯萎。树根的末端伸进老僧的后衣领里，似乎已经与老僧的手臂、身体连在一起。

我突然想起了十年前大哥给我看过的那册北少林武功秘籍《易筋经》，经书的最后一页，描述的正是这样诡异的一幕，旁边的注释我还记得："老僧趺坐，古树两根，阴阳荣枯，生死法门。不即不离，不生不死，进退两难，进退两得。"

《易筋经》是北少林武功的最高境界，只有入门修行四十年以上的高僧才有资格修炼，而几百年来能够在这门武功上登堂入室的寥寥无几，绝不超过十人。大哥与北少林极有渊源，才得到了借阅经书的机会。

敦煌与北少林相距千里，古城密室下也绝不可能有这样一位懂得《易筋经》的老僧。太多"绝不可能"的事搅和在一起后，令我一时间骇然错愕，停在门口，不敢轻举妄动。

"你是……谁？怎么能读懂我的……思想？"万沙浪惊惧地叫起来，语音发颤，中气虚浮。

老僧没有开口，但连着他左臂的干枯树根渐渐膨胀滋润起来，仿佛即将枯死的禾苗突遭甘霖灌溉，眼看着一点一点恢复了生机。

“不死人？你就是传说中的不死人？在51基地的西藏地区资料中有过你的记载，我看过你的红外成像图片，你已经在这里一动不动地坐了超过三十年。好，好好，我终于看到你了……告诉我，你的脑子里那两个多出来的脑室是干什么用的？难道你和你的同类除了大脑、小脑外，还有其他两个脑部结构？身体也会存在极其特殊的超能力？”万沙浪举起右手，艰难地伸向老僧的头顶。

老僧头顶的树枝猛地一震，屋顶洞口里便立刻落下许多细碎的土粒，洒在莲花座上。

万沙浪的身子也跟着一颤，脖子伸直，像是一只被拎在半空的烧鹅，再也说不出话来。

那幅垂悬在地的卷轴十分奇怪，绘画笔法既有写意泼墨又有工笔细描，所绘交战双方挨挨挤挤，情势犬牙交错，打得如火如荼。细看一眼，却让人分辨不清画的是哪朝哪代的事物，只知道双方都已经竭尽全力，全情投入，组成了一块不死不休的激烈古战场。

我跨进石室，弯腰去捡卷轴，冷不防老僧的右臂一动，一条冷冰冰、滑腻腻的树根从他袖筒里灵蛇一般蹿出来，无声地卷住了我的脖颈，随即收紧，勒在我的喉结上。刹那间，我的护体神功下意识地启动，脖颈位置坚硬如钢浇铁铸，对抗袭来的树根。

“前辈，有话好说！”我提气大叫。

后续的援兵还没赶到，我可不想如万沙浪那样被对方死死扼住，莫名其妙而亡。

蓦地，我的耳边响起了山呼海啸般的呐喊声，对方只动了动嘴唇，发出的声音就如同现场有几千人同时施展“佛门金刚狮子吼”一样，震得我耳膜剧痛，心脏狂跳。我迅速闭上眼睛，先摆脱了地底石室里诡异情形的思想压迫，而后气沉丹田，蹲好马步，双脚牢牢地钉在地面上，任由山呼海啸般的声浪劈头盖脸而来。

“死、死死、死死死……觊觎翼王宝藏者死！多少年了，多少年了……觊觎宝藏者死！”老僧的声音沉郁地传来，如天际惊雷。

我双手抓住树根，就像抓住了一条黑花长蛇一般，发力扭住，不让它继续收紧。

万沙浪猛抱住头，双手狠命地挤压太阳穴，同时用力摇撼，企图从老僧的手底挣脱出来。他的情形非常不妙，双眼已经翻白，只怕坚持不了太久。

树根再次收紧，我在无法挣脱的情况下，索性借力前扑，双掌重重地拍击在老僧胸口。睡佛已死，留下万沙浪的命会有大用，所以我不得不救他。

老僧仰面倒下，但他的后背仿佛装了强力弹簧一般腾地跃了起来，稳稳地停滞于半空。万沙浪被他的左掌吸住，亦同时升空，身体瑟瑟颤抖着缩成一团。缠在我脖子上的树根已经倏地收回，只留下一股火辣辣的灼痛。

万沙浪大叫一声，双脚在空中乱踢，想要挣脱对方的粘连束缚，但却无济于事。

“前辈，放开他，有话好说！”我长吸了一口气，知道现在遇到的是万里无一的高手，焦躁无用，只能沉住气，静下心，慢慢周旋。当屋顶上的枯根越来越滋润、越来越饱满时，万沙浪的身体便迅速地干瘪下去，像一只正在被看不见的手掏空的口袋一般。

砰！他终于找到机会扣下了扳机，但子弹毫无准头，钻入了石壁。

“月有阴晴，树有荣枯。山河南北，岁月迢递。那么多年过去，我终于等到翼王的消息了。这个人脑子里只有钻营、夺权、害人、杀人的诸多手段，却没有半点仁心人性，恰恰可以用他的血来滋润百年不死的将军树。你是谁？是翼王亲自派来的吗？他为什么不来？难道大事又有变化了？”老僧的银白须眉飘飞着，嘴一动，脸上的浮尘便簌簌下落，可见他已经在石室中待了很久了。

“岁月空幻风沙影，时光荏苒不夜天。我已经等得太久了，太久了，太久了……”老僧深吸了一口气，满地尘沙积水化作一条诡异的灰龙，绕着石室盘旋飞舞着。

“你在说谁？翼王是谁？哪个翼王？”喘息稍定的万沙浪哑着嗓子大叫。

从古至今，以“翼”为封号名称的，除了太平天国石达开，再没有第二个人。而且，各路人马赶到敦煌来，为的都是“翼王宝藏”，万沙浪的话可谓“明知故问”，旨在拖延时间而已。

“还有哪个？杀得曾国藩丢盔弃甲，杀得骆秉章血流成河的太平天国翼王千岁啊？你老老实实告诉我，你是不是翼王派来的，又要让我接受什么新任务？”老僧凭着两条树根悬在空中，每次吐气开声，嘴唇上的白须都猛地飘出去，构成一幅“吹胡子瞪眼”的怒容。

饶是我定力超群，仍旧被他的话吓了一跳。我简直不敢相信自己的耳朵，原来敦煌城下竟然藏着百年不死的怪人，而且是属于昔日太平天国的旧部。这样的骇人情形真该让白雪等人一同来看，听听他们有什么好的建议。

“放开我，快放开我，我有话说！”万沙浪拼尽最后的力气叫着。很明显，老僧正在使用一种极为妖邪的功夫吸收他体内的精血为树根所用。昔日江湖上曾多次出现过类似的邪派武功，专走“采补”、“吸食”的路子，为正派人物所不齿。

老僧缓缓振臂，万沙浪像一只折断翅膀的白蝶般坠落，如果不是我抢前一步扶住他，对方已经头下脚上地竖直撞在地上。

“杨进，我终于看到了宝藏……他搜罗我思想的同时，我也能读到他的……思想，我看到一个飞行人的世界……一口箱子，箱子里有，有……”万沙浪喘不过气来，举手捏住自己的喉结，用力上推，企图靠人工方式帮助呼吸。

“沉住气，我来帮你。”我低声安慰他，手掌贴在他后背上，掌心缓缓发出真气暖流，帮他疏通血脉。

现在，我并不希望外面的人全部进来，面对这种一切未知的诡境，但事与愿违，白雪、石梦等人已经全部涌进来，就站在我身后。

“那世界真是奇妙啊，完全没有地心引力，他们飞翔……飞翔在空中楼阁之上，就像科幻电影。杨进，问他……问他那到底是什么国度，我要去那里……我要飞……”万沙浪上气不接下气地呓语着，双眼望定那飘浮空中的老僧。

“你们是谁？取宝人在哪里？”老僧厉声喝问，发出了一种如同刀剑互击、金铁交鸣般的铿锵声音。

“容巧（藏语，左）？也巧（藏语，右）？岗拉（藏语，上）？窝拉（藏语，下）？”班措大步向前，站在老僧脚下，仰面向上大声反问。

“你有没有受伤？”白雪、石梦两个人几乎同时向我发问。

“没有，没有。”我苦笑着回答。

石梦的脸倏地一红，向后退去，而白雪则横跨到我身边来，在万沙浪的口袋里摸了摸，掏出一部仅有巴掌大的便携电脑来，迅速收好。

眼前的人幽居地底，没有食物和清水补给，只靠两条树根上的营养支撑生命，几近到达了道家所说的“辟谷”状态，安然度过近百年，已经是医学史上的奇迹。而他目前的身份，更是诡异惊人，让人无法回答。太平天国已经成了书册上的历史故事，连天王洪秀全都不再被年轻一代记起了，遑论石达开？谁能想到，古城敦煌之下，竟然还藏着翼王旧部？

“回答我，回答我，我们为什么在这里？我们为什么要在这里？”班措焦急地连连发问。

老僧向下望了一眼，脸色忽然变得极为古怪，低喝一声：“不是你们，原来取宝人并不在你们中间！让开，我要出去，我要去见取宝人。”

班措骤然开始大声诵经，多吉占堆也一边向前，一边应和，两人的声音在石室里激荡起阵阵回声。

“我终于知道睡佛执意留在敦煌的原因了，不为宝藏，他是想成为那个世界中的一员，成为飘飘然御风而行的奇人。51号地区的秘密资料库里早有类似的文件……真是奇妙啊，正如庄子所说……‘夫列子御风而行，泠然善也，旬有五日而后反。彼于致福者，未数数然也’……他们扑扇着巨大的翅膀……”万沙浪的呓语越来越不着边际了。

“我要出去了！这么多年的寂寞，终于功德圆满了！”老僧低下头，与班措对视。

“可是，你还没有回答我的问题。我们为何生在这里，为何长在这里？是岁月无心亦无情的安排吗？告诉我生存的答案，告诉我……”班措越说越快，但老僧根本不理睬他，只是在空中轻轻飘荡着。

“一有异状，我们就撤，然后封路灭口。别问为什么，按照我的话去做。”白雪几乎是从牙缝里挤出了这句话。

啪啪两声，老僧身形下坠，双掌分别拍在班措和多吉占堆头顶上。

“杨进……斩断树根，他就会死，他只不过是靠大树生存的树人。你知道吗？他是树人……从前只在科幻电影中出现的东西。大树就是他的生命本源……”万沙浪挺身而起，指着屋顶一荣一枯两条树根。

我又岂能不知道其中的玄机，但是，断树根等于断那老僧的性命，肯定要招致对方狂暴的反击，形成两败俱伤的惨痛局面。

铮的一声，我听到了刀锋出鞘、破空怒袭的声音，立即向旁边弹开，躲开了万沙浪近在咫尺的插肋一刀。如同大哥杨正那样，我对任何一名江湖人物都是怀有戒心的，尤其是对51号地区这种半官场半江湖的特殊人，就算处于替对方运功疗伤之时，也会随时戒备。

一击不中，万沙浪弹身而起，扑向半空的树根，右手中的一柄匕首闪着蓝汪汪的诡异光彩，当先划向那条生命力旺盛的树根。那匕首不但锋利，而且带毒，一旦触到树根，老僧不死也要脱层皮。

白雪手中的枪怒叫起来，连响四次，万沙浪的刀还没碰到树根便脱手飞开，他自己也连饮三弹，跌倒在地。

就在此刻，老僧龙吟虎啸般大喝一声，掌心吸着两人向外奔跑。我的位置正处在他的前进路线上，当时立即双掌蓄力，向前拍出，希望能阻挡住他，免得给外面的真实世界惹出祸端来。

相形之下，老僧怒冲的身形如同一列高速飞驶的火车，而我只是一根脆弱的栏杆，两下碰撞，我被他发出的无形气墙，撞开五步，后背狠狠地砸在石壁上，三人瞬间消失在阶梯之上。

“怎么样？”白雪赶到我身边提气大叫。

我摇了摇头，定神看那两条被挣断的树根，滋润茂盛的那根断口上潸潸滴下的是类似于脑浆的乳白色液体，干瘪枯萎的那根则滴下了殷红的鲜血。几秒钟内，地下便多了两摊红红白白的东西，然后相互交融，形成了触目惊心的诡异一幕，而此刻空气中也充满了刺鼻的血腥气，令人窒息。

“我查过几乎所有的藏传佛教‘掘藏’过程的资料，从没有哪一次像今天这么诡异过。杨进，我觉得这老僧的行为表现近乎妖孽，最好的处理方式就是消灭他，你说呢？”白雪俯身观察那滩东西，像是一头发现猎物的豹子，浑身都充满了杀气。

我知道，老僧幽居于此地，以古树精华为食，一定是个全身都充满百年隐秘的人。如果他能开口细数过往，对敦煌揭秘将有极大帮助。

〔叁〕

翼王石达开的大秘密

万沙浪在血泊中蠕动着，徒劳地双手撑地，企图再次站起来。

“噩梦……远远没有结束，双翼人的世界正在逼近……抓住那老僧，要他吐露秘密，吐露双翼人的秘密，他们……他们比地球人多了双翼、双脑。我不行了……一死百了，就算地球今后落入水深火热之中，也与我无关，可你们呢？就要面对那个未知的黑暗世界。51号地区的纪律是……每个人死后，都要把身体的中枢神经、脑组织、心脏组织贡献出来，以供他们解剖研究。我不想……我只是要求一具全尸，安安稳稳地死去。我们是中国人，土葬、全尸具有非同小可的意义……杨进，帮帮我，帮我买口上等棺材……”终于，万沙浪没了动静，不再挣扎。

他的秘密大概都在那部便携电脑里，已经统统归白雪所有。据我所知，加入51号地区的任何一个人，起初怀有的都是接触高科技、使用高科技的理想，但越到后来，越发现自己犯了一厢情愿的错误。每个人都是庞大机器上的一枚螺丝钉，极其渺小，随着大机器一起隆隆工作着。万沙浪不是最后一个觉悟者，也不是第一个清醒者，但他只有面对死亡的恐惧时，才能真正认识到自己奋斗一生、终无所获的巨大悲哀。

“辉煌一生，临终前最后一个要求竟然只是一口‘上等棺材’！”白雪沉沉地叹了口气。

以万沙浪的智慧，完全可以走另外一条光明之路，绝不至于死在边塞敦煌的地下密室里。

“我相信，世界上真的存在‘双翼人’这样的团体。老僧虽然不能像那幅唐卡上的将军一样肋生双翼，却拥有空中悬浮的诡异能力，其生命体与古树连在了一起。这件事的古怪程度，比之‘双翼人’，有过之而无不及。杨进，你该明白，只有燕盟的力量才能与所谓的‘双翼人’对抗，别傻傻地一个人独行了，赶紧站到我这边来。”看起来，白雪只关心我，并未将石梦、程霓裳等人放在心上。

我摇摇头，一言不发。

“我已有了安排，花错的人会暂时阻住他。如果有必要，我将命令埋伏在附近屋脊上的狙击手开枪，先废了那老僧的行动能力再做打算。问题是，枪声一起，就会惊动政府和警察，咱们下一步的行动就必须中止了。”白雪变得忧心忡忡起来。

石梦没有多说一个字，转身追出去。

我也有同样的担心，老僧的出现，正在让局面失控。

“不管他是什么来路，伏藏师也好、百年不死怪人也好，拦下他再说。”白雪拖着我的手紧追石梦。

事实上，我被老僧一撞，五脏六腑中有三处严重内伤，后背脊柱也有了挪移错位的感觉，丹田真气阻滞，四肢百骸全都在隐隐作痛，所以才暂时停在原地不动。现在，经过短暂的气息调养后，不适的感觉正在消退。

距离甬道外的石室尚有二十步，我已经听到外面传来的刀刃破风声。

“花错纠集敦煌回教‘天方夜谭’四大高手，不仅仅是为了阻击隼机关的人。埋藏在老屋下面的隐患，令回教高手寝食难安，这次出手，一为推脱不掉梁夫人的面子，二则是为了保全自身。我猜，此刻他们已经成功地挡住了老僧的去路。”白雪附在我耳边低语。

甬道里漆黑一片，伸手不见五指，只有她身上幽兰一般的体香缓缓浮动着。

“一将功成万骨枯，死亡的轮盘已经开始转动了，不是吗？”稍停，她又悠悠然长叹。

江湖传言，梁夫人想要得到的东西很少能逃过她的五指山，“谋定而后动，三思而后行”一直是她唯一的做事准则。我猜她为了敦煌的宝藏已经筹谋了很久，而且将麾下十二君子尽遣敦煌，就是为了一击而中，功成身退。那么，剩下的死者、伤者可能就是她脚下践踏着的枯骨了。

出了甬道，外面的石室里正有六个人对峙着，分别是老僧、花错和回教“天方夜谭”四大高手。四个人手里的断刀分别插入老僧的眼睛、太阳穴、鼻孔、心口，但伤口中却没有一滴血流出来。

回教四大高手的确以逸待劳、以静制动地成功重创了老僧，不过却是“杀敌一千、自损八百”的惨痛局面，几乎每人身上都带着伤痕，脚下都汪着一大摊渐渐冷却的鲜血。

此刻，多吉占堆、班措、程霓裳、石梦都在石室的一角贴墙而立，沉默不言。

“花错，你怎样？”白雪惊问。

花错屈起左手中指，在刀锋上轻轻一弹，发出一阵圆润饱满的龙吟声。

“我没事，谢谢老大关怀。壮志饥餐胡虏肉，笑谈渴饮匈奴血——今日，睡佛毙命，我已经替南园报了杀身大仇，剩下的这条命，就将完全为夫人而生、为夫人而战了。数年来，我从未料到老屋下竟藏着一位如此强悍的敌人，导致呕心沥血精心推演的‘天方夜谭之杀’瞬间崩溃，看起来，武功和智慧都是会贬值的，我在敦煌蛰居久了，已经赶不上时代的发展步伐，彻底落伍了。”她的脸上如同凝结了一层寒霜似的，嘴唇也呈现出惊人的灰紫色。

看得出，与四大高手一样，她也已经受了极重的内伤。

白雪缓缓地挥手，一字一句地回答：“花错，未来无限美好广阔，你无须为暂时的挫折而消沉。十二君子情同姐妹，我带你们来，就要完好无损地带你们回新加坡去，请放心。”

听了她的话，我胸中的热血突然上涌，江湖上只流传着男人们生死与共的豪情故事，其实巾帼英雄从来都是不让须眉的。燕盟十二君子的强悍战斗力名震新、马、泰江湖，正是凭借了彼此间这种同生死、共进退的深情厚谊。

我暗自苦笑，过了曲折复杂、惊心动魄的一夜后，问题并没减去多少，反而变得更加诡谲莫测了。各方人马轮番登场，却原来都是在为燕盟做铺垫，尘埃散尽后，收获胜利果实的唯有燕盟。

可惜的是，地底密室中并没有任何预想中的财宝与伏藏，令众人都有一拳打空的感觉。

“我们已经废掉了你的视力、嗅觉、思想中枢，说吧，你目前只能说，却不能听、看、闻、想，说出那些秘密……咳咳，我们热爱脚下的这片热土，热爱沙漠和绿洲，要永远地保护它，使它不受外敌强虏的欺凌。你在地下，我们早就知道……咳咳，我们只是为了消灭你而努力活着，消灭你是……我们唯一的使命……你看，这并不是一个《天方夜谭》上的故事，而是真实发生的情节……”带头的老头子断断续续地说。

石室里似乎飘荡着一种淡淡的灰色雾气，头顶的灯火也变得昏黄起来，将所有人的身影飘摇不定地投射在四面墙上。

“你们都该死，任何一个觊觎翼王宝藏的人都该死。翼王说过，死神的翅膀将把敦煌变成一个无比巨大的禁地，作为飞翔者的栖息墓地，任何胆敢靠近的人，都将痛苦不堪而死。我守在这里，只是在等取宝人的到来。”老僧絮絮叨叨地低语着，陡然全身一震，四柄短刀激射弹出，倒灌入四人的胸口，四人立刻仰面而倒。

“我就是取宝人。”多吉占堆大声喝止老僧的异动。

“嘿嘿嘿嘿……”老僧发出一阵阴森森的狂笑。

“凡人眼中所见，金银珠玉为宝，但我看到的，却是你心头的灵光。我是掘藏师，不是盗墓者，所以一切行为与财宝无关，只想读取你思想中的秘密。疯虎，现在是时候将你心里的秘密说出来了，唯有如此，才能真正解脱，了结烦恼，登临极乐世界。”多吉占堆字字清晰地告诉他。

“死亡是唯一的解脱之道，我先送他们上路吧！”老僧大喝一声。

班措急急地插嘴：“不不，不要再动杀机了，否则先死的一定是你，当心……”

老僧根本不为所动，双掌一搓，发出一阵铮铮镲镲的铁器摩擦声，向带头的回教高手胸口砍下去。这时，平平展展的地面上突然出现了一杆灰色的长枪，从老僧下阴插入，笔直向上刺出，穿过他的身体，最后从天灵盖上透出半尺八棱枪尖和一团乱草般的灰色枪缨。至此，老僧被硬生生地钉住，变成了一支巨大无比的糖葫芦。

“《天方夜谭》的每一个故事都有一个完美的结尾，这最后的‘招魂一枪’本来是为睡佛准备的，他用不上，总会有人用得上。杀人者偿命，这是你应该付出的代价。”花错笑中带泪，因为回教四大高手已经力尽而亡。突然自地上钻出来发出致命一枪的那个矮瘦男人背起一具尸体走向阶梯，步履蹒跚沉重，不见分毫胜利后的喜悦。

骤然间，老僧身上的多处伤口一起鲜血迸流，所有的霸道杀气一泄而空。

矮瘦男人行动很快，几分钟内就将“天方夜谭”四大高手的尸体搬走，又从花错手中拿了一张支票。临走，他跃向空中，从老僧头顶拔出了长枪。

老僧颓然倒地，衣服、须眉都被自己的鲜血浸湿了。

“你必须说出翼王的秘密，否则那秘密就随你的生命一起消失了，辜负了别人的最后嘱托。疯虎，我的辨析能力，只能读懂你思想的一小部分，快告诉我，那秘密究竟与什么有关？世界上真的会有那样一扇门吗？它会通向哪里？”多吉占堆对着老僧的耳朵吼叫着。

那时，白雪与花错站在通向地底的甬道入口处低声交谈，石梦面对嵌着刀和盾的石壁发怔，关心老僧生死的只有多吉占堆和班措。

“杨叔叔！”程霓裳在背后叫我。

我回过头来，看到的是张苍白到极限的脸。

“敦煌多风雨，也许我应该带着爸爸离开这里，您能帮帮我们吗？来敦煌的人很多，但每一个人都怀着无法遏制的贪念，都恨不得将全部知情人杀掉，将地下宝藏一股脑儿据为己有。我知道，只有你不是为宝藏来的，心情仍静如止水。爸爸在瑞士银行里还有一些存款，只要您带我们出了大陆，那些钱就分你九成。”程霓裳一口气说了这么多，仰着脸看着我，两颊微红，满怀期待。

我摇摇头，又点点头：“我带你们走，不过与金钱无关，无需任何报酬。”

程霓裳喜极而泣，引得白雪、花错、石梦三人一起回头望过来。

程风此刻仍在医院，处境虽坏，总比坠楼而死的石布幸运。如果可能，我将帮他们去港岛，而后转道美国，找最优秀的精神病学专家问诊。

“等这里的事情一完，我就找人送你们走。”我郑重其事地许诺。

“谢谢杨叔叔，日后我爸爸恢复了正常，再由他亲自向杨叔叔道谢。”程霓裳擦干眼泪，肩头仍一颤一颤的，难抑心中的激动之情。

“我是疯虎，跟在翼王身边整整十五年，跟他并肩血战大小超过三百次……翼王待我有如兄弟，任何秘密都不瞒我。大军西进受阻于大河那年，翼王命令我带领侍卫营的兄弟押解黄金五百箱先行渡河，转折向北，直奔敦煌。他的计划，是带人马长途跋涉，跳出敌人的包围圈，转战西北，扼守住敦煌这个进出大漠的门户（翼王即是当年的太平天国骁将石达开，他的这种思路，与中国近代战争史上某位伟人的战术思想不谋而合，不过当年的翼王石达开不占天时、地利、人和，才招致全军覆没的惨败，与伟人壮举不可同日而语）。离开大军的当晚，翼王单独召见我……屏退身边所有的卫兵和女人，向我交代了一件非常奇怪的事……”

老僧（疯虎）已经陷入了中气涣散、奄奄一息的弥留境地，精神控制力也完全丧失，才会把心底深藏的秘密吐露出来。

此刻在场的，除去少年班措和少年程霓裳外，其余诸人都是见多识广、处变不惊的江湖豪侠，但老僧接下来的话，却让诸人面面相觑，几乎不相信自己的耳朵。地下百岁奇人、太平天国翼王密令、奇奇怪怪的敦煌宝藏……每一样都耸人听闻，遑论这许多诡谲元素叠加在一起了。鉴于那些话太零碎而晦涩，我略加整理后再完整地记录下来，并且进行了适度的段落连缀，免得词不达意，无法通畅阅读。

以下，就是血泊中的老僧断断续续的呓语——

当晚午夜时分，疯虎突然得到召见，赶到翼王中军大帐。那时，他已经升任侍卫营大总管，负责贴身保护翼王及后宫女人们。

翼王斜坐在虎皮大椅上，正托着腮沉思，见疯虎进来，便懒懒地指了指角落里的一只紫檀木柜。疯虎对那木柜非常熟悉，自从他进入侍卫营以来，就知道翼王的“怪癖”，无论走到何处，都会把木柜带在身边，晚上睡觉时，则放在床头边，从无例外。

那木柜是个长宽高皆为六尺的正方体，外皮黑沉沉的，所用材质是上等的闽南紫檀木，纹理若隐若现，隔几步远就能闻到古木特有的淡淡檀香。

“现在有件事托付给你，大军之中那么多人，我只信任你一个。”翼王淡淡地说。

（说到此处时，石梦倒吸一口凉气，我心底里也掠过一丝苦笑。这不是古装武侠片的现场对白，而是一个百岁以上的留守者转述的一位著名历史人物亲口说过的话，而且疯虎正刻意模仿着另一个人的口吻，威严庄重，声音透着十足的古怪。）

疯虎立即躬身施礼：“请王爷吩咐，属下万死不辞。”

他以为翼王要托付的是小王子和王妃等人的性命，毕竟当前群敌合围，太平天国大军四面楚歌，形势已经凶险无比了。

那只箱子的尺寸，能够容得下五六个小孩子或者是两三个大人，而致密厚重的檀木又能抵御敌人的箭矢和流弹，将后宫里那些手无缚鸡之力的人藏在里面，确实是保命的好办法。

“黎明之前，你就带侍卫营的五百兄弟渡河。船我已经命人备好，北岸也有接应的车马队伍，都是以一敌百的高手。你的任务就是率领他们把这箱子运送到敦煌去。”翼王吩咐。

疯虎忍不住脱口而出：“敦煌？西北边塞小城敦煌？”

大敌当前，翼王需要侍卫营的保护，但他要尽遣这五百兄弟过河先走，后宫的人谁来保护？而且，翼王先前的军事会议上，并没提到过“北上”的打算，大军如果能成功渡河的话，会选择原地扎根，固守城池，与敌人长期抗衡。在疯虎的印象中，敦煌连接西北朔漠，是个鸟不生蛋、兔子不拉屎的绝地，翼王怎么会挑中了那个地方？

翼王轻轻点头：“正是，到那里去，等待东山再起的机会。”

疯虎不知道该说什么，毕竟两天之前的誓师大会上，翼王还意气风发地举着血酒大碗传令：“破釜、沉舟，只留五天干粮和饮水，就在这滔滔大河之滨，痛痛快快地杀敌，送赶上来的清狗们回老家。我是太平天国的翼王，我是天下无敌、睥睨海内的王中之王！”

“形势已变，天国的气数尽了。”稍停，翼王又若有所思地轻叹。

疯虎担心地问：“王爷，我们走了，谁来保护您？谁来保护后宫的各位王妃？”

翼王笑了，一字一句地问：“疯虎，难道你真的以为，我需要你们的保护吗？以我的遮天之翼，别说是后宫这几十人的性命，就算是眼前的三万大军的命、天国三十万兄弟姐妹的命，说保，也就保下了。只是气数尽了，做多少都无用。云从龙、风从虎，虎虽然是张牙舞爪的百兽之王，遇到天之骄子、矫健神龙后，也只能俯首帖耳、无奈遁走。更何况，我只是金翅大鹏，这一战还没开始，我已经实实在在地输了。”

疯虎听不懂那些话，呆呆地问了句：“什么？”

翼王大笑，拍着虎皮大椅的扶手，笑得眼角泛出了星星点点的泪花。

自从离开天京，疯虎许久没见翼王这样疯狂地笑过了，他不禁有些暗惊，又有些惧怕。

翼王笑够了，才指着那箱子说：“疯虎，你只要保护好它，我们就还有卷土重来的机会。相信我，我从不空口许诺，言必行、行必果，河南河北这几十万敌军在我眼中，不过是鸡犬土狗罢了。”

（我们都不是史学家，对太平天国历史没有过刨根问底的研究，只能从历史书上知道个大概。谁也不知道翼王是怎么说话的，只是愣怔地听着疯虎的复述。大敌当前，箱子里究竟有什么，值得翼王如此重托？）

到了这里，疯虎的声音逐渐微弱，白雪立刻取出一个白玉小瓶，从里面倒出三粒银色珍珠般的微型药丸来，比黄豆粒稍大，散发着一股浓浓的药香，其中大部分是人参、鹿茸、雪莲、虎骨等等珍贵药材的原始味道。

“大师，这三丸‘混元九转丹’具有提聚真气、护持心脉的强力作用。我希望能更多地听到他模仿那人说话，某些重要的历史烙印即将浮现，请帮他服下去，差不多能令他再支撑二十四小时。”白雪的措辞非常诚恳。

多吉占堆想了想，捏开了那老僧的下巴。白雪右手食指弹了三下，三粒药丸准确无误地落入老僧嘴里。多吉占堆在老僧喉关、胸口推捏了几把，药丸立刻下肚。

世上所有的历史都来自于口口相传或纸墨笔记，没有人能真实再现某段已经被时间湮没的情节——偏偏我们眼前的这个百岁老僧就能打破这种惯例，向我们亲口述说着当年他看到的每一幕。

久未出声的程霓裳蓦地低叹了一声，轻柔得如落花飘零于春水之上。她反反复复地跟着这队人来回奔走，静观不语，沉默得令众人都忘记了她的存在。我这才意识到，在不知不觉间，阶梯那边的动静全都消失了，无论是风声、人声还是脚步声，一点都听不到。过于安静，反而让我内心里升腾起某种隐隐的不安。

“外面似乎变得更静了，是你的人在起作用吗？”白雪似乎意识到些什么，抬眼盯着花错。

“对，我接到老大命令后，便将纵横三十步内的屋顶、地面、房内全都控制住。睡佛一死，隼机关的人立刻溃散，今晚再胆大包天的敌人都不敢露面了。”花错仍未收刀，带着哀伤的婆娑泪眼始终不离老僧的后背。

“那就好，你这么说我就放心了。兄弟姐妹中数你胆大心细，一定要坚持下去，等到胜利的曙光照射下来。”白雪长吁了一口气，重新把思路收回来。

老僧疯虎再次开口时，渐渐有了底气：“翼王说过，他会尽快带大队人马追过来，但我要我们首先开辟疆土，找到落脚点。而眼下最重要的，就是让我将那大箱子护送走。因为那是他心里唯一放不下的大秘密。”

〔肆〕

千里黄沙之下五百箱黄金宝藏

“那箱子里到底装着什么？”听到这里，也许在场的每个人心里都会这样自问。

当年大渡河畔太平天国军与清兵最后的对峙，就像楚汉争霸时的垓下之战一样。翼王部队被围得铁桶一般，前有大河天险阻路，就算四面不起楚歌，那些征战南北的天国老兵们同样心惊胆寒。

我记得西楚霸王项羽的那首慷慨古歌——“力拔山兮气盖世，时不利兮骓不逝。骓不逝兮可奈何？虞兮虞兮奈若何？”《垓下歌》是项羽在进行殊死一战前夕所作的绝命词，既豪气万丈，又满蕴深情；既显示出他与生俱来的霸气自信，又为理想的幻灭而沉重叹息。

翼王当日，势同项羽，难道他托付给疯虎的亦是一位没有留名于历史上的红颜美姬？

疯虎突然重重地咳了两声，身体一震，那些本已凝固的伤口重新开始汩汩流血。“天方夜谭”四大高手与那长枪矮子的合击，已然由表及里将他重创，就算华佗再世也挽不回他的命了。

“天快亮了……那棵老树就要死了……翼王说过，我的命跟它的命是连在一起的。我死，它就会死，这次潜伏隐藏的任务就要最终落下帷幕了。我多想看看外面的太阳啊，是真正地用眼睛看到，而不是透过那棵树的枝叶去感知。我虽然不知道……你们因何而来，又是靠什么打开了翼王亲手封闭的石室机关，但我能……猜到，是我的气数尽了，那棵树不能再供给我氧气和养料，它先死或者我先死……它因我而死或我因它而死，都不重要了……”老僧想抬起手摸摸自己的脸，只举到一半，便颓然落下。

白雪陡然“啊”了一声，石梦则是立即惊叫：“难道……翼王到过此地？难道说，翼王石达开还活着，并且亲手封闭了老屋下的石室？难道他曾渡河北上，又折回大营，慷慨赴死？难道——”

太多“难道”无法拆解，石梦惊愕而且骇然地举手捂住了自己的嘴，生怕自己尖叫出声。

我当然也在瞬间想到了疯虎那些话的含义，最起码说明了三层意思：第一、翼王来过老屋、石室，也见过古树；第二、古树树根供养疯虎生存的古怪方法是翼王教给他的；第三、翼王令疯虎潜伏于地下，自己一层层封闭石室，然后退了出去。

“翼王石达开到哪里去了？”白雪颤声问。

石室里突然变得静到极点，只有老僧的粗重喘息声和鲜血从他下巴尖跌落到地面的滴答声单调地响着。

“力拔山兮气盖世，时不利兮骓不逝。骓不逝兮可奈何？虞兮虞兮奈若何？”老僧蓦地挺直身子，嘶声吟诵。

（此刻，他的口气仍在模仿那位我们永远都看不到的人物，姑且称之为“历史上真正的翼王石达开”吧）。

我慢慢舒了一口气，因为我完全能理解当时石达开的复杂心情。

历史记载，石达开饱读诗书，对中国历史典籍、兵书战策了如指掌，当然也会明白垓下一战的惨烈结局。事实上，他最终的赴清兵大营束手就死，与霸王项羽自刎于乌江亦是相同下场，区别仅在于他死于敌人刀下而项羽死于自己剑下而已。

“翼工呢？他从这里走出去之前，有没有说过去哪里？”白雪继续追问。

“该说的，他总会说；不该说的，问他也不会知道答案。到这里来的人，每一个都带着无穷无尽的问号，并非仅你一个。少安毋躁，天机自明。”班措慢慢走到老僧另一边，脸上不再有孩子样的木讷表情，目光沉静如水，澄澈如镜，轻轻推开了白雪。

白雪攥紧了双拳，机械地后退了一大步，陡地仰天长叹。

花错立刻关切地走过来，一手提刀，一手挽住白雪的胳膊，低声说：“老大，不要心焦，四面都是我们的人，就算等得再久，都不会生变。”

在我看来，花错已经同那柄刀和谐完美地融为一体，人即刀，刀即人，走到哪里都带着一股寒浸浸、冷冰冰的杀气。她与白雪同样美艳动人，但她行动之间不经意带出来的那份孤寒冷漠，却令人望而生畏。

白雪眨了眨眉睫，怅然回答："世事变化太快，先是睡佛横死，又有翼王旧部出现，与之前梁夫人的预测完全相左。花错，我觉得形势正在失控，稍后我得出去给夫人打个电话汇报一下事情的进展，请她定夺。"

她跺了跺脚，似乎花错满身的寒气已经影响到自己。

"杨先生，你以为呢？"她叫我时，声音亦变得沉甸甸的，仿佛冰天雪地的枝头上那一簇被冰雨冻住的雪梅。

"老大，暂时不必劳烦夫人了。等老僧的秘密都说完了，咱们回驻地那边，跟夫人开通视频对话，面对面交流岂不更加顺畅？现在，翼王石达开的神秘托付故事刚开了个头，更精彩的还在后面呢，难道你想错过吗？"花错抢在我前面回应。

她的话合情合理，我默默地点点头。

白雪接连三叹，默许了花错的建议。

之后，老僧的叙述再次继续下去。

翼王吟完那首诗后，淡淡地吩咐："疯虎，你一定要保证与这只箱子共存亡，箱在人在，箱失人亡。"

疯虎把右拳举过额头，庄重地宣誓："我发誓，用性命保全箱子，绝不辜负王爷的嘱托。"

翼王曾在天京勤王之战中，从清兵刀下、枪下、炮弹下三度救过疯虎的命。所以，就算翼王叫他即刻去死，他也不皱一下眉头。

翼王站起来，走到箱子前，轻轻拍了两掌，不露声色地冷笑着说："天京同仁和三面清兵们都在觊觎着这只箱子呢！但他们永远都意识不到，这是我翼王的东西，只对我有用，白送给他们，他们也不会用。这些可怜又可叹的家伙们啊，排挤我、攻讦我、追杀我、围堵我，又有何用？我到这个世界来，只是为了帮天国兴邦建业，可大好宏图江山，全都被一群目光短浅的小丑们葬送了。我走，就是他们灭亡的开始……"

疯虎没能完全听懂这些，但他知道，翼王离开天京，正是受了以天王为首的几大王的排挤陷害，不得不走。

"箱子从哪里来就要送回哪里去。疯虎，北岸的人带着一张地图，会接引你一直北上，直达目的地。记住，你是我在这个世界上唯一相信的人，不要把箱子交给任何人，一出这大帐，就不要让它有片刻离开你的视线，懂了吗？”翼王的情绪并不消沉，但却与平日的热血激荡、昂扬乐观有很大差别。在疯虎看来，今晚翼王一直都神不守舍的，人在这里，心思却不知在何处游荡。

那只箱子上一直扣着三把青铜鸳鸯连环锁，背面的合页属于“暗扣”，如果不是找到钥匙开锁或是用大刀暴力砍斫的话，很难撬掉上盖。

从那一刻起，疯虎的命运就与箱子牢牢地扭结在了一起。

黎明前最黑暗的那段时间里，他带着五百精干侍卫分乘三十条快船渡河，神不知鬼不觉地跳出了清兵的包围圈，直达北岸一个叫做牛尾渡的偏僻地方。在那里，一队精明干练的黑衣人正在等候他们，带队的，是一个叫做“活阎罗孙豹子”的刀疤脸瘦子。

两队人马会合后，没有丝毫耽搁，立刻换乘七十辆大车、二百匹快马北上。

疯虎坐在中间一辆大车上，亲自守护着那只檀木箱子。有了翼王的嘱托在先，他把箱子看得比同行的五百箱黄金更重。

沿途，他们打退了三伙来袭的江湖人物，全歼对方，不留一点活口，免得走漏风声，终于平安抵达敦煌城南的鸣沙山月牙泉畔。连番激战中，疯虎所带的侍卫营兄弟只剩不到一成，但箱子和黄金全都完好无损。

疯虎记得，抵达月牙泉时已是当日的黄昏，孙豹子安排大家在泉边搭起帐篷休憩过夜。以那时的通讯条件，他根本不知道翼王大队已经全军覆没，并且石达开做了当时最愚蠢的决定，自缚求死，企图换回麾下兄弟的性命，最终玉石俱焚，成了太平天国史上的笑柄。他只知道，守住箱子，就是守住翼王的未来。

晚饭后，孙豹子笑嘻嘻地走进疯虎的帐篷，刚刚喝过酒，刀疤脸上躁动着红彤彤的酒晕。一路上，两人交谈很少，只是急匆匆地赶路，想早一点将肩上的重担卸下。

“明天就到地头了，虎哥，我有件事一直弄不明白，这箱子里究竟锁着什么？值得你眼巴巴瞅着，毫不放松？难道里面的东西比五百箱黄金还珍贵？”孙豹子大大咧咧地说，顺手拍打着箱子上的鸳鸯锁。

疯虎没理他，孙豹子得寸进尺，涎着脸又说：“虎哥，我听黑道上的朋友说，翼王大军被宰光了，连翼王都引颈受戮、千刀凌迟而死。如果那消息是真的，五百箱黄金岂不成了无主的宝贝？我手下的兄弟辛辛苦苦跑这么远，总得给家里的老婆孩子带点什么回去吧？”

“什么意思？”疯虎也是久在江湖上跑、刀尖上滚的人，一眼就看穿了孙豹子的心思。

“大家平分金子，箱子给你。或者箱子给我，金子归你。”孙豹子把话挑明了。

“没门。”疯虎一口回绝。

孙豹子打了声呼哨，黑衣人立刻涌进帐篷，箭上弦，刀出鞘。与此同时，疯虎的兄弟们也从后面钻进来，双方形成了杀气凛然的对峙局面。五百箱金子是个巨大的诱惑，很值得这两批人为此拼命了。

“箱子和黄金是翼王的，要动这些东西，先要问我身后的兄弟答不答应——”疯虎的话还没完，一柄短枪便由后向前捅穿了他的身子，从他的胸口上直钻出去。

“你的兄弟？这个年代，谁都会只认金子不认交情，我们是贼，太平天国的人也是贼，贼杀贼，黑吃黑，非常公平，不是吗？”孙豹子踏着疯虎的身体走过，拔出长刀，砍向箱子上的锁。

疯虎的血汩汩流淌着，染红了月牙泉边的沙地。他眼睁睁看着鸳鸯锁被砍断，孙豹子掀起了沉重的箱盖，心里一急，气血上涌，一下子晕厥过去……

白雪忽然出声：“花错，外面什么声音？你确定隼机关的人已经被清除干净了吗？”

她微微地眯着眼睛，眉梢一挑，犹如一柄快刀即将脱鞘而出那样，不见刀锋，杀气已经森森然扑面。

花错侧耳听了听，淡淡地笑着回答：“老大，那只不过是敦煌的风声。这鬼地方一年到头都风沙不断，窗玻璃上整天刷拉作响，还不都是西北风从大漠里卷过来的沙粒？待久了就习惯了，没办法。”

白雪轻轻点头，眼光向我扫了一下，露出一丝尴尬的笑意。

花错接着问：“老大，要不要找辆车，送这位怪人去医院？”

白雪弹了弹指甲，慢慢摇头：“不用了，这位老前辈的身体结构十分怪异，一送到医院，非天下大乱了不可。花错，吩咐人准备一只电子冰棺，先将温度设置在摄氏零下二十五度，我有急用。”

刹那间，我明白了她的用意，是要将地底老僧急速冷冻起来，保持肌体细胞的新鲜度，而后单器官解剖，以探明老僧长生不死的缘由。

花错答应了一声，低着头出去。

白雪望着她的背影，脸上忽然堆起了淡淡的忧伤。

此刻，一直全神贯注于老僧的石梦开口：“杨大哥、白小姐，他就要死了，每分钟的呼吸已经低于十二次。”

老僧从诡异出现到突遭劫杀仅仅是半小时内发生的变换，人一死，我们整夜的努力就白费了。

其实，同样的藏宝故事早在历史上发生过无数次了，穷途末路者是人人劫杀的对象，在那个特殊的时候，朋友、亲人、兄弟随时都会叛逃倒戈，从背后捅来致命的一刀。人性本就是如此，无需质证，无需阐述，古今一理。身在敦煌的我们，没发现宝藏还好，一旦宝藏现形，恐怕黄沙大漠之上，又要有一场刀光剑影的恶斗了。

白雪长叹：“敦煌市的医疗水平是救不了他的，也许一切都是天意，上天要将所有的秘密埋葬在敦煌古城之下，我们费尽心机逆天而行，终归是镜花水月一场空梦。”

石梦苦笑一声：“总要有人站出来追寻敦煌的秘密，我们不来，也会有人来，不是吗？”

我不敢再耽搁下去，跨过石梦身边，低声吩咐：“替我护法，不要让任何人接触我的身体。”

石梦满脸讶然，但迅速点了点头，双手插入口袋。她是个聪明人，在脱困、观战中，不知何时拿到两柄短枪，藏在自己口袋中。

我半跪在老僧身边，右掌轻轻地按在他的天灵盖伤口上。他的血已经流干，被长枪刺穿的位置只留下一个干瘪的洞口。

“抱残守缺，心意归一；大方无隅，大器晚成；大音希声，大象无形；大智若愚，大成若缺；大盈若冲，大直若屈；大巧若拙，大辩若讷……”我凑近他的耳朵，一边迟缓地低语，一边催动丹田内力，灌输进他的百会穴。那些晦涩的词汇全都来自于北少林《易筋经》，每一句都是运功疗伤、发力提神的要诀，只有深谙此道的人才能听懂。

老僧突然睁开了失神的双眼，混浊的眼珠一转，直盯在我脸上。

“不求死，就不会死。翼王要你活下去，你必须要活下去。”我也逼视着他。

无论他出身何处，无论他的话有多荒谬，我只想留住他喉间的一口气，将近似于残破蛛网般的线索延续起来。

“有一个人……来自太阳升起的地方……秘密在那个人手里……我等的就是……在一个温泉下面藏着……藏着……”他再次断断续续地开口。

白雪与石梦几乎同时发出疑问：“温泉？敦煌没有温泉，绝没有！”

我的脑子转得更快，立即低声反问：“太阳升起的地方？是东瀛扶桑岛吗？那个温泉叫什么名字？”

在中国传统历史上，“东瀛”、“扶桑”、“东洋”指的都是日本岛，日本是个火山多发的岛国，境内温泉极多，所以老僧说的人只能是来自日本。他生活在清朝末年，对现代地理知之甚少，所以用“太阳升起的地方”代替“日本”是非常切合实际的。

“我不知道温泉的名字，但有件东西，的确是在那下面的雪白沙粒中掩埋着。有它，就能开启敦煌腹地埋藏了数百上千年的瑰宝……”老僧打了个寒噤，我立刻感到他的血脉正在全身急速逆行，那是功散身亡的前兆。

白雪急问：“那人是谁？在哪里？”

老僧不理睬她，只是颤颤抖抖地扭过头来问：“你怎么也懂得《易筋经》？你还那么年轻，又是俗世中人，怎么可能有机会接触那种高深的武功呢？莫非你也是……”

他的眉毛又粗又硬，因挂了厚厚的一层浮尘而呈现出一种可怕的青灰色，当他混浊的眼珠在深凹的眼眶里滚动时，粗眉也跟着上下抖动，显得既凶狠又狼狈，仿如一只陷入穷途末路的孤狼。

我骤然猛醒，对方看似老迈不堪，但他却身怀绝世武功，更有易筋经作为内功根基，是绝不会轻易就死的。而且最重要的，我们必须记住，他在自闭于地底之前，是一名杀人如麻的江湖悍匪。江山易改，本性难移，他骨子里深藏的那种磨牙吮血的凶残狼性是不会因岁月流逝而消失的。

“说下去。”我不想继续易筋经的话题。

“农夫与蛇”的寓言故事已经流传百年，我不知道白雪和石梦有没有意识到，开启暗门放出这诡异的老僧，本身就是一件极其冒险的怪事。古往今来的盗墓高手们都明白，黄土之下埋藏的不仅仅是黄金宝藏，其中也少不了各种闻所未闻、见所未见的危机。

“怎么了？”石梦第一时间感觉到了我的情绪变化。

我不安地轻咳了一声，向她眨了眨眼，没有开口明说，但聪慧如她，一定明白了我的意思。

白雪笑了一声，悠悠地问：“两位眉来眼去的，在交流什么？”

这种瞬息万变的状况下，任谁都在担心会遭同伴背后捅刀。白雪是江湖上的大行家，对这一点尤其忌讳，所以她才会时刻紧盯我和石梦的表情变化。

我摇摇头，缓慢收回手掌，示意多吉占堆退后，然后把老僧的身体靠墙扶正。潜意识中，对方就像一条冻僵的盘蛇一般，必须要与他保持足够的距离。

“好好，说，我说……”老僧阴沉沉地笑起来，深深地吸了一口气，稍微振奋了一下精神后才接下去——

不知过了多久，他被寒冷的夜风吹醒，突然发现那箱子还在原地，箱子旁边多了一个披着银甲、系着烟灰色披风的男人。作为翼王侍卫营的大总管，他对那背影再熟悉不过，因为那就是翼王石达开沉思的背影。

“王爷！”疯虎又惊又喜、又急又慌，仿佛身在离奇梦中。

那男人回过头来，倏地挥动手里的月牙形弯刀，哗的一声，将头顶灰色的帐篷划开。帐篷呼啦一下左右倒地，天穹一弯残月孤零零地悬着，映照着鸣沙山下波光粼粼的月牙泉水。

“王爷，你怎么来了？咱们的天国大军呢？该不会是……”疯虎听不到战鼓隆隆声、战马嘶鸣声和几万大军发出的喧嚣声、脚步声。他以为，天国兄弟已经被敌人全歼于大渡河畔南了，只剩翼王一个人逃了出来。再看四周，尸横满地，不但有孙豹子和黑衣人们的尸首，连侍卫营仅剩的五十余人也全都死状各异地倒下了。

“看，看那月亮，多像一块被打碎了的银镜子。”翼王说。

疯虎仰起头，弯月正在西移，已经是后半夜了。他敏感地意识到，翼王的声音变得干涩而嘶哑，与从前大相径庭。在大营时，后宫曾饲养着一只红嘴绿鹦鹉，那只鸟会说很多短句子，包括“看那月亮”和“银镜子”这两句，疯虎每次夜晚入后宫禀报军情的时候，都会听到那鸟叽叽喳喳地说以上两句话。不知怎的，翼王说话的声音，让他下意识地想起了那只学话的鹦鹉。

“看那月亮。”翼王又说。

疯虎打了个寒战，因为他感觉到现在说话的是那只鸟，而不是素日受天国兄弟敬重爱戴的翼王。

“你是不是也一直纳闷箱子里到底装着什么？现在，箱子打开了，过来看吧，我只允许你一个人看，因为我只相信你。”翼王踏着满地死尸走过来，抓住疯虎的肩膀，一把将他提起来。疯虎感到对方的五指冷硬尖锐，像五根鸟爪，指尖穿透衣服，直嵌入他的肩胛骨里。

翼王把疯虎提到了箱子边，原来檀木箱子的内部，又是一个黄金箱子，盖子也被打开，里面竟然是一对银色的翅膀。

“这是什么？”疯虎不解地侧过头问。从那个角度，他看到翼王的脸型正在发生奇怪的变化，嘴巴又长又尖，形如鸟喙。“这是一对搅动乾坤、扇动江湖的翅膀，不过现在没用了。明天，你再雇人将它跟黄金运到北面埋好，等待天时重现。疯虎，永远不要对任何人提起这件事，直到我派取宝者来见你。”翼王把箱子盖好，声音淡漠得像拂过鸣沙山的风……

〔伍〕

花错反水，时间虫洞

听完这一段，我和石梦交换了一个眼色，心中自然而然地想到："老僧疯虎的回忆会不会是胡编乱造出来的？"

自古"悍匪无信"，为达目的，这类人可以信口胡说，如果按照他所说的去推论，只会把人引入死胡同。

"有什么能证明你说的都是真的？"石梦冷笑着问。

"有什么……不能证明我说的都是真的？"老僧反问。

白雪插嘴："那幅唐卡上绘着的人，岂不正是他嘴里描述的翼王形象？"

不必她说，我也早想到了。因为老屋正房里悬挂着的那幅唐卡上，绘着的就是一个银甲、鸟喙的将军，手里提着的亦是一柄月牙弯刀。按正常人的思维，总会把唐卡与昔日太平天国第一虎将翼王石达开的真人联系在一道。只是，按照疯虎叙述的内容估计事件发生的先后顺序，月牙泉哗变之时，石达开早就死于清兵凌迟之下，那么此刻出现的银甲将军又会是谁？难道是石达开的孪生兄弟抑或是易容顶替者吗？

中国历史虽然驳杂，但正史中的大事却是经过无数次校对，几乎滴水不漏的。那么，一个在中国西南被凌迟于清军大营的人，也就绝不会瞬间出现在大陆西北，除非那是发生在电影蒙太奇里的幻想桥段。

"世事无绝对，历史也是由人来创造并记录的。谁对谁错？谁能知道？"石梦的话听不出是在否定自己还是否定老僧和白雪。也难怪，想在这么多盘根错节的线索后面找到正确的那一条，世间无人可以做到。

"我按照翼王的吩咐做完了一切，然后随他赶到老屋来，将自己封闭在地底。翼王说过，那盏古铜油灯熄灭之日，就是取保人抵达之时，但我永远不可能再见到天上的太阳了。你们看，天就要亮了，那天……就要亮了……我把一切都传达到他脑中了——”老僧虚脱地指向多吉占堆，但后者只是静静地站着，仿佛已经以“站禅”的方式凝神入定，浑然不知外面正在发生什么。

老僧的声音越来越轻，忽然间，他如释重负般长长地吁出了一口气，然后头慢慢垂下来，沿着墙面缓慢滑倒。

“他死了？”白雪按捺不住地第一个跳起来，跺足叹息。

那个诡异事件刚刚讲述到最动人心弦之处，就这么生生断了，任谁都会惋惜。

我与石梦交换了一个眼色，她果断地上前探了探老僧的鼻息，沉着脸问：“白小姐，事情总算告一段落了，燕盟势大，还得麻烦你的人善后，千万别引起警察的怀疑。杨大哥，我们回医院去吧，所有线索都断了，我们忙忙碌碌了半天都一无所得，只能重新盯程风那条线了。”

疯虎死了，程风疯了——两条线索都已经如风中飘摇的蛛丝。

如果疯虎说的都是真的，那么太平天国的历史可要重新更正了。如果翼王石达开没死，只是潜伏隐藏于民间，谋求东山再起，那该是一个什么样的结局啊？

我重复地探探老僧的鼻息，他已经五官僵硬地长眠过去了。

白雪一笑：“遭了‘天方夜谭’杀阵围剿，长枪通阴贯顶，焉能不死？”

石梦冷笑：“没错，没错，但那是针对普通江湖人。这个人幽居地底百年，靠吸取古树精华，修炼成半阴半阳的荣枯之禅，谁又能猜到他的身体发生了什么诡变呢？还有，万沙浪死前，也说过一些莫名其妙的话，两位会怎么想？”

我摇摇头，不想发表任何见解，而后替疯虎合上眼睑。

当他挣断树根冲出时，两条荣枯不同的树根上流出来的奇特汁液令人触目惊心，那么树根与老僧是怎样连接共生的呢？

《易筋经》出自天竺和尚达摩之手，当年他为传真经只身东来，一路扬经颂法，后驻留于少林寺，面壁禅坐九年，以致石壁都留下了他的身影。达摩参悟至高佛法后，留下两卷秘经，一为《洗髓经》，二为《易筋经》。《洗髓经》为内修之典，归慧可，未传于世；《易筋经》为外修之书，留于少林，被当做少林镇寺之宝流传至今。

大哥修炼的是少林童子功，之前拿到易筋经后，十八个内顿悟，并把其中的奥秘传授给我。在21世纪的现代社会中，古代武功和冷兵器早就成了鸡肋，被现代化枪械的强大威力遮盖住。所以，当时我接触到的仅是易筋经的皮毛，对于经书最后“吸天地之精华、淬日月之荣光、集山海之奇秀、束风云之神芒”那段批注并未在意。面对地底老僧时，我突然觉得自己没能珍惜遇到易筋经后的绝世修行契机，实在是愚不可及的一件事。

“老僧能凭借易筋经幽居百年，大哥呢？失踪之后，会不会也……”恍惚间，我的思想又开始走神了。

石梦弹了弹指甲，从袖管里抽出一把韭菜叶尖刀，目视老僧的尸体。

“要解剖吗？在这里就动手，太仓促了吧？”白雪横跨一步，举手阻止石梦。

石梦摇头：“我想看看他的背后，如果一个人能吸收古树精华的话，他的血脉经络是不是已经跟古树连为一体了？白小姐，我也是参与这次行动的一分子，有没有探求这一答案的权利？”

她们两个的关系始终有些紧张，其中一个做什么事，另一个一定会站在对立面上。

果然，白雪浅笑着横在石梦面前，伸开双臂，将已死的老僧置于自己的庇护之下。

石梦皱眉，手腕一抖，尖刀在指缝间挽了个小小的刀花，寒凛凛的刀气便丝丝缕缕地径直泼洒出来。

“这个人是燕盟拿下的，怎么处置要由燕盟说了算。石小姐，请不要越俎代庖好吗？”白雪脸上一直挂着捉摸不定的笑容，但她的全身已经绷直如满月长弓上的雕翎羽箭，稍稍触发，便要离弦飞出，射穿眼前的一切障碍。

我无法再保持沉默，于是轻轻拍掌，站到石梦那边去。

“白小姐，你说得很对。那么这里没我和石梦的事，我们先行告退可以吗？”我极有礼貌地说。

石梦感激地笑了，因紧张而微颤的双肩也平静下来。

白雪冷笑起来：“好，那咱们大家就此别过，他日江湖再见吧。”

宝藏还没现身，单单是老僧疯虎的话已经令燕盟上下动作起来。可想而知，五百箱黄金呈现在众人面前时，早有准备的燕盟，或许会杀人灭口，不留痕迹。基于这一点，我应跟石梦早点离开，先回医院那边去看看程风，免得引火烧身。

“五百箱金子不是一个小数目啊，会埋在何处呢？敦煌城那么大，密室周围、月牙泉边、鸣沙山下？”白雪喃喃自语着，眼睛里闪烁着灼灼精光。

“他死了，不过他的所有思想都已经进入掘藏师的脑中，对吗？”石梦冷静地插言，嘴角挂着若有若无的淡然笑容，“本来，掘藏师的唯一使命就是翻译书藏、找到圣物藏然后攫取识藏，伏藏师要说的内容从他嘴里说出来或是从掘藏师嘴里说出来，是完全没有分别的。多吉占堆大师，今天有这么多人在场，原本不该过问藏传佛教的‘掘藏’秘密，但事关太平天国翼王宝藏，那些金子并不属于拉卜楞寺或任何寺庙所有，而是属于史上遗宝，在场者人人有份的。”

当众人或顿足捶胸、或刀剑并举时，她只在耐心地观察每一个人的脸色，现在终于把意见说了出来。

刹那间，多吉占堆成了全场的焦点。

他从老僧身边站起来，用力点点头：“对，他没说完的，我都知道。他没说出来的，我也看到了。唐卡上的将军就是疯虎所认识的太平天国翼王石达开——”

每个人都静待他说下去，但班措突然叫出声来：“不要说，不要说，我察觉到一股看不见的危险正在这个石室里飘浮流动着。不如我们先到上面去，慢慢再说这事。”

他的年纪虽轻，这句话说得倒是很有道理。石室深藏地下，一旦外面生变，我们的处境将会非常危险。

“不必出去解决了！”回转来的花错笑眯眯地叫了一声，手中的短刀立时横在了白雪颈旁，目光马上对准我，冷冷地喝道，“别乱动，杨先生。你出手，老大就会人头落地，我从不开玩笑的。”她振了振手腕，刀身上的缭乱光影晃来晃去，映亮了白雪莹润的颈上肌肤。

这已经不是我熟悉的那个为情所困、为爱而伤的女子，她向我倾诉哀思与仇恨时的样子依稀还飘浮在我脑海中，她也曾费尽心机布下“天方夜谭之杀”伏击隼机关睡佛为情人报仇……现在，那个燕盟十二君子中的“一品带刀侯花错”已经远去，取而代之的，是一个被欲望烧红了眼睛的疯狂女子。

石梦轻轻叹息：“该来的，终归还是来了。”

以她的敏锐洞察力，似乎早就预感到了矛盾爆发的前兆。

变生肘腋之下，白雪的神色立刻变得懊恼起来。

“大家都别动，我只带多吉占堆大师走，与其他人无关。你们最好都别逼我动手，我认识你们、体恤你们，但我的同伴们暴力嗜血惯了，随时都会杀人，弄得不可收拾。杨先生，我知道你对老大有情，但千万别好心做坏事，害得她丢了性命，好吗？”全场静寂，只有花错在以胜利者的口吻侃侃而谈。

我笑了笑，意蕴复杂地点头。

石梦哼了一声，轻蔑地扭过头，不再看纠结在一起的燕盟二人。

花错那么说，意在挑拨离间，针对的正是石梦。事实恰恰相反，我只对石梦有情，白雪的黑道江湖和我们完全是两个世界里的人，走得再近，也不会产生感情的火花。

“花错，你现在为谁工作？”白雪冷笑着问，声音里凝结着无限的淡漠。

一旦静下心来，她有足够的定力和修养面对一切，在场所有的女孩子中，她是最成熟稳重的。在此之前，她曾那么关心花错，因为后者是燕盟十二君子中的一员，属于她的保卫、维护、统领、管辖范围之内。转眼间，对方反水，她自己却成了刀口下的人质，实在是对江湖人性的一种莫大讽刺。

这种变故让我又一次感叹，人在江湖，当面叫哥哥、背后捅家伙的事太多了。”

“我？起初是燕盟十二君子的一分子，当然是为梁夫人工作。后来我爱上了南园，转而为隼机关工作。事实上，南园属于51号基地隼机关与‘地狱部队’的双面间谍，为了帮他，我只能深陷其中，同时替三方工作。等到南园暴露并为隼机关睡佛所杀后，我就完全跨入了‘地狱部队’一方。人，就像蛾儿一样，永远向着光明处飞扑，我很享受目前的这种工作状态，完成了敦煌这件大事，马上就会升级为病毒先生的首席助手，成为这场追逐游戏中的规则制定者。老大，其实病毒先生本人也对你很感兴趣，大概二十四个小时后，你就能在乌克兰山区的地下兵工厂里跟他会面了。”花错狡黠地笑着，不断地偷眼观察腕表。

一个陷入利益漩涡的女孩子，外表再美，亦不过是脂粉妆饰下的骷髅，令人心生厌恶。由此可见，当她在我面前为追忆南园而落泪的时候，竟然全都是伪装出来的，只为骗取我的同情心，从而降低对她的防范。

“我真的错看了你，梁夫人对你的评判一点都没错，‘一品带刀侯花错落花成错、一步错步步错’。花错，现在回头，还来得及。”白雪双眉深垂，鼻梁两侧的法令纹却微微抖动，表明她正在极力压制着内心的杀机。

花错一声浅笑：“哈，梁夫人？她不过是将我们当做电脑杀手罢了，取

‘十二君子’之名，也不过是沽名钓誉的手段。老大，这个世界上人人信奉‘人不为己天诛地灭’的准则，谁也不比谁更清高。江湖之上风光，江湖之下却全都是望不到边的污泥，你和我都不是莲花，都不能出污泥而不染。好了，我已经看透这世界了，只想由别人掌控的棋子变成执掌乾坤的对局者。”

她又看了一次表，眉头皱了皱。

班措突然开口：“你在等人？”

花错目光一转，落在那少年身上。

“你等的人不会来了。”班措的眼神变得深邃无边。

我已经做好了出手的准备，只要花错妄杀，我就不再隐忍克制。

花错又看了看表，孤傲地笑着：“什么？你懂什么？”

班措举起右手，在面前画了个巨大的圆圈，又歪着头想了想，在虚空中画下一长一短两根线段。这次，所有人都看懂了，他画的是一只钟表。

利刃加身下的白雪饶有兴趣地问：“那代表什么？”

班措一边思索一边慢慢地回答：“你们都失去了时间，一点一滴地失去。而他则失去的更多，几天、几十天、几年、几十年。正因为站在这里的人与地面上的人所经过的时间长短不一，才造成了……才造成了……”班措大声说，他指向老僧疯虎的尸体，却又突然卡壳。

“什么？”花错已失去耐心，连续看表，并且用力晃动手腕，以确定那只表还在正常运转。

“人在这里，时间是停滞不前的。他看起来很老，算起来经过了几十年、百多年，但对他自身来说，一百年和一分钟并没有区别。时间只对外边的人有用，外面的人生生死死、年岁更迭，而里面的他却是永恒不变的，永远停留在进入地下的那个时候。我说的——你们能听懂吗？我们是在一个时间的空当里面，不不，也许应该说是一个被时间遗忘的虫洞里……”他找不到合适的汉语词汇来描述自己的想法，神经质地连续眨眼，又举起双手，用力挠头，“是是，就是虫洞，这个地底石室就是虫洞的发源地，只要进入这里的人，都会失去或长或短的一些时间……”

花错大喝一声：“不要说了，那些乱七八糟的东西跟我无关！”

她的表情是如此惶惑，证明班措的话已经对她的心理造成了影响。

石梦陡地叫起来：“那么……我们再走上去的时候，是不是已经错过了太多东西？”

在许多科幻小说桥段中，都阐述过时间的“错位不同步”问题。我记得其中一篇来自于著名的港岛倪姓作家，名为《双胞胎》，大意是双胞胎之一的哥哥经过时空旅行回归后发现，与自己同年同月同日生的弟弟已经变为古稀老人，而自己却停留在失去时间之前十六岁的少年时代。

没有人愿意一觉醒来看到的是另一个陌生的年代，一回首已是百年身。就如同中国古代神话传说中的《烂柯记》那样，天上方一日，世上已三年，只看了神仙三局棋，连樵子自己的斧柄都朽烂了。

花错蓦地狂笑起来：“哈哈，你在胡说八道，我刚刚上去过，外面的状况毫无异常，所有人都按部就班地做自己的事，天地日月也没乱了轨迹。‘地狱部队’的人错过了约定时间，只不过是个小小的意外，哈哈哈哈……差一点就给你骗了！”

石室中所有的人都同时舒了一口气，我这才发现刚刚连自己的心都强烈地紧缩起来，无力承受班措所说的那些理论。21世纪的现代社会虽然不是那么尽善尽美，但我和身边的每一个人却都热爱这种生活，不愿失去生命中的任何一天甚至任何一秒。班措的话仿佛一层黑色的纱网，带给我们巨大的恐惧，但又被花错一下子戳穿了。

班措用力摇头：“我没有胡说八道，我没有！那些时间已经实实在在地失去了，我看到同样的两只钟表，一个走着，一个停着。”

花错的声音一下子提拔到最高：“闭嘴，不想死就闭嘴！”

甬道里响起了一阵轻快的脚步声，来的应该是两个人，奔跑时一个步子大而重，一个步子小而轻，可见是一男一女。

花错脸露喜色，扫视着所有人，顷刻间又换了另外一种冷厉狠辣到极点的表情：“所有人都不要轻举妄动，千万别试图做孤胆英雄。杨先生，我了解你所有的资料，看过你所有与人交手的资料。你动，我就杀人，老大就会人头落地，听明白了吗？”

当她的目光定格在我脸上时，我的脑中浮起一种被柬埔寨遮勒芒山尖顶花背眼镜王蛇死盯着的惊悚感。

“是吗？”我很清楚自己无法瞬间突破七步远的营救距离。花错的刀极快，她的精神也紧张到了极点，说杀人就杀人，绝不会刀下留情。换句话说，在石室里营救白雪已无可能。

进来的果然是两个人，而且算是“熟人”：在我手底遭过重创的“蜘蛛”和他的同伴，那个身材娇小的华裔女孩子。在港岛医院的太平间一战，我们之间的战斗以平局收场，我伤了蜘蛛，而那女孩子却也用双枪逼住我、白雪、石梦三个，保护同伴全身而退。

江湖传说“地狱部队”中高手众多，从那女孩子身上便可见一斑。

一闯进来，蜘蛛那双暗黄色的眼珠便对准了我，瘦削的脸上瞬间浮起嘲弄的冷笑：“大游侠杨进杨先生，大家又见面了。不过这一次，是你还我锁喉一抓的时候了吧？”

世人皆知，一个人的名字或许会起错，但外号却绝不会叫错。蜘蛛这种动物天性凶残，以“蜘蛛”为外号的人，性情也和毒蜘蛛相去不远。我突然自责地倒吸了一口凉气，因为上面的房间里豢养着那么多毒蜘蛛，我或多或少也应该联想到某种危险才对。我犯了错，并且错得无可救药，无法收拾。

大哥杨正说过：“人在江湖，不可犯错，因为犯错的代价非常严重，往往小似针尖的错就能葬送一名绝代高手的性命。”

我记得当时自己的回答是：“可我们是人，不是神，是人就难免有犯错的时候。”

大哥的回答玄妙而沉郁：“所以世界上每天都会增添上万座新坟。”

那娇小的女孩子背着一个浅灰色的双肩帆布包，右手插在胸前的斜口袋里，目光炯炯有神，审度着现场的状况。她的脸略显苍白，如先天性贫血的病人那样，但走路时只有脚尖落地，显得异常机敏。

花错抬手阻止蜘蛛继续向我靠近，低声说：“该撤离了，带上那老头子。”

征战一夜的焦点，全在这突然出现、遇袭猝死的老僧，但我暂时想不明白她的目标是老僧，又为什么会安排“天方夜谭”杀阵，连目标也一起狙杀？死人是不能提供情报的，带走一个活人显然比带走一具尸体更符合常规。

蜘蛛拨开花错的手，不屑地撇撇嘴：“我更感兴趣的是杨进。”

花错提高声音，冷冽地吩咐：“敦煌的事一切以我为首，你忘了吗？”

蜘蛛大步向我跨近，头也不回，仰面大笑：“你做你的，我做我的。杨先生在港岛占了我的便宜，我岂能放过这个讨回公道的机会？”

现在，我真后悔没在上次交手时废了他的武功，如果不存妇人之仁，就不会有今天的窘困了。

女孩子走近老僧，先试探他的鼻端、颈边、胸口，确信对方已经死亡后，才长吁了一口气，慢慢转身，从斜袋里抽出一柄短枪。

白雪受制于花错，我和石梦一招错，招招错，情况越来越危急。

“八方英雄汇聚西北古城，真是敦煌的荣幸啊。可惜，我们江湖人永远屈居于地底黑暗之中，是最见不得光，也不敢发出声音的。港岛少侠杨进、燕盟十二君子首领白雪、大寻宝师石布的妹妹石梦……都是鼎鼎大名的年轻一代高手，如果一起死在这里，黄泉路上大概也能携手做伴，驱走寂寞吧？”女孩子取出消音器，一环一环地拧在枪口上，动作洒脱而仔细，不带一丝心急火燎。

“阁下是谁？”石梦的肩头又开始发颤了，但却不是害怕，而是斗志满腔所致。她有枪，枪在口袋里，如果贸然拔枪，结果只有一个，那就是先一步遭对方射中要害。枪手与枪手间的较量，唯有“失之毫厘谬以千里”八个字可以形容，子弹无眼，分分钟都会死人的。

〔陆〕

长江九号，班措诡变

女孩子慢悠悠地笑着："叫我'九号'就可以了，像我这样的人通常只有代号，还不配有名字。"

趁她一手握枪，一手掩着嘴浅笑的那一刻，石梦突然拔枪，枪口上举的同时打开保险栓，砰地开了一枪。她的动作虽快，但九号的子弹已经后发先至，射在她的枪管上，令她枪膛里发出的那颗子弹失去准头，不知飞向何处。

"请各位不要乱动，真的会死人的。"九号温温柔柔地笑着，短枪在食指上哗地转了一圈，枪口仍对准石梦，逼得她沉着脸撒手扔枪。

"好枪法。"我由衷地赞叹了一声。

九号射击的手法相当独特，看样子她应该是受过极其严格的专业军事训练，动作简单实用，开枪时身体各个部位如雕塑般稳定，与她的年龄极不相称。

"谢了，杨先生。"九号向我弯了弯腰，嘴角衔着微笑，像开放在黎明的一朵雏菊。

那时蜘蛛已经踱到我面前，右手捏着自己的下巴，手背上的黑色汗毛茂盛如春草一般。要杀他很简单，我也许用不了一秒钟就能扭断他的脖子或者在他的心口掏出一个洞来，但九号的神奇枪法无疑已经给了我重重的威慑。

"我不杀你，但要在你脸上留个记号，一个任何人看到都会联想到我的记号。杨进，别怪我下手狠，是你自己非要卷入石布那件事里来的，挡了'地狱部队'的路，自然该遭到铲除。"他亮出了自己的蜘蛛小刀，铁青色的刀锋倏地压在我的左侧额角上，稍稍比划了一下，残忍地冷笑着，"小刀就是我的画笔，别担心，我会尽量'画'得好看一点，以便让你记住，永永远远地记住。当然，我奉劝你好好记住另一点：'地狱部队'来自地狱，不想死，就滚远点，别挡我们的财路。”

蜘蛛是如此嚣张，以为局面尽在掌控之中。

“那样不好吧？”我冷静地平视着他。

“有什么不好？”他脸上的戏谑表情更夸张了。

“如果我为求自保，铤而走险反击，你的下场将好不到哪里去。蜘蛛，请把你的刀拿开，别触怒了我的忍耐底限。”我没有闪躲的余地，唯有迎头痛击这一条路。所以，蜘蛛大言不惭地说要在我脸上留字，那只能代表他是活得不耐烦了。

蜘蛛龇了龇暗黑色的门牙，斜吊着眉毛大笑：“底限？我碰了你底线又怎样？你的动作再快，能快得过九号的子弹吗？”

似是为了给同伴助威，九号的枪又在指尖飞旋起来。

“所以杨进，跟‘地狱部队’玩，是你自己找死，怨不得别人。”蜘蛛手腕一振，刀尖上的力量陡增，我能清楚地看到他眼睛里闪过的野兽般疯狂的寒芒。

喀嚓一声，他的小刀突然从中折断，断刀回旋从他喉间抹过。起初不见鲜血，蜘蛛木立了几秒钟，陡地狂吼一声，喉间的血箭也哧地标迸射出来。同时，他的右侧太阳穴上也出现了一个血洞，猩红的血炸成了一朵暗色的狂花。

开枪的是九号，她的第三颗子弹射中了花错握刀那只手臂的肘关节。

花错惨叫一声，刀已经被白雪反手夺过。那种情势下，若换了第二个人，当然不会放弃将刀刺入花错小腹的绝佳机会。但白雪什么都没做，只是用那种痛心到极点的哀伤目光盯着花错。

“花错，回头吧，就当今晚的事没发生过，你仍是燕盟十二君子里的好姐妹。”白雪脸上挂满了酸楚，语出挚诚，令人深深感动。

蜘蛛倒下，喉间创口里咕噜咕噜地冒出一大串血沫，睁着无神的大眼睛瞪着屋顶。我的刀与九号的子弹同时夺走了他的性命，后者令他死不瞑目，不明白同伴为什么会从背后开枪。

“我的使命终于完成了。”九号轻轻地吹了吹枪口，取出一张湿纸巾，小心地擦拭着枪柄上的指纹，然后将它放到蜘蛛手中，又退后几步歪着头审视着。她做这些动作时，表情平静，不带任何愤恨仇视，仿佛蜘蛛是死在别人手中一样。

等她起身时，我双手合掌，向她点头致谢。

“不必谢我，这是我的任务。敦煌是个小地方，经不起你们这么多条巨龙折腾，而隼机关和‘地狱部队’这两支半官方半江湖的大势力，更不该肆无忌惮地在中国人的地盘上自行其是。随着睡佛和蜘蛛的死，现在总算告一段落了。杨先生，我知道你来敦煌为的是寻找大侠杨正，可惜我们帮不上什么忙，只能间接地替你清除一些麻烦，剩下的事，还得你自己去做。”九号脸色平静，毫不居功。

我惭愧地一笑：“能给我们解围，已经感激不尽了，请问该怎么称呼？”

九号幽幽地笑了：“叫我九号就可以了，我觉得这数字挺好的。身在长江，排行老九，能够为自己毕生最敬佩的大侠杨正做些事，无比荣幸。要知道，‘长江’里的很多人都曾受过杨大侠的恩惠，包括领导我们的最高长官在内。大陆江湖之内，知道杨大侠的人比知道南北绿林盟主名字的更多。只可惜，杨大侠的失踪太过离奇，谁也打探不到一点消息。杨先生，除了默默地为你们兄弟祈福之外，请恕我连一点点忙都帮不上。”

她摊开双手，做出很无奈的样子。

这个平凡如沙粒的普通女孩子勾起了我对大哥的深切怀念，他已不在江湖，但江湖人却始终口口相传着他的故事。作为他唯一的弟弟，我还有什么理由萎靡不振下去呢？只有奋起于蛛网尘丝之中，不断地提高自己，才配得上“杨正弟弟”这样的称谓。

我现在明白，九号是“长江部队”中的人，之前卧底于“地狱部队”，为的就是关键时刻的倒戈一击。江湖大势力之间的对抗与并吞过程中，像九号这样的“死间”往往能起到决定性的作用。比如刚才，她一个人就瓦解了花错与蜘蛛的大好局面，轻易地扭转了敌我双方的控制权。

九号是第一个离开的，她娇小的身体包裹在厚厚的羽绒服里，外表与大千世界里的任何一个小女生一样普通。这样的人，只要融入人流来去中，就再也找不到她，平凡如尘沙蝼蚁，但恰恰是这样一群不争名利、深沉隐忍的高手，为人类社会的平和与繁荣扫平了一次又一次危机。“长江部队”与他们的前辈“中国龙组”怀着同样的使命，是这个强大国家的安宁守护之神。

“再见了。”临别前，她向我和石梦、白雪分别点点头，苍白的脸上浮起了淡淡的微笑，“也许大家还会再见面的，这敦煌古城的天不放晴、云不散尽，好多人就没办法离去，不是吗？下次遇到，希望大家不会是针锋相对的敌人，而是可以站在同一战线的友军。因为我知道，与三位为敌，实在不是件轻松的事。”

她昂然地走了出去，脚步声渐轻，直到外面寂然无声。

“孤帆远影碧空尽，唯见长江天际流。好一个‘长江部队’，果然胆色过人，胆识无双。今次到敦煌来，能见到她那样勇猛果决、出手如风的高手，也不枉此行了。”石梦黯然长叹，似乎对长江九号的离去有些恋恋不舍。

“我回不了头了，我回不了头了……”花错蓦地悲怆地大叫起来，“南园死的时候，我的生命也早就随之结束，像一枚离开枝头的叶子。梁夫人只顾爱惜自己的羽毛，不肯帮我给南园报仇，我只能求助于‘地狱部队’。老大，你不是经常教导我们说‘敌人的敌人就是我们的朋友’吗？隼机关与‘地狱部队’互为死敌，我只能这么做，只要能给南园报仇，我情愿毁掉人生的信仰……”大股大股的鲜血从她手臂上淌下来，九号的达姆弹造成了难以愈合的撕裂性伤口，花错的那条手臂肯定已经毁了。

“杀了我好吗？”花错歇斯底里的狂叫变成了抽泣，忽然向前一扑，用身体迎向刀尖。那柄短刀果真锋利到了极点，嗤的一声，刀尖已经从花错背后透了出来，刀尖上淋漓的血不是红的，而是一种诡异的碧色。

“杀了……我的背叛就到此为止了，至少没有给燕盟造成伤害，也没有拖十二君子的好姐妹下水。君子应敏于行而讷于言，希望其他姐妹以后提到花错时，都记得我的好，忘掉这不光彩的一页吧……”花错惨笑着倒下，名震江湖的“一品带刀侯”就这样佝偻着死于自己的刀下，如此结局，不免令人心酸。

白雪的脸沉郁得像万年不化的冰封，久久地环顾着满地狼藉说不出话来。

“战斗到最后，竟然没有一方是胜利者。回想起来，燕盟派花错到敦煌来打根基完全是一步错棋。南园死时，她的心已经乱了。杨进、石小姐，二位先请离去吧，我会将疯虎的尸体放入冰棺里带走，然后消除此地的所有痕迹。”她的态度与初到敦煌时迥异，恨不得拒我和石梦于千里之外。

我不再争辩什么，拉着石梦的手向外走，多吉占堆、班措、程霓裳也沉默地跟了出来。

天已经蒙蒙亮了，敦煌正在从黑夜沉睡中懵懂醒来。

老屋四周，呈现出一种非同寻常的死寂，而檐角楼头的枯草，却因为昨夜数帮人的倾轧交火而折断了七七八八，成了昨夜战事的唯一物证。当然，这一切都是在警方的耳目之外悄悄进行的，就像滔滔东去的大河下的深水暗流，亘古存在，却永远不会曝露在阳光下。

变化迭起的一夜激战后，战局的获利者仍是燕盟，而“长江部队”永远如阴翳云层里偶然射出的阳光，倏忽出现，一击得手，随后又倏忽消失，任由乌云锁住苍天。

我向古树那边望了望，它的千万根枝条正随着敦煌的晨风瑟瑟抖动着。

“皮不存，毛焉附？根已毁，树还能永生吗？”我油然想起地底密室里那两条断根，但转念又想，“到底是老僧的心血支撑了那古树，还是古树的根茎汁液养活了老僧呢？抑或是人与树共生，来来去去，纠纠缠缠，已经无法清算彼此的关系？”

“杨大哥，走吧。”石梦垂着头，挽着我的手臂，半边身子靠过来，沉沉地挂在我臂弯里。

四面仍有燕盟的人逡巡来去，守护着己方的胜利果实。我们一行人时时处在枪口警戒之下，撤退是唯一的选择。

离开老屋三条街后，石梦突然打了个趔趄，栽倒在我臂弯里。

“杨大哥，快找一个最近的、能够供应大量热水的宾馆，我需要高温水疗，请尽快，我身体里的血液就要冻住了。”她的手冷得像冰砖，脸和脖子也呈现出一种青渗渗的死灰色，说这些话的时候，牙齿已经开始咯咯打战。

我们的目标本是要回医院去的，此种情况下，我只能迅速抱起石梦，再过一条街，进了一家连锁式的旅行酒店。拜国际化商贸大环境所赐，敦煌虽远在西北，却仍开设了许多服务一流的三星级酒店，二十四小时供应热水，并且房间内设施齐备。我在大浴缸里放满了热水，然后将石梦抱进浴室，一时间不知道如何帮她，尴尴尬尬，进退两难。

“我没太大事……请出去吧，只要在热水里浸泡两个小时，就会好……医学书上说，这是一种叫做‘思多血气衰’的病，我昨晚思虑过多，才这样……”石梦勉强扶墙站着，五官憔悴，印堂晦暗，连头发都失去了光泽，软软地垂下来。

交浅言深，我只能点头退出来。

古代医书《千金方》上的确记载着这种怪病，名为“思多血气衰”，实际的发病原因是“脑衰竭”或是“精力透支过度”。此病在日本的围棋界人士身上经常出现，棋界广为流传并奉为经典的“本因坊吐血十战”正是脑衰竭的主要表现。话又说回来，只有脑力特别发达的人才会陷入这种状态，普通人与此无缘。

那时候，多吉占堆、班措、程霓裳缩身于宽厚绵软的大沙发里，都在闭目养神。

墙上的电子钟已经指向早晨七点，我想了想，按铃招呼酒店前台，让他们送五个人的早餐进来。人是铁，饭是钢，大家已经忙活了一夜，该补充点能量了。由此我也油然想到，疯虎栖身于地底石室中度过的是一种何等辛苦的岁月啊——“以树为食，不见天日，永远看不见未来，只为信守对翼王石达开的承诺，苦等取宝人到来”。

“杨先生，我知道你在想什么，其实不必为那老人惋惜什么，在时间的虫洞里，他对一百年的感受或许仅仅是一周、一月或者是一年，绝不会为苦等百年而熬白了头。要知道，时间的虫洞非常奇特，有时是逆向的，有时是顺向的，如果他够幸运，甚至能依靠虫洞在时间的河流里穿行回溯，看到从前，或是看到以后。”班措慢慢地睁开了眼，凝视着侧面的热带鱼生态缸。

一大群火红色的鹦鹉鱼在藻类植物缝隙里穿过，一小群五彩斑斓的孔雀鱼紧随其后，几十串小泡泡无声地向水面上翻滚涌动着。

当班措停止说话时，房间里只有中央空调出风口轻微的嗡嗡声，十分安静，但叫人心里总存着一些忐忑。

我耸了耸肩，老僧疯虎已死，再去探讨他的生命状态已然没有意义。

“那虫洞果真存在，我深切地感受到它了——”程霓裳蓦地扬声补充，“那地底石室里有思想的虫洞、时间的虫洞，也有地理位置上的虫洞。当我走进去时，曾看到了一些非同寻常的事，所以一直都在沉默不语地思考。杨叔叔，我知道你是个博学多识的人，对历史上的程佛儿其人有没有过研究？”

班措抢在我前面连连大力点头，指着程霓裳，急促地问：“你果然感受到了吗？在时间虫洞的逆流中回到了过去？”

关于虫洞，在霍金的《时间简史》中早有过形象的阐述。

我现在唯一不解的是，进入地底石室的人谁都没有失去什么，除了“地狱部队”的人迟来了一会儿之外，一切都很正常。

程霓裳若有所思地摇头：“不是看到，而是……而是我感到自己就是那个人，一个因战乱而羁留敦煌古城的宫廷舞伎。那时的风沙才是不折不扣的‘沙尘暴’，整座城都被淹没在灰黄色的沙土里，而我却在迎着风沙舞蹈，就在古敦煌城的东南城楼上，遥向着帝都的方位。我知道自己的家园已经陷落贼手，自己像一株没有根的植物，早早晚晚会死在鸣沙山下这片大漠里，无人理解，最终腐朽于红尘万丈中，再也没人记起我飞旋动人的舞姿。于是，就在那残阳如血、黄沙死寂的城头，我投入全部精神最后一舞。”

她用力搂住自己的双肩，整个身子都缩进沙发里。

“妙极了妙极了，现在我终于知道自己并不是唯一一个有怪异感受的人了。我们一起经历了虫洞，从虫洞的时空之窗里看到了过去，成为历史的智者。不过，仅仅是看到解决不了任何问题，时间的车轮仍旧辚辚向前，我们总要做些什么来挽救人类的命运吧？我清楚地知道，有一股神秘而险恶的力量就埋藏在敦煌之下，时时蠢蠢欲动，像被地壳覆盖的沸腾岩浆那样。请你再说下去，除了敦煌的风沙，还看到了什么？”班措的双眼中充满了智慧的灵光，不再是那个衣着寒碜的懵懂少年，而是一名散发着聪慧光彩的智者。

程霓裳打了个寒战，伸出双手，纤纤十指搭成兰花指，指向眼前的虚渺之处。

班措急切地催促：“说呀说呀，是不是也看到了那些滑翔于空中的怪东西？”

程霓裳点了点头，轻轻回答：“那时，我看不见山，也看不见沙，却看见那些怪鸟正滑过天际。它们有着正常人一样的身体，但后背上却多了一对翅膀，几千几万只一起飞来，遮天蔽日，声势惊人。”

我无法插话，可程霓裳的幻觉太惊人了，如同高烧患者的呓语一般。

班措站起来，大声说：“那时，你是程佛儿，我是镇守边关的大唐班将军，为了守护这座西北小城，与双翼人展开了一场实力悬殊的死战。三千戍守兵马全都战死，无一人能保全尸首，全部被撕成碎片，血染黄沙。于是，敦煌城落入双翼人之手，民众遭到惨烈的屠戮，直到古城变为死城，那个夜晚变成了人民永远不会醒来的噩梦。如果没有你的舞蹈支撑着，我也早就倒下了，但正因为有你，我才有勇气活下去，拉着你的手跃下东南城楼，潜藏于戍卫暗道中。还记得吗？当时你一直都在重复着同一句话，那就是——‘我们要活下去，我要重回长安’。为了这句话，我艰难地活下来，直到这一刻。”

他挺直了瘦削的身子，双手抔在腰间，踱到程霓裳面前来。

我隐忍着不去打断他们这段奇怪的交谈，心里又记挂着浴室里的石梦，一颗心分成了两半，苦苦地支撑下去。

程霓裳迟疑地将双手放入班措掌心，并在他的牵引下站起来。

多吉占堆的诵经声响起来，那是一篇歌颂活佛真神、祈愿天降祥瑞的平安经文。他的低诵中偶尔夹杂着沉重的吸气声和掩抑不住的咳嗽，显然亦在老屋里受过伤。

“来吧，我们离开这里，从虫洞的入口回溯过去，重新选择结局，而不是今天这样。相信我，程佛儿和班将军定会有个完美的结局。”班措的话让我感到后背一阵阵发凉，如果他跟程霓裳消失，敦煌的事就要真的变成一场死局了。

程霓裳居然深深点头，满脸疑惧化为惊喜：“好，今日世界，不是我们要的结局。虫洞变化万千，我们总能找到新的归宿。在那条黑漆漆的沙地暗河里，你总要我相信你，为什么不相信我已经是真的相信你呢？”

班措大笑起来，底气十足，一听就知道是位胸怀锦绣、武功大成的高手。

蓦地，我听到门外传来轻轻的脚步声，最终停在我们的房间门外。接着，有短枪金属消音器旋转时的嗞嗞声，弹开保险栓的咔哒声，以及左右两个人牙齿缝里发出的为了压抑紧张心情而连续深呼吸的嘶嘶声。

我倏地闪到门后，双臂上探，扣住门框，随即屈体向上，身子平贴住天花板，将自己很好地埋伏起来。

姑且不管班措与程霓裳的诡异表现，有人带着杀机跟踪而来，才是最需要解决的。

原先我已经按下了门上的暗锁，但对方显然持有这个房间的电子门禁卡，因为他们毫不费力地就拧开了把手，无声地推开了门。门只打开了一个极为狭窄的角度，两个穿着黑色运动服、黑色跑鞋的短发男人伏着身子抢进来，短枪指向客厅里站着的两人。幸运的是，他们并没有一露面即开枪，否则就将遭到我的雷霆一击，别想活着出去了。

“不要动，全都不要动！”一个男人冲向客厅，他的同伴则循着水声掠向浴室。

我确信门外没人后，才轻飘飘地跃下来，低低地吹了声口哨，吸引他们回头。那时，客厅里的多吉占堆、班措、程霓裳在杀手眼里是一个老人、一个孩童、一个女子，都不足为虑，不能算是他们的主攻目标。所以，两人听到我的口哨声迅疾回头时，根本没考虑来自另外三人的攻击。但是，恰恰是这种疏忽，才第一时间送了他们的性命。

出手的是班措，他杀第一人时用的是斜切掌，杀第二人时用的是肘弯锁喉，动作干净利索，比起那些黑市拳台上被称为“公开杀人机器”的泰拳高手来丝毫也不逊色。

我禁不住苦笑，事实上，一个像他那样的瘦弱少年是不可能有如此身手和胆识的，除非目前他的身体里装着的是另外一个灵魂，即“戍守敦煌的大唐班将军”。

〔柒〕

虫洞与失踪

隔着十步远，我与班措对望着，他的眼睛里射出猎豹或是头狼发怒时那般狠辣的目光来。

“小兄弟，放松点，我们是朋友。”我向侧面挪动脚步，护住通向浴室的路线。

“朋友？”班措随着我的脚步转动身体，仍旧死盯着我。

“不管你从前做过什么，现在是21世纪的文明科学社会，你的一切困惑都能得到很好的解答，包括虫洞、重生或是灵魂转移之类的。程小姐对我们很重要，请你不要伤害她，更不要带走她。”我用眼角余光瞟着地毯一角丢着的短枪，反复衡量着控制局面的可能性。

之前在泰国游历时，我曾多次与泰拳好手切磋过，其中也不乏一些时下正当红的黑市拳王。中国地趟功夫是泰拳的克星，因为他们的下盘普遍存在难以保护的弱点，最怕大陆北派的弹腿、地趟拳、七十二路燕青翻子拳之类的贴身格斗术。

“这是个错误，我必须改正它。我们的来去，与你无关，与这世界也无关。你没经历过虫洞，当然也不明白其中的奥妙变化。敦煌是个很奇特的地方，看似平淡无奇的万里黄沙下藏着几千个秘密，没有人能最终穷其究竟。于是，唯有死亡才是结束那些好奇心的最好办法，也是唯一办法。我想给你一句忠告，那就是不要对敦煌存有任何好奇心，最好把自己当成一名普普通通的游客，来了、看了、走了就好，好奇心会害死人的。有些秘密，最好还是将它们永远地湮没在历史中就好了。”班措似乎并没有把我放在眼里，就那么松松垮垮地站着。

“我不是来旅游的，很多人都不是。”我时刻不忘自己的使命，追寻大哥的线索虽然暂时山重水复，相信最终会有柳暗花明的时候。

“我们也不是。”他回头看着程霓裳。

少年不懂风情，但班措深情地望着程霓裳时，我敢肯定现在占据这个瘦弱身体的绝对是个三十岁以上男人的灵魂。

突然间，他的进攻已经发动，右手剑指刺中了我的喉结，左手的重拳也擂中我的右肋。同样，我亦用窝心腿、穿心顶、十八路小擒拿手还以颜色，当我们俩的四只手臂交错缠绕时，我顺势使出日本柔道里的“寝技”，咕咚一声将他放倒在地。

交手只一个回合，我已经发挥出了自己最高的格斗水平。搏虎尽全力，搏兔亦然，才能屡战屡胜。

我很清楚自己当前的武功已经能排名于全球格斗高手榜的前一百名之内，不足者只在于下不了一击必杀的死手。打倒班措只不过是牛刀小试罢了。然后，我用锁喉技压制住他，冷静地问：“班措，你最好把程佛儿与班将军的事原原本本说给我听。”

班措喉间发出困兽般的粗重喘息声，咬牙切齿地叫着：“我个人的生死不重要，那秘密……那秘密就让它被世人忘掉吧，谁都不要去探寻了，那是人类的灾难……毁灭性大灾难。”

哗的一声，程霓裳手中的枪已经顶在我的后脑上，客厅里的气氛立刻紧张而凝重起来。

“他说过，这是个错误，而且是很可笑的错误。放手吧，我们桥归桥、路归路、尘归尘、土归土，彼此毫不相干。”程霓裳冷淡的声音向我飘来。

班措的五官正在痛苦地扭曲变形，嘶叫变成低泣：“不要叫历史重演了，不要再扰动地底那些怪物，不要让敦煌再陷入浩劫……求求你，求求你放过这块土地上淳朴无知的人民吧，让他们得以安享余生，直到大毁灭开始……”

他数度提到“毁灭”，那种悲观的语气令人心惊胆寒。

“放开他，我只有十秒钟的耐心。”程霓裳的声线起了变化，由稚嫩的小女生声音转换为一个三十几岁女人的沧桑语调。

我抬起头来，她的眼神冷傲孤高，犹如暗夜繁星，不可触摸。

穿越、灵魂转移、亡者复活属于人类知识不能解释的范畴，但无论唯物主义论者如何否认，这种怪事总是真实存在的，有很多人亲身经历过，而这一次终于轮到我的头上，面对的是一个古代将军、一个古代舞伎。

我没有即刻放松班措，但身后的门外似乎又有了动静，于是我拖着班措向侧面鱼跃扑出，恰好躲开了射穿门板的一颗子弹。

“外面的人戴着热敏成像仪，快闪开！”我立即向着程霓裳大叫出声。

能够透过门板准确地开枪射击并不稀奇，只要枪手眼睛上戴着热敏成像设备就够了，通过捕捉发出热量的人体构成影像，如同魔术师的“隔空视物”一样。

接着，门外的人又射出两颗子弹，其中之一击中了客厅远端沙发上的多吉占堆肩头，令他爆发出一声短而急的痛呼。

“先对付外面的敌人要紧！”我放开班措，然后贴着地面左右摇摆着身子滑向门口，瞬间弹起来的同时拉开房门，面对走廊上那个同样穿黑运动服、黑跑鞋的杀手。其间，杀手又开了五枪，但我游鱼般前进，五颗子弹全部落空。

对方鼻梁上果然架着一副精巧的黑壳热敏成像仪，但我在他的枪口威逼下立刻停步，不能展开攻击，因为他手中握着两柄短枪，一柄指向我，一柄指向右侧房间门口的一个年轻女孩。

“别过来，否则大家一起死。”杀手简短地叫了一声。

无声手枪噪声很低，每次扣下扳机发出的动静比打个响指还要轻，所以不会惊动其他人，那被顶住太阳穴的女孩子大概是刚刚开门出来，恰巧撞到杀手枪口上的。

“兄弟，冷静一点，有话好好说。”我慢慢地举起双手。

局面立刻陷入僵持，因为杀手无法摘下成像仪，然后快速逃走，而我也没有机会强攻，缴下对方的枪。

“把宝贝交给我。”那杀手又叫起来，握枪的手开始哆嗦，衣袖一滑，露出手腕内侧的一个黑色船锚文身来。

“什么宝贝？”我冷静地反问。

昨晚我们在老屋没带走任何宝贝（除了一场接一场的战斗，所有人都毫无收获），从老屋到这边的一路上也没有发现什么，不知道他的目标是什么。

“宝藏，我要太平天国的宝藏。别装蒜，你们已经发现了宝贝的线索，快交出来。否则我就开枪杀人了！”冷汗正一滴一滴从他额角滑落下来，那只沉甸甸成像仪变成了他自身最大的累赘。

我松了口气，只要对方的真正目的是金钱就好，那样大家的人身安全还算有点保障。现在我并不期望程霓裳能破解僵局，因为无论她是双重身份中的哪一个，都不会拥有绝佳的射击技术，班措亦然。

“放开她，我做你的人质，好不好？”我指了指那女孩子。

她穿着一件淡粉色的水貂皮大衣，下摆顺滑地披垂着，一直长及膝盖，却又恰到好处地将下面的原白色短靴鞋尖显露出来。一条原白色的皮质腰带束在她的腰间，镶满水钻的皮带扣亮晶晶地闪动不停，仿佛是故意吸引别人的目光去看她的纤细腰肢似的。

“不好。”她笑着替那杀手回答，黑瀑布一样的长发甩了甩，原白色衣领上的长毛也随着轻抖起来。她的眼睛也如同两颗特大水钻，湿润润、光闪闪的，充满了灵动与狡黠的浅笑。

“不要说话，不许说话！”杀手变得愤怒起来，左手发力，想要用枪管去敲打女孩子的头顶。

刹那间，女孩子身子横向一闪，双手上举，扣住杀手的腕子，一拉一扭，喀嚓一声便令对方腕骨脱臼。同时，女孩子向前跨了一大步，不知用的是摔跤还是柔道，只一眨眼的空当，杀手便轰然倒地，双枪同时交到女孩子手里。

女孩子又是一笑，露出洁白整齐、均匀细密的牙齿来。

“没有人喜欢做人质，自救比让人救更有意思一点。”她望着我，忽然皱了皱眉，丢下枪，从口袋里取出一张照片，再向我望了望，迟疑地接下去，“是杨进先生吗？事情怎会这么巧？”

我先俯身看那杀手，对方已经双眼紧闭，昏死过去。

“我在空手道、合气道、跆拳道、柔道方面都进行过专业的训练，所以出手比较重，他可能会在几小时后才能醒来。”女孩子笑着解释，走近几步，又对着照片细细地打量着我，然后，极有礼貌地向我伸出手来，“我是来自日本的吉川小卷，是考古学家吉川羽博士的侄女，到敦煌来的目的是寻找石布先生的妹妹石梦小姐、程风先生的女儿程霓裳小姐，再有就是你——大侠杨正的弟弟杨进先生。”

吉川羽博士曾是石布、程风探索敦煌莫高窟的伙伴，程风出事后，他已经急速返回日本。不过，他当时的状况与程风一模一样，都陷入了莫名的癫狂状态。

我慢慢地起身，打量着这张年轻而姣好的脸，淡淡地回答：“找石小姐与程小姐可以理解，我是局外人，为什么要找我？”

大哥已成江湖绝响，我还没有成名于江湖，所以自己不想成为沽名钓誉之辈，沾别人的光。

吉川小卷收起照片，皱了皱鼻子，脸上的笑容也随即隐去，互握着双手向我鞠了一躬："那是因为我叔叔吉川羽博士的吩咐，是他要我来找杨先生的，并且一再叮嘱，杨氏兄弟都是中国江湖上万中无一的真正高手，要想在中国敦煌做些事，就务必要结识两位。这照片也是他交给我的，所以我才会兼程前来，正准备去国际大酒店拜访你。"

她是一个谦恭有礼的女孩子，给我的第一印象极好，但我并不以为自己能帮上什么忙。再有，敦煌已多风雨，再添上一些来自日本人的不安定因素，绝非好事。

我低头拖起那杀手，倒退回房间。

吉川小卷立刻跟过来，弯腰捡起短枪和散落在走廊里的弹壳，并利索地拍打了几下地毯，将搏斗痕迹全部清除。她这一连串有条不紊的动作更令我好感倍增，比较起来，似乎比石梦的江湖经验更为丰富。

走廊里依旧安静，刚才发生的事没有引起他人的注意。还有，我们的门口恰恰是一个监控摄像头的盲点，这也就确保店方的保安人员也毫无察觉。

"杨先生，你为什么会住在这里？我得到的资料，你应该在国际大酒店才对呀？"吉川小卷帮我关门，警惕地向我背后望着。

在我出门前，房间里另外四人的位置应该是这样的：石梦在浴室；多吉占堆肩部中枪窝在沙发里；班措与程霓裳站在客厅中央（或是为了躲避子弹而藏在沙发背后）。不过，当我回头时，客厅里已经空无一人，只有多吉占堆坐过的那张沙发背上仍留着斑斑血迹。

这客厅不过十步见方，没有任何地方藏得下三个大活人。

我突然愣住，稍停才丢下那杀手，向侧面的卧室跨去。

如果三人为了躲避杀手而逃入卧室，或许是个恰当的解释，但奇怪的是，卧室里也没有人，地上铺着的长毛地毯没有丝毫扰动的迹象。

"杨先生，你在找什么？谁受伤了？哪来的新鲜血迹？"吉川小卷已经走到了客厅中央，俯身轻嗅着沙发背上的血迹。

我重回到客厅里时，落地窗上射进来的强烈日光让我感到了一丝眩晕。

窗外，清晨苏醒的敦煌正在井然有序地进入新一天的生活轨道，那些土生土长于此的老百姓每天只是“三饱一倒”地埋头生活，对身边来来去去的游客、倾轧火并的江湖并不关心，平和安静得如同大漠那边随风吹来的无名沙粒。

“你气色很不好，怎么了？”吉川小卷又问。

我靠着电视背景墙大口吸气，双手拇指抵住左右太阳穴，重重地揉了两把，眩晕感终于减轻了些。

“我的同伴……不见了。”我在脸上胡乱地抹了两把，如此回答刚刚相识的吉川小卷。

从开门迎敌到重新退回来，大概间隔为四五分钟。如果有人偷偷劫走三人，离去时又不经过门口的话，其行走的路线一定是……

我环顾室内，猛然警醒：“目光所及处没有符合推断的出路，那么出路一定是在看不见的地方，即是那间房门紧闭的浴室。”

一念及此，我的心立刻再次沉下去，因为此刻浴室里静悄悄的，听不到一点水声。

吉川小卷随着我的目光回头，双颊倏地一红，双手笼在袖子里，淡淡地问：“里面有人？”

我明白她心里是怎么想的，大概把我当成了与红颜知己偷偷开房的好色之徒。如果石梦在里面，就算没有水声，至少也要有穿衣或者走路的窸窸窣窣声才对。

“是谁？要不要我回避一下？”吉川小卷再问。

我无暇理她，大步跨到浴室门边，屈起食指，谨慎地敲了两下门，低声问：“石小姐，你还在吗？”那扇极其雅致的白色雕花木门紧闭着，却听不到石梦的回应。

隔了五秒钟，我再次敲门，提高了声音：“石小姐？石小姐？”仍旧无人应答。

吉川小卷沉着脸走过来，握住水滴形镀铬把手，呼的一声把门推开，向里面扫了一眼，冷冷地说：“没人。”

浴缸里的热水仍然散发着氤氲的雾气，石梦已经不见了。就在浴缸对面的化妆镜顶上，一个空调通风口的隔栅有被挪动的迹象。我第一时间跳上化妆台，拉开隔栅，向通风口内张望。那里面原先落着一层浮尘，此刻上面清晰地留着数个人的脚印和爬行时拖出的痕迹。

目前唯一的结论只能是：有人劫走了石梦、班措、程霓裳和多吉占堆等四人，而且还顺便带走了两具黑衣人的尸体。

吉川小卷叹了口气："有人带走了你的同伴？那位石小姐是否就是石布先生的妹妹石梦？"

我点点头，苦笑一声捻起一抹浮尘，默默地观察了一会儿，然后把隔栅重新放回去。

贸然追击上去，等着我的可能就是一颗子弹或者一枚炸弹，让我变成明日报纸上的头条新闻人物。所以，我没有试图钻入通风口内追赶，逐渐明白自己面对的是一股非常强大的力量，强追只会让事情变得更糟。

我从冰箱里取了一盒冰块，包在毛巾里，捂在自己的额头和后脑上。它们能让我变得异常清醒，这是个屡试不爽的好办法。

吉川小卷只是静静地看着我，指尖玩弄着一枚酒店里提供的加长牙签。

"吉川羽博士好吗？"良久，我才这样问。

之前从石梦那里得知，吉川羽、程风两人的状况都很糟糕，如果不是提前注射了大剂量的镇定药物，只怕从莫高窟回来的当晚就会自杀身亡了，是现代化医药救了他们的命。人是无法预知未来的，回头反观石布，逃过了初劫，却没躲过二劫，提前结束了自己年轻的生命。

"怕光、怕风、怕冷、怕噪声，脆弱得像一块风干了三个月的小饼干。"吉川小卷年轻的脸上挂满了哀伤，"所有人不敢在他面前提到任何关于敦煌、沙漠、宝藏的字眼，任何一次不小心说漏嘴，都会引起他歇斯底里的狂暴发作或者自残。我想，他们一定在敦煌莫高窟内遇到了非常可怕的东西——"

她打开了身边的斜挎包，从中取出一本略嫌破旧的灰色笔记本，在掌心里拍了拍。

那种一面是记录纸、一面是照片插袋的特殊笔记本是探险家、考古学家们的最爱，大哥身边也常备同样的本子。

"这是我叔叔的探险笔记，记录了赶来敦煌后的所有细节。他是一个具有文人情结的考古学家，所以每一则日记都极生动，很有可读性，就这样了拿给出版社去发表也是够资格的。翻开日记，就能明白他们当时在敦煌做过什么，只可惜日记的最后一则止于发疯之前，也就是他们最后一次进入莫高窟的前夜。我本不想给你太多先入为主的印象，但这日记本里有一个太奇怪的情节，我必须预先提出来……”吉川小卷迟迟没有把本子递给我翻阅的动作，只是转述大概，或许是因为那些记载太过重要而且价值极高的缘故。

石布、程风、吉川羽三位都是寻宝师、探险家、考古学者，但日本人以“严谨治学、精益求精”地对待任何事而闻名于世，所以三人中唯一做了详细行程笔记的只有吉川羽，这种远见卓识的认真态度值得我们中国人学习。

我深陷在沙发里，冰块融化后的水滴正透过毛巾，沿着我的脖颈流下来。

“是什么？”我的潜意识里以为那件怪事指的是大哥杨正的照片。

“他们发现了一个秘密洞穴，一个从来没被人发掘到的地方，就在——”吉川小卷笑着闭嘴，再次拍打着日记本，把搓得起毛的纸张边角捋顺抹平，然后才闲闲地接下去，“杨先生，我希望大家有更深度的合作，让这个秘密重见天日，然后震惊天下，令万众瞩目，重演当年敦煌古藏经洞出现时的盛况。然后，所有的荣誉和利益对半分，谁也不多占，谁也不吃亏，如何？”

我惊讶于吉川小卷的野心，但中国对于莫高窟一代的宝藏研究已经过了四五代人的努力，并动用了各个时期国内外最先进的地底探测仪器，对莫高窟、三危山、敦煌城一带进行过多次地毯式搜索，可以说，这里的每一寸土地都是透明的，绝不可能有遗漏下的宝藏。

“真是个不错的提议，不过当年古藏经洞的面世是绝对的机缘巧合，现在再想找同样的机会，几乎是不可能的。”我装作漫不经心地回答。

我们所说的敦煌古藏经洞，即是指莫高窟第17窟，原为敦煌高僧洪辨的影窟，面积不大，可以利用的空间为19立方米。1900年，道士王圆箓在此意外发现了5万余卷古代文书和其他一批精美的文物，震动全世界，由此形成一门举世瞩目的新兴学科——敦煌学。藏经洞的发现使敦煌由一个西部荒凉的小城而一举名扬世界，并且此处一度成了外国投机者们争夺买卖的肥肉。至于高僧洪辨的影窟为什么变成了藏经洞，它封闭的原因何在……由于历史上没有发现详确的文字记载，这一问题已经成了一桩历史悬案。

如今，中外学者根据各种旁证材料，提出种种假说，试图解开这一千古之谜，却见仁见智，各执一词，从无明确定论。

“那机会就在这里面。”吉川小卷笑了。

我仍旧用淡淡的语气反问：“吉川小姐，这样遮遮掩掩地谈话很不方便，不如我们回国际大酒店那边详谈，可以吗？”

这里太不安全，隔墙也许有耳，还有我的身体已经极其疲倦，需要“充电”。

吉川小卷点头同意，小心地把笔记本放回挎包里，然后锁好拉链。

我很清楚地看到，她在放回笔记本后，先在包里动了一点小小的手脚，并且里面发出了金属绷簧拉伸时刺耳的“嘎吱”声。那应该是一个类似于捕兽夹的装置，任何人大意探手进去偷取笔记本的话，数根手指马上会被废掉。

由这件小事可以看出，吉川小卷虽然年龄不大，却已经是经验丰富的老江湖了。

〔捌〕

连环失踪

大约半小时后，我和吉川小卷匆匆离开了这家酒店，驱车赶往敦煌国际大酒店那边。

因为有她的帮助，我才得以快速清除掉房间里的血迹，并弄醒了那个黑衣杀手，做了简短的审讯。

事情最诡异之处是：杀手仅仅是受雇行事，雇主用电话向他下达指令，要他埋伏在老屋附近，找机会刺杀多吉占堆。至于行动原因、雇主身份之类，他毫无所知，连刺杀用的短枪都是刚刚从黑市上买来的。他与最先进入房间的两个人并不熟悉，大家是临时搭档。

最终，我将杀手放走了，杀他或者囚禁他，都是不明智的。

在行进途中，我的心情五味杂陈，情绪已经沉到了最深的谷底。他们四个人的失踪，代表我失去了手上所有可能的线索，亦失去了未来的追查方向，变成了身在敦煌的孤家寡人。

“那个人并不是职业杀手，至多不过是手脚利索点的黑道成员而已。我很奇怪雇用他的人到底想干什么，明知道你是万中无一的好手，却派三个草包来送死。杨先生，难道你身上还藏着值得特别关注的其他秘密吗？”吉川小卷一只手把着方向盘，一只手随着电唱机里的爵士乐打着拍子。

这辆奔驰越野车是她从北京开来的，挂的是“京A”牌照。值得一提的是，吉川羽博士本人持美国护照，是考古圈子里有名的中国通，常年在日本和中国之间轮换居住，所以在大陆的多个城市拥有自己的房产和汽车。

“没有。”我打开车窗，想呼吸一些新鲜空气。不过，掠过敦煌的风带来了看不见却感受得到的细微沙粒，一吸入鼻腔，便令我狠狠地咳嗽起来。

风沙、干燥、嘈杂喧嚣的市声，永远灰蒙蒙的天空……这些都是敦煌这西北古城的关键词。

“似乎又要来沙尘暴了！”吉川小卷打开车灯天窗，让空气流速加快。

沙尘暴亦是敦煌常客，就像深入藏区后的高原反应一样，是光临此地的人们需要适应的第一件事。

在国际大酒店门口下车时，我整理了一下衣服，强装笑脸，希望自己的颓唐脸色能好看一些，但却未能如愿。一路上楼，我一个字都没说，只是不停地大口吸气，努力让自己保持冷静。

此前我并没有报警，因为自己对于这个恰好出现又恰好找到我的吉川小卷并不放心，虽然她手里带着相当重要的资料。现在我的脑子里极其混乱，所以不开口、不说话、不暴露才是上策，并且成功地带她一起回酒店，等于是变相控制住她，以求静观下一步的事态发展。

电梯显示屏上的天气预报显示，最近一周酒泉、敦煌、张掖会遭受大规模的沙尘暴袭击，提醒旅游者择机出行，以免遇到危险。

我从这些信息中得到了一条有用线索，那就是沙尘暴期间，莫高窟肯定是游客绝迹，行人罕至，此时就是夜探石窟的绝佳良机。所有怪事都发生在莫高窟，要想探其究竟，单单坐在敦煌酒店里空谈是没用的。

石梦、白雪不在，我也许该改变自己的行事方式了。

吉川小卷同样沉默，陪我走进了房间，又按铃让服务台送过几片镇静药来。

之后，她让服务生就近安排房间，然后礼貌地向我告辞：“杨先生，你好好休息几个小时，然后我们一起研究叔叔留下的日记资料。别太担心失踪者，我叔叔经常说，到西北敦煌来的人九成九以上是为了沙漠中的宝藏，对杀人毫无兴趣。刚才你也听过气象预报了，沙尘暴一来，机场航班受阻，公路客车也会停运，绑架者不会在这种坏天气里冒险离开敦煌。而且，如你所说，那四个人脑子里都保存着许多秘密，绑架者投鼠忌器，不会危及他们人身安全的。”

仿佛是为了响应她的话，窗外刚刚还晴空万里，转眼间已经是日色昏黄。

我拖过一张薄毯，昏昏沉沉地倒在沙发上。

她走过来，伸手摸了摸我的额头，长舒了一口气：“你看起来没事，只是太疲倦了。好好睡一下，一觉醒来，必定又生龙活虎。”

我疲惫无比地回应了两个字：“谢谢。”

吉川小卷拉着旅行箱退了出去，那箱子里装着吉川羽博士留下的探险资料，弥足珍贵，所以她一直亲手拉着箱子，不允许酒店的服务生触到。

门锁咔哒一声扣上，我确信房间里再没有其他人之后，一跃而起，抓起电话打给白雪。

事实上，没有任何事能轻易打倒我，我外表的颓唐与缄默只是一种恰到好处的伪装，并趁此机会观察揣摩吉川小卷，以确定她是友是敌。

在这个世界上，没有永远的敌人或朋友，只有永远的利益。反观石布、程风、吉川羽三人的合作寻宝就是一个活生生的例子，他们三个来自不同的城市，身份地位、学识经历各不相同，只是为了寻找绝世宝藏而暂时坐在同一条船上。如果有一天船沉了或是宝藏出现了，那种脆弱的联盟关系必定第一时间土崩瓦解。

我并不想把吉川小卷看成敌人，但只尊重事实，确保自己不会成为日本人的枪头。

雷动天常说："非我族类，其心必殊。"他平生最忌讳的就是与日本人合作，此前日本第一大黑道帮派山口组曾数度与他接洽，希望双方有互惠互利的合作，并开出了极其优厚的条件，却都被他一口回绝。如今，他所有的言传身教令我不敢忘怀。

直觉上，新加坡燕盟已经大功告成或者说是即将大功告成，所以白雪目前会尽量减少与其他势力的摩擦纠缠，迅速表明置身事外的中立态度，而后利用现有的资料寻找宝藏。我、石梦与她之间已经没有任何利益上的冲突。

电话振铃后，白雪隔了十几秒钟才接电话，背景音异常嘈杂，风声、对讲机联络声、两车交会时的刺耳呼啸声响成一片。

"杨进，我们已经在去机场的路上了。气象预报说今年最大规模的一次沙尘暴已经在敦煌西北生成，二十四小时内便会席卷过来。我已经订好了一个半小时后飞往港岛的机票，不出意外的话，下午就能欣赏到港岛维多利亚湾的落日余晖了。很荣幸大家有此次合作的机会，希望下次港岛见面时，我做东，请你跟石小姐吃饭。石小姐是个学识渊博、端庄大方的妙人，如今无论是港岛还是大陆，这样优秀的女孩子都极稀少了，我想任何一个目光如炬的好男人都不会放过追求她的机会……咳咳……咳咳……天，敦煌这鬼地方真是糟透了，分分秒秒都风沙不断，我只跟你说了几句话就觉得嘴里灌进沙粒来了。呵呵，看我看我，太着急了，还没问你找我有什么事？”

听起来白雪的心情一片大好，笑声频起，声如银铃，而且很有打趣我的闲心。

我平静地问：“你要将疯虎带回港岛去解剖？”

在老屋时，她曾吩咐花错备好水晶冰棺，为的就是储存运输老僧的尸体。

白雪笑着回应：“当然，当然。我联络了港医大最好的解剖学大师汤姆周，又从新加坡邀请了十位心理学、细胞学专家火速赶去港岛，为的就是揭开疯虎百年不死的秘密。他脑中的记忆是无价之宝……唔，总之他的躯体犹如一具活化石，如果我能得其门而入，不亚于阿拉伯青年以‘芝麻开门’打开了四十大盗的宝库……”

今时今日，医学研究领域的技术更替日新月异，汤姆周教授享誉国际的一项研究就是关于人类“脑切片记忆读取”的，通俗一点说，就是从死人脑中提取记忆。他的研究得到了三个国际大财团的支持，几乎每年都有新的提高。

疯虎脑中的记忆是有关于太平天国翼王的，如能解封，其研究价值定是无与伦比。

我喟叹一声，没有接话。

古语中说“一将功成万骨枯”，燕盟能获取现在的胜利果实，那是踏着无数江湖人的尸体才摘到的，也许白雪该感到内疚而不是现在的踌躇满志。

“杨进，我早就劝你跟燕盟合作的，可你执迷不悟，偏要凭借个人的力量艰难探索。21世纪是讲究团队协作的年代，集合多人的力量共同作战，其效率将会是单人匹马的百倍。以你的资历和背景，燕盟的大门随时向你敞开着，哈哈哈哈……”

白雪大笑起来，我能想象得出她坐在迎风飞驰的车子里那种“唯我独尊、舍我其谁”的骄傲模样。换了其他人，也是一样，谁让现实世界唯一存在的就是“成王败寇”的自然法则呢？

我沉默了几秒钟，直截了当地说：“石梦失踪了。”

电话彼端，白雪立刻噎住，长长地吸了一口气。

“非但石梦，连随我一起离开老屋的班措、程霓裳、多吉占堆也不见了。目前我身边只有一个人，来自日本的吉川小卷小姐，她是吉川羽博士的侄女。白小姐，我希望石梦等人的失踪确实跟燕盟无关，而是其他人做了手脚。否则，别怪我翻脸不认人。”我听得出，白雪的吃惊不是装出来的，可见她与失踪事件无关。

果然，白雪接着问：“会不会是敦煌当地黑帮下的手？隼机关已分崩离析，不足挂齿，不会对石小姐造成威胁——哦对了，我听说过那个日本女孩吉川小卷的名字，曾两次获得全日本柔道大赛最轻量级冠军、东亚空手道大赛混合组亚军，平生志愿是做一个《古墓丽影》中的劳拉那样天下无双的女寻宝师。这次如果不是吉川羽与石布、程风有随行人数上的限制约定，她定会跟他们同时出现在敦煌的。”

劳拉是游戏和电影制作者虚构出来的人物，绝顶聪慧，体能超强，并精通各种枪械与搏击术，是寻宝师们的偶像。如果吉川小卷有志于此，肯定是绝佳的探险伙伴。

我向白雪重述了当时的情况，敌人无需经过门口便带走了四人两尸，唯一的脱逃路线就是浴室的空调出风口。其实，任何人都明白，短时间内悄无声息地带走他们是一件很困难的事。

白雪语气恳切地告诉我：“这件事绝不是燕盟干的，我们在敦煌的使命已经告一段落，没必要找麻烦。好了杨进，有梁夫人的电话打进来，我必须要停止通话了。咱们的合作非常愉快，我极期待下一次同行。”

她迅速挂了电话，令我心里慢慢升起了一丝茫然。

每个人怀着不同的目的到达敦煌，在风天沙地里探索，那些能够顺利达成目标的都是成功者。我的使命是“寻找大哥”，时至今日，却在诸多诡异线索中越陷越深，越来越远离主线。至于石梦就更惨了，田勇反叛被诛、老屋功败垂成、自己突然失踪……

“要报警吗？不要报警吗？”我喃喃地自言自语。

一想到报警后要遭受警察们喋喋不休的再三盘诘，我的脑袋就开始发胀了，因为那样做的结果仅仅是在浪费时间，浪费生命。警方的办事效率差强人意，却会令我处处掣肘，甚至会把我排上警方特别关注的“黑名单”，对下一步的莫高窟探索行动造成人为的障碍。

我扣好电话，将自己的移动电话也拿出来，放在沙发前的茶几上，期待绑架者会打进来。

外面的天空逐渐变得昏黄起来，西北方向过来的黄不黄、黑不黑的巨大云团正急速抢占敦煌上空的地盘。很快，日光全被遮住，房间里的光线立刻黯淡下来。

我不清楚自己是何时睡着的，脑子里塞满了各种各样的谜团，每隔几分钟便会突然醒来，下意识地拿起电话查看有没有未接呼入。其中有好几次，我是双手各握着一个电话机抱在胸前睡过去的，将自己的胸口压得隐隐作痛。

在梦中，疯虎仍坐在老屋石室里说话，从太平天国的历史起源、战斗内幕一直说到宇宙奥秘、斗转星移，如同一架充满了电的老式黑胶唱机一样，不停地说，不停地说，声音沙哑，吐字含糊。

“翼王翱翔于天际，于百万军中发现了敌方首脑后，立刻敛起翅膀俯冲直下，越过敌人的箭雨刀阵，瞬间格杀对方。而后，敌人如无头之蛇般溃散，一看到翼王千岁的影子便望风而逃。翼王是太平天国第一虎将，天国离不开他，所以当他带兵入京勤王时，所有居心叵测者立刻寒栗噤声，远远逃开。他是唯一一个背上长着翅膀、双手指甲如短刀雪刃的天国将军，清狗的箭手们根本奈何不了他。翼王翼王，没有翅膀，何来‘翼王’封号？天王的颁封圣旨中提到过——‘掠如风击杀如鹰，快如电不动如山，翼王存而天国存，翼王在而清狗丧胆’。跟他久了，我觉得自己背上好像也要长出翅膀来，脑子里时常出现一些奇怪的幻觉，仿佛自己以后也能飞翔在天上……”

疯虎的脸隐藏在昏暗之中，令我无法看清。

“翼王是永生不死的，天京两战、川中五战，战况无不惨烈到连满天神佛发指的地步，但他总有能力扭转败局。我愿意始终追随他，坚定不移地执行他的每一项命令，直到成为他那样顶天立地的伟人。到敦煌来，也许是我实现梦想的唯一机会，因为种种迹象表明，这里就是翼王的最终归宿。我藏身地下，封闭五识，终有一日会得道飞升，重新回到阳光下的世界里……”

我感到黑黢黢的石壁上出现了一个瘦高的影子，除了垂在身体两侧的长长手臂外，更有两只拖曳到地的翅膀随意地敛于背后，像一只刚刚飞倦了的大鸟。

“那是一个人类无法了解的隔绝世界，只有极少数优秀的人才能通过考验，然后……”

那影子用一种虚幻莫测的沙哑声音叙述着，慢慢地举起一只手，五根指甲闪着连黑夜都无法吞噬的寒光。

我猛地坐起来，两部电话被一起掀到地上去，发出稀里哗啦的一阵乱响。

“疯虎绝不会那么简单就死掉，在他的隐居修炼生涯中，身体结构早就发生了变化，以迎合吸收古树精华的需要。他有办法幽居百年，就有办法逃过‘天方夜谭杀阵’之外的那透顶一枪。”我大声叫出来，这才发觉自己的喉咙已经重度嘶哑，额头滚烫，胸口也又闷又胀。

白雪匆匆撤退，势必没时间对老屋内外进行掘地三尺的搜索研究，此刻赶去，或许能发现些什么。

我一跃而起，但随即脑中一阵剧烈的眩晕，四周的一切登时摇晃动荡起来，仿佛置身于台风眼中的狭小舢板上。强撑了几秒钟后，我又颓然地重重倒下。恍恍惚惚之间，白色窗纱遮挡住的窗台上，一个拖着翅膀的瘦高人影正来回踱着步向这边窥探着。

“谁？谁在那里？”我想喊，喉头像塞了二两棉花一样，只张嘴，却发不出半点声音。

“这是在梦中吗？我还在噩梦的延续之中吗？哦是的，这仍是梦，一个关于太平天国翼王石达开与老僧疯虎的噩梦——杨进，清醒一点，清醒一点，不能再睡了。快去告诉白雪，疯虎的死有些蹊跷，不能掉以轻心，最好能重新检查冰棺，然后对疯虎的尸体进行禁锢，免得他从假寐中醒来……”我在心底狂喊着，眼前一黑，从这段不知是残梦还是现实的记忆中跌了出去，跌向更幽凄的昏迷深渊。

再度醒来时，我第一眼便望向墙上的电子钟，时针已经竖直指向正上方。

我吃力地坐起来，额头上的冷毛巾无声地跌落在地上。外面的天空已经重新恢复晴好，阳光透过纱帘，在客厅的地面上摇晃出一个又一个耀眼的光斑。

“不要动，你的身体状况不是太好，需要安心静养。”吉川小卷的甜润声音响起来。随即，她端着一个乌木托盘从厨房走出来，手边飘出草菇白粥和肉丝炒榨菜的香气来。

我忍不住咽了口唾沫，喉头一动，喉咙里的艰涩感立刻令我皱眉。

“你患上了严重的病毒性感冒，再加上身体长期处于高负荷的紧张状态，一旦被击倒，康复起来就非常慢。杨先生，听我一句良言相劝，暂时把一切工作、所有计划都收起来，安心静养三天，清除感冒隐患再说。其实，一会儿你可以去洗手间照照镜子，看自己的面色有多憔悴。”扎起马尾辫、换上休闲款式灰色羽绒服的吉川小卷越发显得清新亮丽了，她的中文说得相当流畅，从外表看已经与中国女孩子无异。

我举手摸了摸自己的脸，眼角鼻凹拉拉茬茬的，全都是拜敦煌风沙所赐的尘土。

“三天恐怕不行，我现在就要赶到一个地方去。”我挣扎着起身，穿上拖鞋，但双脚犹如踩在棉花上，一起身就先踉跄了三步。

吉川小卷一笑：“不行又能怎样？你已经躺了四十八小时了，再躺二十四小时又有何妨？”

我吃了一惊，从茶几上拿起腕表，果然日历已经向前走了两格。

“真的……我真的……唉！”我懊恼地拍打着额头，摇摇晃晃地走进洗手间，拧开水龙头洗手洗脸。镜子里映出的是一个头发蓬乱、眼带血丝、目光无神的“我”，陌生而狼狈，不必化妆，就可以去饰演电影里的重度失意者了。

“还好吗？”吉川小卷踱过来，倚在门边看我。

“我很好。”我不愿别人看到我的虚弱一面。

客厅的电视机里正在播报敦煌本地新闻：“从西北来的沙尘暴已经过了敦煌，向东南方向推进并减弱为次级强风，沙土携带量也大幅度减少，不会对邻近城市造成大规模破坏。敦煌的城市秩序已经恢复，群众生活基本稳定。”

我对着镜子出神，陡地记起了白雪的行程，马上甩干手，匆匆走回客厅，拨了白雪的电话号码。她那么急于赶回港岛去，三天内一定会对疯虎展开解剖，也许已经有了令人震惊的结果了。

奇怪的是，白雪的电话已经关机，连拨几次，都是同样结果。

我颓然坐下，茶几上平摊着的一叠报纸立即引起了我的注意。在头条新闻的左侧赫然配发了一张车祸现场的图片，一辆载着一具水晶冰棺的小型货车撞上了绿化带的铁皮护栏，侧翻在地，棺盖飞出十几米，在路面中央摔成了碎片。

“我已经查过，那冰棺是要运往港岛的，与小货车同行的还有三人，乘坐另外一辆计程车，其中一人就是你的朋友白小姐。杨先生，在你昏睡期间，我进行了大量的调查取证工作，手中掌握了一些奇特的线索。现在看来，我将是你唯一恰当的合作伙伴。好了，吃点东西，到我房间来谈，等你。”吉川小卷说完，便善解人意地退了出去，让我一个人安静地思考。

我详细地读完了那则报道，现场只有小货车，司机、同行者、同行车辆全都消失，出租冰棺的敦煌殡仪馆已经报警。

“到底发生了什么？白雪去哪儿了？”以她的办事能力，就算出了车祸，她也会做出最妥善的处理方案，继续行程，赶往机场。现在，她的电话打不通，人也不见了，难道跟石梦等人一样，也神奇地“人间蒸发”了？

〔玖〕

白雪失踪前留下的带血录音笔

整整一个下午，我什么都没做，只是斜躺在沙发上，眼睛盯着天花板上的吊灯。

白雪的失踪，成了重重地打击在我胸口上的第二拳。假如有种神秘而巨大的力量是燕盟高手都无法抵挡的，那我的前路上也一定充满了危险，未来结局，很可能与石梦、白雪无异。

金黄色的夕阳余晖洒满了客厅的东墙，房间里的电话响了，是酒店的前台服务生打来的："有位先生想送一件非常重要的东西给您，他说是一位小姐要自己送来的，事情非常急，他确定您会万分需要这东西。"

我清理了一下思绪，平静地说："请他跟我通话。"

随即，一个沙哑而局促的男人声音响起来："是杨进先生吗？我是……我是……别管我是谁了，是这样，我手里有一支录音笔，里面录着一些话，说话的人要我送来给你，并且说你会支付我一万块。我只要钱，其他什么也不知道。这样，你确定能给我钱吗？一万块，少一分钱也不行，而且是现金。"

我静静地听对方说话，脑子里急速一转，等对方停嘴后急促喘气的空当，才冷静地回答："好，请到我房间来吧。"当下，我虽然不知道录音笔里藏着什么内容，但直觉上认为那一定跟白雪有关。白雪是精通利害关系的江湖人，很擅长用金钱利益来打动人，这种"送货要钱"的非常规把戏只有她才能玩出来。相反，石梦就没有这种简单而有效的思维方式。

大约十分钟后，虚掩的房门被推开，一个戴着土黄色棒球帽、穿着土黄色夹克衫、土黄色多袋裤和土黄色帆布旅行靴的年轻人先露了露头，然后慢慢地试探着碎步走进客厅，警觉地四面张望着，犹疑不定的目光最终闪闪烁烁地落在我的脸上。

他背着一个落满了尘土的巨大旅行包，背包侧面还插着一个外表坑坑洼洼的旅行水壶。以上装束表明，这是一个敦煌城各个角落里最常见、最不起眼的旅行背包客。

我指了指旁边的单人沙发：“坐。”

他没有坐，而是摘下棒球帽，抹了一把额头上的汗，几乎被络腮胡须遮盖起来的嘴唇颤抖着问：“钱呢？不看到钱，我是绝不会把东西交给你的。”这人的脸又黑又脏，牙齿发黄，瘦长的身子被旅行包压得前倾，佝偻得像只软壳虾似的。一说到“钱”，他的眼底立刻燃起了鬼火一般的贪婪微光。

我把茶几上的报纸挪开，一小捆人民币立刻映入他的眼帘。

“好好，杨先生果然是有钱人。不过，我得有言在先，先给钱，后给货，不许反悔。”他从夹克衫的内袋里掏出一个信封，双手因过分激动而哆嗦着，没法顺利地从信封里掏出东西，索性连信封一起交到我手上，顺手把那捆钱捞在手里。

那是一款钢笔形的索尼牌录音笔，银色外表虽然很新，但各个按键都有着轻微的磨损痕迹，可见主人购买它后使用次数非常频繁。

“好了，录音笔是你的，钱是我的，咱们的交易结束了，再见！”背包客匆匆地点了点钱，确信都是真币后，马上要走。

此时，吉川小卷突然从门口出现，一手拦住背包客去路，一手关门。

背包客慌了神，向前猛冲，企图夺路而逃，但吉川小卷只用了一只手三分力气，前者便“哎呀”一声倒下去。

“我猜你可能需要帮忙，是不是？”吉川小卷唇边翘起一丝浅笑。

我的确需要帮助，不仅仅是现在，而是未来比较长的一段时间里都需要外人的帮助，因为连续的失踪事件已经把我手中所有的线索都榨干了。我感觉自己的处境与那个背包客极为相似，身在大漠，指间全都是握不住的流沙。他捡到录音笔后，肯定为了有可能获得的一万元人民币踌躇思虑了很久，因为后面迎接他的可能是金钱，也可能是一把突然刺出的尖刀。不过在金钱的诱惑之下，他还是选择了这次冒险。

“暂时不要伤害他。”我按下录音笔的播放键，向吉川小卷做了个“少安毋躁”的手势。

吉川小卷笑笑，把背包客的身体翻转，摘下那个大背包，低头检查里面的东西。

以下就是录音笔里的全部内容：

“我是白雪……我是白雪，听着，听着，捡到这只录音笔的任何人把它送到敦煌国际大酒店808房间交给杨进先生，就能得到一万元人民币。听着，我不是开玩笑，我用所有祖先的圣名起誓，你一定会得到那笔钱，否则就让我万刃穿身，不得好死。下面是给杨进的话——杨进，四面一片漆黑，我感到车子向西面去，一直向西没有拐弯。我现在被人点了穴道，浑身瘫软，使不出力气。问题出在冰棺上，后面的小货车撞上绿化带，我还没下车，后脑就遭到了重击。在此之前，我看到冰棺的盖子突然飞起，跌得很远。那一定是被人从内部大力击飞的结果，可冰棺里只有一个已死的疯虎。车子奔行很快，此刻肯定已经过了敦煌，但我不知道它要开往哪里。离开老屋时，我探测到疯虎又有了非常微弱的心跳……按说他遭到了毁灭性的重创，完全失去了生命迹象，又怎么能逐渐恢复？再说，我曾向他体内注射了大量麻醉剂……现在，我被绑缚在一个坚韧的套子里，这东西像一件大号的连体泳衣似的，撕扯不动，而套子的一端不知连着哪里，所以我无法挣脱，只能采取这样的自保手段，希望录音笔能送到你手里。假如疯虎复活，那将是一件无比可怕的事，目前我所知的就这么多，我会找机会把录音笔丢出去。杨进，在敦煌我只相信你，收到这消息后就快赶来救我，不见不散……车子正在停下来，杨进，请仔细听后面的内容，也许能判断出到底发生了什么事……车子停了，有人准备开门……”

我迅速将录音笔的音量调到最大，并把它放到耳边来。

“哐啷”一声，有人开门，然后白雪人叫：“疯虎？真的是你？原来你根本就没死？”

接下来，我听到的是一阵令人毛骨悚然的笑声。

“这是敦煌西面的大沙漠吗？为什么带我到这里来？其他人呢？你曾经受了那么重的伤，怎么活过来的？你要带我去哪里？天，你的后背上是什么……是两只翅膀，不，是两只还没有完全长出来的翅膀……你到底是什么人……到底是什么生物？跟老屋唐卡里那个拖着双翼的将军是什么关系？这个蚕丝编成的套子也是你弄出来的？”白雪的语气表现得非常惊恐，但她却是在巧妙地将当时的情形描述给我。

敦煌城西、沙漠、疯虎、疯虎背后的翅膀、禁锢白雪的蚕丝套子……这些杂乱的关键词能说明什么？

白雪犯的最大错误是妄图独占老屋里的战绩，提前把我和石梦等人逐走，或许当时在她看来，疯虎已死、隼机关土崩瓦解，已经是收网的最佳时机了。

那笑声越来越响亮，夹杂着一连串叽里咕噜的我听不懂的语言。

白雪立刻大声问："你说什么？那是属于你们族类的沟通语言吗？你要带我去哪里……"

所有的对话到此结束，后面只剩狂风吹过沙漠的呼啸声、沙粒呼吸摩擦敲打的刷刷声，以及某些食腐类禽鸟发现猎物时既兴奋又凄厉的鸣叫声。我用八倍速快放的方式听完了全部共十五小时的录音内容，后面再没有出现任何人声，也就是说，白雪在被疯虎带走前丢下了录音笔。

"找到录音笔的丢弃地点，就能发现你的朋友。"吉川小卷的思路非常敏锐，一语切中要害。

我审视着那个倒在地上的背包客，他那副猥猥琐琐的样子让我感到非常厌恶。

"向西，车子能去哪里？"吉川小卷从口袋里取出一张高精度敦煌地图，在茶几上摊开。

敦煌向西即是荒无人烟的沙漠，白雪也明确提示过，车子是停在沙漠里的，四面没有可供识别的地标。

"敦煌西面由南向北有沙漠森林公园、阳关故址、渥洼池、西千佛洞、敦煌古城、玉门关故址、河仓城、玉门关雅丹魔鬼城等地，白雪被挟持到哪一处去了呢？西南、正西、西北……"吉川小卷低声自语着。

我在背包客太阳穴上轻轻按了两下，剧痛令他瞬间苏醒，拼命地摇晃着身子，想要从我身边逃开，但他很快就明白挣扎是徒劳的。

"别杀我，别杀我，我不要钱了，出去之后也绝不会胡说八道。饶命啊两位，看在我好心把录音笔送来的份上……"他涕泪横流地跪下来求饶，脸上的尘灰被眼泪冲得黑一道白一道的，既可怜又猥琐。

我抓住他的胳膊，把他拎到沙发上坐好，又递给他一罐冰啤酒。

"说说捡到录音笔的详细情况，记住，不要遗漏，不要编造，表现好就另有赏金。除了刚才的一万，再加一万。"我在他对面坐下，双掌并拢，指尖抵着下巴，死死地盯住他的眼睛。钱不是问题，但我一定要听到真实情况。

这个可怜的家伙从万分惊恐中镇定下来，咕噜咕噜地喝下半罐啤酒后，舔了舔干裂的嘴唇，摆出“一副死猪不怕开水烫”的架势：“我饿了，要听消息就先得管饭。”

我打了个电话给服务台，要他们送一份标准餐过来。

酒店的工作效率极高，五分钟后，一个服务生推着餐车进来，在餐桌上摆好了一份烤羊排、一份凉拌羊杂八件、一份葱爆海参、一份辣炒八爪鱼仔，还有一盆河鲜疙瘩汤、一盆杂粮米饭。

背包客饿虎扑食一样冲到餐桌前，边吃边打开了话匣子：

“我叫刘光，从河北来，属于跑单帮的古董贩子，到敦煌的目的是想淘些流落在民间的经书文物。不过，刚到敦煌就给人骗了，只能一边打短工吃饭，一边四处流浪打探消息。前天早晨，我走到西千佛洞北边的连沟村时，在一丛刺棘根旁边看到了这个录音笔。当时太阳刚出来不久，录音笔是银色的，反光很强烈，所以我一眼就发现了它。本来我想把它卖给村里小商店的老板换点路费，可那个人在录音笔上发现了几点血迹，怕是血案赃物，直接把我赶了出来。没办法，我就找了根针，小心地把按键缝里的血迹都抹干净，又去找别的买主。连沟村很小，只有三十多户人家，家家户户都穷得叮当响，又不认索尼的牌子，连三百块钱都出不到。我饿了一整天，咬咬牙搭了辆马车回敦煌，在酒店外面熬靠了一整天，实在是没钱逼的，就硬着头皮走进来……”

吉川小卷迅速找到了连沟村的位置，那个小村子在西千佛洞正北方五公里的地方，极其偏僻，远离敦煌G215国道，没有公路直达，只有乡村土路通至。

“第一、车子不会跑到村子里去；第二、以白雪的聪敏，她会描述清楚身边的任何参照物，别说是一个小村子了，就算只有那丛刺棘，她也会留言说明。所以——”吉川小卷马上提出了疑点。

背包客刘光放下左手里的勺子，指天发誓：“两位，我如果有半句谎话，出门就让车撞死。不信，你们可以去连沟村里问问，三十多户人家我都挨个门口问遍了，他们都认得我。杨进先生，你想想，在这件事上说谎对我没有一点好处，我知道里面说话的女孩子对你很重要，如果我知道点什么，一定老老实实交代，以便帮助警方破案救人。可我知道的全都说了，就这么多，再没有了。不信我这就带你们去连沟村，我敢以老刘家祖宗们的名讳发誓！”

我把录音笔翻来覆去看了几遍，在录音键的暗缝里，果然找到最后一丝没清除干净的血痕。

吉川小卷站起身连打了两个电话，一个是吩咐人立即驱车赶往连沟村，调查外乡人兜售索尼牌录音笔的事；一个是派人沿敦煌到西千佛洞的G215国道查找遗弃车辆、形迹可疑的人物，至西千佛洞后转折向北，直达连沟村，与上一路人马会合。

等到刘光吃饱，第一个电话的回馈便返回了，证明刘光说的都是实话。

吉川小卷放下电话后忍不住一声长叹："这可怪了，连沟村又不是个时有时无的影子，只要在附近下车就一定能注意到它，为什么白小姐的录音中没有提及？真是猜不透……"

刘光眼巴巴地看着我们俩，直到确信他的背包里多了两捆百元钞票，而且我们都不会危及他的性命后，才弯着腰连连道谢，然后快速出门，消失在走廊里。

他的出现，仿佛暗夜里透出的一线天光，让我心里又重新看到了希望。

无论如何，录音笔里的内容表明白雪仍然活着，而疯虎挟持她西去一定是有着另外的目的。

"要你的人悄悄跟踪他——希望你的手下够聪明，既不被他发现，又不被对他感兴趣的人发现。"我淡淡地告诉吉川小卷。

吉川小卷笑了笑，立刻拨了个电话，照我的话吩咐下去。

我现在明白，吉川小卷并非一个人赶赴敦煌，她和吉川羽的财力、能力、势力高深莫测，已经不仅仅是考古学家、寻宝师那么简单。眼下我非常需要她的帮助，以求摆脱困境。

"叔叔说过，要想在中国做好古董文物生意，必须得黑白两道通吃，手边随时都要备好两样东西——两百万现钞和两千名够狠、够勇、够机灵的打手。幸运的是，以上我们都已具备，所缺的只是杨先生这样的绝顶高手。所以，如果我们能合作，将是攻无不克、战无不胜的最佳拍档。"

吉川小卷的声音里充满了自信，有强大的财力和人力做后盾，她应该具备这种自信。不过，我接下来的话立刻给她兜头泼了一瓢冷水："你和你的人都不够聪明，目光也十分短浅，只看到录音笔出现的地方在连沟村，就急三火四地去调查那地方，而不是审慎地思考在它出现之前发生了什么事。"

她微微一怔，眉头皱了皱，突然猛省："是沙尘暴？"

我点点头，走到地图前，伸出中指按在“连沟村”三个字上。

敦煌周边有许多这样的村子，极度贫穷落后，消息闭塞，就像沙漠里那些刺棘树丛一般永久地被人遗忘。如果不是刘光出现，我们永远不会知道G215国道背面还有这样一个地方。

“是肆虐的沙尘暴把录音笔刮到这地方来的，白雪与疯虎下车的地方是在以连沟村为中心点的某处。我注意到沙尘暴是从西北、正西、西南三面来的，这能说明他们所去的地方比连沟村更往西。好了，我立刻更改我的命令，把关注焦点西移。”吉川小卷立刻领会了我的意思，并及时与手下通话，要他们改变搜索路线。

沙尘暴的力量非常强大，最严重的时候，甚至能把整队骆驼卷上半空，刮到几十公里之外去。所以，一只重量仅有几百克的录音笔，很容易就被沙粒裹挟而去。这条看似最有利的线索，反而对我们造成了巨大的误导。

在等待消息的这段时间里，我把老屋发生的一切都告诉了吉川小卷：“坦诚相对是合作的基础，现在你知道疯虎是个什么样的危险人物了吧？”

那时，我们已经身在驱车赶往老屋的途中。

沙尘暴过后，敦煌的天空出现了少有的晴蓝色，西北方向飘来了大量白棉花般的云絮，无序地铺满了我们的头顶。朝霞早就退去，月亮升起于东天，如果没有连环相接的意外事件，这该是个多么美好的敦煌之夜啊。

吉川小卷打开唱机，小野丽莎略带沙哑的嗓音在车子里轻纱薄雾般回旋起来。

大哥失踪后的那段时间里，我曾一度沉湎于小野丽莎的音乐，面对着大哥留下的一切，深陷于颓废而低落的情绪里。不过那已经是遥远的过去，我已经从沉沦中苏醒，并成功地驱散了盘绕在心头的阴翳。

敦煌人的夜生活已经展开，小吃街上的烧烤油烟再次缭绕飘荡起来。

“杨先生，短暂的挫败是最好的磨刀石，打起精神来吧。”吉川小卷转过头望着我。

我举手指了指后视镜，里面映出一辆奥迪轿车、三辆破旧的摩托车，都在躲躲闪闪地跟踪着我们。

吉川小卷洒脱地笑了：“敦煌的黑道朋友总喜欢大惊小怪，以为咱们身上背着多大的财路似的。叔叔他们三个在此地住了一年多，没少向黑道帮派进贡，前后差不多有几百万人民币。如果这些人还不知足，那就真是不识抬举了。”

很快，老屋出现在我的视线里。车子靠路边停下，我和吉川小卷都没急于下车，直到她的车载电话响起来。

“我提早派人过来探察，免得浪费时间。你们中国人爱说‘时间就是生命’，不是吗？”她拿起电话，静静地听了几秒钟，淡淡地回应，“好，我和杨先生就过来。告诉你的人截住后面的车，别打扰了我们的雅兴。”

我相信白雪离开老屋时会尽力消除痕迹，以确保所有秘密都掌控在她手中。那么我们这时过来，还有用吗？

傍晚的老屋呈现出一片死一般的寂静，屋顶上仍有枯萎的衰草随风抖瑟着，却比从前的稀疏了许多，可能是被沙尘暴摧折所致。一些老式屋瓦也没能幸免，被风沙掀去，露出千疮百孔般的泥块来。

“很难想象在那样一幢老屋里面会发生如此多的曲折故事，真不亚于一部恐怖电影。杨先生，旧地重游，心里是否感触良多？”吉川小卷一边微笑着瞥着后视镜一边说。

我摇下车窗，呼吸着四面夹杂着炊烟味道的新鲜空气，郁闷的心情渐渐舒缓了一些。

“很多事，不是人力所能控制调配的。一个人的力量再强大，又怎么能抵得过命运车轮的轰然而至？”我漫应着，警觉地打量着老屋左近的几条横巷，确信附近已经不像从前那样暗哨密布，如临大敌。当夜一战，花错调集了足够多的燕盟人马过来，却是为白雪做嫁衣裳，并且提前一步扫清了外围残敌。花错的一生是个十足的悲剧，因为她先是嫁错人，后又站错队，犯下这样的大错还不死，世间就没有公理了。

后面跟踪的车子也在三十步外停下，但随即被小巷子里闪出的一队人包围住。双方经过短暂的肉搏后，所有的人和车便悄悄地消失了，街道上重新归于平静。

“已经清场，走吧。”吉川小卷伸了个懒腰，带头开门下车。

几分钟后，我们已经并肩站在老屋前的院子里。这院子里似乎变得空旷了许多，因为那棵古树不见了。还有，院子的地面被速凝水泥重新铺砌过，新的地面与老屋的青色砖墙形成鲜明的对比，格格不入之至。

一个穿着廉价西装的年轻人快步过来，低声报告：“所有地面都重新铺过，根据探听到的消息，两天前有人向这里运送了大量的沙石、水泥、钢筋，并彻夜工作，自始至终有夯土声传出来。我带人详细勘察过院子和屋内的每一寸土地，速凝水泥极其坚固，地面也被反复夯实过，找不到虚空的地方。”

我站在古树的位置，仰望院墙遮不住的那片天空，对白雪所做的一切既佩服又遗憾。她绝对是个聪明人，但这次很显然是“聪明反被聪明误”了，太草率地回填地下密室，岂不是断绝了进一步揭露疯虎秘密的线索？

“有没有可供咨询的证人或证据？”吉川小卷沉吟着问。

年轻人很肯定地摇头：“抱歉，一点都没有，之前没有，之后也不可能有。”

吉川小卷微笑着说：“好了，你先去吧。这次大家干得不错，我会另有奖金发给大家。另外，告诉所有人，由现在起我代表叔叔发号施令，所有人的佣金标准会提高三倍，有功者重奖，希望大家比以前更努力地工作。”

年轻人迅速消失，沉寂的院子里便只剩下我们两人。

〔拾〕

吉川羽敦煌日记中记载的地底金殿

良久，吉川小卷向洞开的屋门指了指，不说话，只用眼神问我要不要进去看看。

我摇摇头，用力跺了跺脚下的混凝土地面。如果我是白雪，必定会多留几日，沿古树的根须直挖下去，看清楚一棵植物是怎样为一个正常人供应营养的。砍伐古树、填塞密室通道、重铺地面，是治标不治本的“掩耳盗铃、杀鸡取卵”式处理方法，殊不可取。

吉川小卷也跟着摇头：“你的朋友犯了个大错误，错得太远了，已经无法补救。不过，这里的线索虽断，这件事却勾起了我的极大兴趣。我们都知道，地球上的物种繁多如夏夜群星，其间有很多事是人类知识无法解释的。假如植物与动物可以互相转换营养源，那么人类便能不必口腔、肠胃进食而依靠植物愉快地生存下去，就像你描述过的老僧疯虎那样。如此一来，人类生物学将进入一个全新的境界，不过——”

她拉长声音，等我接话。

“不过什么？”我的缥缈思绪被她拉回现实中来。

“不过首先要确定疯虎是不是正常的人类才行，现在看来，疯虎是一个幽闭百年不死又背生双翼的怪物，跟我们日本著名漫画大师水木茂笔下的《妖怪大全》里某些形象倒是十分吻合。杨先生，你为什么不能先放松精神笑一笑呢？我们面对的事件已经足够诡异沉重了，再整天面对你这张拉长的苦瓜脸，到不了谜底揭开的那一天，我的心脏恐怕就会提前出问题呢！”吉川小卷大笑起来，笑声惊飞了邻家屋檐上的归鸟，扑棱着翅膀高飞而去。

我哑然失笑，拍着自己的额头，低声说：“抱歉，抱歉。”

石梦等人失踪时，我只是感到受挫，认为是自己过于大意所致。等到白雪失踪、刘光送来录音笔后，我突然觉得自己被罩在一只遮天大鼓里，憋闷无助，想破头都猜不透老僧疯虎到底是人还是妖。最郁闷的是，当时本来还有机会劝阻白雪，根本不该仓促离开。之所以造成现在这种被动局面，我也要负很大责任。

“喂，杨先生，笑一笑十年少，你们中国人的话真的是非常有道理。看你，开颜一笑，至少要年轻十岁。”吉川小卷拍手大笑，“好了，我们回酒店去吧，这里已被破坏得一塌糊涂，没什么待下去的价值了。”

的确，白雪这次把事情搞砸了，还把自己深陷进去，至今生死未卜。

回到车子里，吉川小卷沉默了一会儿，才意味深长地说：“杨先生，我一直在权衡要不要把叔叔的日记向你公开。非独中国，全世界每个民族的人都明白‘非我族类其心必殊’的道理，我们大和民族的礼仪和知识都是师从古代唐朝的中国人，所以大家思考问题的方式方法基本相同。中国和日本的黑道江湖上有太多见利忘义、两面三刀的小人，为了黄金和宝藏，他们甘愿出卖自己的灵魂。叔叔在考古寻宝这一行里浸淫了超过三十年，见识过太多活生生的例子——”

我淡淡地截断她的话：“有话请直说，我来敦煌的目的或许有几百个，但没有一个是与宝藏有关的。与石梦、白雪合作时，我就提早表明了态度，到此地来是为了探索大哥失踪的谜题，与任何人都没有任何利益上冲突。”

大哥留给我的金钱和物业足够多了，已经到了自我向下三代都不必为生活发愁的地步。

吉川小卷紧了紧羽绒服的衣领，不急不慢地说：“杨先生，你应该明白，你从港岛到这边来，代表的并不仅仅是自己，还有霹雳堂雷动天雷先生。你可以否认接受过他的任何派遣，但如果他要你帮忙做某些事，你会推辞吗？”

我沉下脸来，只回答了一个字：“会。”

在我的人生观里，不会接受任何人的胁迫，只遵守自己的做人原则。我是我，霹雳堂是霹雳堂，两者无需混为一谈。

吉川小卷哈哈一笑，发动车子，快速调头，驶向酒店。

一直到了半夜十一点钟，各路人马陆续传回消息，全都毫无发现。沙尘暴帮了疯虎大忙，掩盖了一切可能存在的蛛丝马迹，甚至已经将他们乘坐过的车子深埋入黄沙里。如今，他带着白雪消失在沙漠瀚海之中，留下的只有数不尽、扯不开的乱麻一样的谜团。

我曾亲眼所见，他先遭“天方夜谭杀阵”围攻，后又中了穿阴透顶一枪，全身最重要的器官脉络都被重创。当他咽气时，我们中间不止一人探查过他的呼吸，结论都是相同的，那确确实实已经是个死人。

当时我甚至有些惋惜失去了这个最重要的人证，惋惜于他脑中那么多秘密被湮没黄泉之下。谁料转眼之间，他竟然变成了悬在白雪头顶的灾星。

“难道是尸变？”万般无奈之下，连这样荒诞的念头都浮上了我的脑海。我反复听了录音笔留下的诡谲笑容，却分辨不清那到底是不是疯虎本人的声音。至于那串叽里咕噜的奇怪语言，就更无法破译了。

至此，我在敦煌的行动一败涂地，彻底回到了原点。

“没有消息也许是最好的消息。”吉川小卷若有所思地安慰我。

我明白她的意思，至少现在白雪有可能还活着，只要不见尸体，总算残存一丝希望。

用过消夜后，吉川小卷在我对面坐下来，摊开了那本吉川羽的寻宝日记。

她说：“杨先生，早在日本求学时，我便听叔叔说过大侠杨正的传奇故事。叔叔是日裔寻宝师，在日本列岛及东南亚各国有相当大的名气，但他每次提到杨大侠，都自比为萤火虫，而杨大侠则是天空中的皎皎明月。所以，我发誓有一天要亲眼见到杨大侠，看看那到底是一个多么伟大的人物。可惜天妒英才，杨大侠突然失踪，让我的理想也成了永远无法完成的任务。叔叔也曾提及你，说你资质过人，只是尚需要历练，假以时日，也会成为江湖奇才。现在，叔叔的精神出了大问题，我带着这本日记来敦煌，最希望找到的合作对象就是你。来吧，先把白小姐、石小姐的失踪事件放在一边，我们一起看完这本日记，也许就能明白敦煌城的地下埋藏着多少秘密了……”

一说到大哥的名字，吉川小卷脸上便露出无比虔诚的崇敬表情，语气也极尽严肃。

在探险寻宝这一行里，大哥是绝对的里程碑式人物，名震江湖，声誉远播到全球各国。至于我，已经殊无资格与他相提并论。

“关于我，杨先生与石小姐、白小姐在一起时间不短了，想必也在了解我叔叔吉川羽博士的过程中，偶尔浏览过我的资料。我从初中开始，便做我叔叔的帮手，大部分时间做资料的分类录入工作。大学时，我主修的是考古研究、文物修复，兼修亚洲历史、亚洲大陆板块地质研究，并取得了三个学科的硕士学位。我本人没有婚史，也没有任何帮派历史，至今都是清白一身。所以，我是个值得信任的人——希望杨先生也会这样认为。”她语气沉稳地讲述了自己的历史。

当然，这些与石梦最早提供的资料相符，需要特别指出的是，吉川小卷在冷兵器格斗、拳脚搏击方面显露了独特的才能，这要得益于她有过人的体能、超强的抗击打耐力。

我恳切地回应她：“吉川小姐，我也想再次表明自己的态度，无论你是日本人还是中国人，我都恪守自己的立场，不会劫掠别人的利益，不会贪别人之功，也不会带走不属于自己的东西。就算摆在我面前的是黄金万两、明珠千斛，我都不会放弃自己的原则。”

吉川小卷歪着头思索了一阵，忽然一笑：“黄金万两？换算下来有多少？如果把单位名称改为‘吨’呢？黄金万吨，能否收买杨先生？”

我只笑了笑，不想再答。

大致估算一下，人类每年生产约155万公斤黄金，至今已经有200年的产金历史。计算可知，目前全球有大约310亿公斤黄金。吉川小卷的本领再大，也不可能凭空造出万吨黄金来。

她拍了拍日记本，笃定而深沉地、一字一句地说：“黄金万吨，就藏在敦煌地下的某处，而我叔叔就是见证者之一。杨先生，接下来我们就一起阅览他的探索日记，一起瞻仰他记录下的那些伟大时刻吧。”

那日记本上记载了吉川羽博士到达敦煌近一年来的工作点滴，前半部分都是琐碎的工作记录和几十首偶有所感的日式俳句，基本没什么可以注意的，都被我们匆匆翻过。日记的后半部分渐渐变得翔实丰富起来，那种变化是随着一个叫“针孔”的人出现而开始的。

针孔是名震西北的一个盗墓者，成名于四十年前，推算起来，今天至少在六十五岁左右。记得大哥也曾提到过他的名字，说他是个“极有趣的道上朋友，堪称近百年来最伟大的盗墓者之一”。

吉川小卷从旁解释：“针孔向叔叔兜售一则消息，要价十万美金。叔叔不是个鲁莽草率的人，却毅然决然地答应了针孔的报价，并提前支付了一半，随针孔去验货。那桩交易双方都很满意，因为针孔向叔叔展示了一项伟大的奇观，那是一座神秘的冰封宫殿，通体由黄金铸成，宫殿到处都结着冰，就像一座超大型的低温冷冻库。那宫殿是针孔发现的，但他只能眼巴巴地看着那些埋藏在坚冰之下的黄金，根本无法凿取。叔叔已经动心，其实只要是精神正常的地球人，谁都会对数以万吨计的黄金起贪欲。于是，他再次约见针孔，要用一百万美金买下进入宫殿的通道路线图。很可惜，从第一次交易完成后，针孔就消失得无影无踪了。”

我说过，吉川羽是个知识渊博又颇有文采的学者，所以那些日记非常具有可读性，不亚于一部一波三折、扣人心弦的探险小说。以下就是他记录下的详细细节。

最先，针孔出示了一部分黄金宫殿的照片，全部都是由俯瞰的角度拍摄的。

吉川羽用两页纸描述了看到照片上那些黄金宫殿时的感受：“触目所及，到处都是金灿灿的颜色，从砖瓦到廊柱，从亭台楼阁到墙壁屋顶，全都是大块大块黄金构筑的。当然，那些并非电影工作者们构造出来的道具布景，而是真实存在的。”

他是考古方面的大行家，是古董还是赝品，肯定逃不过他的火眼金睛。

针孔说：“十万美金只是一张电影票的价格，付了定金，我就带你去看。要想进行别的合作，价钱另算。”

于是，吉川羽第一时间汇了五万美金到针孔账上，两个人约好在三天内看货。

之后的经历比较复杂，吉川羽在被蒙住双眼、塞住鼻孔、堵住耳朵的状况下，又经过了交替倒车、步行、爬行的艰难过程，历时三个多小时，才重新恢复自由。那时候，他和针孔是站在一个巨大的青灰色石室里，石室约长二十步、宽十步，至少有三人叠加那么高。石室空空如也，既没有黄金，也没有宫殿。

吉川羽以为上当受骗了，当时便要发作。

针孔却好整以暇地从背包里取出两套睡袋，分给他一套，自己打开一套钻进去准备睡觉。

吉川羽终究是老江湖，努力隐忍，学着针孔的样子躺下。起先，他忽视了地面的特殊性，一旦躺下，他立即发现那里的地面并非青石板铺成的，而是一种类似于茶色玻璃的深色材料。他的嗅觉、听觉都异常灵敏，从空气的新鲜程度、四周的静谧程度上判断出两人的的确确是在几十米深的地下。而且，在不断倒换交通工具的过程中，曾经有一段是搭乘绞索控制下的升降板快速下坠，这些细节更印证了他的判断。

“针孔是盗墓者，不是建筑工人，不会亲自在地底搭建这样的石室，但玻璃地面是哪里来的？中国的古代人根本造不出这种材料，也不会暴殄天物，把它用在空无一人的地方。玻璃是做什么用的？针孔为什么还不展示他的黄金宫殿？”吉川羽脑中有几百个问号，但他死死地忍住，没有问出口来。

他们并排着躺了很久，等到针孔睡熟后发出均匀的鼾声时，吉川羽悄悄起来，仔细搜索了石室的墙面和地面，并取出随身携带的小锤轻轻敲打地面，以确定那是不是真正的玻璃。那时他的手上戴着一枚暗藏锋面的钻石戒指，平时用来甄别玉石真假的，此刻正好用来切割玻璃。于是，他取下戒指，在地面上试着划了两道，地面却没有留下痕迹。如果那是真正的玻璃，在钻石的锋刃下早就应声而开了，所以他否定了最初的推论，认为那可能是某种半透明的高硬度水晶体。

当他取出放大镜观看钻戒划过的地方时，眼前突然出现了诡异而璀璨的一幕——就在地面之下，出现了一道迅速翻腾着的耀眼白光，由远及近，左右飞舞。白光过后，他的身子下面出现了一个光芒闪烁的黄金世界，巨大无比，广阔无比，仿佛他在北京时看到过的故宫、在俄罗斯时看到的红场一样规模宏大，令人叹为观止。但是，目前眼下的一切全都是黄金铸成的，金瓦、金砖、金墙、金屋……连高高低低的宫殿间的地面都铺着黄金，幻化出一个金光闪闪的神奇世界。黄金外面又覆盖着一层灰白色坚冰，连吉川羽脚下都垂着巨大的冰凌，足有几百条，每条都有数米长。

黄金给了他太大的震撼，直到几分钟后他才骇然发现，自己和针孔是伏在黄金宫殿上面几十米高的地方，一旦那玻璃地面碎裂，他们就会摔个粉身碎骨。下面的水平空间要几百倍地大于石室，打个不恰当的比方，石室像嵌在大型潜水艇顶部的舷窗，吉川羽此刻就是个热血沸腾的外来窥探者。

针孔已经醒了，跟他一起呆呆地看着脚下的世界。

记录这一段的时候，吉川羽的笔迹混乱而狂热，中文、日文、英文混用，几乎用上了所有人类能够想得到的赞美词，可见他就算回到酒店做笔记时心情仍旧激动无比。我能理解他的情绪，因为黄金是地球上最特殊的金属元素，对任何一名思维正常的地球人都有难以解释的致命诱惑力。

他在日记中是如此记录的：“那是个不可思议的黄金世界，偏偏出现在古老的西北敦煌。要知道，本地的地质情况糟糕到极点，流沙层、透水层、鹅卵石层到处都是，想在地下十几米深的地方挖掘两三米宽、两米高的防空洞都很困难，更不必说挖掘净高几十米的巨大空间了。难道那个空间是在极深的地底岩层中吗？不可能、不可能、不可能……凭着针孔的盗墓水平和挖掘工具，他不可能进入那么深的地下。再说，什么人有能力造出如此庞大的建筑物？是人？还是神？在我一生中，到过数以万计的地底墓穴和藏宝空间，实在没有哪一个能跟针孔带我去看的地方相比，除非……除非那是幻觉，除非那是人为导演出的一幕幻觉……”

吉川羽是为太平天国宝藏赶来敦煌的，但此时脚下的黄金却是所谓“石达开宝藏”的几万倍。他心中立刻有个声音狂叫起来：“我要拥有它们，我要拥有它们！”所有的探险家潜意识里都是偏执狂外加占有欲强烈的疯子，吉川羽的心已经被黄金诱惑得狂跳起来。

他冲到针孔面前，揪住对方的衣领大叫：“告诉我，怎样才能下去？怎样才能亲手触摸那些黄金？一百万美金，我给你一百万美金，只要告诉我怎样下去……”

在那篇日记的结尾，已经冷静下来的吉川羽这样自嘲：“我当时真的是疯了，也傻了，如果针孔知道怎样攫取黄金，又何必赚我的美金，不如直接动手，把黄金据为己有就好了。不过，我还是向针孔许诺，只要他能找到通往地下金殿的路线图，我会出一百万美金买下来。那座金殿是美妙绝伦的，无法用语言来描述，我看到它时的震撼远远超过了第一次见到埃及金字塔或是印加神庙时的感受。无论如何，我要进入那里，看看到底是什么人缔造了那样宏伟的建筑，而且是使用了震古烁今、前所未有的材料？”

事后，吉川羽又要求针孔第二次带自己去那石室，却被对方拒绝了。

针孔的理由是：“第一次想不出拿到黄金的办法，再去十次都没用，不如省点力气做其他有意义的事。”

吉川羽开出的佣金价格连续翻番，针孔的回答也越来越固执，最后索性从敦煌消失了。

可想而知，吉川羽有多么懊恼，却不能向别人倾诉，只能无比愤懑地记录在日记本里。没有针孔引路，他就算翻遍沙漠的每一寸土地，都找不到自己曾经走过的路。

所以，后来他反复自问：“世间真的存在那样的黄金宫殿吗？我曾真的看过那东西吗？或许那只是我臆想出来的幻觉？再或许，那是针孔故意设计出来诱骗我的一幕动感电影？我的脑力都要为此而枯竭了，今生不能揭示这谜题的话，到死都不离开敦煌。敦煌，这中国人建造并保留下来的西北古城，滚滚黄沙下到底埋藏着多少神奇的秘密啊！可惜中国的土地是不能公开买卖的，否则我举债几万亿也要买下这座沙漠中的城。”

日记翻完了，吉川小卷发出一声意蕴复杂的浩叹。

“针孔在哪里？”我问，明知不会有答案，否则吉川小卷早就开始准备行动了。

“完全找不到他，即便是叔叔将搜索他的网撒开到长江以北的所有省份，连新疆和东北三省都放话出去，找到针孔的人奖赏豪华宝马车一辆。结果是徒劳的，各地一直都没有回音，仿佛针孔这个盗墓高手一夜间蒸发消亡了。”吉川小卷万分遗憾地回答。

我闭目沉思，刹那间想到一个人，也许会知道针孔的下落。

吉川小卷的灵敏感觉再次显露出来：“杨先生，我看到你唇边的笑意了，难道你已经想到办法了？”

我点点头，坦率地回答：“我会尽力试试，只是谋事在人，成事在天。”

那个人姓元名璧，蒙古族人，目前是敦煌一家私人博物馆的馆长。他的父亲曾被称为“敦煌活字典、敦煌万事通”，具有超强的记忆力，据说任何典籍摆在他面前，只看一遍，就能一字不差地背诵出来。

“什么时候开始？”吉川小卷按捺不住欣喜。

我笑着摇头：“最快也要明天上午，总不能做半夜不速之客吧？”

两个人都刻意避开去谈论黄金宫殿本身，对于还未确认是否存在的东西，最好的办法就是遵循“眼见为实、耳听为虚”的原则，等它真实地出现在我们眼前的时候再做讨论。

吉川羽的敦煌日记引出的是另外一件骇人听闻的怪事，毕竟一座黄金宫殿的价值是无法估量的（他并没有详细描述那是一座还是一组宫殿，我猜是后者）。迄今为止，世界上根本没有这样的记载。这消息一旦散播出去，敦煌城恐怕要被掘地三尺、全民参战寻找黄金了。

还有一点，吉川羽和针孔俯瞰的那个地下空间里平时是没有光的，只有在某个特定的时刻，随着一道飞腾的白光闪过，整个空间才会亮起来。据吉川羽记录，亮光持续时长为五分钟左右，随后便重新陷入黑暗。那么，那道白光到底是什么？

我曾亲眼看见，罕逢敌手的隼机关睡佛也是死在一道神秘的白光之下的，身体被白光粉碎，下场惨不忍睹。难道两处的白光会有某种联系？这只是我大胆猜测的结果，具体结果如何，还要一步步推论。

当前最重要的是，我必须严格地要求自己服药、躺好、发汗，赶走感冒病毒，明早起来生龙活虎地投入到新一轮战斗中去。

敦煌密码

卷②

古藏经洞

第二部　古藏经洞

〔壹〕

盗墓高手针孔留下的金殿照片

第二天清晨七点钟，我从酒店出发，随意招停了一辆计程车，沿敦月路向北，经鸣山路进入阳光中路，左拐西行，进入G215国道，行驶不到十公里，便到了位于国道右侧的古墓梁旅游景点。一路上，我换乘了四次计程车，其中一次还是走了回头路，刻意甩开潜在的跟踪者。

元璧的私人博物馆就在古墓梁向北的体育公园旁边，是由一个废弃的农场改建而来的，院子极其宽敞，所有的藏品被展示在排成三列的共三十间青砖平房里。院子的一半被分隔出来，种花植树，铺草挖池，形成了一个具有江南风格的别致花园。

我通过了门口保安的层层盘诘后，终于以一个不速之客的身份见到了元璧。那时，他正躺在花园中央的一幢二层小楼里，紧靠着一个烧得很旺的砖砌壁炉，怀里还抱着最大号的电热水袋，身上则裹着厚厚的老羊皮大衣。即便如此，他的嘴唇还是呈现出一种阴寒过重的青紫色。

“杨进，我的好兄弟，到敦煌来怎么不先知会一声，让我尽尽地主之谊？”他艰难地从摇椅里起身，并没有要离开温暖的炉边的意思。那只精雕细琢的紫檀木摇椅上铺着一整张厚实的虎皮，颈枕、腰枕都是可以通电加热的最新产品，所有映入我眼帘的一切都说明，元璧正在忍受着巨大的寒意折磨。

离开酒店时，我特意看过气象预报，今天敦煌市的温度为摄氏十一度，不知道元璧为什么会如此畏冷。

我跟他握手时，一阵刺骨的寒气从他掌心透出来，几乎瞬间刺穿了我的劳宫穴，令我不自禁地右臂一颤，立刻放开他的手。

元璧满含歉意地苦笑：“对不起，我的病非常重，吓了你一跳吧？”

我关切地目视着他，缓缓摇头：“没有，你到底是怎么了？前年在港岛见面时，你的身体还是健壮如牛，喝完三大碗白酒后，脸不红气不喘，接连打翻咏春拳派的三位高手，连雷先生都极赏识你。两年不见，你到底得了什么病？”

元璧苦笑更重，没有回答我，而是请我在摇椅对面落座，然后按下壁炉上的电铃，要下人送茶进来。

我与元璧的友情起源于两年前发生在港岛铜锣湾区的一件抢劫案，当时他携带了六件价值连城的西夏文物去港岛香港会议展览中心参加苏富秋季拍卖会。结果，他行经铜锣湾区时，遭到黑道人物持枪抢劫，文物与随身携带的大笔现金全部被抢。

本来处理这种劫案是警方的分内工作，与雷动天和霹雳堂无关，偏偏那次作案的匪徒是新义安青龙帮的人，被劫文物中的西夏王青铜剑就是司寇青龙点名要的。而更巧的是，当时雷动天与司寇青龙恰好有一次气氛勉强还算友好的谈判正在进行，于是雷动天便向对方“要”回了所有文物。所谓的“要”，便是要元璧出场，赌酒胜了司寇青龙，赌拳胜了跟随司寇青龙的三大咏春拳派保镖，令青龙帮颜面输光，不得不遵从事先的赌约，交还文物，并许诺再不会碰元璧的货物。

那一战的整个过程中，元璧的起居行止都由我来照顾，并且破解三大保镖必杀技的秘诀也是我“无意中”透露给他的。所以，元璧对雷动天和我的感激不言而喻。

离开港岛时，他曾发过重誓：“只要雷先生和杨进兄弟有所差遣，我元璧两肋插刀，在所不惜！”

那时的元璧刚满三十岁，是个身高超过一百八十厘米、体重九十公斤的彪形大汉，相貌亦极其威武，是典型的成吉思汗后裔的模样。现在看，他的腰已经佝偻得像只疲倦的老虾，骨架极瘦，仿佛随时都会被那件沉重的羊皮大衣压塌。他的脸上毫无血色，眼眶塌陷，眼珠无神，只有高挺的鼻梁依稀能见当日的风采。

“请。”当一个穿着灰色工装的女孩子送上茶来的时候，他有气无力地抬抬手，动了动青色的唇，从牙齿缝里吐出一个字。

托盘里共有两杯茶，属于我的一杯是上好的滇南乌龙，他的那杯却是色泽酡红，散发着浓郁的野山参、宁夏枸杞子、当归等温补中药材气味，与其说是茶，不如说是一碗大热补药。

“元璧，你中了很厉害的寒毒，到底怎么回事？”我的心突然悬了起来。

寒毒分很多种，而常与古玩文物和盗墓者打交道的人，最容易沾染的便是“尸毒”。

古玩文物往往在历史上多次转手并伴随着抢劫和杀戮，由此，被杀者的怨恨、愤怒、诅咒都会附着在古玩上。据《大英百科全书》记载：动物的血液与身体组织内含有各种毒素，包括尿酸及其他体内的有毒排泄物。在极端愤怒及恐惧之下，动物的身体立刻变成生病状态，产生复杂的化学反应。动物面对同类死亡、自己竭力挣扎求生失败之际，血液内的激素水平（特别是肾上腺素）急剧改变。经生物学家研究可知，在遭受宰割前的一刻，任何动物全身马上布满有毒的副产品，令整个尸体充满毒素。

获得古玩的胜利者在攫取目标的同时，也通过各种途径带走了“尸毒”。

“还好，一时半会儿还死不了。”元璧阴沉沉地笑了，喝完那杯“药”，重新缩回摇椅里。

女孩子向壁炉里加了七八根木柴，静静地退了下去。

我注意到摇椅后面的角落里倚着一支铁青色的霰弹枪，保险栓打开，扳机部分已经被磨得铮亮。而且，元璧穿着的那件羊皮大衣的口袋里，也露出一段黑黝黝的枪柄。联想到自己进门时反复被盘问的情景，我觉得他是在时刻防范着某种危险。

“杨进，突然到我这里来，有什么需要？”他问。

我开门见山地回答：“我要找一个人，针孔。”

炉火上覆盖的木柴“噼啪”一声，迸出一簇火星，似乎让他震惊了一下，肩膀猛地一颤。

“在敦煌，没有元家找不到的人，对吧？”我觉察到气氛不对，因为“针孔”这个名字已经让他的情绪起了巨大的波动。

元璧动了动干裂起皮的唇，艰难地笑了笑：“我帮不上忙，抱歉。杨进，好久不见，不如我让人摆酒，咱们兄弟喝一杯怎么样？”

我目视着他，发现他的头发也掉落了许多，虽然左梳右梳极力遮盖，但仍然在半数以上的地方露出了青色的头皮。枯瘦、掉发、寒毒这三种表现集于一身，我怀疑他已经患了绝症，进入了无法逆转、只能等死的恐怖程序。

“忘掉针孔吧，咱们去喝酒，咳咳咳咳……”他一手按着胸膛，一手捂着嘴，吃力地轻咳着。

我站起来，缓缓地踱到落地窗前，俯瞰着小花园里的花花草草。靠近花园西南角的位置有一口老式水井，半人高的井台由青石条砌成，八角形的井口非常大，直径至少要在三米以外。

那是相当怪异的一件事，因为通常的水井直径仅在一米到一米五之间，直径每增加十厘米，实际挖掘时的工程量就要增加一倍。这是个很简单的数学计算题，动动脑子就能明白。所以打井的人往往只考虑两只水桶并排坠下的直径，绝不会无谓地增大工程量。毫不夸张地说，我还从未发现用于人工汲水的井口径有那么大过。

水井上方架着的不是寻常所见的木制辘轳，而是一个相当结实的框架式吊臂，通体由胳膊粗的钢管交错焊接而成，吊臂顶端是一组磨得发亮的精钢滑轮，用来提升水桶的亦不是粗麻井绳，而是一条同样磨亮了的钢索。

事实上近几年敦煌的电力供应已经非常充足，无论是居民用水还是土地灌溉，都弃用了老式水井，而改用深水泵抽水，水质好且轻松省力。我起先以为那水井不过是装装样子的，但滑轮和钢索却有着频繁使用的痕迹，实在有些费解。

“杨进，听我劝，所有的盗墓者没有一个好人，不管你是出于什么目的来找针孔，都一概放弃吧。跟他那样的人见面，只会被拖累，没有好下场。”元璧从贴身的口袋里取出一个不锈钢小酒壶，拧开盖子，皱着眉呷了一小口。

房间里的药味更浓，并且带着一股淡淡的腥气，那是天尾蝎、黑背铁蜈蚣、梢上七步倒、黑心蚕之类毒虫合力浸泡出来的药酒的怪味。只有身患绝症的人，才会喝这种毒性极高的药酒，以其达到“以毒攻毒”的疗效。

“我要见针孔。”我语气坚决地告诉他。

毫无疑问，他知道针孔的下落。

“抱歉，我帮不上忙。”他疲倦地摇头。

蓦地，窗前飞腾起一只黑黢黢的禽鸟，翅膀伸开后翼展超过一米，啪啪作响地拍打着落地窗。本来病入膏肓、气息奄奄的元璧突然变了个人似的，右手拔短枪，左手抄起霰弹枪，同时指向窗外。那一刻，他回归了我所熟悉的那个剽悍而好斗的元璧，骨架虽单薄，却仍旧绷紧如弓，如临大敌，充满了勃发的劲道。

那不过是一只捕猎用的黄鹰，之前进门时我就注意到它被拴在廊檐下，一只脚上扣着银色的链子。

“原来是它在闹腾，吓了我一跳。”元璧苦笑，慢慢地收起枪，缩进大衣里，如同窗外重新归于平静的黄鹰一样。

我微笑着挖苦他："连黄鹰都感受到了你的杀气，可你有了麻烦却不想对朋友说。"

他一定是在恐惧并警戒着某种危险，两柄枪并没有增加他的胜算，可见敌人非常强大。

元璧再次摇头："杨进，我说过，今天只喝酒，不谈事。"

院外响起一阵急促嚣张的汽车喇叭声，四辆黑色的豪华奥迪车长驱直入，逼开拦路的保安人员，一直开到小花园里来。

元璧突然紧张起来，拿出酒壶，狠狠灌了两大口，低声说："兄弟，如果有事，记得保护我的孩子。"

我大步走过去，在他肩上拍了拍，报以温和的微笑。

楼下开车门声、关车门声此起彼伏，有人拦阻对方上来，但随即被三拳两脚打倒，发出短暂的痛楚哀嚎声。然后，有一队人昂然上了二楼，鱼贯而入，面对我和元璧。

"哈，真是……真是太巧了，居然在这里遇到你？杨进，你说这个世界是不是太他妈小了，咱们在港岛是对头，跑到敦煌来还是对头，看来大家必须得坐下来好好聊聊，到底是流年不利呢，还是太岁犯冲，弄来弄去都碰上你这个丧门星！"排在第二位的年轻人夸张而轻佻地叫起来，他的右手已经摸向后腰掏枪。

那个人正是司寇勋，青龙帮老大司寇青龙的儿子，之前曾为了石梦闯入我家，被我赶了出去。只隔了几天不见，他的衣着打扮不变，可说话方式、举止行动却油滑了很多，变得说不出的面目可憎。或许这才是他的本性，所以石梦那样的女孩子才绝不会对他假以辞色。

一念及石梦，我的心立刻感到一阵酸涩的痛楚。

带头的光头中年人双手一分，把司寇勋的肩头按住，冷峻地吩咐："谁都不许冲动，我今天来是跟元老弟谈判的。想杀人、想寻仇，以后有的是时间，敦煌有的是坟地，先办大事要紧！

司寇勋冷笑着收手，随着中年人一起在靠墙的长沙发上坐下。

中年人身材极其健硕，长着一对大豹子眼、大蒜头鼻子，嘴唇又宽又厚，满嘴镶着金牙，脖子上戴着一圈粗大的骨节金链子。他的黑皮西装里面只穿着一件黑色衬衫，隆起的胸肌撑得衬衫扣子时时紧绷，显出十足的霸气。

啪的一声，中年人将一叠照片甩在茶几上，掀了掀粗短的扫帚眉，粗声粗气地问：“元老弟，什么时候能把针孔交给我？你的少爷和小姐都在楼下车里，你痛快，我也痛快；你不让我痛快，我也要你好看。你在江湖上闯荡也不是一天两天了，黑星帮在敦煌一向是说一不二，要拆你这个破院子只是一句话的事。老弟，针孔又不是你爹你大爷，他只是个盗墓贼，你硬撑着保他，保得住吗？有用吗？现在不是我一家找他，连港岛的青龙帮司寇老大都在找他，逃得过今天，逃得过明天吗？”

照片散开后，每一张的画面都是大片的金色宫殿，有拉近特写，也有俯瞰远景，瑰丽奇幻，无法用言词描述。

我明白，那就是针孔向吉川羽兜售过的照片，现在终于惹火烧身了。

元壁低声回答：“我不知道。”

中年人阴森森地一笑，使劲捋了捋自己的光头，恶狠狠地说：“那你就准备给小家伙们收尸吧。”他的头顶文着一头张牙舞爪的花斑豹子，豹尾耷拉着一路向下，缠绕脖子半圈。

元壁变得有些精神恍惚起来：“孩子跟这事没关系，蒙豹，别逼我。”

中年人晃了晃光头：“逼你？你不把针孔交出来，是在逼我动粗。我顶上也有老大，我办事不力，也会被老大修理。现在我只问你一句话，针孔在哪里？”

元壁扭头望着窗外，温暖的阳光铺洒在窗前的栗色木地板上，被窗檐上挂着的藤蔓分隔成细碎跳动的光斑。

“不告诉你，你会被修理；告诉你，你会死。你会选哪一个？你会选哪一个……”元壁低声嘟哝起来。突然，他翻身抄枪，身子平躺着向前滑行，从花梨木茶几下面钻过，枪口死死地抵住了光头中年人蒙豹的喉结。

“明白吗？不告诉你，你会被修理；告诉你，你就会死。说，你想选哪一个？”元壁的背影一直在剧烈颤抖着，一半是因为激动，一半是因为他自身的病。

精钢枪口深陷到蒙豹的皮肉里，黑红色的血珠立刻从豹尾文身处无声地渗出来，但这个剽悍的黑道人物依旧嚣张地梗着脖子，咬牙切齿地回答：“我要答案，我必须要答案。元壁，有胆你就开枪杀我，十八年后老子又是一条好汉。开枪吧，你一家四口都陪我上路，我还多赚三个呢！开枪啊开枪啊……”

我走过去，一脚踢开茶几，右手剑指在蒙豹的左肋下要穴连捅了三次，对方立刻满脸流汗，杀猪一样嚎叫起来。

紧靠蒙豹坐着的司寇勋已经掏枪在手，刚刚指向我，已经被我劈手夺了过来，然后在他脸上噼噼啪啪地连扇了十几个耳光。在港岛时，他倚靠司寇青龙的势力要多嚣张有多嚣张，到了敦煌再强行出头，就是自己找死了。

司寇勋被打蒙了，愣愣地看着我，不敢有丝毫动作。

我用短枪顶着他的太阳穴，冷冷地吩咐："打电话给黑星帮倪老大，快。"

司寇勋马上乖乖地摸出电话拨号，电话接通后，讨好地双手递给我。

电话那端，就是曾跟我一起吃过饭的黑星帮老大倪乾。黑道成名人物都有一段不堪回首的苦难史，倪乾亦是如此。在我看来，他虽然贪婪霸道，却还没有失去人性。

一听我报上名字，倪乾立刻哈哈大笑："小杨，什么事？是不是请我吃饭？"

我简短地说了现场的情况，然后坚决地告诉他："元璧是我朋友，他的命、他的家人我都保了，倪先生给个面子吧。"

倪乾的笑声立刻变了味："小杨，我手下那么多兄弟都指着我吃饭呢，别断我财路好不好？再说，我目前在跟港岛青龙帮合作，也不能总给霹雳堂雷先生面子啊？大家都知道，青龙帮跟霹雳堂是死对头，你看看，哥哥我不能脚踩两只船是不是？"

我冷笑着回答："现在元璧用霰弹枪指着蒙豹，我不管，转眼间就是两败俱伤，死尸遍地，你能捞到什么好处？黑星帮闹大了，惊动警方，把你在敦煌的势力连根拔起，那时候别说是青龙帮了，就是天王老子再世也救不了你。倪先生，宝藏在地下几千年了，你又何必急在一时？"

这些都是实情，警方打击黑道势力的风暴行动一次连着一次，黑星帮要想继续生存下去，最重要的一点就是"低调行事"。

中国是个法治国家，越嚣张高调的黑道势力覆灭得越快，以前的无数事例已经明白无误地证明了这一点。唯有像雷动天那样的聪明人，及早地由江湖大佬抽身演变为黑白通吃的大富豪、大慈善家，才是人生正道。

倪乾干笑了几声，说了一大套江湖过场话之后同意收兵，要我把电话交给蒙豹。

几分钟后，黑星帮的人撤走了，元璧的小花园又恢复了平静。

幸运的是，倪乾总算给我面子，把元壁的太太和一双小儿女全都放了，让他们一家团聚。蒙豹与司寇勋撤走时不敢再嚣张放话，只是弯腰赔笑，声音也低了两个八度。

我悄悄下楼，给抱头痛哭的四人一个尽情宣泄的单独空间。奥迪车离去时带起的沙尘已经慢慢消散，博物馆的员工各司其职，不再露头窥探，四周一片寂静。

这个院子的围墙很高，墙头插着铁蒺藜和玻璃碴，安全不是问题。我仔细观察，便发现围墙最上端的一米多是最近才加高的，换句话说，是出于安全考虑，元壁才在最近加强了安保措施。

“仅仅是为了防范黑星帮吗？”我在廊檐下的木椅上慢慢落座，呼吸着遍地花草送来的芳香，一阵难以形容的疲惫感油然浮上心头。刚才我能冲出去替元壁出头，帮他开辟出一条坦途来。我呢？谁来帮我开路？大哥失踪后，这种极度消极的感觉时常缠绕着我，像溺水者颈上的水草一样，要将我拖入沉沦的渊薮。

刚刚那女孩子乖觉地送上茶来，并低声提醒我：“主人说，杨先生情绪消沉，特意要我在茶叶中加了微量罂粟花种子、天山曼陀罗种子的双重粉末。这是古西夏国的宫廷秘药，提神而不致病，请用。”

那杯茶带着一股说不出的异香，茶水面上浮着一层细碎的暗红色粉末。

罂粟原产小亚细亚、印度和伊朗，是罂粟科二年生草本植物，全株粉绿色，夏季开花，单生枝头，大而艳丽，有红、紫、白色。花早落后结球形蒴果，内有细小而众多种子。至于曼陀罗，又名风匣儿、山茄子，原产印度，花名系梵语音译，为茄科野生直立木质草本植物，成分为莨菪碱、东莨菪碱及少量阿托品，主要作用是可使肌肉松弛，汗腺分泌受抑制。

两种种子混合后肯定有让人飘飘然、昏昏然的感觉，是消磨时间、自我满足的良药，可惜并不适合我。

她退下去后不久，元壁便蹒跚着走过来，坐在我的对面，哑着嗓子说：“杨进，我决定了，把针孔交给你。我太太肚子里刚刚怀了第三个孩子，实在担不起惊吓，钱财是身外之物，只有家人和未出世的孩子才是我永远的宝藏。这间博物馆也麻烦你一并接受，几日后我会带家人离开敦煌，不再回来。”

他的脸上泪痕未干，满眼都是抹不去的凄怆颓丧。

我没有恰当的话安慰他，事实上雷动天不止一次说过：“江湖是属于无牵无挂的年轻一代的世界，一旦决定娶妻生子，最好就立刻金盆洗手，退出江湖，找一个没人认识的陌生城市从头开始自己的生活。否则，必定要让自己陷入左牵右挂、进退两难之境。”

他把一个装满照片的信封放在我面前，继续说下去：“每一个寻找针孔的人，其实是在寻找由他发现的黄金世界。他不该四处兜售这些照片，那样只会惹来大麻烦，可他没有办法——他的身体罹患了一种怪病，每天都必须注射一次由美国Alexion制药公司生产的Soliris针剂。那是世界上价格最为昂贵的单一药物，单针价格为一万美金。这种单克隆抗体药物的主要作用是治疗一种名为阵发性睡眠性血红蛋白尿（PNH）的超罕见疾病。病人患上这种疾病后，免疫系统会在夜间摧毁他们体内的红血球细胞，可以这么说，他每天晚上睡下后，根本不知道自己第二天还会不会醒来。”

我打开信封，把所有照片按照由远及近的次序平摊开。

如果没有吉川羽的探险日记描述在先，面对这组黄金宫殿的照片时，我肯定也会像大多数人一样又激动又惊骇地跳起来。远景拍摄中，黄金殿宇一座连着一座，向无尽的远方连绵展开，目光所及，不见终点。

“那是一个无法推测总藏量的地下金库，一旦它被发掘出来，国际金价将被冲击得一塌糊涂，因为它能满足所有人对黄金的需求。那时，黄金将变得像铝、铅之类的金属一样廉价，人类自古以来养成的价值观将被彻底扭转，‘一寸光阴一寸金、寸金难买寸光阴’之类的古谚都可以从字典中除去了。针孔发现了它，却穷尽毕生所能，无法钻洞进入，这种无与伦比的挫败感也令他极度沮丧，间接加重了病情，索性自暴自弃，靠出卖照片赚钱。”元壁又轻轻咳嗽起来，怜惜地捧起旁边架子上的小盆雏菊，凝视着它们那淡粉色的小花瓣出神。

从那样的细节动作里，我看得出他是一个珍惜生活、珍视家人的好男人，心有万千牵挂，的确该退隐江湖了。

〔贰〕

盗墓高手针孔与地底银甲将军

“针孔在哪里？”良久，我才淡淡地问。

隔了一阵，元壁才幽幽地回答：“要见他，黄昏后。杨进，我已经吩咐人准备酒菜，咱们好好聊聊。”

我立刻回绝：“不必酒菜，我只喝清水，因为那样才能让我保持足够的清醒。元壁，你知道我是什么样的人。到这里来见你，第一我没有恶意，第二我不愿看到别人的恶意。我们之间，谁也不要暗藏心机。”

那是一个小小的警告，对于元壁这样一个被黑星帮逼上绝路的人而言，一旦心理崩溃，什么疯狂举动都做得出来。

元壁苦笑两声：“我知道，你和雷先生都是名动江湖的大人物，在港岛跺跺脚，维多利亚湾的海水都要震一震。”

我缓缓地点点头，不再说什么，任由天空中的日头慢慢移向头顶。到黄昏还有很长一段时间，我愿意这样静静地坐着，静静地等待，恰好可以在脑子里整理一下最近的线索。

整整一中午、一下午我都没打电话给吉川小卷，与石梦、白雪不同，她是突然出现的外族人，驾临敦煌的目标也非常明确，就是为了吉川羽日记中提到的黄金宫殿。我们只是萍水相逢的合作者，谁都没有义务为对方负责什么。

日头向西时，我听见了小楼上两个孩子的奔跑嬉戏声，夹杂着元壁和他夫人似嗔实喜的呵斥声。如果没有黑星帮的骚扰，他们长住敦煌的日子必定是幸福美满的，很快就会将四人家庭升级为五人家庭。到那时，笑声想必更多吧？

下午五点钟，我接到了吉川小卷的电话：“酒店外有形迹可疑的人出没，我查过，是本地黑星帮和刀子帮的人。看来，他们也闻到黄金宝藏的味道了。你那边怎样，要不要我派些人手给你？”

我笑了，黑道人物唯利是图，倪乾是不会放任一块大肥肉从自己嘴边溜过的。

“看好吉川羽博士的日记本，如果还有空余人手，去探望一下程风博士。”我不必跟对方说程风在哪里，她一定早就查到。

吉川小卷一笑：“那个疯子？我今天已经去探视过了，他一直抱着头坐在墙角，一个字都不说。负责治疗程风的那个医生真是够贪心的，主动开口要钱，把任何一个来看程风的人都当成了摇钱树，还说要卖资料给我。杨进，希望你在外面一切顺利，据我得到的资料显示，元壁与青海、甘肃、西藏、新疆、蒙古五地的大小盗墓团伙都有联络，他有足够雄厚的资金大笔收购，然后囤积居奇，高价出手。针孔这样的独脚大盗，恰恰是他最好的合作对象。”

我记起了程风说过的那些“疯话”，那姓王的医生很有赚钱头脑，在一个小医院里当医生真是屈才了。

“有消息再联络。”我对吉川小卷“无所不知”的特点很不适应，每次我们的探索过程中出现新人物，她总是比我还了解，仿佛自己的头脑是一部超能计算机，储存着敦煌所有成名人物的资料。

“祝你好运，记得多笑笑，一个人发愁可不是件好事，会老得比较快。”吉川小卷银铃般的笑声再次撒落一地。

终于，夕阳消失于如火般的绯色晚霞中。

先前那个女孩子捧着一个纸盒过来，里面是耳塞、鼻塞、生牛皮头套和两副牛筋软手铐。

“杨先生，主人说，请戴好所有的东西，然后车子就会载你出发。”女孩子始终垂着头，半边脸都被头发遮住。

我顺从地戴上耳塞、鼻塞，把坚韧沉重的头套扣在头上，立刻变成了不能听、不能看、不能闻的盲目状态。女孩子用软手铐锁住了我的双手和双脚，让我原地转了十几圈后悄悄退开。我用默数心跳的方式计算着时间，大约在五分钟后，有人牵起了我的手向前走，摸索着进了一辆车子。车子先是灵巧地倒车转弯，然后高速前进。

车子的性能非常强劲，这从它加速前冲时的“推背感”就能知道。除此之外，我总结不出任何有价值的线索。

在前进途中，车子大约停过十几次，每次停顿为一分钟左右，这应该是在等交通红绿灯。联想起从博物馆离开时，车子很明显是左拐，证明我们是驶向敦煌城里的。

“原来，针孔躲在城里？”我心里有些困惑。

四十分钟后，车子驶上了一条乡间土路，因为我的身子几次因剧烈的颠簸而弹起来，额头撞上车顶。终于，车子慢慢地拐了个弯停下来。旁边的人拉起我，又让我原地转了十几圈，带着我在一片松软的菜地里曲折前进，有好几次我都踩到了田垄上的植物。之后，我和另一个人踩上了一块微微摇晃的板子，对方抓住我的肩膀，随即板子开始下沉。

我的脚踝和膝盖感受到了刺骨的凉意，但我强忍着不说话，更不乱发牢骚。

板子在三分钟后停下，根据我对速度的测算，我们足足下降了三十米左右。

离开板子，我又踏上了一条三十度倾斜向下的通道。通道极其逼仄，我几乎每走四五步，肩头就会撞到洞壁。终于，经过二十分钟跌跌撞撞的步行后，我们停下来，头套之类全被摘掉，只剩手铐和脚镣。我安静地站在伸手不见五指的黑暗里，耳朵恢复正常后，隐约听到了缓慢的波浪拍打石岸的啪啪声。

“你是谁？”正前方角落里有个苍老的声音响起来。

“杨进。”我冷静地回答，横跨一步，免遭偷袭。

“杨进是谁？我从没听过，但只要到这里来，就是我的客人，就有权力跟我一起分享黄金宫殿带来的震撼。不介意我点根蜡烛吧？这里实在是太黑了。”一根蜡烛应声亮起来，我用力揉了揉眼睛，看清角落里那个秃头、破衣的驼背老人。

他的脸上很脏，但并非仅仅是尘土那么简单，而是长满了斑斑点点的暗绿色青苔，只露出眼睛、鼻孔和嘴巴来。

我注视着他，随即发现我们所处的地方仅仅是一条超长甬道的中间节点，在他背后仍有一个幽深的洞口，通向未知的远方。烛光照亮了四面的黄土墙壁，上面留着铲子、凿子挖掘时的细碎痕迹。

“前辈就是针孔？”我能想象得到在地下挖掘这样一条通道的工程量是何等巨大。事实上，人们只看到了盗墓者们的无本万利，谁都不会去体谅地底挖掘者们的艰难与忍耐。一旦走上了“盗墓”这条路，就注定一辈子跟孤独与黄土做伴了。能在这一行里取得针孔这样的名声，那是无数日日夜夜的地鼠般忙碌换来的，当然还要有无与伦比的智慧与恰到好处的运气。

老头子桀桀怪笑起来，用力拍打着身边的土墙，搅动了空气中无所不在的阴湿霉气。

“元璧告诉我，找到你，就能找到照片上的黄金宫殿。”我不想再浪费时间，因为在幽深地底的每一秒钟都充满了危险。

“要看黄金宫殿，就随我来吧。年轻人，我佩服你的胆识和勇气，想当年，我比你还英勇，比你还天不怕地不怕。老喽老喽，针孔已经成了被人遗忘的老废物啦，只配藏在地底下坐井观天。来吧来吧，跟我来……”他艰难地转身，驼背的尖顶正对着我。

不知为什么，我看到他旧衣服下面隆起的地方后，心里有一种奇异的熟悉感，似乎在另外什么地方看到过同样的东西。

“跟我来吧，去看看那种分不清是天堂还是地狱的美景。那么多黄金，够你看一辈子、想一辈子、眼馋一辈子的了。来吧年轻人，来看看针孔挖掘出来的世界……”他蹒跚向前，摇曳的烛光在他的秃顶上留下一个半黄不白的诡异光环。

下一段甬道变得更为狭窄，宽度不到两尺，只能容许一个身材适中的人小心通过。

我屏住呼吸，小心翼翼地向前迈步，不时地转过脸来看看身后。在这样狭窄的甬道里遇袭的话，我只能一上来就施展无情霹雳重手，以求自保。

甬道里充满了老头子喉咙里破风箱一样的粗重喘息声，偶尔烛花爆裂时发出的噼啪声，汇入他发出的单调呼哧声中，会让我浑身的汗毛孔猛地一紧，后背上再渗出一大片冷汗。我脑子里不再去想石梦、白雪失踪的事，也不想吉川羽的日记，更不会有吉川小卷的影子，有“走完甬道然后活着回到地面”这样的简单要求。

大哥说过，世界上所有的盗墓者中，五成的生命终点是在古墓中；三成死于挖掘古墓的来去中途；一成死于沾手陪葬宝物而传染的毒菌；0.99成死于争夺宝物的黑吃黑；最终取得辉煌胜利的只有0.01。墓穴是死人待的地方，而盗墓者不是走向死亡拥抱死神，就是与死神同行，不知道自己将倒在下一秒的某处。

今天，跟在针孔后面地底潜行时，我终于体会到了大哥的话。

接下来的一段甬道越来越陡，倾斜角度差不多在四十五度，左右两侧土壁上开凿出了寸许深的小坑作为扶手。

针孔的身手变得异常灵活，一手举着蜡烛快速前进，像是舞蹈者踏上了自己熟悉的舞台一样。那已经脱离了中国武功中轻功提纵术的范畴，而变成了一种天才盗墓高手的本能。

一边走，他的喉咙里一边散发出兴奋的自语声："快到了，就快到了，那是地狱，那是天堂，那是我的世界……"

蓦地，甬道到了尽头，前面出现的是一个正方形的空间，边长在十五步到二十步之间，高度恰好超过我的头顶。在极深的地下挖掘出这种结构的空洞，是最大的工程忌讳，因为上面巨大的土石压力会在瞬间爆发，像挤碎一个气球一样毁灭这里。正因如此，我站在甬道口上时，有一阵短暂的迟疑，连连抬头观察。我早查过资料，敦煌地质很不稳定，导致历朝历代都遗留下西夏古墓周期性大量坍塌损毁，也间接毁灭了曾经辉煌于西北的游牧民族历史。

针孔手舞足蹈地向前冲去，疯子一样桀桀怪笑着滑行空间中央，将蜡烛双手举过头顶，身子借前冲之力飞旋起来。烛火摇摇晃晃，即将熄灭，越发将这个空无一物的密室照得影影绰绰，鬼里鬼气的。

直到他笑得上气不接下气地倒地，我才跨出甬道，稳稳地开口："黄金宫殿就在下面？"

吉川羽说得没错，这里的地面就是玻璃制成的，极其光滑，并且微微反光。我蹲下身子，轻轻敲击，地面发出沉闷的嗒嗒声，绝不是泥地和青石板该发出的动静。但是，地面是不透光的，只是黑沉沉的一片，除了倒映的模糊光影外，什么都看不到。按照吉川羽日记中的描述，玻璃下面的黄金宫殿是掩蔽于黑暗中的，在某一特定的时刻才会被神秘的白光照亮。

"就在下面，就在下面……"吉川羽喃喃地回应着，俯身向下，耳朵贴近地面，做出凝神倾听的姿势。

我重新环顾四周，极其严肃地说："前辈，你是盗墓界的大行家，不会不知道挖掘正方形空间而又毫无支撑点的危险吧？"

在我之前，可能有几个人甚至十几个人在针孔那些照片的诱惑下到过这里，在这一行里混的，都是眼明心亮之辈，我猜每个人都看得出潜在的危险性。

针孔神经质地发出一连串怪笑，扬着脸回答："我当然知道，可我不但现在要这样挖，以后还会继续向四面扩大，直到把这块巨型玻璃挖开，将那金殿的盖子揭掉。到那时候，我就是金殿的主人了，它们全都是我的，全都是我的！

我哼了一声，对他的疯狂想法只能无语。

一路走来，我在甬道的很多段落都看到加宽加高的挖掘痕迹，稍加联想，我能明白针孔是想拓宽甬道，以便能运送小型的挖掘机械进来，以取代人工挖凿。可是，那样只会加大突然坍塌的可能性，进来的人统统一勺烩掉，尸骨长埋地下。

我很小心地沿着墙根走了一遍，发现没有任何迹象表明玻璃即将到边，针孔的设想虽然简单，具体实施起来难度超大，只有疯子才会那么做。最终，我还是回到甬道出口旁边，以防不测。

“你在想什么？”针孔的眼光森冷如鬼火，两颊上的青苔扭曲蠕动着，丑陋诡异之极。

“我在等待。”我尽量不表露出任何厌恶感。

“快了，快了。”他放好蜡烛，用力搓手，使劲裹了裹身上的破衣服。

我渐渐察觉到，一股若有若无的浓重寒意正无声无息地从地面上泛起来，针孔说话时的热气也随即幻化为白雾。

“你很冷？”我问，默默地提聚真气，护体神功的纯阳暖流注入四肢脉络，轻松化解寒气。

“当然冷，每次那白光快要出现的时候，这里就……变得非常冷，像要连人的血脉和骨髓一起冻僵似的。”针孔弯下腰，如同寒冬早晨的乞丐，不停地跺着双脚取暖，嘴里频繁地哈出热气来。

渐渐地，四周土壁上的湿气变成了惨白的霜花。蜡烛上的火苗也变得瑟缩起来，每次跳动都有气无力的，光芒也一点一点收紧，摇摇欲灭。

我向前跨出一步，想要用自身真气帮针孔取暖，但他突然向空间最远端一指，变腔变调地“嘘”了一声，既兴奋又恐惧地低叫：“来了来了来了，快看，快看！”

从他的指尖望去，地面下骤然出现了一点银色的星光，很快，星光变成了银团，银团变成了一个急速飞行的影子。在我印象中，只有电影拍摄现场那些背后吊着钢丝的特技演员们才会制造出这样的诡异画面，至少人类是无法克服重力，做远距离超快速飞行的。

银影越飞越近，地面下的黑暗也被逐步点亮，焕发出黄澄澄的金光。于是，原先死寂的黑暗被遍地金光代替，而金光并非平面而呆板的，却是极富立体感，因为那些纯粹由黄金堆砌铸造的建筑物每一处、每一层、每一面都在发光，充满了迷幻璀璨的诱惑力。

我忘记了呼吸，忘掉了针孔的存在，只是凝神看着那个银色的影子。不知何时，我已经趴在地上，与针孔保持同样的姿势，聚精会神地看着那个上下左右任意翻飞的影子。

“他是神，是那世界的主宰者，是黄金的主人，是一个我们无法理解的黄金世界把守者。我愿意向他顶礼膜拜，把灵魂和肉体都献给他，只求进入那里，亲手触摸黄金，做金子的守财奴……”针孔悲哀地呻吟着，因为他知道所有这些愿望都是无法实现的。

此刻银影停住，立足于一座宫殿的飞檐最高处。

我向右侧快速移动，此时银影差不多就在我的身体正投影之下，垂直距离可能是十五米左右。很可惜我手边没有望远镜，无法看清他的样子，不免有些懊恼。

“那是一个穿着银色铠甲的将军，或许我们该问，他掌管着那么多黄金，为什么不是金甲将军？让我们来仔细看看他的样子，一个穿着人类铠甲的怪物。要拿黄金，就得消灭怪物，彻底地消灭他，不给他任何反扑的机会。”针孔从衣服下来掏出一只微型望远镜，被我一把夺过来，迅速调整焦距，望向那人头顶。

毫无疑问，那是一套手工打造出来的银盔银甲，工艺淳朴，但却稍嫌粗糙，与现代化古装道具流水线上下来的仿造品有本质的区别。那人（假定他是一个“人”的话）站得很稳，从他的立足点到宫殿的最低处有十几米高，如果普通人像他那样站着，身边没有任何可供把扶的东西，就会站立不稳甚至失足栽倒下去。

他的站姿让我第一眼便联想到高踞山顶危岩上的鹰隼，任凭风吹雪打，就那样孤傲而沉默地兀立着。那人也的确有个狭长的鹰钩鼻子，当我仔细调整焦距对准他面部的时候，苍白而坚挺的鼻子便醒目地出现在镜头十字丝上。而后镜头向后移动，我看到了他背上长着一对收敛在一起的巨大翅膀。

“够疯狂吧？够疯狂吧？你看他，你看看他，活脱脱就是一个仅在神话电影里才会出现的翼人……”针孔听到我压抑不住的咝咝吸气声，又一次兴奋地低叫。

我被那对翅膀彻底震惊了，因为翅膀的上端高出那人的头顶半米，下端长长地拖曳着，从黄金屋檐上一直披垂下去。翅膀亦是银白色的，末端的长羽极其健壮，这也能间接解释他为什么能有那么高的飞行速度。

“如果我有一杆长枪，就悄悄瞄准他，在他不知不觉的时候，一勾扳机，啪嚓一声把他的脑袋打个稀烂。那样，我就可以取代这个翼人，做黄金宫殿的主人咯……”针孔喋喋不休地聒噪着，喉咙里不断地发出既兴奋又贪婪的怪笑声。

“别吵！”我低声叱喝。

明知道那人不会听到我们的交谈声，可我整颗心都紧紧悬着，生怕出现什么意外。现在，我越来越感觉到生命的可贵，而且失踪者把求生的希望全都寄托在我身上，我的生命已经不仅仅属于自己，而是属于大哥、石梦、白雪以及更多陷入莫名困境、等待英雄拯救的人。我必须活着，并且必须为了让他们重见天日而努力。

“这是我的世界，这里是属于我的，我为什么不能叫？只要我愿意，我砸烂这玻璃也没什么关系，大不了一起掉下去摔死。年轻人，你只是这个世界的观众，没权力指使我做什么，明白吗？明白吗？针孔暴躁而狂怒地跳起来，双手神经质地在半空大力挥动着。

我不想多说废话，斜刺里一掌砍在他颈旁，令他软软地瘫倒。

“同样的话，我不想重复第二遍。”我接住他的身子，在他耳边低语，把他平放在地上。无意中，我触摸到了他的肩膀，觉得在他肩头与肩胛骨之间有些异样，但却来不及细看，只是把他推向一边，继续留心观察下面的情况。

那是一个人，但却要加诸于太多形容词：“背生双翼”、“古怪鹰钩鼻”、“穿古代银色铠甲”、“戴银色头盔、能上下腾飞”等等。我知道那地下空间里是没有一丝风的，因为对方头盔顶上两寸长的银色瓔珞一动不动，静静地散落着。他的体型非常高大，双臂抱在胸前，面向正东，长时间地矗立着。

我趴在顶上俯瞰他，而他却是站在千万宫殿的最高处，俯瞰那些黄澄澄的建筑物，就像统率千军万马的大将军正在检阅自己麾下的士兵一样。

“他是谁？他来自哪里？他为什么躲在下面？黄金宫殿是什么人建造的？入口在何处？那个双翼人是善是恶？一旦人类与他接触，后果是皆大欢喜还是世界末日……”许多问题如泉底的气泡丝丝缕缕自动浮上来，在我脑子里汇成一团混乱的涡流。

我翻滚到石室的另一端，小心地调整望远镜焦距，极力想看清他的脸。当然，与正常人一眼，他是长着眼睛、耳朵和嘴的，只是受了鹰钩鼻的影响，每一样器官的位置都有扭曲变化，看上去怪模怪样的。不知不觉间，照亮金殿的光消失了，黄金建筑物重新融入黑暗，只有这银甲的将军还在发出独一无二的白光，就像舞台聚光灯下的独舞者，沉静而孤单地挺立着。

现在，我把焦点定格在他的手上。他的手背上覆盖着一层青灰色的鳞甲，指甲是惨白色的，极长，末端弯曲成钩。以我的经验判断，那是十件最犀利的格斗武器，不啻苗疆土人的迷你钩镰刀。所以，那与其说是两只手，不如直接定义为两只“鹰爪”，再加他后背上那对苍鹰般的羽翼，用“鹰人”来形容他是最贴切不过的。可惜，针孔挖掘出的空间有限，我所处的角度仅仅能看清他的小半边脸。

蓦地，那人双肩一抖，展开了后背上的双翼，翼展至少在十米左右，白花花、明晃晃的，一起一伏，那人便腾空飞起，奔向遥远的东方。

直到那银色的星点完全消失，我才如释重负地长出了一口气，翻身向上，疲惫的四肢摊开，动也不动地凝视着顶上的黑土。这不是电影院里刚刚上映的科幻新片，而是真实世界中出现的诡谲一幕。不必掐自己，我也知道那银甲将军和黄金宫殿都是千真万确存在的。

粗略回想，宫殿至少在数百座以上，搭建它们所耗费的黄金数量绝对是天文数字，足以让世界上最富有的黄金矿主无地自容。吉川羽是寻宝师这一行里的佼佼者，自身财力雄厚，并且有日本皇室背景，明确获得了日本九大财团的鼎力支持，但是比起下面的黄金宫殿来，哪怕只是获得其中一座，其个人财富便轻易地盖过九大财团的价值总和了。

“这不仅仅是黄金，这简直就是欲望爆发的火山口，随时都会引起贪婪者的国际战争。”我苦笑着丢下望远镜，这才发现自己全身的衣服已经被冷汗浸透了。

〔叁〕

胭脂虎近在咫尺的格杀

“如果有一只强力电筒的话，也许能看清下面的情况？如果有一架德国产暴风眼钻机的话，差不多就能钻透玻璃，进入那宫殿了吧？唉，这奇怪的双翼人到底是从何而来呢？”我自言自语地长叹。

实际上，受制于甬道的狭窄空间限制，那种最短边在四米以上的暴风眼牌钻机根本运不过来，只有人工操作的风钻可能一试，但也要在电力线路能铺设过来的情况下。

寒气也随着双翼人的离去而退却，头顶和四壁的泥土又恢复了潮润的状态。像许多人一样，我只是看到那些东西，却隔着无法穿越的障碍。对于大多数探险家来说，越是得不到的，越会朝思暮想，千方百计求索，吉川羽正是出于这样的心理才第二次出重金收买进入黄金宫殿的路线。

那么，这么长时间了，连针孔这样的盗墓界精英都无计可施吗？

“没用，电筒的光穿不过玻璃，因为那是一种非常怪异的材料。钻机就更不必说了，连钻石割刀都搞不定的东西，德国人那些废物机器能起什么作用？不过杨进，你的脑子的确转得够快，第一时间就想到了这两点，而我却是两天后才考虑到的。毫无疑问，你是看到黄金宫殿后唯一一个没有被震骇得魂灵出窍的人。”针孔醒来了。我们就这样狼狈地平躺着，直到我身上的冷汗完全干了，才硬撑着起身。

我永远记得老屋里的那张唐卡，唐卡上的将军和地下空间里的有几分相似，但目前我无法把他们两个用合理的解释联系起来，也许疯虎将是两者间最恰当的纽带吧。

“走吧。”针孔也爬起来，指了指甬道，“你在前。”

我瞥了他一眼，捡起望远镜大步往回走。在巨量黄金面前，很少有人不产生“想法”，所以针孔的谨慎还是很有道理的。回到甬道中部节点后，针孔熄灭了蜡烛，我们又被黑暗包围起来。

“年轻人，你能想到办法进入那里吗？”他问。

“卫星地表定位、深度金属元素探测器、高精度测绘图。用以上三者探明玻璃的覆盖范围，然后调动海量挖掘机械联合施工把它挖出来。前辈，你是盗墓行家，二十年前单枪匹马在河北一个月内连盗十二座古墓，完成了所有盗墓团伙都不敢尝试的任务。在盗墓界，你不称王，就绝没有人敢称王——这次为什么不再试试，掀开盗墓史上的最新一页？”我一边说一边否定了自己的答案，因为论及盗墓，世上没有一个人比针孔更聪明。

针孔阴沉沉地笑了：“那些我都尝试过。”

不必说，我也知道结果了。

长久的沉默之后，针孔长叹一声：“暴风眼钻机的确是世界上最昂贵、最犀利的钻探工具，我已经从德国慕尼黑总厂订了一台，另外配备了一百枚高硬度钻头，很快就能运到。现在的关键问题是，甬道需要拓宽两倍，那几乎是不可能完成的任务。盯着这块肥肉的人多得是，我有时候怀疑，真要打开通道的话，是不是在为别人做嫁衣呢？”

我笑了，“螳螂捕蝉、黄雀在后”的哲理性亘古不变，只要人类社会存在，这种“黑吃黑”的游戏就会永远继续下去。

“年轻人，也许我们可以做个交易，你帮我摆平外面所有的人，黄金算你一份？”针孔开始试探我。

“所有的人，包括元壁？”不知为什么，我突然记起了自己这位悒郁过度的朋友。如果他真的决定洗手退隐，跟家人一起远走高飞，去过正常人的生活，我一定会无比真诚地祝福他。江湖不是归宿，而只是人生中某一段的舞台，入得江湖也出得江湖，才是智者的正确选择。

“当然当然，除你我之外的所有人，那么就没有人像苍蝇一样嗡嗡嗡地烦我们了。”针孔没有听出我话里的讽刺意味。

我冷笑了两声，不予作答。

为黄金杀人的事我做不到，否则我不是今天的杨进，而早就是港岛霹雳堂的大杀手、雷动天的副手，直到有一天接替雷动天的位子。我希望将来像大哥那样，在江湖时，世间流传着他的英名；不在江湖，便成了人人争着颂扬的经典传奇。

“不做可惜喽，那么多黄金，别人都挤破头抢着跟我合作呢！”针孔怪笑起来。

我哼了一声，突然问：“前辈，你的肩胛骨上有什么？”

针孔陡地愣住，仿佛我的问题是一柄重锤，狠狠地敲在他的头上。呼哧呼哧急喘了几口粗气以后，他才爆发出一声怒吼：“你对我做了什么？我晕过去时你对我做了什么？”他像只暴怒的疯狗一样，猛然从角落里逼近。

我虽然目不能视，但只听风声出手，准确地单手按住了他的左肩，掌心微微吐力，便推得他侧旋出去，“砰”的一声撞在土壁上。

“那是我的……事，跟你无关……”一连串气咻咻的敦煌土语咒骂从他嘴里连珠一样冒出来，“滚，你滚，真不知道元壁怎么做事的，把你放进来干什么？滚，滚……”“嗤”的一声，从他栖身的角落里射出一点墨绿色的磷光。

我急速地侧闪，避开那枚淬毒的暗器，然后霍地近身，扣住针孔的手腕。幸好他发射的是带毒暗器，四面环境越黑，毒药中的磷光成分便越抢眼。

“我没有恶意。”我大声告诉他。但是，对于一个暴怒中的老头子来说，任何语言都是不起作用的，所以我只能用剑指戳中了他两肋下的筋络交集点，令他双臂下垂，失去了行动能力。大哥说过，“针孔”这名字的来历，一是因为他的盗墓手段高明，无孔不入；二是因为他随身携带毒针，杀人后只留下一个小小的针孔。

“滚开，滚开，我的肩胛骨没事，我的身体没事，没事……”针孔仍旧不愿安静下来，继续咒骂。

我不清楚他的肩胛骨发生了什么，顺便一问，没料到竟引发了如此重大的冲突。

黑暗中响起了轻轻的脚步声，一个女孩子的声音响起来：“杨先生，该离开了。”

我点点头，慢慢转身，迎向来时的那条甬道。

如果没有合适的方法破坏地面，进入黄金宫殿，只是从顶上看着是毫无用处的，就像埃及人明知道法老王的金字塔下埋藏着绝世奇珍也有心无力一样。直觉告诉我，开启黄金宫殿带给世界的不可能全都是幸福，也可能包含着一种无法抵御的灾难。人类科技发展至今，并没有那种武器是用来对付“双翼人”的，因为那人身兼人类智慧和猛禽体格，不是那么容易对付的。

针孔仍在不安地嗥叫着，土语脏话层出不穷。

我只能无声地苦笑，告诉自己面对的是一个诡谲狡诈、阴暗猥琐的盗墓贼，而不是堂堂正正、出口成章的江湖大侠。的确，无论针孔的名头有多响亮，他所从事的职业已经早早决定了他的为人处世方法。

“再见，前辈。”我仍然保持着应有的礼貌，不为针孔，而是为了元璧的面子。

黑暗中接近的女孩子帮我戴上耳塞、鼻塞、头套以及那两副软铐，牵引着我走向来路。立刻，针孔的声音消失了，但在感觉中，他曾经再次扑过来，准备第二次下毒手，但却被那女孩子推开。

我不想伤害针孔，只要他没有害我之意。

当我们走完倾斜的甬道，踏上那升降板的时候，我低声说：“谢谢，我知道是你，上次还没有谢谢你给我沏的那杯好茶。”

很明显，这个女孩子就是元璧博物馆里那个，她的声音总是那么平静而内敛，有着不属于那个年龄层的过度沉稳。我听不到回应，当然是因为我的耳朵被塞住了。跨出升级板，趟过高低不平田垄，我们又上了同一辆车，这一点从座位的软硬度、车厢里的香水味和发电机的引擎声就能辨析出来。

虽然白天时我没喝过女孩子送上来的茶，但茶杯里飘出的罂粟花种子、曼陀罗种子的异香似乎永远留在了我的鼻腔里。

车子开动了，我的心情稍稍放松了一点。身处地下时，我的心始终提在嗓子眼那里，浑身上下每一块肌肉都被收紧，以备应付任何突发事件。唯有双脚重新踏上地面时，身体才能彻底松弛下来。

关于下一步的行动，我的打算是全力搜索疯虎，看他到底挟持着白雪去了何处。解除头套的第一件事就是通知吉川小卷，要她的人加把劲，揪出疯虎的尾巴。

猛然间车子急刹，我被惯性前抛，肩头狠狠地撞在前排座椅上，与那女孩子重重地撞在一起。随即，她在我后背上摁了一把，接力高速弹开。因为我听不到、看不到，手脚也无法自由活动，所以只能尽量降低重心，藏身于两排座位之间。

后来，有人替我摘下头套，一柄带着消音器的短枪用力顶在我的额头上。然后，我就看见了司寇勋那张年轻的、毫无瑕疵的、得意洋洋的脸。

他亲自拔掉我的耳塞和鼻塞，面带讥讽地冷笑：“杨进，今天真是不走运，我们又见面了。不过这一次，没人帮你过关，只有我能决定你的命运。下车吧！”

我慢慢地挪动双脚下车，发现这是一个废弃许久的荒凉农场，院子的地面被东一堆西一堆的杂草占据，只有西面和北面矗立着数排又老又破、屋顶露天的平房。黑星帮的人围成一个大圈，守着一个熊熊燃烧着的大铁皮桶。火光中，那群人眼里的讥讽之意颇重，冷冷地盯着我。

入夜的敦煌寒意深重，今晚又是阴天，狂风卷过那些空荡荡的破屋时，发出鬼哭狼嚎之声。

司寇勋身上裹着一件极厚的灰色棉大衣，毛领高高地竖起，半边脸都被遮在其中。

“我们必须要知道针孔在哪里，杨进，现在没有霹雳堂雷老头罩着你，最好乖乖合作，把所有秘密都竹筒倒豆子一样讲出来。”他的枪始终指在我的额头上，趾高气扬，不可一世，原本清秀的脸因近期的酒色过度而变得臃肿起来。

我摇摇头，指了指已经被他踩在脚下的头套。

司寇勋的刀眉立刻倒竖起来，退后一步，捡起头套端详了一下，冷笑着反问：“什么意思？”

我平静地回答：“我什么都看不到，什么都听不到，也什么都闻不到。你问我，岂不是问道于盲？”

司寇勋咬了咬牙，醒悟过来，突然狰狞地一笑：“那么，你对我们一点用都没有了，对不对？对于没用的废物，青龙帮一贯的处理方式就是——”他的手腕一振，便要向我扣动扳机，但旋即忍住，一字一句地说，“想死是很容易的事，不过你得先把石梦交还我。她跟你一起从港岛来敦煌，在老屋附近消失，你一定知道她去了哪里。”

石梦的消失是件令我百思不得其解的悬案（一队人从空调口逃走是件很费力也很费时间的事），司寇勋的第二个要求我更无法满足。

我再次摇头，司寇勋立刻扣下扳机，子弹擦着我的右耳飞过。

无声手枪的声音很低，在这种大风天里毫不引人注意，所以他才敢如此嚣张地指手画脚。我默数了一下围在铁桶边的敌人，共九名，再加上司寇勋，正好十人。此时院子里只停着三辆奥迪轿车，车门四敞大开，空无一人。

那九人中有六人佩枪，剩余三人是驾车的司机。在戴着两副软铐的状况下，我有把握杀死敌人，却没办法精确地把握制服而不杀生的分寸。黑星帮并非人人该死，大规模地杀戮只会让局面变得难以收拾，因为我不是毫无顾忌的黑道杀手。

“石梦是我的，谁都抢不走。为了她，我才放下港岛的好日子跑去日本留学，耽误了大把大把的黄金时间。否则我早是青龙帮的双花红棍一杆旗了，跟黑星帮的倪老大他们平起平坐，何至于看他们的脸色？”司寇勋愤愤不平地用枪口敲打着我的额头，每敲一次，都会加重我爆发的怒火。

猝然间，我觉得那些破房子顶上有黑影掠过，浑身的汗毛立即倒竖起来，一把推开司寇勋，向西北方向凝神远眺着。银甲将军伸张双翼起飞时的那一幕给了我太深刻的印象，以至于我一瞥之下，险些以为是那双翼人翱翔在暗夜之中。

那黑影只是一闪就消失了，我定定神再看，视野中只剩屋顶大把大把的枯草在瑟瑟发抖。

“喂，你在看什么？”司寇勋怔住了。

我不想回答他，突然有开车返回针孔那边的冲动，以求证那双翼人是不是还在幽深的地底。

“喂，到那边看看，有事尽管开枪！”司寇勋向那九人大叫。

随着青龙帮的势力越来越大，司寇勋在港岛的新生代黑道人物中独领风骚，所以才会时时处处嚣张跋扈，从不懂得收敛自己。石梦从来没把他放在眼里，他偏偏自作多情，以为凭自己“青龙帮未来接班人”这块牌子就能够通吃天下，实在可笑。

我们这辆车上共有三人，包括我、那女孩子和一名年轻司机，车子是很普通的白色计程车，车顶上横向装着一个印刷着“出租”字样的塑料灯箱。女孩子就站在车前，仍旧像白天那样垂着头，身上穿着一件黑色的加长羽绒服，拉链从脚底一直拉到脖领。司寇勋不该向我盘问针孔的下落，只有她才是真正的知情者。

搜索的人很快回来，什么都没找到。

我始终有种被野兽盯视的惶惶感，不仅仅是今晚，抵达敦煌后已经不止一次有这种怪异感觉了。

“喂，杨进，你在耍我们吗？”司寇勋愤怒地叫起来。

“耍你？”我冷笑，他如果有司寇青龙一半聪明，就不会在元璧那里挨我的耳光了。

“我们今晚必须找到针孔，你不知道，有人知道，比如这位元璧先生的小妾就肯定能告诉我们些什么，对不对呢？”他跨过我身边，枪口放肆地顶在那女孩子的胸膛上。

谁都想找到针孔，但在我看来，目前针孔对黄金宫殿的认识也就那么多了，就算找到他，打通玻璃地面的可能性也极低。青龙帮从港岛跑来插这么一脚，并无多大意义。当然，司寇青龙有的是钱，让他这个宝贝独生子到敦煌来见见世面也是好的。只不过，敦煌不是港岛，风烈人硬，枪急刀快，弄不好就丢了性命。

我看得出，那个低调而缄默的女孩子不是等闲之辈，况且能在私人博物馆里得到元璧如此信任的，铁定差不到哪里去。

“摆在你面前的有两条路，带我们去见针孔，或者就是吃枪子当场毙命。选吧，我的耐心不多，只给你三分钟时间。”司寇勋的食指钩在扳机上，懒洋洋地告诉那女孩子。

我没有在人群中看到蒙豹的影子，猜到这大概是司寇勋用钱买通了这几个人一起出来干私活，劫持我们的车子并非出于倪乾的授意。

“我得打个电话。”女孩子沉沉地说。

司寇勋阴阳怪气地笑了笑：“电话？跟元璧请示请示？告诉你吧，有人刚刚向我报告他正跟老婆孩子围着火锅喝酒呢。你该知道，今天是元太太的三十二岁生日，是元璧一家最重要的节日。”

女孩子猛地抬头，狭长的丹凤眼暴怒地瞪着，遮脸的头发全都飞扬起来，露出了额角上的那块一元硬币大小的胭脂色圆形暗记。

我的心突然悬到了嗓子眼，因为那暗记代表了一个来自南疆的著名女杀手。江湖人早就忘记了她的名字，只记得她的外号——“胭脂虎”。

“我知道，所以我要打电话祝福他们。”胭脂虎木然瞪着司寇勋。

很可惜，后者并不知道大难即将临头，而是继续轻佻地敲打着对方的胸膛，慢悠悠地说：“元璧不缺你的祝福，也不喜欢你在这时候打电话去。你是第三者，就要遵守第三者的规矩，该出现时出现，不该出现时消失，千万不要打扰了大夫人的雅兴。喔对了，还有件事你可能并不知情，元璧已经订好了飞往澳洲的机票，只有四张，分别是给他、太太和一对小儿女准备的，并不包括你在内——”

“刷”的一声，夜色中似乎起了一道闪电，然后一道血光从司寇勋握枪的那只手臂上飞起。他的手臂是齐着肩膀断掉的，而后断臂腾空，还没落地，就又被胭脂虎连续凌空斩中，由两节变为四节，由四节变为八节，血淋淋地落地，连断臂移植的机会都没有。

我意识到胭脂虎会出手，但她的刀术太快，我根本来不及阻止。要怪，只怪司寇勋瞎了眼，不该去招惹她。

司寇勋先是怔了几秒钟，之后陡然没人声地怪叫起来，失去平衡的身子笨拙地摇晃着后退。胭脂虎向前探身，没有继续追斩对方，而是从司寇勋口袋里抢到了电话，随即低头拨号，对冲上来的黑星帮人马看都不看。

“啊……杀了她，杀了她，快给我杀了她！”司寇勋一连声叫着，脚底踉跄，翻身摔倒。

空气中立时充满了刺鼻的血腥味，节节断臂触目惊心，惨不忍睹。

黑星帮的人惊慌失措地冲过来，但谁都没有抢先开枪，毕竟司寇勋不是他们的首领。他们只管挣钱，没有上头的命令，绝对不敢冒失杀人。

“喂，是我。”胭脂虎的电话接通了，她的另一只手仍旧提着一柄牛耳尖刀，刀尖上不断地有血珠滴落。

据我所知，胭脂虎十七岁入行，至二十四岁成为女杀手排行榜上前三甲的顶尖高手，之后便突然在外蒙古失去踪迹，再没有出现。元璧是蒙古人族人，为了搜集古董走遍天南海北，或许他们就是在那时认识的。

“请代我向你太太说一声‘生日快乐’，我真的很羡慕她，什么都不做，就能拥有你全部的爱。相反，我什么都替你做了，只差替你生两三个孩子，却像一只用旧了的手套一样被匆匆丢弃。元璧，我有几次几乎要看透你了，却又被你重新拉下水，辗转拖沓了这么多年。你真的要走，还会留点什么给我吗？”她的声音变得异常轻松平静，电话彼端的人肯定想不到她的手中正倒提着滴血的尖刀。

不知道元璧说了什么，电话就被挂断了。然后，胭脂虎咬着牙单手发力，把那部摩托罗拉电话捏成了一个软柿子一样的塑料球。

“杨先生，你是元璧的朋友，一定知道他很爱他的太太，而且他的太太很能生产，第三个孩子就快出世了。那证明什么？那证明他们夫妻无比恩爱，双宿双飞，闺帏之内，和谐无比。那样，我算什么？我算什么……”她举起那把刀，张嘴舔掉了一面的血迹，然后是另一面，如同一只嗜血的猛虎，正在品尝着自己的战利品。

元璧并非好色之徒，但像他那样有钱又有闲的男人，免不了偶尔的空虚寂寞，会犯所有男人都可能犯的错误。所以，才有了胭脂虎的出现。

终于，一个按捺不住的黑星帮年轻人扑过来，试图用小擒拿手加“空手入白刃”的功夫夺下胭脂虎的刀。很可惜，他压根儿就没意识到胭脂虎的犀利，刀光一闪，白刃没夺下，他的左手大拇指、食指、中指已被削掉，惨叫着后退。

刀光再一闪，已经压在我的喉结上。

胭脂虎单手扣住我的肩头，阴沉沉地吩咐：“上车，去古墓梁那边的私人博物馆。”

我没理由触怒她，顺从地回到车上，代替司机发动车子，向南走了一段，上了G215国道，直奔元璧的博物馆。司寇勋的结局如何已不重要，嚣张过度的家伙们自然有老天来收拾，这是千古不变的真理。

路上，胭脂虎一句话都不说，紧紧地逼住我，不给我留下反击的机会。

车子中途停了一次，是在一家蛋糕店外。她用刀指着我砸烂了已经打烊的店铺橱窗，从里面偷了一个七层的蛋糕塔出来。

“元太太不是喜欢过生日吗？那就让她好好过，过个痛快。”在车里，她一边往蛋糕上插廉价的生日蜡烛，一边带着重重的恨意嘟囔着。

〔肆〕

针孔与元璧

敦煌之夜区别于其他城市最重要的一点是——凄惶、冷清、萧条、颓废，特别是离开城区到达西部荒郊野外后，天地越发空旷，而人就越发会感到自身的渺小。车灯的光柱照射下，到处都是夜风卷起的沙粒，细碎密集地飘飞在半空中。

“其实元壁也是有苦衷的，他本来是个挺不错的男人。”我试图向胭脂虎解释些什么。

击退蒙豹一行人时，元璧飞奔着迎向小儿女的焦灼样子让我由衷地感动。无论他做过什么，他都算得上是个顾家的好男人。

“好男人？”胭脂虎咬牙切齿地反问。

“对，每个人都可能犯错，连古人都说‘人非圣贤，孰能无过？过而改之，善莫大焉’，不是吗？”我想缓和一下车子里的紧张气氛。话又说回来，司寇勋遭到重创，司寇青龙必定会火速赶来敦煌，这边的局势又要被大力搅动了，只会越来越乱。谁要司寇勋运气差，单单惹上了胭脂虎呢？

“我为他做了太多，已经青春耗尽，不能回头了。不能带我走，不如留下些回忆好吗？”她收回了尖刀，咬在嘴里，双手用力勒紧了腰带。

远处，博物馆大院里的灯光已经映入眼帘。如果放在平时，我会觉得那就是茫茫海上的一座灯塔，带给海上航行者家一般的温暖。可是现在，我已经开始为元璧一家担心了。

很快，车子驶进博物馆院子，我敏感地闻见了空气中的曼陀罗花香。我们在小楼前下车，我慢慢下车，把蛋糕塔扛在肩上。

“这是我的故事，识相点就别插手。杨进，你大哥是一位半神半人的江湖大侠客，如果今天他也在场，就一定会帮我讨还公道，一个被登徒子骗去了大好年华的女子，她应该拿回本该属于自己的一切。”胭脂虎昂然进了小楼正门，从褐色的核桃楸木楼梯直上二楼。

我放下蛋糕塔，迅速跟了上去，只跟她相隔五步。

楼上的人本来正欢声笑语、其乐融融地喝酒吃饭，小孩子快乐到极点后的尖叫声此起彼伏地响着。胭脂虎在楼梯口一出现，那些声音便一下子冻结在空气中，两个正站在椅子上雀跃不已的孩子也立即定格，围着桌子的五个人十双眼睛一起盯住胭脂虎。

除了元壁、元太太、两个小孩外，还有一个坐在轮椅里、裹着厚棉被的老头子，我猜那就是元壁的父亲，敦煌老江湖里的“敦煌活字典、敦煌万事通”。

餐桌侧面也立着一个层层叠叠的蛋糕塔，还没有下刀切开，每一层上都用彩色奶油精心塑造出了花团锦簇的繁复图案。

“太太，祝你生日快乐，我来晚了。”胭脂虎不再低头，大步走向蛋糕塔，右手一扬，刀光过处，蛋糕塔的架子四分五裂，那些漂亮的蛋糕也叠在一起。

元壁腾地跳起来，涨红了脸，单手指着胭脂虎。他们当年，肯定也曾旖旎缱绻、男欢女爱过。“人不风流枉少年”，年轻男女在一起总会发生太多令人浮想联翩的花边故事，但现在元壁有了正式的老婆和孩子，人生历史早就翻过了属于胭脂虎的一页。

“听说你要走，我火速赶回来，顾不得你交代的任务。你那么疼爱自己的太太，又为什么假惺惺地一直骗着我，要我担当那么大的责任。要知道，你的事连远在港岛的青龙帮都惊动了。我不管，今晚你一定要跟我一起走，把这里的一切都抛开！”胭脂虎撕心裂肺般地叫着。

元太太忽然冷笑起来：“小妹妹，我们见过，打一开始我就知道你跟我先生是什么关系，但我从不在乎，因为我只要每天看到自己的两个宝宝就很开心了。你比我年轻，但那根本不是抢夺一个男人的必备条件，要想获得他的心，不是那么容易的。”

胭脂虎迎上去，与对方隔着桌子冷漠对峙：“我替他做过太多事，你呢？你又能在事业上给他什么帮助？”

元太太撩了撩垂到鼻尖上来的浅棕色卷发，扬起白皙而优雅的脸，落落大方地回答：“能做事的，充其量不过是他手下的办事员；做太太的，才是他生命里最重要的港湾。不明白这一点，你永远都得不到他的心。”

那是一个沉着稳重的女人，非但有着姣好的外貌、顺滑纤细的腰肢、穿戴得体的衣着，更有优雅而甜美的笑脸、不卑不亢的谈吐。在我看来，换了任何一个男人也会选择元太太，而不是冷火山一样的胭脂虎。

“你拥有的，我在一秒钟内就会轻松毁灭。我得不到的，你也别想得到——”一阵风从窗外扑进来，胭脂虎的衣襟飘飞起来。那柄尖刀就在她的腕后，只要她想，元壁一家难逃此劫。

“哗啦”一声，侧面墙上钉着的一张半米高、一米宽的手绘地图被风吹落，另外几张也在哗哗作响。

小男孩懂事地跳下椅子，去捡那张地图，紧紧地抱在怀里。他的举动，亦同时吸引了所有人的目光，包括胭脂虎投射出的那种混合着仇恨、嫉妒、敌视的复杂视线。

元壁绕过桌子，张开双臂，面向胭脂虎，护住那孩子。

“今晚，我只问你一句，要我还是要他们？”胭脂虎微微躬身，像是一只随时都要猛扑出去的饿虎。

“你冷静点，她们是无辜的。听我说，大家肯定会一起走，不过要等到此地的一切头绪都处理完毕后。我们之间曾经无话不谈，难道你还不了解我的心思吗？”元壁的胸膛猛烈地起伏着，如同一只被风鼓荡着的空心纸糊灯笼。

那些地图上分别标注着“隋敦煌、唐敦煌、北宋敦煌、南宋敦煌、元敦煌”等名称，落地的那张位置排在最下面，按顺序应该是“明敦煌”或者“清敦煌”才对。每一张地图都显得极为陈旧，边角显然被小心地补过多次，出现了许多白纸和胶带纸粘贴成的“补丁”。历史上的不同朝代中，敦煌城的面积和管辖地都不尽相同，有大有小，有宽有窄。于是，拥有这些地图的人用红色的描线笔细细地勾勒出每一代的敦煌辖区，灯光下看来，敦煌如一个被放大了的不规则圆圈，反复出现在每张纸面上。

“我了解。”胭脂虎点点头。

“我会处理好自己的事，然后跟你在一起。反正……反正我现在已经不能……”元壁脸上现出了极度悲哀的苦笑，憔悴黑瘦的鼻梁上堆叠起了一连串细碎皱纹，就像已经被干旱折磨得精疲力竭的土地，只需用一根手指轻轻点上去，他就会应声而碎。

“不行！”元太太声嘶力竭地锐声叫起来，“你会没事的，只要有足够的钱，什么问题都能解决，什么病都能治好。我说过，只要还有一口气在，就不许你自暴自弃。孩子们在看着你，我的肚子里还有一个没出世的小宝贝也等着看你。元璧，千万不要放弃……”

霍地，隔在胭脂虎和元太太中间的餐桌被从中破开，分为两半，随着稀里哗啦的碗碟跌碎之声向两边倒下去。胭脂虎剽悍的杀势随即展开，踏着满地狼藉俯冲，一刀削向元太太的咽喉。

据说胭脂虎的杀人刀术来自于早已失传的“庖丁解牛快刀秘诀”，循着解剖学上揭示的人体脉络下刀，轻巧灵动，绝不会硬斫敌人的骨骼。所以，在她杀人时，只会听到刀锋切开皮肉、截断血管筋络的轻微沙沙声，而不是低等杀手们屠戮猪牛一样巨大的嘁哩喀喳声。

我还没来得及出手阻止她，空气中便出现了另外一种密集而诡异的嗤嗤声，应该是几十枚针状暗器同时射出时发出的动静。而后，胭脂虎的动作就顿止于两半桌子的中间位置，握刀的手仍旧翻腕前伸，却永远都够不到元太太的喉咙了。

“别动，一动都不要动，杨进。”那本来昏昏欲睡的老头子突然坐起来，双臂一振抛开棉被，双手紧紧地抓住了轮椅的扶手。那两根扶手的最前端装饰帽都已经弹开，露出两只黑洞洞的暗器发射口来。

夜风威力加强，其他地图也被吹得摇摇欲坠。

元太太回身关好窗户，然后走到元璧身边去，两人用四条手臂圈住孩子们，一家人紧紧地拥抱在一起。

“没想到你那么快就辨别出了我是谁，对对，针孔就是我，我就是针孔，也是元璧的父亲，所谓的‘敦煌百事通’。”他抬起头，脸上那些诡异而丑陋的苔藓一片片迎着灯光张开。就此而言，这个人的身体结构处于动物与植物之间，似乎能用自身的营养供苔藓生长。就连他深陷在眼眶中的那两颗眼珠，似乎也受了苔藓的影响，变成了古怪的绿褐色。

我什么都没说，其实是胭脂虎的贸然攻击引发了混乱，至于我，并没有太注意他，反而是他过于敏感而主动暴露了。

接下来，他去掉了老态龙钟的伪装，果真变成了地穴中的盗墓者针孔。

“杨进，你的眼睛太锐利了，我觉得没什么必要伪装下去了。大家摊牌吧，你到底要什么？只要是我能给予的，全都给你。”针孔轻轻拍打着扶手，我则收敛全身的肌肉，做好瞬间跳开换位的准备。

我轻轻地笑了：“给我？我要什么，你能给我什么？”

针孔挥了挥手：“你无非是要钱要名而已，外面那个博物馆里的藏品虽然不能价值连城，但其中的一大部分正处在高速升值中，想必能让你满意吧？”

我盯着他鬼火般跳跃闪烁的眼神，心里忽然升起无穷无尽的厌恶。

扑通一声，胭脂虎倒下，那柄尖刀嗤地插入桌面，直没至刀柄。针孔的毒针全部射中了她的小腹，霸道之极的毒药瞬间侵入身体要害，绝对无药可解。现在，她裸露在外面的皮肤全都变成了焦黑色，身子底下也有混浊的黑血流出来，令我不寒而栗。想想看，如果在地穴中被他射中的话，我的下场就跟胭脂虎一样了。

元太太捂住两个孩子的眼睛，不让他们看到这惨烈的一幕。

“你的存在，简直是个……简直是个悲剧……”元璧走过来，五官持续扭曲抽搐着，一边在胭脂虎身上连踢了四五脚，一边喃喃骂着。

针孔喝道：“够了够了，连个女人都搞不定，最后弄得一塌糊涂。元璧，今晚就把博物馆的手续交给杨进，我们离开敦煌，去个没人找得到的地方。”

他倒是很大方，但却完全避开了黄金宫殿的关键问题。

我摇摇头：“告诉我那黄金宫殿的事，否则大家谁都不能走。”然后拔出胭脂虎的刀，先仔细地擦拭干净，再装进自己的袖筒里。

针孔愣了愣，突然仰天大笑：“哈哈哈哈，哈哈哈哈，那些远古历史上遗传下来的东西是没有主人的，谁有能力谁就去取，反正我是无能为力了。”他按下轮椅上的一个电钮，轮子便骨碌碌地转动起来，向地图那边退去。

蓦地，元太太惊叫了一声，因为此刻元璧的鼻孔中骤然流下两行黑血来。

“元璧，你没有按时注射那些药吗？你还好吗？”元太太向前跨出一步，好像要赶到自己丈夫身边来，但又随即止步，悲哀而伤感地捂住了自己的脸。两个孩子哇的一声同时大哭，分别抱住妈妈的两条腿，眼泪鼻涕流了满脸。

元璧惊骇地伸出双手，捧住自己身体里流出的血。转眼间，黑血在他掌心里汇聚成洼，足有一茶杯之多。

“我注射过了，注射过了，怎么还会发作呢？”他喃喃地自问着，黑血放肆地流过他的嘴角，沿着下巴滴落。

针孔也叫起来：“元璧，一定是那女人偷换了你的药。我早说过，我们是蒙古人，永远不要相信异族人。你偏偏不听，偏偏不听！想想吧，想想吧……当年咱们第一次在外蒙边境遇到胭脂虎的时候，我就告诉过你，她额头上的暗记应的是‘灾星入命桃花煞，色字头上一把刀’……”

在元璧、针孔、胭脂虎之间一定有些不为人知的秘密，但胭脂虎已死，三人已去其一，那些秘密正在被湮没。

“你说过，死也要拖上一个垫背的，难道指的就是我？你这疯子，你这疯子……”元璧颓然坐倒在胭脂虎身旁，鼻腔里的黑血已经遏止不住。没有人想起要报警或打医院的急救电话，现代化医药绝对救不了一个重症缠身的人，只会徒劳地增添麻烦。

“杨进，如果还把我当朋友的话，就……收下这个博物馆，然后帮我照顾老婆孩子……在我死的时候，至少还有你这样的朋友陪在身边，比我预想的好……好多了……但我对不起你，对不起你……”他吃力地抬起头惨笑着，眼珠凹陷，脸色灰败，一边说话，牙齿一边格格打战。

“为什么？”我长吸了一口气，预感到了某种前所未有的危险。

没等元璧回答，退后的针孔突然桀桀怪笑起来，嚓的一声，撕下了墙上那张“元敦煌”的地图，用力揉搓成一团。

“别问为什么，已经太晚了。如果你能安全地活着离开敦煌，千万记得照顾他们。来生……我元璧就算轮回托生为牛马，也会赶回来报答你的……再见了，再见了……”他向那双小儿女挥动了一下手臂，而后向前一扑，栽倒在胭脂虎身边。大量的黑血从他的耳朵里狂涌出来，在地面上形成了一大摊诡异之极的血泊。

元太太已经变成了个泪人，但她仍旧极力站稳，使劲搂住两个孩子，强迫他们扭头，不去看元璧死后的凄厉模样。

“元太太，请带他们下楼吧，先离开博物馆，找家酒店安顿下来。如果需要，我会疏通关系，送你们移居港岛，离开敦煌这块伤心地。”我虽然不能手眼通天，却还是有照顾他们的能力。一个好好的生日宴会，竟演变成这样，真是令人扼腕。

元太太点点头，迅速拖着孩子下楼，再不回头。

于是，楼上只剩我和针孔两个。

“现在，可以好好坐下来谈了。元璧虽然是我的亲生儿子，但我不得不承认，他还没有资格继承我的衣钵，成为盗墓寻宝这一行里的一流高手。他的天资禀赋非常普通，连你的十分之一都赶不上。当然，谁叫你是大寻宝师杨正的弟弟呢？或许你们那个家族的血液里天生流淌着盗墓者的天分吧？你已经看过那个巨大的地下黄金宝库了，年轻人，听我说，只要给我足够的时间，我就能想到‘芝麻开门’的秘诀。而你就做我的下手，听我吩咐，然后净分三成，怎么样？”

那地图已经被他揉得只有半个拳头大，他仿佛是在借着这样的动作发泄痛苦，毕竟自己的儿子死在眼前是件让人痛不欲生的惨事。

“那宝藏的地理位置究竟在哪里？告诉我它的中心经纬度。”我不想上当受骗，这一点从针孔闪烁的眼神里就能看得出。

“那是我最后的秘密，我连元璧都没告诉，怎么会告诉你？杨进，你听着，要想得金子就得听我安排！”他老奸巨猾地笑起来。

我向前连跨三步，连声冷笑：“我没时间听你胡说八道，只想听到答案。”

针孔的手迅速下移，去揿扶手内侧的按钮，但我早料到他的反应，立即斜跨一步，躲开一蓬毒针的同时，双掌砍中了他的两肩。喀啦喀啦两声，他的手臂被我重力脱臼，双手再也不能动弹了。不过他在被我控制之前右手食指一弹，地图揉成的纸团飞起来，一下子落进他的嘴里，然后拼命地伸直了脖子一咽，那纸团就咕的一声穿过了他的喉咙，落进肚子里。

我料不到这种变化，微微一怔，再向墙上看去，每张地图的敦煌城东南位置都涂着一颗拇指盖大小的金色五角星。

“什么意思？”我意识到自己犯了错误，但他为什么会选择吞下那一张，是有意为之还是慌不择路时的疯狂举动？

“只有这一张才是找到宝藏的关键，现在，它会顺着我的食管进入胃里，在胃酸的强力腐蚀下化为碎末、纸浆、黏液、粪便，然后永远消失在大自然里。到那时，黄金宝藏的秘密也就成了不解之谜，针孔也将成为谜题的一部分，长青不朽。”他疯狂又得意地笑着，使劲拍了拍肚子，又重重咽了口唾沫，洋洋得意地抬抬手，“如果你肯递杯水给我，顺利地让地图往下走，我将不胜感激。”

江湖永远都是成王败寇的表演舞台，但我并没有因此而失意暴怒，而是走到房间角落里，替针孔倒了满满一杯水，小心地端回来递给他。

元璧终于不再流血，不知何时，他的双手竟然与胭脂虎的手死死地握在了一起。不知情者看到这一幕，也许会把他们当成一对悲壮惨烈的殉情鸳鸯了。

我找了条床单，暂时把两人盖住。

如果针孔说的全是真的——胭脂虎就是元璧生命里的“桃花煞”，那么他的下场一定是惨不忍睹的。“桃花煞”一词，出自传统八字命理中的桃花星一节，又称为咸池星。在紫微斗数中，则有红鸾、天喜、咸池、天姚等四颗代表姻缘与爱情的星曜，相辅相成，相生相克，左右着“桃花煞”对一个人命运的改变。

《淮南子》说：“日出扶桑，入于咸池。”咸池星动，就是万物暗昧、桃花煞涌动之时。如果其人的命格旺盛，则会变得美容仪，耽酒色，疏财好欢，破散家业，唯务贪淫，直到将人的好运败尽，面临绝境，表现为落魄不检、言行狡诈、游荡赌博、忘恩失信、私滥奸淫、靡所不为。

当我十八岁成年时，雷动天便在一次私人场合半开玩笑半认真地告诫过我：“永远不要招惹黑道女杀手，除非是嫌自己命太长了。那种人，好的时候肯为你拼命杀人；翻脸的时候，你将是第一个遭殃的。想想看，一个正常的男人谁肯养条毒蛇在自己的卧榻之侧？”

正因如此，与雷动天保持暧昧关系的没有一个是黑道女人，全都是思想肤浅、外貌漂亮的所谓“金丝鸟”。

今晚面对元璧之死，我想到了很多人，包括出现在敦煌之行中的石梦、白雪、花错、程霓裳甚至是刚刚认识的吉川小卷。时机瞬息万变，我要像那位音乐狂人贝多芬一样“扼住命运的喉咙”，从步步挨打的被动中扭转过来。

“你在笑什么？”针孔突然问。

我从他手里拿走水杯，轻轻地放在一边，目光从剩余的地图上慢慢扫过，淡淡地问：“你说呢？”

“那些都没用，唐宋两代都把敦煌视为异国属地，不在治理考虑范围之内。”针孔幸灾乐祸地笑着，准备用他的盗墓知识来教导我。我的双掌骤然前伸，恰到好处地拍中了他的小腹，力量轻巧，让他没说完的话一下子咽回去，喉结不上不下地卡在脖子正中间，发出一阵怪异的干呕声。随即，我在他腰间、胸口、两肋、喉咙上连拍了十四掌，最后又绕到轮椅后面，双掌并齐，猛击他的后背中央。

哇的一声，刚刚喝下的水从他嘴里猛喷出来，那已经被打湿的纸团也一起被吐出来。

“大哥说过，你是个很有趣的人。为什么‘有趣’？因为你每次进入地下古墓，总会挑出最值钱、最中看的宝贝塞在舌根下或者是喉咙里，就像南方渔人们豢养的鸬鹚鱼鹰那样，先吃下去，再吐出来。你用这种办法最大限度地赚了跟同伙分赃的便宜，也博得了‘对待兄弟最为大方’的好名声。针孔，你今晚犯下的最大错误就是过于谨慎了，因为好几张地图都订在墙上，我不一定能发现哪张是最有价值的。总之，你高估了我的智慧，又低估了我大哥杨正的智慧。所以，那地图归我了，你最好乖乖说出其中的秘密，否则就尝尝的我的‘摸骨刑讯大法’吧。”

我拖了张椅子，不慌不忙地在轮椅对面落座，等他开口。

〔伍〕

成吉思汗西征时遭遇的“神雕”双翼人

针孔狠狠地咳嗽着，斜着眼睛瞪着我。

“说吧，我在等你。”我看得出，针孔不是那种受挫后就老老实实就范的人，所以不管他说什么，我都会筛选来听，绝不会受他挑唆。世界上的职业盗墓者超过百万，其中九成以上是亡命之徒加无赖，针孔的本质亦是如此。

“好，我说，那张‘元敦煌’地图上，是我们的祖先绘制出来的宝藏地图。地图是我们在外蒙边境做文物贩子时无意中收购来的，一直藏在我的背包里。我是蒙古人，属于孛儿只斤氏的一个偏远分支，与成吉思汗铁木真大人一脉相承，亦是奇渥温姓，乞颜（起延）部人。我数辈祖先的名字早就湮没在历史中，但我们的身体里永远流淌着孛儿只斤氏的高贵血液。”

我从地上捡起纸团，用餐巾擦干净，然后边听针孔叙述，边将它慢慢展开。

铁木真即元太祖，又称成吉思汗，是蒙古帝国的奠基者，世界战争史上杰出的军事统帅。按照蒙古起名传统，铁木真全名应为奇渥温•孛儿只斤•铁木真。其名字“铁木真”的由来，是因为在他出生时，乞颜部正好俘虏到一位属于敌对部族、名为铁木真•兀格的勇士。按当时蒙古人信仰，在抓到敌对部落勇士时，如正好有婴儿出生，该勇士的勇气会转移到该婴儿身上，“铁木真”之名遂因此而来。

传说成吉思汗出生时，手中正拿着一血块，寓意天降将掌生杀大权。

英国学者莱穆在《全人类帝王成吉思汗》一书中说：“成吉思汗是比欧洲历史舞台上所有的优秀人物更大规模的征服者，他不是通常尺度能够衡量的人物，他所统率的军队的足迹不能以里数来计量，实际上只能以经纬度来衡量。”

《华盛顿邮报》评价：“成吉思汗是拉近世界距离最伟大的人，极完美地将人性的文明与野蛮两个极端集于一身。”

很显然，针孔以自己有如此高贵的出身为荣，但资料记载，他最初成名于江湖时的杰作是挖掘成吉思汗三大殉葬墓之一，蒙古族贵胄最终沦落为挖掘祖先坟墓的不肖子孙，才是他真正应该认真反省的问题。

“是收购还是掘墓所得？”我不得不提醒他不要做这些无谓的粉饰。

针孔盯了我一眼，点头承认：“就算是掘墓所得吧，但那是我蒙古族祖先的东西，归属权当然在我。地图就是在大汗殉葬墓里找到的，那些墓穴的选址和建筑工艺充分展示了蒙古族人的天才智慧，放眼天下，能够活着闯入、活着返回的不会超过两人。一个是我，一个就是亚洲第一寻宝师杨正。”

他把自己与大哥放在一起，是在往脸上贴金，但我懒得打断他。

《元史•世祖纪》记载：公元1218年到公元1223年，在成吉思汗亲自率领下，蒙古贵族发动了第一次西征，灭西辽和花剌子模国，在迦勒迦河打败斡罗思诸部，把蒙古国的领土扩充到中亚细亚地区。公元1224年，成吉思汗结束西征，回军漠北路经沙州时，对西夏西部边境重镇敦煌进行了一次试探性的军事进攻。当时西夏军队联合沙州民众进行了英勇的抵抗，致使蒙古军队攻城逾月不下。蒙古军队采取“乘夜穴城以入”的策略，而西夏沙州守将籍辣思义对应以“纳火穴中”的策略，打退蒙古远征军队的进攻。

公元1226年春，蒙古大将速不台再次率军越过大漠，收降沙州西南边界的撒里畏吾部之后，继续东进，乘沙州还没有因上次战争恢复元气时用兵，攻占沙州，敦煌从此成为元宗室术赤的儿子拔都大王的封地。当时敦煌是蒙元王朝东西、中西交通的重镇，察合台的部将安竺迩并在敦煌设置驿站直抵玉门关，以保障西域中亚欧洲交通的畅通。从公元1235年到公元1242年，蒙古大汗窝阔台在灭金之后，派遣拔都、贵由、蒙哥等率军第二次西征，以敦煌为主要后防军需供应点，先后攻占了斡罗思等地，直逼东欧的孛烈儿(今波兰)和马扎儿(今匈牙利)等地。

所以说，敦煌古城作为元代巨大版图中的一个重要的西征枢纽，具有无与伦比的战略意义。

“当时，地图与一本古书一起放在能够防潮防腐的白玉匣子里，但我在撤离古墓时，遭遇到俄罗斯盗墓者的偷袭，失落了古书和匣子。如果不是遇到了胭脂虎，我和元壁很有可能就葬身外蒙了。不过，胭脂虎那时救了元壁，现在却又送了他的命，一还一报，一饮一啄，归根结底，还是让我失去了唯一的儿子，正应了那个匣子上刻着的八个字——‘妄开启者、万死无后’。杨进，我不得不提醒你，据传古书和匣子最终落到了你大哥杨正手上，那群俄罗斯人偷袭得手后又不知死活地在外蒙哈图苏大沼泽附近明火执仗攻击杨正，最终没有一个能活着走出那片沼泽地……”针孔不怀好意地笑了，眼底的鬼火又一次闪亮起来。

地图已经展开，元代敦煌城的管控范围比现在大得多，但真正吸引我的，是敦煌辖区内凌乱地描绘着几十个骷髅符号，从东边的三危山、月牙泉一直延伸到西面的阳关、玉门关。那些符号是铅笔画出的，笔画虽然潦草，但骷髅带给人的恐怖感却跃然纸上。

“后来呢？”我知道他想引我发问。

“后来杨正就失踪了，这个地下黄金宫殿的大秘密就只有我一个人知道。那本蒙文古书上记载的是一个很诡异的故事，我曾粗略地翻了翻，那真是一个好故事，你想不想听？”针孔脸上露出了阴森森的邪恶笑容。

我想了想，取出电话握在手上。

针孔骄傲地笑了：“想报警？想做个奉公守法的好公民，把我交给警方？嘿嘿，你错了，我是永远不会把这秘密告诉他们的，否则就算有一百个黄金宫殿也被挖掘一空了。”

我摇摇头：“不，我打给黑星帮倪乾，他对宝藏极有兴趣，也很愿意用尽一切手段撬开你的嘴。针孔，我之所以能坐在这里听你说话，足以证明我有帮助你的诚意。现在，元壁的太太和孩子就在下面，不想绝后的话，你就把所有秘密说出来，由我来决定下一步何去何从。你该明白霹雳堂雷动天在亚洲的势力，只要把她们三人带到港岛，请他出面庇护，就等于是进了三重保险箱，绝不会出危险。我只给你一分钟时间考虑，老老实实地谈或是吞吞吐吐地胡说八道，你自己决定吧。”

黑道帮派为了金钱利益可以不择手段，就算是个石头人也得上刑三遍，弄到体无完肤为止。那些残酷得令人发指的酷刑，对针孔之流肯定是个巨大的震慑。

夜虽然漫长，但我的时间相当宝贵，而且我感到自己的心跳越来越快，时不时会出现重锤敲胸的巨震感。事实上，我的心脏毫无问题，身体也相当健壮，不该出现这样的古怪现象。

一分钟后，针孔又开始了叙述，嚣张古怪的态度也收敛了许多——

“先说那个故事吧，讲的就是蒙古大军第一次进攻敦煌时的事情。当时蒙古人的武器装备、士兵数量是敦煌守军的十倍以上，双方的战斗经验更是无法相提并论，所以成吉思汗根本没把敦煌放在眼里，以为拿下敦煌只是举手之劳。那时的战斗形势也的确如他所料，守军根本不堪一击，蒙古人的攻城云梯顺利搭上城墙，骁勇剽悍的蒙古刀手们嘴里衔着马刀快速登上城楼，勇不可当。讲到这里，我要插上一句中国人耳熟能详的诗词：‘一代天骄，成吉思汗，只识弯弓射大雕’。作为草原上的超级领袖，成吉思汗的马术、刀术、箭术都是相当惊人的。蒙古人尤其重视箭术，并刻意培养了军队中的‘骑射队、远射队’，在攻城战役中作为步兵的强大后援……”

蒙古人能灭金、灭辽、灭宋乃至西进扫荡半个欧洲大陆，箭术的确是他们最为倚重的进攻手段。港岛查姓作家的武侠巨著中，更是以“射雕”为名描述那段成吉思汗崛起的历史，可见智者的共识。

“后世元史学者一定会感到疑惑，为什么攻无不克、战无不胜的蒙古大军会在第一次进攻敦煌时受挫？反而第二次一举拿下，几乎不费吹灰之力？这一点，古书中有了很好的解释，那是因为当时的敦煌城楼上突然出现了一群‘神雕’。”

针孔长吸了一口气，用一种自嘲、自怜又自负、自傲的语气重重地重复：“杨进，你明白我的意思吗？那里出现了‘神雕’，帮助敦煌人击败蒙古大军的‘神雕’。”

我皱了皱眉：“继续说下去。”

夜风四起，小楼上某个房间的窗猛地关闭，发出“哐啷”一声巨响。空气中的血腥气已被吹净，胭脂虎与元璧这两个曾经不平凡的高手尸体已冷，但我相信将会有更多像他们一样的后来者为黄金宫殿殉葬，倒在探索宝藏的中途。

现在，我唯一的盼望就是“石梦没事”，绑架者会跳出来跟我联络，开出种种条件，逼我就范。为此，我每隔几分钟就会拿出电话看看，生怕错过什么，导致遗憾终生。

针孔嘴角浮起了一丝讥笑：“我已经说得很清楚了，古书里画着那种‘神雕’的样子，其实就是我们在地下黄金宫殿里看到的那种怪异的东西。它有着正常人的身体，后背上却长着巨大的羽翼，能够高速飞行，锋利的爪子瞬间撕裂任何对手。每次看到那怪物的时候，都会想到港岛那位著名的武侠作家，他的书里曾经详细描写了一只巨雕，能够与人交流，并且长生不死。杨进，我曾专程去港岛拜会那位老先生，但时机不巧，正赶上他远赴美国讲学。我怀疑他也曾阅览过古书，才有了那种非同一般的写作创意。”

我实实在在地被震惊了，那位作家与“雕”有关的两部皇皇巨著已经被拍成各种版本电影和电视剧，并被读者们奉为“当今华人文坛五大武侠作家之首”。如果一切创意竟然是来自一本墓穴古书的话……我突然想到，在他的书中曾不厌其烦地描写过一个位于终南山的“活死人墓”，里面的机关布置、暗箭埋伏全都写得栩栩如生，令人叹为观止。

“杨进，你应该记得，当那个后背长着翅膀的人出现时，气温下降极快。在那位作家书中，居住在古墓里的人为了修炼武功、保持青春，就会躺在一张来自北海的‘寒玉床’上，用降低自身温度的方式达到目的。综上所述，任何聪明人都会把遗落的古书跟那位作家联系在一起的。想要知道究竟，就得去问他……就得去问他……”针孔的喘息声突然变得急促起来，脊梁紧抵住轮椅的钢制后背，而后他按下了一个电钮，三圈钢环从椅背上倏地弹出来，由腰、胸、肩三处地方把他紧紧箍住，捆绑在轮椅上。

那时，他的面孔已经瞬间充血涨红，两只眼珠也恐怖地凸出，无数细密的血丝蛛网般横铺其上。

“你怎么样？”我跳起来，伸手去摸他的脸颊。

“走，走，滚开，你快滚开，让我一个人静一静……”他扭动脖子，企图避开我的手指。但是，我再向前跨步，双手同时触到了他的脸，指尖上立刻传来火辣辣的灼痛感，温度至少要在八十度以上，等同于一杯刚刚倒进杯子的热咖啡。

我毫不迟疑地按住针孔颈后的大椎穴，顺时针、逆时针各揉搓了九次，然后拇指对准穴道正中，以自身真气化作一股暖流注入针孔体内。

“楼后面的厨房里有冰柜，我要热死了，快把我送到那里去……”针孔气喘吁吁地低叫着。

我推着轮椅大步下楼，两只不锈钢轮子在楼梯上跳动着，震得针孔的身体摇来晃去。小楼的背阴部分是由中餐厨房和西餐厨房混合起来的超大房间，我打开灯，瞥见屋角并排着三个卧式冰柜，马上推着轮椅过去。

针孔的头顶已经开始冒着腾腾热气，但他的神志仍然清醒，轮椅一停，便按下电钮解开身上的钢环。我掀开最外面的冰柜，把里面的冷冻食品全部扔出去，然后抓住针孔的肩膀，拎起他，轻轻放进冰柜里。立刻，针孔身上的热气与冰柜里的冷气混合起来，他的脸上迅速罩上了一层银白色霜气。

“谢……谢，谢谢……”针孔勉强支撑着道谢，盘腿坐下，双手按在冰柜壁上，身体在冷热夹攻下急剧地颤个不停。

厨房里非常安静，两侧的料理台擦得铮亮，各种炊事用具摆放得井井有条。刚进门的地方，有一圈欧式的白色吧台，旁边则是一个摆放着几十瓶高级洋酒的立式冷藏柜。此时，吧台上放着一个与周围环境格格不入的东西——一个摆满了蔬菜、水果的盘子。盘子周围还撒落着散碎的菜叶，似乎不久之前有人在此进餐又有事匆匆离开了。

“那个作家一定看过古书，甚至与这件事有某种奇怪的……联系，他在书中写过‘终南山下、活死人墓’——你说，那地下宫殿是不是就像一个活死人墓？明明深埋地下，其间却住着一个怪人？为了这件事，我曾托人找到那些书的手写原稿，高价买下，并且一段一段地比对。最终结果，我相信他的一切素材都是从古书中拓扑而来。杨进，如果你肯动用霹雳堂的关系，从那条线上去查，一定会有大发现……”针孔的状态有所好转，这种急冻冰镇的非常规手段，足以解除燃眉之急。

我重新拿出塞在口袋里的地图，查看每一个骷髅的地理位置。针孔已经对比着现代地图的经纬度坐标，重新在老地图上做了详细标注，看起来一目了然。我最终肯定，连我们脚下的博物馆附近都有一个骷髅，表明那种巨大的危险是无处不在的。

诚如针孔所说，那位著名作家剽窃了成吉思汗殉葬墓古书上的创意也是无可厚非的，毕竟是小说家之言，其中添加了很多幻想虚构的成分，只不过是娱乐大众而已。小说中的终南山又名太一山、地肺山、中南山、周南山，简称南山，是秦岭山脉的一段。西起陕西武功，东至陕西蓝田，千峰叠翠，景色优美，主峰位于周至县境内，海拔2604米，素有“仙都”、“洞天之冠”和“天下第一福地”的美称。终南山到敦煌相隔遥远，那里有没有活死人墓已经与此无关。

“那么，成吉思汗大军二次进攻敦煌时，那些‘神雕’何在？既然他们能帮敦煌第一次，为什么没有第二次？”我抖了抖地图，迷惑地吸吸鼻子，闻到不知何处传来福尔马林药水的怪味。那种味道，只会让人联想到停尸间、解剖室之类的地方，而不是私家博物馆的现代化厨房。

针孔咬牙忍住颤抖，慢慢地摇头："他们消失了，古书只是记载历史，却没有阐明事件变化的内因和背景。没有'神雕'帮忙，敦煌弹丸之地怎么能抗拒蒙古远征大军呢？当然就会瞬间崩溃，俯首投降。"

我禁不住轻轻冷笑："大哥说过，你是个很有趣的人。现在看，你不仅仅有趣，而且很善于讲故事，连我都被迷惑住了。那位查姓作家的《射雕》、《神雕》两部巨著曾培养了一代人的阅读兴趣，也是港岛电影人最初挖掘改编的最佳蓝本。可惜我们远在敦煌，否则直接驱车去他府上，秉烛夜游问个究竟该有多好？"

那位作家曾与雷动天是君子之交，身为江湖大佬的后者能为前者提供很多素材，两人一文一武，堪称香江一时无两的二位奇人。

针孔嘿嘿冷笑了几声，蓦地自言自语地说："现在我才知道，一跟敦煌沾上就没好，家破人亡、九死一生已经是常态，大部分人直接埋骨于此地，与黄沙同朽。元壁死了也没关系，有的是高手给他陪葬呢！"

我不解地问："什么意思？你还一直没说，元壁到底是中了什么样的毒？毒性竟然霸道如斯，连喘口气的求生机会都没有？"

针孔想了想，才勉力做了个小臂注射的动作。

"是什么？依他说，是你中了毒，要靠注射来活命。事实上呢？你们究竟谁在说谎？"我忍不住提气大叫。

针孔长叹一声，摇摇头回答："都没说谎，我们两个都要靠那种注射液来维持生命，我想你以后也会需要，因为那个地下宫殿里会释放出非常强劲的阳极射线，对人脑造成杀伤性的毁灭。只要看到，辐射便已经开始。"

我猛然意识到了自己的处境有多危险，因为在针孔的引导下，我也在地底待了许久。

良久，针孔脸上浮起了神经质的微笑，若有所思地看着我，梦呓一般开口："你已经明白了？现在不仅仅是我和元壁，你也被拉扯进来了，而且那种针剂只能延缓人的死亡过程，不能根除，就像艾滋病、癌症那样，一旦被辐射到，就要慢慢死掉，绝无例外。"

我猛吸了一口气，厌恶地向后退了一大步。元壁临死时七窍流出黑血的情景历历在目，我真的没料到不知不觉间自己已经落套。

"元壁觊觎着黄金宫殿里的绝世财富，数次恳求让他进去看，但我根本没同意。直到后来，他偷偷地去求胭脂虎。你知道，胭脂虎是进入地穴的引路人，她不知道那些辐射的厉害，就偷偷带元璧去了。结果只这一次就酿成了塌天大祸，之前龙精虎猛的元璧，突然变得像大漠风暴里的沙枣树，半死不活地苟延残喘着。那个蠢女人早该死了，如果依我的主意，当年在外蒙古边境上利用完毕后便立刻杀了，扔进白桦林里喂狼。可惜啊可惜，元璧根本不听我的，过度迷恋她的身体，才酿成今日之祸。杨进，你将是元璧的殉葬品，很快跟他在地下会面，继续做你们的好朋友，呵呵……呵呵……”针孔的恶毒笑声箭一样钻入我的耳朵里，产生了巨大的回声，嗡嗡嗡震个不停。

接下来的十几秒钟，我被这个突如其来的噩耗击倒了，坐在远离冰柜的三脚凳上一动不动。我回想着进入地下后的每一个细节，最终确定，我幸免于辐射的可能性等于零。也许带我进去本来就是针孔、元璧设下的套，他们用这种借刀杀人的方法巧妙地除掉一切贪婪对手，而在表面上看来，死者都是得了不治之症，谁也不会怀疑到这里。

我不是第一个中套的受害者，也不会是最后一个，只要还有扑火的飞蛾，针孔的游戏就能继续玩下去，直到打开宫殿入口。

“你的身体为什么还没发生病变？你在地穴里的时间超过任何人，那条甬道也是你挖掘出来的吧？按道理说，元璧那么年轻，体格比你健壮，应该能比你更抗得住辐射危害。还有，胭脂虎呢？她也窥探过那地下宫殿，她又为什么能健康地活到今日？”我不愿向针孔摇尾乞怜，但这件事本身存在太多不解之谜，我必须问清楚，才可能寻找到破解线索。

〔陆〕

辐射危机，背生双翼

针孔突然变得异常痛苦，后背紧贴住冰柜内壁，额头上的皱纹深刻地紧缩着：“你以为我没事？你以为我没事？实际上，我忍受的痛苦和惊恐比元壁严重一万倍。如果我真有勇气的话，恨不得马上自尽，挣脱这个噩梦，早点进入六道轮回中去……但是，但是我连死的勇气都没有，我是那么懦弱，连死亡也不敢面对……”

冰柜内壁上结着一层厚厚的霜花，但他的后背摩擦霜花时，那种刺啦刺啦的怪声令人难以忍受。

“你的后背怎么了？”我脑子里倏地一亮。在地穴里的时候，他曾极力地保护自己后背上的秘密，不让我碰触。

针孔立刻大叫一声，双手前伸，做出阻止我靠近的架势，似乎我的话变成了一把三棱冰锥，一下子刺中了他的要害。

“不要过来，不要碰我，滚开！”他尖声叫着，如同一只被激怒了的野兽。

“针孔，告诉我，你的后背发生了什么病变？”我绕向冰柜侧面，想看清他略微隆起的后背。

“滚开杨进，我要翻脸杀人了！”针孔后仰，背部紧贴冰柜，极力躲避隐藏。

“谁在那里？谁在那里？”针孔陡然惊恐地大叫起来，指向厨房门口。

我抬头望去，似乎有条巨大的灰色影子正迅速遁入黑暗之中。之前厨房的门来不及关闭，由那个门口一直能看到走廊尽头去。

“有个陌生人在那里，一个我从未见过的陌生人……杨进，我闻到他身上的特殊气味了，我很害怕，我觉得他好像跟地底下那怪人有关联……”针孔吓坏了。我刚刚向门口迈步，他就反手抓住冰柜盖子，砰的一声关过来，把自己严严实实地罩在里面。

小楼的另一头，有扇门砰的一声关闭，小孩子的哭叫声随即响起来。

我不敢耽搁，向冰柜叫了一声："你自己小心，我去照顾孩子！"然后迅速出门右转，直奔走廊最末端的两扇白色雕花木门，因为之前的关门声、哭声就是从那里传来的。

当我敲开门的时候，里面只有元太太和两个孩子。她们并没有出事，关门声也是小男孩弄出来的，因为他执意要上楼去找爸爸，被元太太重重地打了一巴掌才老实下来。现在，他正低着头坐在地毯一角，怀里抱着一个布娃娃抽泣着。

"没事就好了，告诉孩子们不要出声，也不要开灯，一直到有人赶来救援为止。"我看得出元太太是个有主见、有决断力的非凡女人，即使在元璧倒下的时候，她也没有乱了方寸，仍然记得保护孩子。

"杨先生，我们什么时候才可以报警？"元太太焦灼地跺着脚，嘴唇已经咬破，挂着丝丝缕缕的鲜血，"元璧死了，但我要保护这些孩子们！"

"稍等，我跟针孔先生谈完，就会报警。"我很谨慎地安慰她。打个报警电话很容易，但目前的线索全部集中在针孔身上，一旦他被抓走，后面的局势就会失控。

这是一个装饰豪华的卧室，里面秩序井然，没有敌人闯入的痕迹。

于是，我放了心，快步退出来，让她们关好门。

小楼再次陷入了死寂，博物馆里应该有不少员工留宿，但那边没有任何声音，不见一丝灯光。我慢慢发现，走廊里漂浮着一股难闻的潮湿气，其间夹杂着福尔马林消毒药水的怪味，并且越近厨房门口，那怪味越重。

我一脚踏进厨房，针孔栖身的冰柜旁边已经多了一个人，正是让我憎恨、警惕却又苦寻、盼望着他出现的老僧疯虎。他仍旧穿着血迹斑斑的旧衣服，被"天方夜谭杀阵"割裂的口子半张着，像一个连一个的饥饿大嘴。我和石梦等人撤离时，每个人都以为他已经死了，因为那杆长枪的贯体之威惊天动地，足以将正常人的五脏六腑搅烂，不可能活下来。再见疯虎，我只能慨叹造物主的神奇，竟然能让他的身体结构短时间内复原，重新成为一名"活"人。

"是你？你果然没死？车祸事件果然是你搞出来的？"我暗中提起了三口真气，防备疯虎突然动武。这一瞬间，我感到又惊又怒，但心底却又浮起一丝暗喜，因为疯虎出现，白雪也就隔得不远了。身处逆境中，任何人都喜欢身边多几个志同道合的伙伴，白雪至少要比针孔之流好上百倍。

“当然是我。”疯虎背靠冰柜木然站立着，深邃的眼神里充满了无法捉摸的寒意。一昼夜之间，他似乎脱胎换骨、重获新生了，从地下石室里带出来的腐朽老态一扫而空。从我离开老屋到白雪出事那段时间里，一定是疯虎掌控了局面，打乱了白雪的计划。看来，所有人都低估了这个幽闭地底百年的“活死人”。

“把那人放出来，有话好商量。”我快步逼近，准备强攻解救针孔。冰柜里没有氧气，耽搁太久，他会被活活憋死的。

“放出来？为什么要放出来？翼王在哪里？翼王在哪里？”疯虎阴森森地回应。我很难解释他明明已经死了、又很快复活并劫持了白雪这件怪事，但事实胜于雄辩，当他明明白白地站在我面前时，由不得我不对现实低头。

“白雪呢？白雪在哪里？”我也提高了声音。疯虎活着，白雪就该活着，我总算看到了一点希望。

“在她该去的地方。”疯虎咧了咧嘴，露出白生生的利齿。

“该去的地方是哪里？疯虎，别忘了是谁把你从地底石室里救出来的。没有我们，你到现在还被幽闭在里面，永远看不到外面的世界。疯虎，这已经不是你所熟知的年代了，睁眼看看，这是个什么样的世界？”我尽量保持冷静。

“该去的地方就是翼王身边，我能听到他的召唤声。他能开创太平天国的宏伟版图、封疆大业，就一定能突破风雨、东山再起。”疯虎的愚忠并没有随着身体的异变而消失，或许那个时代里的人一旦认定谁是真龙天子，头脑中的“奴性”就会立即定格，牢牢跟在那个人后面。

“告诉我，白雪在哪里？”啪的一声，我猛地飞起一脚，将料理台上方的两把短柄菜刀踢飞出去，飞旋着横斩对方的胸膛。我见过疯虎的武功，连“天方夜谭”杀阵都拦不住他，可见是个绝对的强敌。刀飞出，我弹起在半空，扭腰旋身，踢中了不锈钢料理台，那张四十多斤重的台子也飞了起来，兜头罩向对方。

与此同时，我抽到了两柄剔骨尖刀，作为第三轮攻势冲出去。

疯虎横向退避，我的剔骨刀恰到好处地刺过去，扑哧一声插进了他的胸膛。一招得手，我并没有感到惊喜，因为他的肋骨急速收缩，把剔骨刀紧紧夹住。刀锋过处，他体内喷溅出来的不是鲜血，而是某种草绿色的液体，就像被我砍中的不是人体，却是一棵生命力极其旺盛的大树。

“翼王呢？”他的磨牙声更响了。

砰的一声，我双掌叠加在一起，以北少林“大力金刚掌”的功夫重重地拍击在他胸膛上。喀嚓喀嚓两声，他的胸骨碎断塌陷，骤然倒飞了出去，撞在侧墙上。

我来不及追击，先去掀冰柜盖子，将针孔放出来。

没想到，针孔一站起身，先发出一声凄厉的长啸，死死盯住疯虎。

“翼王在哪里？”疯虎仍有力气跳起来大叫，身体有如传说中的“橡皮人”那样毫无痛感，再多创伤也不能把他击倒。

“谁是翼王？”针孔也叫起来。

蓦地，他们两个的手臂同时伸到背后去，刺啦一声撕裂衣服，露出瘦骨嶙峋的脊梁。

“原来你也是——”针孔叫了半句。

老僧疯虎跟着叫：“翼王呢？你也是他的追随者吗？”

“你是谁？你到底是谁？你们到底是谁？”针孔高声嘶吼，声浪一次盖过一次。

以上叙述虽然混乱，但当时的情景要比我的语言更混乱一万倍，因为当他们袒露后背时，我看到了终生无法忘却的恐怖一幕——针孔后背的肩胛骨明显变高，凸出三寸多，几乎将皮肤撑裂。近乎透明的皮肤下面，隐隐约约现出一对蜷缩着的翅膀来，犹如蛋壳里躺着的小鸟一样。那的的确确是一对翅膀，有翅尖、翅中、翅根，甚至有覆盖在骨架上的那层兜风隔膜。相信只要有一把小刀割开那层薄皮，翅膀就会抖抖索索地展开，而针孔就将变成一个蹒跚学步的“翼人”。

我简直不敢相信自己的眼睛，这才明白为什么针孔会体温骤然升高、刻意隐藏后背的秘密了，因为他是一个正处在异变中的怪物。

“我什么都不知道，我只想弄明白怎么去掉背上这怪东西！”针孔绝望地怪笑着，抬腿跨出冰柜，面向疯虎，背对着我，猛烈地挥舞着双拳，“我知道你肯定与那怪物有关，告诉我，你们到底是什么东西？怎么会把我变成这副人不人、鸟不鸟的怪样子——”当他的身体晃动时，那对可笑又可怖的翅膀也跟着缓慢摇摆，令我禁不住要呕吐出来。

针孔起先坐着的轮椅只是一种掩饰，他的腿脚毫无问题。当他走向疯虎时，双手用力插在口袋里，显然正在努力压制着自己的满腔愤怒。

我看不到疯虎背部，但从他刚刚撕裂衣服的举动看，情况大概与疯虎近似。

啪嗒一声，小楼里的电力停了，后备电力随即启动，屋顶四角的应急灯一起打开。

“翼王在哪里？我最后再说一遍，他在哪里？”疯虎果真疯了，来来去去只重复着同一个问题。

我猛吸了一口气，冒险插话：“我知道他在哪里，但是，你要先把白雪交给我。”

老屋唐卡上的那个人与黄金宫殿里的银甲将军似乎是同一个人，我必须要做些什么，免得错失机会。白雪大意失荆州，被老僧疯虎翻盘，我希望能吸取她的失败教训，把这场实力悬殊的对局扭转过来。现在看来，白雪离去前将老屋的地下石室填塞、把古树连根刨除有何等的不明智。聪明如她，也有失算的时候，真是令人扼腕。

我心里实实在在地感到了一种挥之不去的彷徨，仿佛之前的很多江湖经验、处世之道在敦煌根本都用不上，整个人被蒙在一只无比巨大的牛皮鼓里面，无法发力，也找不到敌人在哪里，只能一次一次被动挨打。

“敦煌，真是个神秘又古怪的边塞绝地啊，怪不得历朝历代的京城统治者们对此地只能怀柔、不敢用强，或许远征者的感受跟我如出一辙吧？”我将护体真气遍布全身，悄然后撤三步，全力戒备着这两个身体已经发生异变的怪人。

“真的？”疯虎的阴毒眼神和针孔的癫狂目光一起落在我脸上。

“把白雪交给我，她对你没用。”我冷静地告诉对方。

“她的样子很像翼王当初宠爱过的一个女人，而且她很聪明，很适合做翼王的女人。我很明显地感觉到，翼王仍然活着，就在敦煌。嘿嘿，你最好别骗我，否则会死得很惨！”疯虎低下头，看看已经骨骼变形的胸口，大声狂笑，态度嚣张，不可一世。

“是吗？但我看不见她，是不会带你去见翼王的。”我冷笑着打断他，同时眉头一皱，内心一寒。如果白雪知道自己有机会做太平天国翼王的宠妃，不知会不会感到异常荣幸。通过这番话，我能看出疯虎对翼王的忠心。虽然已经过了百年，在他心里，翼王仍像天上的日月般神圣，翼王的话就是圣旨，不可违抗。

呼的一声，疯虎身子一弓，不见脚下迈步，便冲到我的面前。

我早做好准备，缩身藏头，从他的左腋下轻巧地侧身钻过，站在他的背后，但我只向他背上扫了一眼，胃里便一阵猛烈抽搐，险些当场呕吐出来。他的背上也长着翅膀，体积大概是针孔那对翅膀的五倍，已经挣脱皮肤，完全伸展开来，随着他的呼吸轻轻颤抖着。那青灰色的翅膀宽度为一尺，翼展差不多有三米，此刻正渐渐收敛蜷缩，贴伏在疯虎后背正中。他的轻功本来就非常高明，再加上双翼的助推力、压风平衡性，前冲的速度几乎超越了人类运动的极限。

疯虎背上到处长满了墨绿色的块状苔藓，其形状大小与针孔脸上的一模一样。我能理解，苔藓遍体也代表他们身体的另一种异变。

这不是科幻电影里的人工造型，而是活生生出现在眼前的异变怪物。既然他的身体变了，头脑和灵魂呢，是不是也已经变了？

“天哪，这到底是什么类别的怪物啊！我到底做了什么孽，要让自己和元璧承担这些巨大变故？”针孔受不了这种刺激，惨叫着倒下。其实如果他真的任由自己的身体异变下去，总有一天会变成疯虎这样。他毕竟还是真正意义上的“人”，一直都小心地掩饰自己的翅膀，并且引以为耻。人与动物的最大区别，就在于“知耻”这一点。

“疯虎，告诉我，那对翅膀有什么用？”我已经没有害怕和后退的余地，心里只有一个信念，就是查找真相，消除地球人的隐患。

疯虎骄傲地挺起胸膛：“翼王当年，在千军万马中扇动铁翼取清狗上将人头如探囊取物一般。这翅膀就是翼王的独特标志。只要他还活着，翼王旧部的大旗就不会倒，能够重新割地为王，再领风骚百年。”

他的语气是如此严肃，一本正经，仿佛小楼之外仍是战火连天、诸侯纷纭的乱世，凭着武力就能闯出自己的地盘来。殊不知，二战之后，各大国之间的关系平静如水，根本没有发生战争的可能。特别是在21世纪的今天，除了亚马逊雨林和南北两极无人区以外，地球上任何一寸土地都有明确主人，谁想出头挑起战争，必定第一个灭亡。拥有他这样想法的人，就像今时今日文坛的武侠小说一样，完完全全过时了。

纵观太平天国历史，对于翼王石达开的描述中，并没有谈及“翼”字封号的来由，但每个人都知道，历史是由人记载的，可以删减、添加、美化、丑化，或粉饰太平，或针砭时弊，都由动笔的那只手、手后面的记录人掌管。所以，我们今日所见的史料，并不一定就是当时社会的真实一面。

我忍不住摇头：“疯虎，现在是法制社会，打打杀杀的人不是没有，但都被关进监狱去每天反省了。你再长十对翅膀又怎么样？能对抗得了警察的机关枪扫射吗？”

知识、服饰、思想都会过时，疯虎已经被时代的车轮远远地抛在了后面。

“年轻人，你没见过翼王，怎么会知道他的厉害。快带我去拜见他，回头重重有赏。”疯虎仍旧显得兴高采烈。

我耸了耸肩，闭嘴保持沉默。

刷的一声，疯虎背后的翅膀完全展开，那些刚刚长出来的青色绒羽零星点缀在灰色的隔膜肉皮上，像极了一只巨大的吸血蝙蝠，诡谲乖张而狰狞恐怖。每多看一眼，我的脑子里就会多一分眩晕。

“太平天国的兴衰全都维系在翼王一个人身上，没有他，天王起事的时候就被清狗剿灭于南方了。在弟兄们心里，他是天神，一个无所不能、无所不在的天神。好了……我就要重新见到他了，我感觉自己身体里的血已经在迫不及待地沸腾，必须要把这条命完完全全地交到他手上，供他差遣，活着才有意义。快带我去见他，带我去……”

疯虎摇摇晃晃地向我走过来，每迈一步，双翅就扑扇一下，空气中充满了飞禽身上特有的热烘烘的腥膻味。

“翼王的本质到底是什么？是人、是神还是鹰？他来自哪里？为什么来又为什么去？”我步步后退，小心地避开针孔的身体。

实际上，我并不清楚那条甬道究竟在何处。但是，假如把刚才的车子交给我，凭着第六感开出去绕一圈，差不多就能找到那地方。

“他到底在哪——”疯虎的话没来得及说完，一张巨大的密眼渔网哗的一声从天而降，当头罩下，随即收紧，把他拖倒。

我感叹自己还是低估了针孔的能力，他诈晕倒地，只不过是为了找机会发动下一轮攻击。那张渔网是从冰柜左上方的不锈钢横梁里弹射出来的，而触发机关就在他曾栖身的冰柜底下。

针孔重新站起来，若有所思地盯着疯虎，指缝里嚓地弹出一把小刀。

“你觉得怎样？”我极力挪开视线，不去看他的后背。

“我没事，如果能以这家伙为试验品，找出控制银甲将军的恰当方法，才是最终取得黄金宝藏的唯一可行之策。你去门外看看，别让另外的人抄了咱们的后路。杨进，我刚刚听见了，你的朋友白雪还在这家伙手中，那我们就更应该好好合作了，把他脑子里的秘密一点一点挖掘出来。”针孔脸上的惊惧、愤怒都不见了，剩下的只有深沉的心机、狡黠的微笑。

我一边起身向外走，一边冷笑着回应：“你真是个最好的演员。”在这个小小的私人博物馆里，一次次上演着“螳螂捕蝉黄雀在后”的情景剧。我希望这是今晚最后谢幕的一场表演了，不要再纷纷扰扰地纠缠下去。

事情发展到这个地步，可见他躲进厨房的冰柜里也是早就策划好的，只为引敌人到横梁下面，然后发动最后攻势。

院子里一片死寂，博物馆的其他员工不知道是睡死了，还是遭了疯虎的毒手。

我大口呼吸着寒冷干燥的夜风，沉吟着取出电话，还没想好是拨给吉川小卷或是雷动天，两柄冷冰冰的霰弹枪突然从侧面抵住了我的两肋。然后有人拿走了我的电话，一切都在静悄悄中进行着，仿佛一场独幕哑剧。

背后的小楼中，偶尔响起孩子的一两声夜啼和梦呓，厨房里则是静悄悄的，什么声音都没有。

几分钟后，一辆大排量的草绿色奔驰越野车滑进院子，又轻又稳地刹住。车子没开灯，若隐若现地与敦煌的黑暗夜色融为一体。有人从背后推搡着我向那辆车子走去，车门随即打开，我被推进了车子。

有人站在门外低声报告：“已经控制局面，正在清场，按照您的吩咐，不留一点痕迹。明天，博物馆里的工作人员会照常开门打扫，迎接零星游客，保证在三个月内谁都不会意识到元家的惨变。”

我不得不仓促开口：“各位朋友，元太太和孩子是无辜的，请务必手下留情。”

“这算求我吗？”车厢一角，一个老男人怪怪的声音响起来。

“就算是吧。”我无奈地长叹一声。无论江湖搅动起多大风雨，尽量不要波及无辜的妇女儿童，她们是真正的弱者，犹如水上浮萍，无力抵抗噩运的无情戏弄。

“好，暗中保护她们，直到三人安全离开敦煌为止。大家听着，就按杨进先生的吩咐做，因为他是我们今晚唯一的贵宾。”老男人吃吃地笑起来，啪的一声打了个清脆的响指。

门外的人恭敬地答应着，慢慢关门后匆匆离去。

“唉，我也许该告诉你那个女人实际上并不简单，她早就选定了一条万无一失的退路，傍身于敦煌黑道上的一位开山大佬。而且，她留在这里，不是为了跟元壁同甘苦共患难，保卫家庭和儿女——恰恰相反，她的心早就不在元壁身上，只想着那些并不属于元家的黄金宝藏。你说要保护她，我就派人保护她，绝没有二话。那样，你是不是会觉得欠我一个巨大的人情呢？”老男人的笑声越来越放肆。

〔柒〕

来自隼机关欧阳雪莉的第二古藏经洞资料

我猛拍了一下额头，心里疑疑惑惑地判断出了对方是谁，但又不敢肯定。

“敦煌的事太古怪，不是任何一个寻宝师或盗墓者能左右得了的。我查过很多资料，杨正大侠断断续续在敦煌盘桓了三年之久，不知道到底在找什么。杨进，这里出现的怪人我都会带走检查，有了结果也许会跟你分享，也许不会，因为我现在已经——”

我猛地叫起来：“雪莉？怎么可能是你？这车子……这些人……你怎么会舍得放弃安宁平静的日子，再度涉足江湖？唉，我真是累糊涂了，你最喜欢戴德国造变声器跟我通话的，忽男忽女、忽老忽少的……”

啪嗒一声，车子的顶灯亮起来，一个头顶结着几百条细碎麻花辫子的女孩子斜倚在座椅一角，右肘压在十几台笔记本电脑摞成的小桌上，秋水般明澈的大眼睛笑盈盈地看着我。她的脖子上挂着一副耳麦，麦克风旁边粘贴着一个火柴盒大小的电子变声器，正是它改变了对方珠圆玉润般的美妙嗓音。

这就是欧阳雪莉，一个曾若即若离地暗恋过我的女孩子，亦是全球黑客江湖中的大行家。她的特长是能够无孔不入地刺探世间存在的任何资料，令各国的国安部高官们头痛欲裂。

“哇，最后还是被你听出来了，真不知道是这个变声器的设计程式有问题呢，还是你的耳朵太灵敏了，连最小的用词差别都听得出来，每次都骗不了你。嘻嘻，杨进，看你一副垂头丧气的样子，是不是被敦煌的怪事搞得焦头烂额啦？这次我不但会在资料上帮你，还亲自出手解决掉小楼里那两个超大麻烦，怎么样？够义气吧？”欧阳雪莉揪着垂落在胸前的小辫，笑嘻嘻地扬着那张肌肤胜雪的娃娃脸，毫不在乎地望着我。

“刚才那些都是你的人？”我感到非常惊诧。黑客不是政客，欧阳雪莉之流名气虽大，凭借的却是超强脑力，而不是武力。

欧阳雪莉点了点头，眼神中流露出一丝伤感：“对，他们都归我管辖。杨进，我有两个消息要告诉你，一个好一个坏，先要听哪个？”

顶灯光下，她的唇红艳艳的，眸子黑漆漆的，如同一个来自敦煌暗夜里的姣美精灵，终于赶走了我脑子里那些噩梦般的恐怖场景。

“先听好的吧，我的神经实在已经不堪重负了。”我苦笑一声，缓缓地捂住脸，连续发出三声长叹。

欧阳雪莉用纤细的手指抽了一张湿纸巾，轻轻地递给我，扑哧一笑，低声自言自语：“好吧，我们就说好消息。我现在能免费送给你一份来自美国51基地隼机关的绝密资料，资料的核心内容是说他们在敦煌藏经洞下面又探测到一个巨大的空间，暂时命名为‘第二古藏经洞’。间谍卫星传回的热敏成像照片显示，藏经洞下面有一条曲折暗道，下行约七百米左右，就能到达那里。结合六颗漂浮在敦煌上空的卫星从不同角度传回的图片，隼机关的人做了详细的定位、测算、分析，那里是一组超大型地下宫殿，而建筑材料则全部是某种贵重金属。”

我吃了一惊，美国人的科技发展水平超过其他国家太多，所以他们对于地球神秘地带的发掘探索工作都是无可比拟的。往往别国无法探其究竟的大问题、大麻烦，对他们而言已经变成轻而易举的小事。51基地的美国高科技广厦顶上的明珠，得出的任何结论都是有大量数据支持的，真实可信。

“奇怪的是，那条暗道是无比正规的圆形，直径仅有二十厘米，看上去像一条埋藏在山体里的大烟囱。之后，美国的秘密间谍先后十九次假扮为游客来到敦煌，共动用了超过四千人，采取各种明暗手段侦察藏经洞，拍摄真实图品逾六万张。最终，他们终于找到了那个非常隐蔽的入口。但是，因为种种人所共知的政治因素，美国人是不可能有机会探索那条暗道的，即使他们有当今最高明的物理科学技术。回顾藏经洞出现的历史，中国考古学家们对它的存在做过各种各样的推断和猜测，但没有哪一个结论是确实可信的。随着这个暗道的出现，更是将他们不负责任的话击得粉碎。在51基地最新一轮的‘全球十大神秘地带’研讨会上，敦煌古藏经洞被列在第一位，为此而耗费的研究经费和讨论时间超过另外金字塔能量、珠峰通天塔、百慕大黑三角、北极圈地球内层入口、玛雅人的世界末日计时塔、印加帝国的外星人战船、秦长城下的第二阿房宫、日本富士山岩浆人洞穴、南非外星飞行器峡谷等九个神秘地带的总和——”

我一直静静地听着，欧阳雪莉是21世纪黑客中的传奇人物，总能给全世界带来震撼性的消息。她的外号“紫衫龙王”被外国人简化为“龙”，同时，她也被尊称为黑客江湖的“华裔真龙”。这次，她同样用漫不经心的侃侃而谈成功地攫住了我的全部兴趣。

关于敦煌藏经洞的来历不必赘述，唯一值得提及的，就是亚裔考古学家们一致认为那不过是一个弃置不用的石龛，没有什么特殊研究价值。他们用钉锤、钢凿、轻腐蚀剂、超大皮老虎等等原始简陋的考古工具在藏经洞里细细敲打过，耗费了大量的人力、物力、财力和时间成本得出的结论，根本经不起美国人先进工具的推敲。

“杨进，难道你没什么要问的吗？唉，你总是深沉冷静得像一尊雕像，这种个性很适合去做一名超级间谍，怪不得隼机关的英哲前辈接连三次向内华达州总部发出请求函，要不计代价地把你吸收进入隼机关。普通人听到这些的话，早就跳起来大呼怪事了，而你却一动不动，比入睡的‘睡佛’还要镇定。”欧阳雪莉掩着嘴笑起来。她的腕上、颈上戴着成套的紫水晶珠串，双手小指上各戴着一枚同色的水晶戒指，一看就知道价值不菲。

睡佛和万沙浪已在老屋一战中横死，我本来以为隼机关能就此收手，退出敦煌这盘复杂对局的。可是，欧阳雪莉接下来的话却让我又一次被重重地震撼：“我当然知道你是什么样的人，也很清楚，英哲的报告是痴人说梦，根本不可能完成。在这个世界上，有些人是可以被金钱、女人、权力、名声收买的，而有些永远对此免疫。无疑，你，还有令兄‘亚洲第一寻宝师’杨正大侠都是属于后者的。杨进，全球黑客江湖有‘紫、白、金、青’四大霸主，我很惭愧地排在第一位，并且做了很多夸夸其谈的、毫无实际价值的事情，只会给世界捣乱，却没有任何建设意义。所以，从现在起，我要真正地做一些有意义、有价值的事，第一件就是接掌51基地布置在亚洲的核心间谍组织隼机关，圆圆满满地解决敦煌这边的所有怪事，直到天下太平为止。”

“接掌……隼机关？雪莉，你没开玩笑吧？”我吃惊地倒吸了一口凉气。

欧阳雪莉推开两台笔记本电脑，从一个微型车载冰箱里取出半瓶红酒和两只杯子，仍旧满不在乎地笑着：“我为什么要开玩笑？数年前，我从你身边逃开隐居法国南部乡村古堡时，对我的任命状就已经填写好了，只差我签字确认而已。我老爸是51基地电子电脑方面的第一权威，他从我十五岁前便发现了我的电脑天才，并且使用了当今最科学、最先进的培训手段敦促我速成。不谦虚地说，老爸手底下十二个部门共两千名超级程序员的智慧加起来，也不过是我的一半而已。”

瓶塞一开，法国勃艮第原酿红酒的醇香伴着橡木塞子的微涩感扑鼻而来。

我不由得微微感叹：“多久没有痛饮一醉的渴望了——雪莉，我都忘记真正的好酒是什么味道了。”

大哥失踪后，我的心仿佛被一只看不见的玻璃禁锢住，不交际，不饮宴，悲哀喜乐都被拒之门外。也许只有找到他，才能真正地解脱自己吧。

好酒入喉，我的心如同三月复苏的冻土，浑身突然充满了力量。

“令尊竟然是全美第一智者欧阳有悔将军？雪莉，你隐藏太深了，真是失敬！”我由衷地感叹。欧阳有悔是百年来唯一一个进入美国军界高层的华裔，并且是51基地最重要的发扬光大者。美国上届总统曾在国会答辩书中数次提到过欧阳有悔的大名，并称他是美国人赢得未来电子战争的一大保障。

这一切，欧阳雪莉从没提过，我原先只当她是某个华裔富豪的千金。

欧阳雪莉笑笑，举手跟我碰杯：“那有什么？他是他，我是我，实力才能说明一切。对于我接管隼机关的事，你有何感想？”

我报以苦笑：“我一向对谍报组织敬而远之，如果你成为官方的人，我不会再因任何资料的事打扰你，免得给你带来麻烦。雪莉，这杯酒，一敬你高升，二为了我们过去美好的友谊，干杯——”

昔日的雪莉是个近乎完美的女孩子，聪明、漂亮、单纯、热情，暗恋我两年多，朋友们人人都看出她的心事，但她仍旧羞于启齿表白，口口声声只做我的好朋友。时间真的是一块太犀利的磨刀石，今日再见，她已经成了另一个人。

欧阳雪莉浅笑起来，漆黑的眼珠灵巧地转动着，嘴角浮起一个顽皮的浅笑：“杨进，在车里喝酒终归好闷，不如我让司机将车子开去月牙泉，我们对着那个已经干涸了的古老湖泊痛饮一次如何？顺便说说莫高窟里第二个古藏经洞的事。其实我们真的应该痛痛快快地对饮一次，因为昨日之我，已然非我；明日之我，才是入得江湖、出得江湖的真我。说不定，下次见面，你我已经成了擦肩而过的陌路人，抑或是为了利益而被迫对峙的敌对双方。”

她幽幽叹息着，将杯中酒一饮而尽。

旁边的对讲机里有人呼叫："龙王，现场已经清理干净，一切顺利，是不是准备撤退？"

欧阳雪莉潇洒地弹了弹指甲，拿起对讲机，沉着而清晰地吩咐："一组二组带战利品撤离；三组四组负责伪饰现场；五组六组警戒；七组八组负责在一小时后恢复本地的一切正常通讯。有异常情况马上动手，不留任何知情活口。"

我确信眼前的人已经不是昔日青青校树下抱着纯情杂志向我大谈米兰昆德拉《生命不可承受之轻》的雪莉了，那个小女孩已经长大，成为51基地这一庞大机器中的一个部件，并越来越强大，终有一天成为弱肉强食丛林里的胜者。一念及此，我又是欣慰又是心寒，因为正如江湖传闻所言，51基地笼络天下高手为己用，其目的性真是司马昭之心路人皆知，正在有意无意地成为全球神秘信息这一行业的超级垄断霸主。

"敦煌发生的事非常古怪，每一件都需要当机立断，以免贻误战机。所以，我已经取得了总部方面的绝对授权。杨进，我知道你心里怎么看我的，但这样的混乱局势下，我只能采取铁腕无情的霹雳手段。针孔之流并不是什么好东西，这点你比我更清楚，普天之下的寻宝盗墓者中，除了大侠杨正，还有哪一个人担得起'清清白白、问心无愧'八个字呢？"欧阳雪莉由衷地感叹，脸上浮起与她的年龄极不相称的沧桑感。

"你怎么处置疯虎和针孔？"我记起了此次惨剧发生的始作俑者。

针孔找不到地下金殿，元璧就不会受到强辐射而死，孩子们就不会失去父亲。再向前追溯，他们不在外蒙古掘墓盗宝，敦煌的危机就不会被引发……

"白雪说过要怎样处置疯虎？还记得吗？"欧阳雪莉笑着问。

我沉吟了一下，毫不隐瞒地回答："她要把疯虎做脑部记忆体切片研究，以求证这个百年不死的怪人到底有着什么样的际遇。"

以隼机关刺探情报的实力，我说谎帮白雪隐瞒是没有意义的，因为他们很可能早就知道一切内情。

果然，欧阳雪莉一声轻笑，接着一声轻叹："杨进，谢谢你对我的信任，能把别人说的话都告诉我。我们要做的，也是这样，而且跟燕盟梁夫人谈妥，征用燕盟在港岛的一切人力资源。接下来，我会令人连夜雇用专机，把疯虎送往港岛。所有的事都有专人跟进，无须你我亲力亲为。至于青龙帮、黑星帮也不必你操心，他们永远都不会来烦你了。现在呢，我们——"她看了看腕表，那只金壳镶钻的江诗丹顿桶形名表在暗处熠熠生辉，“走吧？我已经命人在月牙泉畔的沙丘上安排帐篷，还有最好的酒、最动听的音乐，记得你曾最爱蔡琴和小野丽莎的黄金嗓音，隔了多年，没太改变吧？”

她笑着收去了我手中的杯子，按下面前隔音板上的一个对讲键，简短地吩咐驾车的司机，“去月牙泉！”

我立刻欠身打断她：“不，雪莉，我还有一件事没做。月牙泉之约必定去赴，但要在三小时后。”当务之急，我要乘坐胭脂虎带我离开时的那辆汽车，凭第六感找到通往黄金宫殿的地穴入口。

欧阳雪莉一笑：“好，我先去，留原先英哲前辈的私人助理小书陪你。你们曾打过交道的，他对你相当佩服，赞不绝口。”

我不禁苦笑，小书曾冒充英哲向我嚣张挑衅，当时被我识破后愤然离去，“佩服”二字从何说起？

车门打开，满脸堆笑的年轻人小书弯腰恭候在车旁。暗影中，至少站着三十人以上，全都垂手肃立，屏住呼吸，静待欧阳雪莉吩咐。

“杨进，月牙泉不见不散。第二古藏经洞才是敦煌寻宝的关键，我希望你能看清形势，分清主次，呵呵呵，回头见……”欧阳雪莉从车窗里伸手向我告别，越野车迅速驶出了博物馆的大院。

小楼前只停着我开来的那辆计程车，当我走到车前时，小书殷勤地跟过来开门。

我指了指驾驶员的座位：“上车，替我当司机，车速控制在五十到七十公里之间，让你向哪边拐就往哪边拐。”

小书听话地启动车子，我们穿过越野车离去时带起的烟尘，径直出了大院向南，驶上G215国道。我闭上眼睛指挥他将车子左拐，驶向敦煌城里。

“杨先生，以前我们之间有误会，请您多多见谅。现在英哲先生提前退休，欧阳小姐接掌隼机关，如果有什么升迁之类的好事，请杨先生在欧阳小姐面前多多美言几句，好不好？”小书虽然长得五官端正、身体强健，其思想本质却充满了见利忘义、巧言令色的奴性，令我反感。

“我会的，不过你也要帮我个忙，把英哲、睡佛、万沙浪在敦煌做过的事一点一点说给我听。说得好，有赏金；说得不好，你就准备卷铺盖滚蛋吧！”直到现在，我始终觉得睡佛的死太意外了，他筹谋了那么久，又不惜与新加坡燕盟发生正面冲突，可见必定是发现了超大目标。

小书毫无怀疑，老老实实地回答：“最早，睡佛先生利用间谍卫星传来的资料发现了老屋下埋藏着的人，于是他带人进入老屋，抢先一步动手。他是英哲先生麾下的悍将，深得先生欣赏，如果能再接再厉，立下战功的话，就能得到数个层次的高升。我虽然名为个人助理，做的却都是外围的杂务，英哲先生的事都是亲力亲为，很少吩咐我。”

“为什么要绑架程霓裳？”我从来都没忘记那个关键人物，因为“反弹琵琶舞”才是石布坠亡的最大疑点。目前看，程霓裳精通于那种舞蹈，她与石布肯定深刻地交流过。

小书转过脸来回答：“我不知道。杨先生，我说过自己只是级别很低的外层人员，英哲先生叫我干什么，我就干什么。”

我猝然猛省：“英哲呢？欧阳雪莉接替他的职务后，他是否已经回国？”

小书摇头：“不，他出事了。他平时开的车子遗弃在敦煌西面的阳关，人却不见了。欧阳长官已经出动了所有人搜索了三天三夜，就差把敦煌城全都翻过来，却始终没有他的消息。英哲先生在此地的掩饰身份是境外投资贸易行的代理人，几乎每天都会自己驾车出去，查看某些投资项目。”

我怔了怔，阳关对我而言不是个陌生的地方，石布的助手田勇已经在那边血染黄沙而亡，难道英哲也在那边发现了什么？

车子到达G215国道和G313国道的分岔口时稍稍停了停，我闭目思索了一会儿，吩咐小书向西北去，沿G215国道前进。G313国道是一直向东经西崖头湾、南台堡村、安化庙、敦煌历史博览园通向敦煌国际机场的大路，中途与敦月路有交叉点。那条路是完全陌生的，与我的第六感不符。然后，车子在敦煌公园附近的一个红绿灯路口停下来，在我记忆中，车子中途停过四五次，每次都在一分钟左右，显然是在等待绿灯信号。

接下来，车子连过了五个红绿灯路口，转上阳光西路，正式进入敦煌城区。

我在小书肩上拍了拍：“向右，大概两个路口后左拐。”

昨晚车子行经的路线都装在我脑子里，如果车子一直匀速不变地向前行驶，找到那地下金殿入口的可能性极大。

敦煌城东面的天空已经开始泛白，大街上的路灯仍旧亮着，只是四顾无人，只有高高低低的霓虹灯管忽明忽暗地跳跃闪烁着。

莫高窟是一座永远挖掘不尽的巨大宝库，目前中国的文物政策是“鼎力保护、研究留后”，只是不断地在“保护”上投以巨资，却轻视了“研究”二字。近十年来，中国鲜有莫高窟研究的成果问世，这也就间接吊起了海外考古学者的胃口，不惜重金通过各种渠道搜购莫高窟文物，让那些国际文物掮客们有了用武之地。

“程霓裳……程风……”由前一个名字，我又记起了那个不断呓语着的精神病寻宝专家。

车子在下一个路口左拐，然后连续右拐。

小书忍不住惊讶地问：“杨先生，咱们这就返回吗？”

车子果然是在西行，如果继续走下去，会从西云观进入古城路，然后回到进城时第一个路口。

我要小书停车，从旁边的袋子里找到一支铅笔和一张纸，慢慢勾画出了车子行经的地方。由西云观往北，就会重新回到G215国道。

“走吧，听我指挥，不要说话。”我吩咐小书继续开车。

车子出城后，沿G215国道驶出一段，由敦煌旧货市场边的一个路口拐上乡村公路，在一大片田野中快速前进。为了减轻颠簸，小书将车速降到五十公里以下。车子在一大片枯叶林前面拐向西南，很快便过了芦家崖、毛家湾、王家墩，元壁的私人博物馆已经进入视线，而我在纸上勾画的最终停车点也快到了。

小书已经完全糊涂了，只是在我的吩咐下机械地拐弯、前进、再拐弯，直到车子停在了距离博物馆后门半公里远的地方。

当时，我在胭脂虎的牵引下走过一段高低不平的田垄，然后踏进升降板。

现在，我带着小书在黑暗中向南穿过田垄，直抵博物馆后门，然后推门而入，贴着花园小楼的西墙向南，进入楼前花园，一直走到那口古怪的水井前面。

小书耸了耸肩膀，虽然没有开口说话，满脸的诧异表情却早就表达出了内心的疑惑。

我围着井台转了一圈，手扶着青石板向井底望去。小书乖觉地掏出一支微型强光手电筒，无声地递给我。那口井很深，微微荡漾的水波不安地跃动着，偶尔将电筒的光柱反射回来，像一只打碎的水银镜子，每一块碎片里都有一个神秘莫测的世界。

〔捌〕

月牙泉与阳关，隼机关与长江

几分钟后，我向小书要了另一辆越野车，亲自驾驶，奔向月牙泉。至于那辆破计程车，已经被丢在博物馆后面的空地上，随工作人员怎么处置。

“强辐射、元璧之死、针孔和疯虎的身体变异……”驶出元璧的博物馆后，我扭了扭后视镜，对着镜子里满脸倦容的那个我发出苦笑。

科学研究表明，一个健康的人可以抵挡短暂的5000R负荷，但仅700R的剂量都足以使一个健康的人受到致命的威胁，但每个人的身体抵抗能力不同，会出现不同程度的异常反应。一般受到电磁辐射污染会引起头疼、失眠、心律不齐等中枢神经的问题。同时，对于有些人的眼睛可能产生影响，出现视力下降、皮肤病等现象，严重的可能致癌。

“能导致以上三人的身体严重病变的辐射，其强度一定是惊世骇俗的。所以，我的身体极有可能也会……”我的后背正有一层冷汗慢慢地渗出来。于是，我打开唱机，音量拧到最大，又把车窗和天窗完全打开，任由一个西方摇滚歌手歇斯底里的吼叫声抛洒向黎明前的敦煌。

我尽量不把这些怪事与“核辐射”联系起来，但此前世界上发生的五大核事故资料还是不自觉地浮上脑海。

1957年，英国的温德斯凯尔（现称塞拉菲尔德）核综合设施发生了西方核工业历史上最惨重的事故。大火烧毁了两个生产钚的反应堆之一的核心部分，使放射性云状尘埃进入大气层。多年后，泄漏出的辐射物引起了几十起人类的癌症死亡。

1957年底到1958年底，前苏联在乌拉尔山脉的克什特姆城附近发生了一起严重的事故。据最先报告这一灾难的原苏联遗传学家若列斯麦德维杰夫估计，在一次爆炸后，几百人因受到核辐射而患病致死。

1979年，在宾夕法尼亚哈里斯堡附近的三里岛电厂发生了美国有史以来最严重的核事故，其中一个反应堆的一部分熔化，迫使居民在放射性气体漏入大气层之后撤离电厂所在地。

1986年4月26日，原苏联位于基辅市郊区的切尔诺贝利核电站由于4号反应堆爆炸起火，大量放射性物质外泄，死亡31人，受放射性物质严重伤害的有237人，有13万居民被迫紧急疏散，也使欧洲一些国家受到污染。

1987年9月28日，德国巴伐利亚疾病研究所丢失的放射性同位素铯137的铅储罐，被当做废品卖给一家废品收购站，因收购站工人将铅罐砸开，致使放射性物质外泄，造成3人死亡，20多人患放射病，200多人受到伤害……

“也许我该去做个全身辐射检查吧？”我扭回后视镜，一脚将油门踩到底，车子箭一样地加速前冲。

身体异化为针孔或疯虎那样后仍然活着，完全是在给这个美丽的世界增添灾难。如果我也步他们的后尘，这条生命就该结束了。一股沉痛的悲凉感涌上心头，我的心灵世界正在面临毁灭性的崩塌。

月牙泉，古称沙井，俗名药泉，自汉朝起即为“敦煌八景”之一，得名“月泉晓彻”。它位于敦煌城南七公里处，是一处神奇的沙漠湖水旅游景点。泉水在鸣沙山的沙丘环抱之中，酷似一弯新月，因而得名“月牙泉”。月牙泉南北长近100米，东西宽约25米，泉水东深西浅，最深处约5米。千百年来沙山环泉而不被掩埋，地处干旱沙漠而泉水不浊不涸，实属罕见。

在敦煌人口中，月牙泉有四奇：月牙之形千古如旧；恶境之地清流成泉；沙山之中不淹于沙；古潭老鱼食之不老。

车子拐上G313国道，在沙漠公路中高速奔行，不知何时，我的嘴里已经吹进了沙粒，挡风玻璃上也不断响起被沙子、小石子敲打的“沙沙啪啪”声。这就是亘古不能被人类驯服的西北沙漠，历代政府虽然提了几百年“治沙防灾”的口号，沙漠仍旧肆虐，跟人类争夺着大西北的控制权。

抵达敦月路路口时，敦煌的晨曦亦如期而至，早起的清洁工人们已经在清扫大街，迎接敦煌新一天的到来。我稍稍减速，车子过了敦煌山庄、雷音寺、龙泉山庄，很快便望见了月牙泉南岸的一组清代建筑群，其中有菩萨庙、药王庙等旅游点，在背包客里享有盛名。

欧阳雪莉在电话里告知我的等候地点就是在一处灰色古建筑的最顶端，属于不向游客开放的秘境。

车子停下后，一个步伐矫健、动作敏捷的女孩子迎上来，微笑着带我上楼，直登上接天、下瞰月的楼顶。很可惜，今晚无月，只能俯瞰下面那水波粼粼的“水月”了。

“怎禁得，它镜花水月一场空……”老式黑胶电唱机里传出一个港岛女歌星深沉醇厚的歌声。

“站在古敦煌城南的千古水月之上，听半世纪前的老歌，我真怀疑大家是在一艘时空穿梭机里面，时空回溯了五十年。雪莉，我以为身为超级黑客的你们，只是吃汉堡、喝可口可乐、听电子合成音乐的怪人，却没想到也会倾听老歌、欣赏夜景，沉静得如同邻家乖乖女一样。看起来，我真的不了解你。”我盯着换过装也换过发型的欧阳雪莉，她仿佛时时刻刻都在变化着，从每个角度看，都流露出某种天生的艳丽野性，像一只蜷缩在名牌羽绒服里的小狐仙，而那身一尘不染的白色羽绒洋装，就是狐仙与生俱来、魅惑众生的华美皮毛。

她头上的所有发辫拆散，梳成一个蓬松的马尾，随意而优雅地垂在背上。

在她旁边，支着一个硕大的绿色帆布旅行帐篷，里面竟然生着炭火盆，火上还温着一罐冒着腾腾热气、飘着氤氲醇香的米酒。

所有人都退下，天地之间，只剩我们二人。

“每次听这首歌，我都会无比伤感。过去，我是‘少年不识愁滋味，为赋新词强说愁’，现在，却是‘识尽愁滋味，却道天凉好个秋’。我得知你到西北来寻找大侠杨正的第一时间，就很想跟你在月牙泉上好好地喝一次酒，洗掉你心灵上的愁郁。毕竟，你是我年轻岁月里的唯一偶像。不过——”她连悒郁的表情也不着痕迹地换过，代之以狡黠的微笑，“放心，那已经是遥远的过去，不啻旧石器时代的古物，我也不会因为那些风花雪月的日子而再度对你鼓起勇气表白。杨进，我看过石梦、白雪的详细资料，无论哪一个都跟你相当般配，望珍惜、珍惜……”

一提到那两个名字，我先忍不住连叹三声。

欧阳雪莉立刻解释：“隼机关有种效果一流的迷幻药，其作用是让拒不开口的顽固分子乖乖招供。我们今晚已经给疯虎服下，希望他能说出白雪小姐的下落。但是很可惜，那药对他无效，他的身体结构发生了难以理解的异变。你也亲眼见过了，他背后的恐怖双翅、他的头部拥有双重大小脑、他的血管和经络……太多太多了，所以无法用人类生理结构与之对比。如果有任何与白雪小姐有关的消息，我会立即通知你，并采取恰当的营救措施。现在，急也没有用，不如多加保重，度过漫漫长夜后静待光明。”

我只能苦笑着说：“多谢。”

面对疯虎那样的“异类”，之前的任何对敌经验都用不上，信赖欧阳雪莉和隼机关也许是最好的选择。

靠近漆雕栏杆的角落里摆放着一张长方形木桌和四把白色圈椅，白色的绣花桌布深垂及地，随着晨风轻轻抖索着。

“去那边坐，要不要吃点东西——”见我摇头，她又改口，“喝杯加了西洋参、枸杞子的暖身乌龙茶好不好？那罐酒不是给你预备的，另有用处。好了，我来做决定，乌龙茶加点心，必须要少吃一点，因为我们会谈比较长的时间，还会与另一个大人物聊一些不那么愉快的事。总之，彻夜不眠后，你必须要保持体力。”

有人送上热茶和焦酥可口的黑芝麻点心来，但香气随即被风吹散，吃到嘴里，索然无味。

月牙泉就在我们脚下，它的月牙轮廓在晨曦中越来越清晰。

“古人曾见今时月，今月何曾照古人？”我忽然记起了那样的诗句。班措和程霓裳、疯虎和翼王都是带着古时敦煌的记忆又出现在今时今日敦煌的，脚下这湾清泉，亦曾两度融入他们的记忆中。月牙泉是亘古不变的，他们呢？将给这个世界带来什么？

在天地沙漠、时间长河中，我怆然感到了自己的极度渺小与无能为力。

欧阳雪莉换了另一张唱片，那是小野丽莎的第一张成名大碟《Catupiry》，在我港岛的寓所中，有同样版本的一张，几乎每日都听，从未厌倦。

“该从哪里说起呢？也许应该从我自身说起，从我为什么会接受51基地的邀请接掌隼机关开始吧——那是因为我父亲的离世和英哲叔叔的失踪。别感到惊讶，我父亲的身份比较特殊，他的离世会引起超级大国间军备竞赛的风云震荡，因为他是美国太空战、天网、宇宙打击等等诸多军事系统的超级顾问，其他的超级大国对他既崇拜又忌惮，并且声称‘只要欧阳博士还活着，就不会贸然点燃三次世界大战的火苗’。基于以上原因，父亲离世的消息并没有公开扩散，而只有家属与基地的高官知道。也许你会在心里问，我父亲是怎么死的？为什么自杀……”

欧阳雪莉的情绪变得相当消沉，手指颤抖着从烟盒里抽出两支香烟，同时点燃，狠抽了三大口，喷出一大团灰白色的烟雾。

我分辨出烟雾里带着异样的甜香，明白烟丝里一定是添加了特殊的兴奋剂成分，能够提升人的激情。这已经是黑客界默认的行规了，要想激活大脑的深度潜能，必须借助于毒品“饮鸩止渴”的作用，压榨出脑细胞的所有价值。

“看到疯虎，我就好像看到了父亲自杀前留下的那幅古怪的画。对不起，那画已经被我烧掉，我只能转述上面的内容。他在纸上画的是自己，但是那是一个变异了的他，后背上长出了两倍于身高的翅膀，上高过头顶，下拖曳于地面。他在录音留言里说，预感到自己会变成那个样子，然后连性情都会变得暴戾而嗜杀，因而自绝生命，以免贻害人间。而后，他告诫我千万不要到敦煌来，千万不要管地下黄金宫殿的事，那已经超出了人类的处理能力范围。可是，我是他唯一的女儿，能对他的惨死无动于衷、就此罢手吗？不能，我必须知道那一切是怎样发生的，哪怕连自己的性命都赔上。于是，我联络到了英哲叔叔，他和父亲曾是志同道合的战友……”

有那两支香烟的帮助，欧阳雪莉的情绪渐渐稳定下来，简洁快速地将自己与英哲的谈话内容叙述了一遍。其实事件的焦点又集中在针孔身上，雪莉的父亲欧阳有悔与英哲在针孔的带领下，一起进了那个古怪的地穴，不知不觉中受到辐射，而后身体开始发生异变。那种超强辐射神挡杀神、佛挡杀佛，并且第一次进入那里的人不会想到采取防辐射措施，都被遍地黄金迷惑住，等到发觉异常已经晚了。

欧阳有悔自杀、英哲失踪两大变故出现后，雪莉才痛定思痛，放弃前途无限的黑客事业，进入美国军方。欧阳有悔生前一直希望她能女承父业，可等到她真正遂他心愿的时候，他已经与世长辞了。

“中国人有句亘古不变的名言，叫做‘父仇不共戴天’，我一定要彻底弄清发生在敦煌的诡秘事件，不管付出多大代价，都要让我父亲的在天之灵安息。现在我才知道，父爱之重，重逾泰山，与此相比，异性间的男欢女爱又算得了什么？杨进，我可以实话告诉你，正是父亲的去世让我彻底从对你的单相思中挣脱出来，破茧蜕变，成为51基地有史以来最年轻的区域长官。”

欧阳雪莉半是苦涩半是迷茫地笑了，人生之路漫长无比，破解欧阳有悔的死因只是她生命中的一站。这件悬案尘埃落定之后呢？她是不是还要面对自己该走的路？

忽然间，我们相视一笑，有了“同病相怜”之感。

与她一样，我的敦煌之行不论成败，都会画上句点。之后呢？我是否还会继续生活在大哥失踪的阴影之下？

不知几时，我的衬衫都被冷汗浸透了，表情也极其严肃而沉重，引起了雪莉的惊诧。

“你怎么了杨进？看上去脸色非常差。”她讶然问。

我无法解释如何坠入了针孔的圈套，只是感到后背上忽而瘙痒难忍，忽而疼痛不堪，恨不得立刻脱掉衣服泡进热水里，把一切辐射毒素洗掉。月牙泉的粼粼波纹诱惑着我，我甚至想像欧阳有悔那样，纵身一跃彻底解脱，以免贻笑天下。

大概从我抵达元璧的博物馆时，针孔的圈套就已经布好了，不单单只针对我，而是针对所有觊觎地底黄金宫殿的人。他已经因受到强烈辐射而变异，所以想把任何一个与此相关的知情人都送上黄泉路。

“没事，我没事，只是有点头昏。”我用力握着茶杯，告诫自己不能失态。

“那就好，我还约了一位大人物，等着你出力为我助阵呢。”欧阳雪莉轻轻笑起来，双手扶着栏杆，胸有成竹地俯瞰月牙泉。

顺着她的目光四处看，我在一分钟内就发现了二十多个已经严密布置好的狙击点，平均每三人一个小组，采取了以我们站立之处为圆心的立体半包围圈。另外，通向这里的每一条路线上都准备了隐形路障、钉板拦车器，暗藏的枪手总数量超过百人，一副如临大敌的模样。

“约的是谁？”我在心里历数了敦煌的几大黑道帮派，似乎没有哪一个能逼得隼机关竭尽全力、小心应对。

“一个黑白两道通吃的大人物，他的名字嘛，到了便知。我们约的是上午八点整，还有两小时可以准备。杨进，剩下的时间，我们不如来讨论一下那黄金宫殿的入口到底在何处。”她挺直腰杆，抱紧胳膊，仿佛一旦需要提及那人的名字就会令自己很不舒服。

站在这里北望，晨曦中的敦煌沙漠呈现出一种苍凉的黄白色。西北风一起，沙粒便紧随着飞舞起来，像是黎明里的一场乱雨。以地理位置计算，莫高窟就在东面，那才是每一个到达敦煌的人最不会放过的参观点。

“古藏经洞下的第二个巨洞？下面还会有什么？一条直径那么狭窄的圆形通道又能起到什么作用？”我回顾了近代盗墓史上最著名的例子，能够在山体中钻洞而进的案例也有，但最长的也不超过五十米。如雪莉所说，那通道直达地底，浑圆整齐，不像是人工切凿而成，那会是如何产生的呢？

如果白雪或者石梦在，我们仍然有机会第二次夜探莫高窟，弄清古藏经洞里到底留着什么秘密。可惜，她们两个在同一天里失踪，我谁都救不下。

“你走神了？”欧阳雪莉大笑，前仰后合了一阵，连眼泪都笑出来了。

我点点头，平静地望着她：“雪莉，不必讨论了，如果小书已经向你汇报过的话，就别兜圈子了，那个地穴就在博物馆的古井里！”

她从爆笑中冷静下来，低声反问：“你确定？”

我点点头，她的眼睛里突然闪出了亮光：“谢谢。你真是我所见过的最大公无私的人，敢把这么重要的事都透露给我。无论是谁拥有了你这样的朋友，都是一种莫大的荣幸。”

小书是个聪明灵活的年轻人，我不必向他解释，他只要用心地看，就能明白很多门道，然后向欧阳雪莉汇报，以获取她的绝对信任。于是，井底的秘密会同步传到雪莉耳朵里去，是绝对隐瞒不住的。

元璧第一次送我去见针孔时，蒙住眼睛、堵住耳朵和嘴巴，其用意就是要我以为车子开去了一个绝对陌生的地方，实际上却是转了一个大圈，又回到了井边。这种瞒天过海之计也是中国古人常用的，往往能骗过很多人，收到保密的奇效。

“针孔的设计真是巧妙，把入口明目张胆地放在小楼前的花园里，每个人都看得到却不会多想。最危险的地方也就是最安全的地方，他不愧是盗墓界的老江湖，每次都能出人预料。嗯，杨进，你下不下围棋？”她忽然转换了话题。

我又点点头，看着她从桌下取出一张鹅掌楸棋盘来，不禁皱了皱眉。

“别怕，要下棋的不是你我，而是我请来的那位大人物。这张棋盘，还有，”她第二次弯腰，取出两只金银丝编成的圆形棋盒来，“两盒云子，是目前大陆所产的‘云子’中最昂贵的墨玉、阳玉，而且是专门为高级外宾准备的赠品。那位大人物一生爱好广泛，从养花鸟鱼虫到练琴棋书画，而其中最爱的就是围棋，自称是‘棋品一流、棋悟二流、棋语三流、棋艺不入流’。棋枰如人生，布局如战场，今天他点名要跟我对弈一局。我不想在气势上输给他，一旦棋局落败，隼机关的士气就会遭到重挫。再者，大人物身边高手如云，在双方还没有势成水火前，我的人是不可以开枪的，假如有短兵相接的必要，你会不会真心诚意地出手帮我？”

雪莉摊开左手，掌心里躺着一枚精钢指环。那是隼机关的独家标志，之前睡佛、小书、万沙浪手指上都曾出现过。

“什么意思？”我明知故问。

“戴上它，就是像大人物表明你的态度。你帮我，足够令江湖上很大一部分人有所忌惮。”雪莉的手伸到我面前来，那指环正面雕刻着一只神气十足、羽翼丰满的大鹰，正是全球黑白两道都再熟悉不过的形象。

我知道，全球有很多人都梦想着有这样一枚指环，然后投入51基地，成为那只巨大庇护伞下的一员，从此高枕无忧，快乐终老。

“大人物是谁？”我再次问，“连对手是谁都不知道，我怎么帮你？”

雪莉沉吟了一下，轻了轻嗓子，才低声回答：“他就是‘长江’组织的老大，行内人不敢直呼其名，只用‘大人物’三个字代表他，而他则总是要后辈们称呼他‘关叔’就好。”

我的心猛地一沉，骇然低叫：“敦煌的事竟然惹得他老人家出手了？唉，这可难办了，以他的实力计算，你们隼机关的人马至少再增加十倍，差不多才有五分胜算。他身边有八大金刚、十八罗汉、二十八护法天尊神，都是江湖上最有名的高手。依我看，还是让那些狙击手们撤离吧，‘十八罗汉’里的十八个人全都是以一敌百的神射手，别让你的人白白送命了吧？”

“万里赴戎机，关山度若飞。朔气传金柝，寒光照铁衣。将军百战死，壮士十年归。据说当年在第一次海湾战争中，联军统帅施瓦茨科夫为了表明对关叔的敬意，亲自学写中国书法，为他写下了《木兰辞》里的这六句。如果没有关叔的大力帮助，联军是不可能那么快就逼萨达姆低头就范的。关叔名震九州四海，今天能为一局棋到这里来，是我多大的荣幸啊……”雪莉沉郁地笑着，轻敲棋子，发出一阵嗒嗒嗒嗒的脆响。

关叔的本名是“飞度”两个字，号“铁衣将军”，自从1991年海湾战争后已经很少露面，据说已经搬入承德避暑山庄颐养天年。

“他为什么而来？”我忍不住问。

“他就是‘长江’的领袖，为敦请隼机关无条件退出敦煌、放弃在本地的所有行动而来。隼机关与长江，本来就是水火不能共存的两大组织，因为大家在政治利益、经济利益上有太多尖锐的冲突。杨进，如果给你一道选择题，帮隼机关或是助‘长江部队’，你如何选？”雪莉深深地凝望着我，樱唇灿烂，眉目如画，在瀚海大漠与粼粼水波的背景之下，美得像一支含苞待放、沾露欲滴的带刺玫瑰。

〔玖〕

铁衣将军关飞度

良久，我微微一笑："对不起，我是中国人。"

雪莉啊了一声，又失望又感叹地回应："或许我问了一个不该问的蠢问题。杨进，你与令兄杨大侠一样，外表沉稳冷漠而内心热血翻滚，是这个国家不可或缺的那群人中的一员。不过，我想告诉你，隼机关此来敦煌，并无恶意。如果单单提起睡佛和万沙浪的行动，那是英哲先生对属下失控所致——我接掌后的第一件事，就是消灭深埋于敦煌地下的世界隐患。知道吗？敦煌的莫高窟壁画、飞天彩绘艺术、林林总总的隋唐文物都不是我所看重的，与51基地的行动原则也不搭边。我们是大公无私的国家机器，而不是贪图蝇头小利的文物掮客，大家同住一个地球，国界并不能限制住什么……"

她突然闭嘴，按住耳塞，倾听了几秒钟，拿起对讲机冷然吩咐："放铁衣将军的车队进来，没我的命令，谁都不准抢先发难。再有，全部战斗小组注意，严密防范对方的反包围，每个人都要清楚，现在大家面对的是亚洲最强大的军事组织'长江部队'，他们的武器与战斗力不逊于美军海豹突击队。"

我不希望站在雪莉的对立面上，毕竟她曾深爱过我，而我又辜负过她。

向敦月路上看，三辆黑色的加重型防弹奔驰轿车缓缓地开过来，车子的牌照已经卸掉，车窗和挡风玻璃上贴着深色的遮阳反光膜，从外面什么都看不到。

雪莉取出两架微型望远镜，将其中一架笑着递给我："看，敦月路从南到北只有这三辆车，这说明了什么？可以说，铁衣将军已经下令清场，一旦谈崩，后果不可想象！"

果然，视野之中，不单单是敦月路，月牙泉以东、以西、以北的五公里范围内全都一片死寂，仿佛仍然处在无边黑夜之中，并没有按时被朝霞唤醒。

三辆车在楼前停住，一个穿着灰色西装的中年男人从第一辆车上下来，迈着沉稳而矫健的步子大步登楼。雪莉已经下过命令，没有人出面拦阻他，任他一直登上我们所处的最高处平台。

这人有一双精光四射的眼睛，两侧太阳穴高高凸起，白白净净的国字脸上带着似有似无的微笑。他的身材并不高大，但举手投足时，总会带起一阵阵劲风，可见是名内外兼修的武功好手。

“欧阳雪莉小姐，关叔要我转达歉意，仓促而来，没来得及准备礼物，这里有一柄玄铁小刀，是他退隐江湖前一直随身佩带的。现在送给你，以表示对你的欢迎。”那男人抬起双臂，双掌托着一柄黑鞘、黑柄、半尺长、半寸宽的直刀，静立在平台正中。

“多谢关叔赐刀。”雪莉放下棋子，向对方走去。

“凌迟手。”我低声叫出三个字，那是对方的名字。

蓦地，中年男人的凌厉眼神像两柄出鞘的快刀一样向我一扫，漆黑纤细的刀把眉霍地 扬，人声问：“阁下是谁？这是隼机关与长江的恩怨清算地，与此无关者速退。否则杀无赦！”

喀的一声轻响，他托着的那柄小刀自动脱鞘半寸，露出黑黝黝、寒浸浸的刀锋来。刚刚前行的雪莉立刻被澎湃暴烈的刀气侵犯，身体一晃，连打了三个寒战。

“雪莉是我的朋友，如果你敢在这平台上起杀心，先死的一定是你。因为我知道你武功中所有的弱点都集中在眉心一点上。凌迟手，敦煌月牙泉是中国西北最有名的旅游胜地，不是任你表演杀人技艺的舞台，我也不想杀人。你最好把那柄刀慢慢放在桌子上，然后好好说话，不要有丝毫轻举妄动。”我知道关飞度麾下有的是绝顶高手，面前这个看似白面书生的中年男人就是昔日江湖上鼎鼎大名的快刀杀手，有个外号叫做“雪打梨花、千刀万剐”，与他名字里的“凌迟”两个字很是相配。

凌迟手沉思了几秒钟，眸子里的锐气渐渐消退，双腕一振，那柄刀嗖的一声飞起来，端端正正地落在了棋盘旁边。

“好，小兄弟，大家有缘相见，报个姓名吧？”他冷冰冰地笑起来。

我摇摇头，转脸远眺莫高窟的方向，不再看他一眼。

隼机关与长江部队都与我无关，只有雪莉算是我的朋友。所以，我只为朋友出头，不跟任何政治团体搭上关系。

“不敢？”凌迟手变得嚣张起来。

雪莉淡淡地回应：“隼机关麾下人马都是无名无姓的，只有代号与编码，就像长江部队一样。请向关叔报告，我已经准备好棋枰与好酒，只等他老人家的谆谆教诲。”

凌迟手嘿的一声冷笑，不依不饶地追问：“他是隼机关里的几号？”

铮的一声，雪莉在刚刚那枚精钢指环上轻轻一弹，漫不经心地回答：“这是美国总统亲手签发的‘美利坚合众国钢鹰徽章指环’，全国仅有十二枚，只颁发给能够保卫国家安全的军界大人物。这一枚上已经镌刻着他的名字，终身拥有，就像中国古代皇帝颁发给开国功臣的免死金牌一样。看到这个，你还需要问他在隼机关里的编号吗？”

凌迟手的嚣张气焰一下子不见了，后退一大步，死死地盯着我。

他的人生原则是明末农民起义领袖张献忠刻在“七杀碑”上的原话——“天生万物予人，人无一物予天，杀杀杀杀杀杀杀”。所以，凌迟手以“嗜杀”成名于江湖，犹如流星划过荒野，最终不知所终，不料又在敦煌出现。

“你已经杀了太多人，视生命如草芥，所以你的命并不值钱，也不宝贵。如果血溅当场，天下会有很多人欢呼奔走，却没有一个人为此叹息。凌迟手，我到现在都不动手，只是不愿让你的脏血玷污了雪莉小姐的眼睛。”我不避不让地漠然跟他对视，确信他心中的桀骜暴戾之气已经被我逼退。

稍后，凌迟手垂下头去，恭恭敬敬地向我微微鞠躬：“对不起，我真是太失礼了，请您原谅。”

我轻轻摇头，再次将目光从他身上挪开。

清晨的敦煌城远远矗立于大漠边缘，沙漠仿佛为那个城市镶嵌上了一圈黄色花边，又像是海市蜃楼城市出现时四周笼罩着的那层薄雾，充满了神秘莫测的迷幻色彩。我不得不感叹，在港岛地图上俯瞰敦煌时，一直都太小看了这座西北古城。现在，重新认真地审视它，会不会太迟呢？

“关叔说过，隼机关是长江部队唯一的敌人，能跟这位小兄弟对敌，真是过瘾之极。”凌迟手轻磨着牙齿，从齿缝里迸出这几个字。

雪莉说的不是真话，我并不想托庇于隼机关之下，因为我从没想过要用美国总统的名头来狐假虎威，那样做违背我的做人原则。

“不要让关叔在车里久等，请他上来吧。”雪莉微笑起来，因为她已经确信自己胜了第一回合。

凌迟手下楼后，雪莉有些不安地开口：“杨进，我刚刚没跟你商量就那样说，不会怪我吧？”

我的思想神游九天之外，盘桓于莫高窟的千百壁画中，随口回应：“什么？”

雪莉已经透露出了古藏经洞里的秘密，那么谁才有能力探索那圆形通道里的故事呢？我的身体遭受到严重辐射后，会不会……

“杨进，对不起，我其实并不想把你拉扯进这场战斗中来。”雪莉握住了我的手，替我戴上那枚指环，“可是，我父亲和英哲先生一早就向总部申请了这枚指环，是特意为你准备的。他们甚至曾有意聘请你接掌隼机关，以应对无法预知的敦煌地下危机。看，鹰翼下刻着的就是你的中英文名字，如有欺瞒，让我暴尸大漠、受万鹰啄食而死。杨进，我需要你的帮助，请帮我，而不是帮隼机关。”

她的眼睛里泛出点点泪光，但却强自忍住，没有哭出声来。

我不禁苦笑：“雪莉，你不知道我已经……”

针孔、元璧就是我的前车之鉴，当辐射毒素爆发时，我自保尚且不能，遑论帮助别人。

雪莉一字一句地回应：“无论如何，我要在敦煌停留下去，直到找出父亲死亡的真正原因。天生我材，不敢苟活，父女之情，犹比天重。长江部队力量虽大，我却找不出任何退缩的理由。”

恰在此刻，东方朝阳跃起于地平线，万道金光铺天盖地而来，旁边绯色的云霞纷纷避让不迭。天地之间，仿佛只剩那轮傲然的红日，世间万物，不是在光芒中黯然失色，就是被它的光芒同化。

“长江再长，鹰隼也要扑张羽翼，翱翔于九天之上。杨进，人生在世，奋臂激进也是百年，低调潜忍也是百年，为什么不能像大侠杨正那样成名于天下、傲然于神州，做一番留名青史的大事业？”雪莉的脸也被镀了一层金色的霞光，当她向着我恳切而温婉地微笑时，我的心弦突然被轻轻触动了。

“答应我，拜托了。”她垂下了高贵的头颅，露出颈后雪一样白皙的一段肌肤，“杨进，今生我只肯为你一个人低头，我的心亦只为你开启门扉，然后永久关闭。”

楼梯上已经响起了沉稳的脚步声，我重重地握了握她的手，无声地点点头。那代表了一个说不出的誓言："我在你就是安全的，今天要动你，先杀我。"

雪莉陡地破涕为笑，无需赘言，两个人的心意已经由指掌明白无误地沟通。

楼梯口出现的一共五人，但传到我们耳朵里的只有中间那人的脚步声。其余四个，或胖或瘦，或健壮或病弱，脚底都轻飘飘的，比小猫夜行时的脚步还要轻妙。此时，我面对的虽然是五人，但目光却只被中间的那个人牢牢吸引，因为他一出现，就像旭日东升时一样，旁边的人都被他的神采掩盖住，从而忽略不计了。

那是一个六十岁上下的老人，腰杆挺得笔直，满头银发一丝不苟地梳向脑后，露出浑圆饱满的额头来。他有一双不怒自威的龙目、两道黑白错杂的太师三公眉、挺直端正的悬胆鼻、棱角分明的双翼齐飞元宝口，下巴和两腮被强健有力的咀嚼肌牢牢绷紧，显示出这是一个具有高度自制力、意志力的铁腕人物。

"关叔。"雪莉迎上前去，毕恭毕敬地深深鞠躬。

本来呈口字形护卫着老人的其余四人无声地退后，像四个可有可无的影子一样封住了平台的入口，同时也极其巧妙地避开了暗处那些狙击手们的直线瞄准点。

"雪莉侄女，免礼免礼。"老人大步向前，双手搀扶雪莉，嘴角一动，脸上浮起沧桑而不失诚恳的笑意。

隼机关与长江是各据立场的两大敌对势力，但两军统率欧阳雪莉和铁衣将军关飞度见面时，却亲情融融、不失礼仪，仿佛是久未谋面的晚辈谒见长辈一样。

"有悔老兄出了意外后，我也深感痛心。九年前我们曾在伊拉克东南部海港城市巴士拉会晤过，他的豪爽谈吐和渊博知识都令我折服，但他唯一的缺点就不喝酒、不吸烟，是个标准的工作狂人。当时我们驻扎在那座名为'湖边宫殿'的博物馆内，从考古盗墓说到天文宇宙，从美国历史说到慈禧太后……我真说不过他，跟他比，我几乎变成了一个就知道打打杀杀、攻城拔寨的大老粗了。他不幸早升天国，是美国的损失，更是全世界科学界的损失啊……"提起欧阳有悔，关飞度的目光变得沉潜而悲凉起来。

雪莉右手伸入口袋里，好像要取什么东西出来似的。距离她最近的一条影子突然启动，一把握住她的手腕，替她掏出了口袋里的东西，却是一包浅绿色的纸巾。

与此同时，我也移步前冲，生怕那影子伤到雪莉，但距我最近的影子也斜刺里杀出来，挡住我的去路。我们三个的动作都快到极点，反应也敏捷万分。

第一条影子放开雪莉，将纸巾递到她手里，清晰无比地连说了三声“对不起”，然后飘然后退；第二条影子的双拳已经风声呼啸着擂到了我的左右太阳穴，此刻却骤然下垂，与来时一样闪电般后退，抛下四句“对不起”；我的脚尖已经勾踢到对方小腹、左手剑指刺到对方心脏、右手鹤嘴凿勾到对方后脑玉枕穴，但也瞬间放弃攻势，卸掉力道，杀机全消。

“好身手。”关飞度若有所思地笑着看我，从雪莉手中接过一张纸巾，小心地在眼角拭了拭。

“过奖了。”我坦然后退，回到栏杆边。

“刚刚五号报告，说雪莉小姐身边有位高深莫测的年轻人一语道破了他‘七杀碑刀法’中的破绽，我还有些半信半疑。现在看了你的出手，果然不同凡响。不知为什么，我总觉得你的身手比杨正还要高明，但他是哥哥你是弟弟，你的武功全都来自于他的传授，他又年长你好几岁，怎么就后来居上了呢？”关飞度颇有兴趣地注视着我。

我笑了笑，不愿多说，以免抢了雪莉的风头。

“四号，你说。”关飞度搓了搓手掌，走向桌边。

与我照过面的影子措辞极其简洁：“龙骨虎髓，凤毛麟角，十年药浴，非寻常人。”

他们四个的衣着与凌迟手一模一样，但脸上殊无表情，仿佛跟随关飞度登上平台的主要任务就是跑龙套，只是松松垮垮地站着，并不关心面前发生了什么事。但是，只要我和雪莉有异动，他们的反应却是奔雷闪电一般。

向雪莉出手的影子紧接着说：“他的素质，比昔日‘中华第一保镖’夏侯昆仑还要优秀。如果能送到总部去培养三年，我们都不是他的对手。”

另外两条影子跟着点头，同时开口：“不错。”

关飞度大笑着落座，大度地挥手：“好好，你们四个都很有眼光，‘亚洲第一寻宝师杨正’的弟弟怎么会太差呢？我也想邀请他进入长江，但老头子怎么比得上漂亮女孩子有吸引力？你们看，他已经是隼机关的人了，以后说不定大家还要狭路相逢呢！一号，传令下去，所有人不管在何等情形下遭遇杨进，切不可掉以轻心，更不能试图单打独斗或生擒活捉，一定要采取万全之策，或狙击偷袭、或暗伏陷阱，务求一击必杀，不留后患。”

由赞许、欣赏到传令格毙、严阵以待，他竟然连表情都不必换，就能连续安排下去。这样的人再不称之为“铁腕”，还有谁能配得上“铁腕”二字？

“雪莉小姐，棋局可以开始了吗？我都迫不及待了。”关飞度的笑声一直都没断过，但他在“天元”位置落下第一颗黑子后，便笑容一敛，向月牙泉对面一指，声音变得冰泉一般冷涩，“雪莉，要你的人全都撤出敦月路、G313国道这片范围。否则，今天就全都给长江部队的新武器当靶子吧！”

烈风拂动他的银发，一股无法掩盖的杀气正从他身上弥散开来。

雪莉没有辩驳，按下对讲机，只说了两个字：“撤离。”

她曾为关飞度的光临苦心布局，像只勤劳的蜘蛛，摆下八卦阵，单捉飞来将。没想到，这次来的却是不惧蛛网尘丝的大鳄，一出现就破了她的局。

关飞度头也不抬地赞叹：“好，识时务，知进退，只看这一点，你就继承了有悔兄最优秀的品质。不过，自古‘强龙不压地头蛇’，长江部队是中国土生土长的江湖帮派，黑白两道都足够吃得开，而你们隼机关却是越境狂龙，到了敦煌，理应收敛低调才对。”

雪莉的白子落地于“星”位，关飞度随即落子，两人一起一落连下了二十余子，构成了“关飞度取势、雪莉求地”的针锋相对的布局。

“我们毫无恶意，只为消弭笼罩在敦煌上空的杀机而来。关叔，何不捐弃前嫌，为本地人民造福，为地球造福？大家联手的话，更容易展开工作。”她说。

“不，你错了，长江部队完全有能力自己处理这事，卧榻之侧，岂容别人酣睡？庙堂之上，岂容他人置喙？”关飞度冷笑着摇头。

俯瞰之下，隼机关的枪手们正在撤退，而在月牙泉的更外围，几十辆大卡车零零散散地连接成一个巨大的包围圈，形成了对隼机关的反包围威胁。现代化战争中，天时、地利、人和缺一不可，而关飞度率领的长江部队就恰好三者全占，优势相当明显。那样的话，欧阳雪莉为什么又会约见这位强大的对手，岂不是自取其辱？

“那么关叔，元璧博物馆院子里那口井怎么处理？我麾下的小书呢，是不是已经做了关叔的眼线？”雪莉在气势上受到压制，但说话时仍然不焦不躁，未犯对敌、对局时的大忌。

“他愿意弃暗投明，我当然要收留。至于那口井，我早就采取铅板水泥混凝土连续浇灌的手段，彻底封死，不让其他人受害。隼机关口口声声为人民谋利，大概只是针对美利坚合众国的人民吧？而我们是要为敦煌人、中国人以及这片广袤的西北沙漠负责，绝不敢掉以轻心。”关飞度咄咄逼人，意在令雪莉阵脚大乱。

雪莉点头：“好，关叔，小书能跟着你，相信是他的福气。”

关飞度冷笑：“是吗？你的人当了叛逃者，难道你不担心他泄露隼机关的秘密吗？”

雪莉摇摇头：“我这边没有秘密，真正知道秘密的人会誓死效忠星条旗，绝不会做敌人的走狗。”

我带小书寻找地下金殿入口时，从他的言谈举止中，便看出那是一个墙头草、随风倒的人物。重压来临时，他那样的人会第一个叛变，甚至不惜卖友求荣。

关飞度大笑：“你知道吗？小书已经告诉我隼机关对于敦煌地下的秘密到底知道了多少，你们真正想要攫取的，是百年不死者疯虎和地底的银甲双翼将军。我不怕明明白白地告诉你，那个人我已经预定了，就算隼机关冒死潜入地下抓到他，也永远无法送他出境。在敦煌这片神奇的土地上，永远有隼机关无法把握的潜流存在，而我们则不同，生于斯而长于斯，如鱼得水，无所不能。”

雪莉掂着一枚白子迟疑不决，稍停才微微点头：“关叔说得极是。”

金殿入口只有深藏地下的双翼银甲将军才知道，我们不是他，谁也无法弄懂黄金宫殿存在的意义和危险。当初在老屋发掘地下石室时，我们一行人费了很多脑力，才弄懂镜面石门的秘密，可见这类人隐藏之深。但是现在，疯虎已经成了彻彻底底的死人，为他再起干戈似乎没有必要。

此刻，白棋被黑棋压制住，处处遭到钳制，一抬头冲向棋盘中央即遭迎头痛击。

我走到雪莉背后，低声告诉她：“棋输了，停手吧。”

雪莉抬头，眼中露出坚强不屈的神光：“我不能停手，拱手让出这片沙漠的控制权是我的耻辱。”

她不说“帮我”二字，但眼神已经说明了一切。

我凑近她耳边，低声说：“冲右，分隔对方大龙，全力围歼。”

棋盘上，关飞度的计算过于精确，时常为了抢夺先机铤而走险，所以那种

“势”并不是太厚，白棋只要展开弃子、断尾、转换、做活这环环相扣的四步，黑棋的一条中等大龙就立刻被分割开来，陷入孤立无援的困境。如果白棋成功地围歼黑棋大龙，则黑棋必败。我从小学到高中曾拜港岛第一国手段啸为师，专修围棋，差一点走上专业围棋的道路，但大哥杨正扭转了我的兴趣，把我带出围棋的迷思，进入更广阔的现实世界中来。

〔拾〕

我竟然躲开了地下金殿的辐射灾难

雪莉凝神观察棋盘，果断地下了一手“尖冲”，关飞度稍有犹豫，立即围剿，但那种牵一发而动全身的局面下，他不得不为了维护自己的“势”而软招迭出，被白棋轻易地刺穿包围圈，然后分割掉一块约二十子的大龙。

关飞度啊了一声，捏着一枚黑子，再也落不下去了。

“人生天地间，匆匆如过客。关叔，你太执著于全局，未免挂一漏万，总有无法一手遮天的时候。长江虽长，却也只是横贯中国东西的一条水脉，不可能令所有人一叶障目、不见泰山，是不是？”雪莉笑了。

“好棋，雪莉，恭喜你获胜，我终于遇到下棋对手了。”关飞度向我挥挥手，“年轻人，观棋不语真君子，你在局外，当然能看清局势，但若是你也像雪莉一样入局，纠缠于进退得失，岂不是也会失掉方寸？”

我冷静地看着棋盘，低调地回答：“雪莉是我的朋友，无论大势如何，我都要保证她的利益。人在江湖，友情可贵，这种局面下，我是绝不可能袖手旁观的。”

关飞度爆发出一阵高亢洪亮的大笑：“那么，你要与隼机关共进退了？”

我别无选择，如同箭在弦上，只是微微点了点头。

接下来，关飞度只能投子认负。

他在棋局上的“大势”像一个吹得过大的气泡一样破灭了，现实中呢？他挟风雷而来，会不会也是虚张声势？

“关叔，你败了，就把古藏经洞的资料全给我。你是亚洲知名的大人物，自己许下了‘赌棋换资料’的承诺，不会反悔吧？”雪莉不依不饶地追问。

关飞度招招手，跟我对战的影子走上来，从怀里取出一只薄薄的塑胶文件袋，递到雪莉手里。

“这里面是四份完整的访问笔录，被访问者有学生、背包客、盗墓贼和牧羊人。一周之内，他们在敦煌城中心、敦煌以西的阳关、以东的莫高窟还有我们脚下的月牙泉都看到了那个怪异的双翼飞行人。可惜，每个目睹那种怪现象的人都措手不及，以为自己是看花了眼，没能及时拍下照片来。我们花了难以想象的海量时间和细致入微的地毯式调查取证，最终保留了这四份笔录，并且用生命保证，这里面的每一句话都是真实可信的。上次，你们隼机关的睡佛曾辗转托人，要出价四千万美金购买，但我们根本不予考虑。”影子说完，飘然退下。

我虽然是旁听者，但却最早察觉了其中最重要的一点谬误：银甲双翼人是生存在地底的，如果他频繁地通过某个门户进出，不管那地方有多隐秘，总会被人发觉。中国虽然地大物博，但人口众多，就算在寸草不生的沙漠地带，也会遍布人的足迹。换句话说，只要存在那样一个出入口，就一定会在隼机关、长江部队两大势力的搜索下原形毕露。可是，迄今为止，隼机关却对双翼人一无所知，找不到这件事的突破口。

“多谢关叔惠赐资料。”雪莉鞠躬道谢，然后迫不及待地打开文件袋，把四份笔迹各异的记录原件摊开。

“雪莉，今天这次会面是我们的第一次，也许将是最后一次。请你千万好好保重，别让我这老头子失去势均力敌的对手。你们两个放胆联手吧，这样大家对抗起来才会势均力敌，隼机关不至于一击即溃，无法令人尽兴。对了杨进，你最好跟我下楼一趟，让我的私人医生帮你检查一下。哼哼，元璧和针孔的下场你都看到了吧？受到那种莫名辐射的人结局都会很惨，根本无药可医。”关飞度站起来，挥手一抹，棋盘上的全部棋子整齐地落回到棋盒里，并且黑白分明，毫不错乱。

我暗暗地吃了一惊，因为他显露的这种“火眼金睛琵琶手”功夫来自于北少林的藏经阁，属于寺院内最高层掌堂长老们才有资格观摩练习的绝密武功。从前我只看见大哥使用过，自己却没机会学习。

雪莉忽然松了口气：“好好，关叔对后辈一向都是最关心的。杨进，你随关叔下去吧，不会有事的。”

我跟在关飞度后面下楼，仍旧保持沉默。

今天的阳光非常温暖，晒得脸上、肩上暖洋洋的，真想自由自在地打几个哈欠，然后回酒店去痛痛快快地睡上一整天，因为我实在太累了。

楼下仅停着三辆车，但我明显感觉到，关飞度的人马已经将月牙泉一带铁壁合围，占尽“地利”。

“传令，所有人原地待命，严防隼机关反扑。”关飞度大声吩咐，随即命人带我走向最后一辆轿车。上车后，我才发现车子的后半部分已经被改造为检测室，地面、车顶、两侧、隔墙都铺设着两寸厚的铅板，怪不得它在行驶时缓慢而平稳，原来是为了保护检测设备免于过度震动。

我平躺在检测床上，电脑控制的黑色平板检测仪自动滑行过来，从我的头部开始，在身体的各个部位持续扫描着，不断发出节奏单调的“滴滴”声。同样的程序周而复始了三遍，我一直平静地躺着，坦然接受任何可能的结果。

终于，检查结束了，但代表“发现异常”的红灯始终没亮来。

我走出检测室的时候一身轻松，然后被带往中间那辆车，叼着粗大雪茄烟的关飞度正在等我。

这辆车的中间部分亦经过改造，除了两张豪华型真皮旋转沙发外，旁边摆放着一个低矮的冷藏酒柜，面前的茶几上则是二十几个青花小碟，里面盛放着各种颜色的小药丸。不过，车里并没有难闻的混合药味，可见这辆车子安装着非常先进的换风装置，时刻保持空气清新。沙发对面垂着一块投影幕布，此刻出现在画面中央的是一张照片。

“看，认识吗？”关飞度扬了扬下巴，用一亮一灭的雪茄烟头指向幕布。

我当然认识，照片中意气风发、昂首挺胸的年轻人正是大哥杨正，站在他旁边的是大一时候的我，肩头斜挎着背包，五官表情青涩至极。照片背景是在港岛的海洋公园门口，时间是我刚升入大学的新生报到日。

“关先生——”我用最沉着、最波澜不惊的语调开口。

“叫我关叔就好，‘关先生’这称呼已经十几年不用了。”关飞度变得异常消沉起来，跟面对雪莉时迥然不同。他的手中捏着一张黄金名片，下意识地在指缝中颠来倒去地翻动着，一副心事重重的样子。

“关叔，我来敦煌只为寻找失踪的大哥，对政治、白道、黑道、江湖都不感兴趣，也不想跳进任何战斗漩涡之内。雪莉是我的朋友，以前不遗余力地帮过我，所以我必须还情。看，这枚指环不过是逢场作戏，大戏落幕，我也该摘下来了。”我轻松地摘掉指环，放进口袋里，只等一会儿上楼还给雪莉。

关飞度喷出一口淡蓝色的烟雾，角落里的感应抽风机立刻开始工作，发出一阵比蚊子哼哼高不了多少的嗡嗡声。

“我明白，像你那样的人，是不会屈从于任何组织之下的，就像一杆标枪不肯弯折一样。可是杨进，你口口声声不愿涉足江湖，却不明白‘有人的地方就有江湖，茫茫人海即是滔滔江湖’，要躲闪趋避、洁身自好，除非遁隐深山大泽，永远逃离人的世界。年轻人，心理学家把你这种想法视为一种‘人格洁癖’，是百害而无一利的。看你大哥，出世入世，横行江湖，创下一时无两的威名，不也活得洒洒脱脱吗？”关飞度脸上的杀气、锐气、嚣张、暴戾都不见了，取而代之的是导师般的耐心。

“宁静致远，淡泊明志，洁身自爱，低调慎行，这就是我的做人原则。”我不为所动，只是再次面对大哥的照片时，一股无言的悲凉时时冲击着心头回忆的堤坝。

关飞度食指一弹，那张黄金名片平展展地飞到我手上。

“年轻人，这是我的名片，在敦煌遇到任何困难都可以来找我。你永远不要忘记自己是一个中国人，做任何事之前都要以国家利益为重。江湖人的根是深植于国家的沃土之上的，离开这片土地，谁也无法长青永存。”

那名片上没有文字，只有一条滔滔大江在崇山峻岭下的深谷中蜿蜒奔流。

“我曾见过你大哥，他是一个奇才，什么事都难不倒他。所以，很多人都非常欣赏他，其中也包括隼机关前一代负责人英哲。对于那种天纵奇才而言，整个世界都是他的表演舞台。很可惜，他就那样消失了，如划破沉寂夜空的流星。杨进，如果找到他，请代我向他致敬。我老了，这是你们年轻人的世界，未来一定是属于你们的。”关飞度有些闪烁其词，按下遥控器，屏幕上翻动着更多大哥的照片，背景全都是敦煌、莫高窟壁画、大漠黄沙等等。最终，画面定格在一张俯瞰敦煌城的航拍照片上。

赞赏大哥的溢美之词我听得太多了，可现在人失踪了，生命画上了一个暂停休止符，再回头叙述他的丰功伟绩，未免让人心里有些凄惶。

“我宁愿他不是‘亚洲第一寻宝师’，而是真真实实活在我眼前的大哥。千秋万岁名，寂寞身后事，人不在了，再多赞美亦是空谈。”这句话浮起在我心底，却没有说出口。我是大哥唯一的兄弟，其他人与我身份不同，感受岂能一样？

“古老的敦煌城池巍然矗立于西北黄沙中，那么多朝代的金戈铁马都没有征服他们。最终，铁打的营盘流水的兵，征服者化为白骨，而城池永存。我每次看到它，都会感慨万千，仿佛隐约从敦煌城的历史上窥到了人生的至真大道——”

此刻，有人轻敲车窗，递进来一张检测报告单。

关飞度向那写得密密麻麻的单子扫了一眼，精神陡然一震：“没事？”

外面的人低声回答：“是，杨先生的身体非常健康，各项指标全部为优等。我也觉得奇怪，所以连续扫描了三遍，得出的结论完全相同。”

关飞度追问：“怎么解释这种怪事？”

那人沉吟着回答：“我觉得有三种可能性，第一种是天生奇才，对任何辐射有免疫性；第二可能是长期修炼某种护体神功，身体对于危险射线的侵入会产生自然而然的反应；第三种的可能性是最小的，那种辐射源已经快速衰减，对人体不再有杀伤力。”

关飞度思索了几秒钟，抖了抖那张单子，低声吩咐：“你进车里来吧，给杨进把把脉，再确认一下他是否真的没事。”

在他们对话期间，我一直盯着屏幕，脑子里构思着一个奇特的画面。照片中，敦煌居中、阳光居西南、月牙泉居南偏东，三者组合在一起，竟然可以近似地看成是一个平躺在地上的巨人右手挽着月牙泉，左手挽着阳关，而敦月路便是巨人的右手，G215国道则是他的左手。

反之亦然，把敦煌看成是俯卧的巨人，将他长臂中的月牙泉与阳关左右互换而已。

阳光即“日”，月牙泉即“月”，这样的一幅象形图画恰好能跟老屋唐卡里那个手挽月刀日盾的银甲双翼将军联系起来。

那么，这又能代表什么呢？是否过于牵强附会了？

我沉浸在苦苦思索之中，直到一个穿着白色防辐射服的中年人打开车门进来，拉开车体侧面的一张折叠椅落座。他的眼珠是死灰色的，表情孤傲冷漠，没有一丝笑意。

“杨先生，请把右手给我。”他冷冰冰地吩咐。

我顺从地抬起右手，任由他冰块一般的五指搭上来。车子里安静下来，只剩下关飞度嘴里的雪茄烟丝燃烧时发出的轻微嗞嗞声。

“古敦煌城、手挽月刀日盾的将军、疯虎押解翼王宝藏驻扎月牙泉之夜、田勇血洒阳光……这些能够串联成什么？关飞度将画面定格在此处，他又会联想到什么？”我从不敢低估关飞度，就像我不能低估欧阳雪莉一样。他们两人的背后，各自统率着一支强大的力量，随时都能在江湖上掀起狂风巨浪。

“思多血气衰，杨先生，请镇定心神，抱元守一，千万不要胡思乱想的，以免邪祟侵入心脉。”中年人冷冰冰地提醒我。

我从沉思中醒觉，立刻扫清脑子里各式各样的奇思怪想，调匀呼吸，全力配合。

中年人切脉的时间两倍于普通中医师，最终他放开我的手腕，长吁了一口气，向关飞度点点头。

“薛神医，怎么样？”关飞度不放心地追问。

恰在此刻，我的电话响起来，原来是吉川小卷打来的。

关飞度挥手：“年轻人总是有太多小秘密，下去接电话吧，别让我们两个老家伙扫了你的兴。”

我推开车门跨出去，然后开始接电话。

吉川小卷的声音里透着困倦：“杨进，你离开了一天一夜，没出意外吧？”

我叹了口气：“意外？在敦煌的每一天都会遭遇意外，不过还好，我目前还活得好好的。”困境之中，总算还有人记得问候我一声，让我感到仅有的一丝人情温暖。

吉川小卷低声笑起来，淡淡地说：“那就好，那就好。今天早晨五点钟的时候，房间里的电话响过一次，我接了，对方什么都没说便挂掉。然后我查那个号码，结果很糟糕，是那种街头随便就能买到的移动电话卡，根本无从追查。”

她把号码报给我听，非常陌生，我这边没有什么印象。

“谁会给你打电话？白雪小姐还是石梦？我有个预感，来电话的必定是其中之一。”她听不到我的回答，便继续说下去，“稍后我要去看程风教授，如果他问起自己的女儿，我该怎么回答？”

我无法教她什么，只能说：“随机应变吧，要记得仔细倾听程风所说的话。他不是精神病人，而仅仅是情绪失控罢了。作为寻宝师行业里的佼佼者，他的脑子里存储着很多秘闻，希望你此行有所收获。”

失踪了的程霓裳是敦煌事件中的关键人物，可我们找不到她，能怎么办？一旦想起那些挫败，我便忍不住额头冒汗，惭愧不已。

“那么，你在哪里？你那边声音好静，是在房间里吗？”吉川小卷追问。

我环顾四周，苦笑着回答：“我在月牙泉边，跟几个朋友在一起。”

隼机关与长江部队的首轮碰撞是黑道大事件，在没有确切结果前，我不愿随随便便就告诉任何人。吉川小卷虽然热心帮我，我却谨慎地保持距离，以免再度坠入人生的另一个迷思中。到目前为止，只有石梦深得我心，胜过了此前所见的任何一个女孩子在我心里的重量。

“好，有消息再通电话。”吉川小卷不再多问，便草草收线。

我没有即刻回车里去，而是背倚车门向四面巡视。立刻，十个超远距离的狙击手进入了我的视野，他们呈品字形注视着这座小楼上发生的事，半边脸隐藏在狙击步枪瞄具后面，一丝不苟，面无表情。一旦战斗开始，我将无处躲藏，暴露在攻击者的交叉火力之下。

车窗落下，关飞度皱着眉头看我，“杨进，你没事反而是怪事了，因为所有近距离观察过地下金殿的人都患上了器官衰竭症。通俗一点说，是由癌症引起的并发症。薛神医没法解释你的身体毫不受损的原因，但他反复确认过，你的身体的确没事。那么我们先撤离了，记住我说的话，有任何困难都可以向我求助，长江部队的大门始终向你敞开着。”

那位被称作“薛神医”的中年人冷冰冰地向我道贺：“恭喜，你仍可以好好活着，没被变成后人规避危险的反面例子。”

我没有任何狂喜或狂悲，只是礼貌地跟他握了握手，后退一步，看着关飞度的车子向前滑去。

很快，长江部队所有的人和车退尽，月牙泉上下又恢复了宁静。

敦煌密码

卷②

古藏经洞

第三部　翼王重现

〔壹〕

双翼人出现在今日敦煌的目击资料

我缓步登楼，雪莉正在专心致志地翻开关飞度交付的资料。

“坐，这些东西很有意思，稍后跟你解释。”雪莉头也不抬，眼睛一眨不眨地逐字逐句读着，仿佛要吃透上面的每一个字。

我把指环放在桌角，无限怅惘地倚栏远眺。

关飞度的人马离去时带起了阵阵沙尘，随风飘向东南。我用望远镜由南向北观察敦月路，目送他的车队离去，不自禁地记起了那张俯瞰敦煌的照片，蓦地再次联想到，G313国道搭接G215国道和敦月路，就像巨人手臂上锁着的一条铁链。

“敦煌，就像一个被禁锢的巨人，这种状态是从何时开始的呢？”我皱着眉沉思。G215国道、G313国道、敦月路目前的样子虽然是经过数次整修而来，但历史上已经存在这三条路，只不过宽度不同、质量稍差罢了。所以，俯瞰敦煌全貌时的印象，今时今日与十年前、百年前应该相差无几。那么，阳光、月牙泉是否就会成为揭开敦煌秘密的最重要的两个点？

雪莉终于读完了资料，眉头紧紧地皱了起来：“你一定在想，隼机关与长江部队初次交手便以完败告终，实在是不可思议吧？不过这恰恰是我用的一计。关飞度坐拥黑白两道的庞大后援，又占了无可比拟的‘地利’，我只能采取曲线救国的方式应对。任何人都是有弱点的，他也不会例外。你看，今天他已经亮出了全部底牌——至少是放在敦煌的全部底牌，而我呢？所调遣的不过是隼机关外围人马中的冰山一角。所以，这场角力的八成胜算已经落入我手中。英哲先生在敦煌的布局历时八年，两千多个日子里，他就像一只辛勤的蜘蛛，始终如一地忙碌织网，早就把敦煌罩住，任何异动都会经由看不见的眼线传递到蜘蛛那里去。关飞度的时代已经过去，不是吗？”

我相信她说的话，今日一会，关飞度锋芒毕露，说了太多震慑、威胁的话，而雪莉只是闲庭信步一样退守，丝毫不露窘态。

“知道你没事，我的心总算放下了。你已经帮了我，今后不论大家是不是会形同陌路，我都会真挚地感谢上天让我们相遇，做了这么久的朋友。”雪莉收起那枚指环，把所有资料推了过来，慢慢地起身，张开双臂伸了个大大的懒腰。

我实在已经沉默得太久了，再度开口时，不得不先用力清了清嗓子：“我也非常珍惜彼此间的友谊。”

雪莉灿烂地一笑，眼神再次变得明亮起来：“那就好了！美好的一天开始了，看看我们能做些什么。杨进，不知你注意到没有？从某些角度看，敦煌城就像一个仰面躺倒在沙漠里的巨人，头向北，脚向南，双臂垂下，一手指向月牙泉，一手指向阳关，而连接两地的公路就是这巨人的手臂。”

我默默点头，两个人的直觉竟如此相似，让我如遇知音。

“所以我想，孤立地研究敦煌或是看阳关、看月牙泉、看莫高窟都是不对的，而应该将这片大沙漠里矗立着的所有建筑元素集合考虑。换个思路想，假如历史上的某个时刻有人要在敦煌埋下什么大秘密的话，一定放眼沙漠而不是局限于一座城池。好了，你看看这些资料，我去做早餐！”她笑着下楼，一路留下银铃般的欢快笑声。

访问笔录共有四份，放在最上面的那页标明的序列号为“四”，被访问者是一个牧羊人，访问地点正是我们脚下的月牙泉。

这个名为“和兰多”的老光棍男人是这样说的：“上个月最后一天，我刚发了工钱，就买了两瓶酒、一只鸡，把羊群赶到月牙泉西边的村子边上，让它们自己啃草根，然后我躺在一个柴草垛里喝酒吃鸡，从中午一直睡到傍晚。当我醒来的时候，太阳刚刚下山，我听到头羊在叫，赶紧跳出草垛去看。我看到一个人站在羊群里，背对着我，身上穿着一件肥大的灰色袍子，像戏台上的人物一样。他双手抓住了头羊的角，半弯着腰，一动不动。我起初把他当成了偷羊的贼，马上大叫一声，让他把头羊放开。那只头羊已经养了五年，体重差不多有一百八十斤，力气很大，平时发起脾气来，连我都驯服不了它。那个人没有回头，而是双手发力，把头羊提起来，甩到肩上向东走。我一共放了七十五只羊，他向外走的时候，脚尖碰到哪只，哪只羊就蹭的一声飞起来，跌到十几步开外。我火了，提起鞭子追过去，一边连声怒吼……”

和兰多很有讲故事的才能，寥寥数语就把当时的环境、危机说得活灵活现，令人有很强烈的代入感。

他赶的这群羊都来自月牙泉村，丢了任何一只，就要被扣掉很多工钱。所以，他不要命地追上去，只为救下头羊。可他的鞭子还没抖开、人还没冲到那怪人前面去，胸口就被一只大脚踢中，直挺挺地仰面跌倒，口喷鲜血，喘不过气来。他倒地后，目光仍旧追随着那人，之后便看到了毕生难忘的一幕——

“那个人飞起来了，他的大袍子下面原来装着一对翅膀，一下子张开，像老鹰那样抖了几下，然后发力一拍，就带着那只头羊腾空飞起。我一骨碌爬起来，忘了叫喊，只是呆呆地看着一人一羊越飞越高，渐渐地与暮色融为一体，直至消失不见了。”

当时的事实是，和兰多胸口上留下的是一个尖利的鹰爪印痕，爪尖入肉半寸，连白森森的骨茬都露出来了，到访问时还没有全好，仍然包着纱布。他穿的衣服也被撕裂了，并且拿出来给访问者看过。

这篇文字记录的下面，是铅笔绘出的两幅人体速写。第一幅上，那个抓走头羊的人穿的衣服可以叫“袍子”，也可以说是他弄了一大块灰布直接缠在身上，以免张开双翼时受到羁绊。因而他看起来臃肿而肥大，头发乱糟糟地向上竖着，像鸟类受惊时头羽直立的样子。另一幅上，那人后背的翅膀平伸着，做出类似鸟类滑翔的动作，那只巨大的头羊被他的身子遮住一半，只露出头、尾和四脚。

访问报告的最后结论栏上写着几句话：“叙述真实可信，也能找到旁证。另外，已经对叙述者使用了‘复苏剂’进行催眠，除了那只头羊的重量与赔偿金额外，两次叙述几乎没有差别。所以，本次访问结论为，双翼人曾出现在月牙泉西偏北两公里处，攫走头羊的目的，最有可能是为了果腹。”

从此地向西北望去，月牙泉村上空漂浮着的炊烟清晰无比地出现在望远镜中。此时村边也有羊群在低头啃食着草根，看上去安宁而平静。

“难道除了疯虎、针孔和地底的银甲将军外，还有第四名双翼人吗？”我皱着眉挠头，然后把这份资料放到旁边去，开始看下面那份标着“三”的访谈记录。

这次的被访问者是秦岭一带著名的盗墓贼，名为“乌桥”，是一个以盗窃莫高窟文物成名的独行大盗。

据我所知，乌桥只是他的化名，每次作案得手后，他都会摇身一变，成为北方某二流大学的考古学教授唐晋，在莘莘学子面前口若悬河地解惑授业。

乌桥说的那件“诡谲莫名”的怪事发生在莫高窟的藏经洞，时间大约在三周前的一个月黑风高之夜。他受某位文物掮客的邀约，去莫高窟寻找与“隋乐、唐乐阵舞”有关的壁画拓片。名为拓片，实际就是仿效最早疯狂盗走莫高窟壁画的那些外国人发明的胶布粘贴伎俩，直接把掮客需要的内容切割下来，高价转手。

“当晚，我连转了五个洞窟——我知道，盛唐时期的壁画水平最高，平时开放参观的洞窟中较有影响的是96窟、130窟、158窟、259窟、285窟。可当晚我的运气糟透了，找不到品相好一点又符合客户要求的壁画，而且随身携带的四只强光微型电筒接连出了故障，每一只发出的光都变得异常微弱，平时八米多的光照射程，现在仅有一米不到。忙活了三个小时后，我仍然毫无收获，准备暂时撤离。就在路过第16窟时，突然发现里面的北壁旁边闪出了电筒光，以为是有同行办事，便悄悄靠近，从工具袋里取出一支圆筒连珠弩，随时准备下手黑吃黑……”

我早就知道，在盗墓这一行里混久了，任何人都会失去人性，眼里只看见古董、宝藏、钞票，越贪婪就越能成功。所以，黑吃黑、杀人劫货、做套夺金已经是行业里默认的潜规则。针孔这样，乌桥亦是这样，其他人也大概相同。莫高窟显露于世百年，为寻宝而葬身石窟内的盗墓高手数以万计，尸骨堆积如山，每一件宝藏的辗转流徙过程都维系着十几条甚至几十条亡灵。

世所共知，莫高窟的第16窟甬道北壁就是第17窟，即发现年代比较晚的“古藏经洞”。它大概建于唐大中五年至咸通三年（公元851-862年）间，是晚唐释门河西都僧统洪辩的影堂，洞里曾藏有我国古代的各种经卷、文书、帛画、刺绣、铜像等五万多件。文献种类约在五千种左右，绝大部分是佛教文书，非佛教文书包括官府文书、四部书、道教典籍、社会经济文书、文学作品、启蒙读物等。除大量汉文写本外，还有藏文、梵文、回鹘文、粟特文、突厥文、龟兹文写本。此外，还有若干铜佛、法器、幡幢、绢纸画、壁画小样和画具等文物。这个洞窟是光绪二十六年（1900年）五月，道士王圆箓清除第16窟甬道积沙时偶然发现的。由于清政府的腐败无能，致使出土文物流散世界各地。

时至今日，古藏经洞里空无一物，如果有人深更半夜到这里来，目的一定在于洞窟内的壁画。至于乌桥，则是为了做笔黑吃黑的买卖，以洗净今晚“走空”的晦气。盗墓贼也是“贼”，遵循着千百年来流传的“贼不走空”原则。

他无声地进了第16窟，右手平端连珠弩，架在左手腕上，贴着墙根向前走。

前面的夜行者是站在第17窟的最里面，面向北壁，电筒的光芒直射在墙上。

访问记录者在此处援引了官方资料中对于藏经洞的描绘：“平面近于方形，覆斗形窟顶，窟高3米。北壁贴壁建长方形禅床式低坛，坛上泥塑洪辩像。北壁画菩提树二，枝叶相接。菩提树左侧画比丘尼一，双手捧持对风团扇；菩提树右侧画侍女一，一手持杖。西壁嵌大中五年洪辩告身牌一通。”也就是说，乌桥发现的那人正在专注地观察着菩提树、比丘尼、侍女，完全没有意识到背后有人接近。

雪莉说过，51基地获悉的资料中，古藏经洞里有一条直达地底的圆形通道。之前我和石梦、白雪夜探莫高窟的时候，只对112窟的“反弹琵琶舞”壁画感兴趣，却完全忽略了其他洞窟。看起来，我们三人对于莫高窟的认识还是太浅薄了，与庞大的51基地相比，犹如水滴之于大海。在访谈记录上看到乌桥提及古藏经洞时，我心里立刻浮起了再探莫高窟的冲动。

当时的16、17两窟中，除了那人手中的电筒光以外，全都是黑漆漆的一片。所以，乌桥慢慢取出自己的电筒，指向那人的头部，手指虚按开关，猛地低喝了一声：“不许动！”同时，他右手中连珠弩的发射孔稳稳地瞄向那人的后脑。这样的招数他已经用过很多次了，而且他非常享受那些被偷袭者目瞪口呆的样子。

那个人受惊后猝然转身，脸部暴露在乌桥的电筒光圈里。那一幕是乌桥做梦都想不到的，因为他看到的是一张“鸟”的脸：灰白色的鼻子突兀地向前凸出，尖端变成鹰钩，向下弯曲并且向内勾起；那人的嘴已经被鼻子挡住，两腮凹进，下巴极度尖削，而且对方额头向上的部分生长着的并非头发，而是慌乱间辨不清何种颜色的大片羽毛。

乌桥“啊”的一声怪叫，双腿发软，双臂一颤，连珠弩失去了准头，五支弩箭全都飞入了黑暗中，随着“嚓嚓嚓嚓嚓”五声，在石壁上溅起了五点火星。他来不及重新掰开连珠弩的箭舱，对方已经一步跨过来。他在极度恐惧中下意识地熄灭了电筒，身子一软，贴地翻滚到16窟的墙角下。

那时，对方的电筒也熄灭了，相邻的两个洞窟完全被伸手不见五指的黑暗吞没。

几分钟后，精神崩溃的乌桥摸到挎包里的箭囊，颤抖着填满连珠弩，又紧咬着牙低声喝问：“你是……什么人？别……装神弄鬼的，老子见这一套多……了！”但是，根本没人回应，那奇怪的“鸟人”似乎已经离去。

乌桥定下心来，打开电筒查看，两个洞窟里果真只剩下他自己。

过后乌桥大病七天，噩梦不断，仿佛一抬头那面目狰狞的“鸟人”就站在面前，要举手取他性命。

记录纸的最下端，同样留有铅笔素描。在我看来，那是一幅“人脸与鹰脸”的变形结合体，只有人头轮廓和人的脸型，其他五官全都是从一只鹰的面部扒下来的。画者功力不凡，寥寥几笔，就把属于猛禽类独有的凶悍狰狞之气勾勒得栩栩如生。我甚至怀疑，画者并不仅仅是凭着乌桥的叙述作画，而是曾亲眼见过那“鸟人”，所以才能描绘出那“鸟人”内在的某种气质精髓。

本次访谈的结论如下：

“乌桥是盗墓高手，胆量过人，很少有被吓得失魂落魄的时候。如果对方仅是通过面具或化妆做出怪样子的话，会被乌桥一眼看穿。访问过程中，乌桥不止一次心有余悸地用‘怪物’、‘妖怪’之类的词形容对方，可见是真的被吓破了胆。所以，可以九成以上肯定，那人真的在莫高窟16、17窟古藏经洞出现过，并且怀有某种极其特殊的目的。采访过后，我们派出了三组人马秘密探访藏经洞，没有发现暗道机关之类，相反却在北壁上找到了连珠弩留下的箭痕白点。目前，乌桥仍在囚禁中，他的精神似乎出了点问题，一入睡就哀号哭叫，惊恐万状。”

我抬起头沉思了一会儿，将两份记录的内容消化吸收，装入脑海中。

关飞度肯提供这样的资料给隼机关，能说明什么？绝不会是希望双方握手言和、真诚合作，以达到“双赢”的局面，在黑白两道的混乱江湖上，“双赢”一词是绝对不会出现的，只有争夺己方利益最大化、置敌手于死地这样强者恒强的结局。按照我的推测，他之所以交出资料，是因为长江部队对敦煌发生的怪事感到万分棘手，已经无法处置了，才会借重外来力量，以求安全解决隐患，保卫西北这片大漠的安宁。

如此说，长江部队在与隼机关的对峙中，已经暗暗输了一筹。

此刻，雪莉端着一个白色的托盘回来，上面放着两碗米粥、两碟小菜和一小篮原味面包。

“杨进，快帮忙，把棋盘棋子弄到一边去，尝尝我的厨艺。”她的脸上带着孩子般纯真无邪的笑容，腰间系着一条细碎紫花图案的围裙，完全脱离了隼机关掌权者的深沉形象，变成了一个淑女味十足的阳光女孩。

棋盘与棋子是之前单为关飞度准备的，他已经离去，这些就没用了。当我挪开棋盘时，无意间发现，黑子的所有落点位置都微微凹陷成一个小坑，完全是被下棋者不动声色的重手法按出来的。

雪莉放下托盘，不屑地耸耸肩，拿起棋盒里的一个黑子，轻轻一捏，飒的一声，那颗坚硬无比的云子就变成了一盘散沙落下。

“外厉内荏的恐吓罢了——我觉得关飞度已经太老了，属于他们的时代早被时间之轮远远地抛在后面。21世纪，是属于年轻人的，所有的对抗与攻讦不再是慢腾腾、温吞吞的太极推手，而是骁勇凌厉、招招见血的泰拳功夫。知道我为什么以屈从隐忍的低姿态对待关飞度吗？那是因为我要看清他所有的底牌，直到他无牌可打为止。事实上，他从开始接手敦煌事件开始，就没有什么好牌可用，除了‘地头蛇’一样的无赖勇气。”雪莉轻轻地摆好碗筷，仿佛自己谈论的不过是街头巷尾的贩夫走卒，而不是大名鼎鼎的铁衣将军关飞度。

我想了想，点头同意她的观点。

菜粥滚烫，面包焦香，拌三丝和蚝油香椿芽豆腐衣两个小菜也颜色悦目，口感清脆，这样的家常早餐是酒店那边所无法提供的。

“相识多年，还是第一次有缘共进早餐呢。杨进，你知道吗？在学校时，我曾偷偷观察过你无数次，每天早餐都会离不开一碟拌三丝下饭。所以，我特意咨询了中国北方京、鲁菜系里的名厨，花费两个月的时间学习这道小菜，期望能在你面前大显身手一次。可惜，当时你的心思全在学校图书馆那些厚重典籍上，对我的几次邀约暗示无动于衷。时至今日，拌三丝仍是拌三丝，心情却再也回不到菁菁校园的年代了。所以，你确确实实是欠我一次做早餐的机会啊！”

雪莉故作感叹，却掩饰不住嘴角的一丝狡黠微笑。

想想从前，我在大学里的时候真的只对学问感兴趣，无暇顾及其他。因为和大哥杨正每次见面，他都会郑重其事地告诫我：“少壮不努力，老大徒伤悲。你的未来不是在港岛这个弹丸之地栖居，而是鹏搏九霄，放眼天下。我给你开的那些书单都要一本一本细细阅读，把前辈们的知识读透消化，牢牢地记在脑子里。还有，大学里那些无关紧要的课程不要碰、莫名其妙的女孩子不要招惹、点点滴滴的时间不能浪费。未来无限广阔，只看你能不能把握属于自己的人生。”

大哥对我的感情，半师、半友、半父，他的教诲我一直牢记，不敢稍忘。

“喂喂，怎么又走神了？”雪莉用筷子轻敲着菜碟，促狭地盯着我看。

我苦笑一声，低头吃饭，不敢迎接她的善意眼神。

雪莉与我既然在大学生活里已经错过，今天还是刻意避嫌，不要令旧时心思如春草般发芽才好。

“我一直想问你，为什么如此喜欢吃拌三丝这道小菜？”沉默了一会儿，雪莉打破了略显僵硬的气氛。

我沉郁地回答：“因为这是我大哥最喜欢吃的菜，那时我只是模仿他，期望自己成为他那样的大人物。从他失踪至今，我还是第一次吃同一道菜。”

雪莉“哦”了一声，脸上突然堆满了无言的歉意。

我向她摇头微笑：“不过没关系，我能下定决心到敦煌来寻找他，实际上已经破除心魔，把这道伤疤晾晒在日光下。怀念一个人是没有用的，自己的心魔还需自己清除，我虽然不能成为他那样的大人物，但至少也要逆境中奋起，做一个不平凡的人。”

在雪莉面前，我没有任何压力，因为她是那样的善解人意。我们之间甚至无需语言，只要看到对方的眼神和表情就能明白彼此的心思。

雪莉长叹：“我父亲生前亦是三十年如一日地喜爱这道菜，所以他过世后，我每日亲自下厨，精心做好，一个人慢慢地咀嚼，仿佛每次早餐时他都在天国慈爱地看着我。克服心魔的方式不同，但你我殊途同归，都已经从困厄中跳离，回到正常轨道上来，不过——”

我皱了皱眉：“不过什么？”

雪莉嘴角再次露出狡黠而顽皮的笑："不过'亚洲第一寻宝师'杨正被尊称为百年来最伟大的江湖游侠，要想成为他那样的人，你的未来可是任重而道远呢！"

〔贰〕

双翼人曾出现在阳关、敦煌图书馆

曾经有很多盗墓寻宝界的高手叫嚣要超过大哥，包括针孔和乌桥在内，但经过岁月洗礼大浪淘沙之后，大哥仍是全球公认的“亚洲第一寻宝师”，其他人都如同河上那些无端的浪花一样，起了沉了，最终无人记得。

“我看完两份访问记录了，今晚想去莫高窟古藏经洞。”我转换了话题。

雪莉促狭地咯咯娇笑起来：“白雪和石梦两位都不在，你一个人去吗？还是跟那位刚刚出现的日本女孩子吉川小卷？不过，这一点与我的想法不谋而合。虽然长江部队的人对古藏经洞搜索过数次，我猜他们只不过是盲目地敲敲打打，根本没有章法，所以发现不了什么。听着，我会安排好手边所有的事，然后做你的夜游伙伴，怎么样？”

我还没有回答，她又浅笑长吟：“人生苦短，何不秉烛夜游？三两知己，一点星光，岂非人生一大快事？”

实际上，我需要雪莉的帮助，从前只是从她这里寻找资料，现在则是急需她的实际援手。

“吉川小卷是为了探究吉川羽博士为何发狂而来，跟我只是萍水相逢。雪莉，我猜你已经翻过她的底，有没有问题？”我不再躲躲闪闪，开门见山地问。

雪莉笑了：“每一个到敦煌来的人，包括那些风尘仆仆的背包客在内，都怀着各自的目的和企图。目前看，吉川小卷的档案还算清白，但作为一名日本学者，她所觊觎的只是地下宝藏，就像古藏经洞刚刚重见天日时的日本掠夺者一般。盯紧点，她跟白、石两位不同，别中了她的圈套。”

这顿饭拖了近一个小时才结束，然后我和雪莉下楼，开车进城。

“我去见一个人，安排夜探莫高窟的事。你大概不知道，到敦煌来是要向这个人拜码头的，否则事事不顺，就算找到了宝藏，也会中途遭遇莫名抢劫，破财丧命，哭告无门。”雪莉一边取出电话按键拨号，一边若有所思地感叹。

我没有辩驳什么，但我知道，她说的那个人就是龙王。

龙王是西北江湖上的一个著名人物，由倒运煤炭、贩卖文物起家，二十年内快速成长为江湖大佬，势力范围遍及青海、甘肃、新疆、西藏，麾下徒子徒孙多达数万，行动触角渐渐伸出西北边境，连乌克兰和俄罗斯的成名黑帮都要忌惮他几分。我到敦煌来不为金银宝藏，所以跟龙王没有利益冲突，所以无需拜码头拉关系。

车子驶上敦月路之后，雪莉拨通了龙王的电话，但中间却经过了多达五层转接，方才正式与龙王本人通话。

我扭过脸向着车窗外，默默地眺望着一望无际的大漠黄沙。敦煌的城市建设进程如火如荼，但防风治沙的工作却鲜见成效，非但城市边缘沙漠化日趋严重，而且昔日绿化造林的成果正一步步失去。

车子刚过雷音寺，旁边有辆计程车高速超过我们，驶向城里。

我突然吃了一惊，因为那辆车子的后座上斜坐着一个头戴棒球帽、鼻梁上架着宽幅墨镜、身上穿着灰色风衣的女人，一眼望去，似乎有些眼熟。那车子速度极快，等我抬高身子向前望的时候，它已经卷起一路风尘，远在五六十米之外。

“白雪？”我迅速取出望远镜，但路上的沙尘太多，如同一条灰白长龙，严严实实地将那辆车的后窗遮住。终于，那计程车消失了，空荡荡的敦月路上，只剩我们这一辆车子疾驰在瀚海之中。

我始终没能从疯虎那里问出白雪的下落，但我坚信，她绝对还活着。

“怎么了？”雪莉捂住话筒，低声问。

“前面那车子里的乘客有些面熟。”

我只说了一半实话，雪莉就没再追问，对着听筒朗声笑着：“龙王，那就说定了，你帮我忙，我帮你忙，大家同吃一碗饭，共同发财。”

龙王阴沉沉的声音隐约传来：“当然，只要有钱，我敢跟任何人合作，五湖四海皆兄弟也，对吧？”

雪莉大笑着回应：“龙王是西北道上的老前辈了，我父亲早就教诲过，到这边来要多向龙王请教，必定受益匪浅。我知道江湖规矩，钱我有的是，这东西就是用来铺路的，下午五点，我会准时赴约。”

龙王不待她说完，已经冷然挂断电话，态度嚣张傲慢之极。

雪莉沉思着举起电话，盯着屏幕上“通话结束”那行字，淡淡地笑着，借助下巴慢慢合上电话。

“西北江湖上的每个人都有嚣张的本钱，因为英哲先生在提前布局时，对他们做了太多利益上的让步，以至于给他们造成了‘隼机关软弱无力’的错误印象。殊不知，英哲先生不过是放债人，而我则是收债人，他们吃掉多少，都会乖乖吐出来。然后，所有人都会看到隼机关的实力，赶紧给我们让路，做我们的追随者。我让三分，他们即将还我一丈，敦煌的这场好戏刚刚才开场呢！”

雪莉放下电话，取出一本支票簿，飞快地签了一个大数目，然后龙飞凤舞地签下自己的名字。

“龙王要钱？”我问。

“一百万——不过是见面礼，我猜他准备从隼机关身上抠过去的理想数字还要加一个零。不过也好，他在敦煌的能力能值那么多钱，先给他，然后看情况再决定要不要连他的命一起拿回来。”雪莉撕下支票，夹在一本电影杂志里，然后交给开车的年轻司机。

龙王的贪婪是江湖皆知的，就像潜伏在敦煌深处的一条鳄鱼，恨不得连满地的沙子都嚼烂吞掉。有这样的人横行于敦煌，的确是件令人头痛的事。

雪莉一直送我到酒店门口，目视我下车走入大堂，车子才缓缓离去。

我低着头匆匆地乘电梯上楼，巧的是，吉川小卷竟站在房门外的走廊里等我，手里还拿着一个鼓鼓的牛皮纸袋子。

“辛苦辛苦，一天一夜不见，你的气色好像还不错。”她揶揄地笑着打趣我。

我不知道自己脸色如何，但她的面容有些憔悴，眼睛里也透出浓浓的倦意。那纸袋子里是一大摞照片，拍摄的主角全都是同一个人：疯虎。

吉川小卷走进厨房去煮咖啡，不大一会儿，便端着两大杯浓浓的黑咖啡走出来。

我粗略地翻了一遍，照片共一百四十张，可能是通过隐藏的针孔相机边走边拍的，角度各不相同，清晰度也不够好。通过照片的排列次序能够看出，拍摄是从G313国道的车祸现场开始的，第一张的背景就是侧翻的车子和满地玻璃碎片，而且照片右下角留着的时间戳也证明车祸发生在白雪最后一次跟我通话后的十几分钟内。几张近景照片显示，疯虎额头上、下巴上还沾着细碎的冰块，那自然是从水晶冰棺里带出来的。

“照片是敦煌市政府附近的一家彩印公司冲洗的，由公司的送货员递交到酒店服务台，然后再由服务生转送上来，指明是交给杨进先生。我命人沿这条线查过，去彩印公司洗照片的人属于一家互联网跑腿公司，同样也是受雇行事，而照片资料、收件人地址都是通过另一家快递公司送到跑腿公司的，来回兜转了四次。所以，短时间内无法查清照片来源。”吉川小卷做了该做的，但拍照片的人也是行家，没有留下可供追查的确切线索。

那些照片的拍摄地点可以大概分为十处，分别是：车祸现场、老屋、莫高窟112窟、16和17窟、再回到112窟、月牙泉、阳关、再回到月牙泉、再回到老屋、G313国道和G215国道交叉口处的道路指示牌下。

“我们不该有先入为主的印象，但从各方面的综合因素推断，拍下照片的可能是白雪小姐，因为她是他手上唯一的人质，有机会与疯虎形影不离。我今晨收到照片后唯一不解的是，如果她是自由的，为什么不回到酒店来见你？或是打个电话过来？这一点是解释不通的。”吉川小卷一边说，一边大口大口地喝咖啡，喉咙里发出很响的咕噜声，与她的淑女形象很是不符。然后她站起来，不停地在客厅中央踱步，并且哈欠连连。

“你累了，最好去睡一会儿。”我看出她的身体状况极差。

吉川小卷立刻点头：“是是，我昨晚严重失眠，现在头痛欲裂，必须要回房间去休息了。如果有事发生，请即刻叫我。还有，我有位朋友昨晚八时从东京连夜赶过来，刚刚打电话说已经在北京转机，半小时后重新出发，直飞敦煌国际机场。我把两个房间的电话都留给他了，如果我没睡醒，请替我转告他，径直到酒店来即可。”

她说了上面这段话，又足足打了十几个哈欠，放下杯子，摇摇晃晃地走了出去。

我觉得吉川小卷的表现有些怪异，但也不好说什么，只是静静地翻看照片。

假如偷拍者是白雪，她把照片送回来，一定是要告诉我一些只可意会、不能言传的信息。那么，她到底想说什么呢？复活后的疯虎在敦煌蹿来蹿去，又是在找什么？

我把所有照片摆在茶几上，盯着最后几张上的国道交叉口指示牌，白雪是从那里逃离疯虎胁迫的吗？她能有机会找人洗照片、送照片，为什么还不打电话通知我？

突然间，我恍然大悟："她隐藏自己的行踪，也许是为了避开某种巨大的危险，比如隼机关与长江部队的对决之类。新加坡燕盟一向擅长'鹬蚌相争、渔翁得利'的手段，当年梁夫人在东南亚打天下时，曾经有过三次精彩的上位案例，都是采用了这种手段。白雪作为燕盟十二君子的老大，当然会深得梁夫人真传。"

当隼机关、长江部队这两只超级大象起舞的时候，选择脱离战圈、暂避锋芒者都是最明智的。

我希望白雪能平安无事，然后大家还有渡尽劫波、重新聚首之日。接下来，我去厨房泡了一壶菊花明目茶，然后在餐桌前坐下，继续看剩余的两份记录。雪莉并没有把资料拿回去，她是个记忆力超强的女孩子，过目不忘，任何文字性资料根本无需浏览第二遍。

第三份记录上的背包客是在敦煌西面的阳关发现双翼人的，距离为一百多步，但他包里带着一架国产望远镜，所以能够在不惊扰对方的情况下仔细观察。这位背包客的叙述表达能力很强，通篇记录有如一篇幻想小说般精彩。

"残阳如血，晚霞如散落的片片龙鳞，敦煌的黄昏瑰丽却死寂，灿烂而短暂……"背包客也许是写散文出身，用这样的开场白描绘了当时的情景。他当时是从阳关返回敦煌，一整天的沙漠跋涉已经令他疲惫困乏，背包里的粮食和清水也耗尽了。发现双翼人之时，他正垂头丧气地一屁股坐在路边的沙丘上，准备静静地躺一会儿，恢复一点体力，然后尽快地回到G215国道上去，看能不能搭上好心人的顺风车。他是仰躺着的，所以才能看到天空中掠过的一个巨大的影子。敦煌城以西的地方很少看到飞机，他直觉上以为那是一只大型的食腐秃鹫，浑身一激灵，立刻弹跳起来，掏出腰带上别着的牛角柄英吉沙小猎刀来。

秃鹫是沙漠动物中的最强者，此外沙漠狼、沙漠狐、沙漠鼠以及多种昆虫、蛇、蜥蜴等爬行动物也是食腐好手，能够淋漓尽致地将因过度饥渴而倒毙的旅人们掏空肌体，变为白骨。

这位名叫"郭栋"的背包客立即掏出望远镜，瞄向那影子消逝的西北方向，但此刻天空中什么都没有了，大片晚霞也已经散尽，敦煌之夜正在降临。他的镜头中出现了几只穴居的啮齿类动物跳鼠，它们正在静静地直立着仰望天空，仿佛被什么东西给吓住了。郭栋移动视线，大批子午沙鼠、长爪沙鼠、柽柳沙鼠、大沙鼠也出现了。这些家伙们主要生活在新疆、甘肃、内蒙古的荒漠和半荒漠地区，出没于灌木丛生的沙丘和沙土地，有着惊人的筑洞能力，洞群往往连成一片，洞道密集，能贯穿整个沙丘或地面。

令郭栋惊骇的是，所有鼠类都在向天望着，不再成群结队地嬉戏觅食，而是像中了定身法一样木立在沙海中。他始终没有发现那巨大的影子，但随即见到了不下百条沙蜥和麻蜥，这些沙栖蜥蜴当地人称为“沙和尚”，在沙地上活动非常敏捷，遇到天敌能够潜沙逃遁。

所有进入镜头的动物们都肃立不动，这种诡异情景让他第一时间联想到“沙漠地震”这个词。动物永远是地底异动的最先发现者，它们总能用自己最原始的直觉向人类发出警告。

郭栋的双腿像灌了铅一样，半是因为疲累，半是因为惊骇。他放眼四望，沙漠公路上没有行人，也没有车辆，只剩孤零零的自己，如果在这里出事，连个知情报信的人都不会有。当他手忙脚乱地抓起背包准备向东狂奔之时，正西面两百步之外的沙丘上蓦地出现了一个“人”。

在这里，记录者画了一幅线条简单的事发现场地图。郭栋所处的位置是大墩与山水沟之间的一个名为“老婆沟”的地方，距离周边最近的村子也有两公里以上，属于极偏僻的荒郊野地。我当然明白，背包客们为了节省时间和体力，往往选择两点间的直线方向前进，遇沟过沟，遇河趟河，所以才会偏离了山水沟与大墩之间的沙漠三级公路。他要想补充给养的话，必须再向东走四公里左右，抵达大墩以北的三岔路口，那里有一个还算繁华的镇子，是由敦煌去阳关的旅行者们暂时驻扎的最好选择。

他望见有同类出现时，先是狂喜，接着便将镜头对准那个方向，孰料那竟是一个空具人形却拖着两只超长翅膀的妖怪，吓得他立刻伏倒在地，生怕被妖怪发现。

那“人”的脸向着西南（那应该是阳关的方向），郭栋只观察到对方半张脸和那个突起弯曲的鹰钩鼻子，但那也不能被称为“鹰钩鼻子”，而是一个真正的属于鹰隼类猛禽的鼻子。实际上，那“人”长着一张鹰的脸，后背上拖着一对鹰的翅膀，翅膀上的羽毛是灰白色的，末端长长地拖曳在沙丘上。一边走，那“人”的翅膀还微微起伏着，没有完全收拢，似乎随时都要振翼而飞，直上九天。

按照郭栋的估计，那“人”身高为一米七七左右，双翅的翅中部分要两倍于他的高度，再加上蜷缩的翅根，全力伸开的话，翼展至少在六米到八米，是任何猛禽体积所无法比拟的。

郭栋之前是由西往东行进的，他知道那“人”站立的地方是一条回字形沙丘，于是大着胆子迂回前进，到达了对方东南方向五十步的地方。他的背包里放着一部很普通的索尼卡片数码相机，需要与被拍摄对象接近到十五步距离才能拍出清晰的照片，所以当时他只是在沙丘后面短暂地休息了几分钟，马上继续前进。作为由湖南远赴敦煌的一名背包客，他的理想是拍到平常人难以发现的奇景，高价卖给媒体，现在好奇心和贪欲战胜了恐惧，支撑着他一步步向那“人”靠近。

终于，他艰难地迂回到了对方的二十步范围内，角度为东南方四十五度。当那“人”的脸再度进入他的望远镜里时，他已经完全相信，对方的身体很大一部分是属于“人”的，身上穿的是普通人的衣服（应该是一套加肥加大的灰色运动服），胳膊和腿与普通人一样，而且除了人类，任何动物都不会用那种昂首挺胸的姿势笔直站立着。

有那么一瞬间，他甚至产生了“这是不是在拍戏”的错觉，然后很小心地举起了相机，将镜头里的画面拉近到极限。不知为什么，就在他即将按下快门时，那“人”后背上的翅膀突然打开，哗地扇动了一下，整个人就向前滑翔起来，在沙粒横飞中离开了那道沙丘。

郭栋清楚地看见，那人的翅膀总共扇动了五次，便到达了离地七八米的高度，稳稳地向太阳落山的方向滑行。那时候，对方的手臂和双腿蜷缩起来，双臂放在胸前，双腿并在臀后，如同还没学会走路的婴儿那样。尽管郭栋拼命稳住手臂，不停地按下快门，但很快，那长着翅膀的怪人变成了视野极限里的一个虚幻影子，最终不知所踪。郭栋为自己错失良机而懊恼不已，更令他恼火的是，照片传到电脑里之后，他才发现画面很不清晰，几十张照片里挑不出一张能让媒体掏钱的合格品。

目前，郭栋仍旧徘徊在阳关、大墩、双墩子、寿昌遗址一带，随身携带着两部长焦相机和一台索尼摄像机，发誓要令怀疑他在痴人说梦的媒体编辑们向自己道歉。

记录的结论是这样的："那人的确真实存在，其盘桓敦煌不去的目的，似乎是在寻找什么。古阳关早就湮没在黄沙中，考古学者们最近一次在此地展开调查要追溯到十年前，他们没有任何发现，基本已经放弃对阳关的研究。我们已经向郭栋提出了'带枪上阵'的建议，因为普通人连一只发怒的成年秃鹫都打不过，何况是一个体积十倍于此的怪物？据我们判断，那是一只变异生物，就像最早的狼孩、狼婴、鸟语者、鱼美人一样。唯一可以采用的措施就是先击伤后活捉，为此已经征调了十名狙击高手抵达敦煌，分散在双翼人可能出现的重点区域。我们并没有劝郭栋离开，他至少能替我们当一次诱饵，引那家伙出来。"

读完这份记录，长江部队给我留下的是"为达目的、不择手段"这种极差的印象。

最后一份资料来自一名大学生，名叫"朱极"，发现双翼人的地点是位于阳关东路4号的敦煌市图书馆，事发时间是两周前的一个晚上，他在图书馆四楼的古籍收藏室整理书架，完成自己每天的勤工俭学任务。当他走到收藏室最深处的时候，发现旁边的窗子四敞大开，一个穿着肥大灰袍的男人斜倚在书架上看书。

古籍收藏室是不允许外人随便进入的，并且所有的窗子平时都紧紧关闭，生怕进沙尘、漏雨水。朱极马上走过去关窗，并大声喝问那人："你是怎么进来的？快放下书出去，要不我就叫保安了！"

大学生朝气蓬勃，天不怕地不怕，而且他又是学校足球队的队长，身体和胆量都是一流的。那人没有理睬他，于是朱极一步冲过去，夺走了那本书，一把抓住那人的肩头。那人身子一晃，不知怎么回事，朱极就被掐住脖子举在半空。在不断踢腿挣扎中，他看清了那人的一张怪脸——眼睛四周环绕着白色的绒毛；一只老鹰一样的鼻子；一对耳朵经过怪异退化后只剩原先的十分之一，像一圈严重缩水的裙边一样紧贴在左右太阳穴下面。

朱极的第一感觉是："一个刚从化装舞会上出来的人？"

大学生总是极有想象力的，他扣住那人的手腕，先伸长脖子狠狠地吸了一口气，然后缓和了一下自己的态度，低叫一声："兄弟，我不叫保安，你赶快走，今晚的事就当没发生过！"图书馆里经常有情窦初开、热情似火的男女上演求爱好戏，他错误地以为这人打扮得怪模怪样的，是要向某个女孩子发起求爱的攻势。

"咕噜咕噜……咕咕……"那人喉咙里发出一阵乱糟糟的声音，双眼死盯着朱极。

朱极再次低叫："兄弟，先放手好吗？我快被你掐死了！"

他的背包挂在门口的椅子背上，里面放着一根不锈钢灌铅甩棍，是近距离搏斗的最称手武器。以他的算计，只要自己抓到甩棍，就先废了这人的两只胳膊出一口恶气，再揪对方去保安室。

那人没有回答，脖子僵硬地扭转了一下，望着被朱极抢在手里的那本书。

朱极反应很快，马上把书递到对方面前，低声下气地说："这书给你，免费送你，管理员们不会知道。好了，放我下来，好吗？"

那人伸手接书，右手一松，朱极贴着书架滑落在地。他喘了口气，眼睁睁地看着怪人慢慢地打开书，又翻到最先看的那一章，用指尖指着上面的文字，一个字一个字地细读着。

〔叁〕

山雨欲来风满楼

朱极长吸了一口气，陡地蹦起来，用百米起步的爆发力两步跨到椅子边，然后以平生最快的动作抓到甩棍，霍地转身，甩棍借势一挥，在旁边的书架上留下了一个深达半寸的印痕。这条甩棍的最末两节完全灌铅，大力甩击时能把一根坚硬的猪腿骨敲成两半。

“喂，朋友，放下书，滚出去！”朱极性格中的暴戾一面释放出来。刚刚他的喉结险些被对方捏碎，现在该是报仇雪恨的时候了。

他还来不及向前起步，那人嘴里已经发出一阵古怪的低语，仿佛是一种不知名的怪鸟在叫着，音节短促，毫无节奏。然后，那人就突然前冲，手臂一挥，打掉了朱极的甩棍。令朱极震惊的不是对方闪电般的移动速度，而是那人肩头上突然伸展出来的两只巨大的翅膀。

“什么？那是什么？”他听到了自己梦呓一样恍惚的呻吟声，渐渐明白，这不是他妈的什么化妆假面舞会，而是一个从头至尾充满了诡谲妖气的怪物。

“这也是……我想要知道答案的问题……怎么会这样？怎么会这样呢？我找不到答案……我费了很多很多……力气，仍然找不到答案。也许答案不在这里……也许答案并不存在于这个世界上，而是在另外的世界……在属于我们的世界，但我怎么才能重回那个世界？你不懂，所有人都不懂……因为你和他们都不是来自那个世界的，只有我……一个人孤独地活着，一直到死，都不会有其他人理解，是这个世界上唯一的异类。这种感觉……这种感觉真是难受啊……真是难受啊……”那人低下头，用双手抚摸着羽翼惊炸飞扬开的翅膀边缘，仿佛是养鸟人在亲昵抚摸着自己豢养的鹦鹉。

朱极的胃里一阵剧烈的翻滚，他曾看过很多恶心之极的美国恐怖电影，自认为心理素质超强，但这次他还是被怪人那张脸吓到，忍不住发出一连串干呕声。他发现自己面对的是一个真真正正的"鹰人"时，一种无法描述的极度恐惧感攫住了他，双腿发软，全身哆嗦，牙齿格格打架，思想也被冻结了，没有半点应对之策。

"这里有很多书，却没有一本能解释我的难题……自高自大的人类虽然发明了'敦煌学'这样的名词，但谁又能真正深入地研究何为'敦煌学'？敦煌为什么能千年矗立于西北大漠？到底是一种什么样的生命力养育了这座早就被中原统治者放弃的遗忘之城？不知道，他们都不知道，每一个衣冠楚楚、道貌岸然的人都只懂得抄袭剽窃古人文献，却不能告诉我实实在在的答案。你说……他们是不是都该去死？都该把脑子里那些肮脏而无用的思想、肚子里那些蠕动着的阴暗奸诈全部晾晒在大漠的阳光下，或者献给天空高飞的鹰隼，让超越人类思维的神鸟们最终救赎他们……"

朱极摇晃着倒地，使劲地捂住自己的嘴，免得失控呕吐。

那"鹰人"蹲下来，伸手抚摸着朱极的头顶，眼睛里射出森冷的电光。

"你是……什么……饶命，饶命，我只是个穷学生，放过我吧……这里的东西你全都拿去，随便拿去……放过我，我家里上有八十岁老母，下有没满月的孩子，求求你放过我……"朱极捂住脸哀号起来，嘴和心都不听使唤，顺口说出的全都是武侠电影里的告饶台词。那"鹰人"的话让他感到了死亡的威胁，下意识地低头伏身，跪爬向门口，嘴里一直都在喃喃求饶，连头都不敢抬、不敢回。

后来，他听到了鸟类扑张翅膀的噗噜声，勉强大着胆子回头看，那"鹰人"正一下跃出了窗口。

朱极定了定神，确信不再有危险后，先拉开门留下退路，然后起身跌跌撞撞地冲到窗前。他向楼下的草坪扫了几眼，随即发现那"鹰人"并未落地，而是以一种奇异的姿势飞翔在空中，从几栋高楼间潇洒地穿过，消失在茫茫夜色之中。

他彻底呆住，忘记了找人来帮忙，只是在窗前傻傻地站了十几分钟，才发疯一样大叫着冲了出去。接下来，朱极大病一周，险些跨过鬼门关，幸好他在学校里人缘极好，老师们抬着他中医、西医、巫医、神汉看了个遍，终于勉勉强强捡回了一条命。

记录者留下了那"鹰人"正在翻阅的书名，是一本《太平天国诸王传略》，而摊开的那页，正是记录翼王石达开的一章。

大哥和敦煌市图书馆颇有渊源，该馆近年来正积极收集有关流失在海外的敦煌文物、文献资料，并且受到社会各界捐助颇多。最早大哥曾促成过上海大众交通集团捐赠《俄藏敦煌文献》和《俄藏敦煌艺术品》给敦煌市图书馆的事，自己也曾多次捐赠现金和实物，但大部分都是委托大陆文化界的朋友出面，自己从不留名。

大哥曾说过，敦煌是人类四大古文化体系唯一汇集地，莫高窟壁画与古藏经洞遗书是人类稀有的文化宝藏和财富，为研究中国和中亚、西亚以及印度次大陆的历史、文化交流提供了珍贵的文献资料。所以，敦煌学的创建与研究非常有必要。他历次对敦煌市图书馆的捐赠，大部分与该馆正在配合国家图书馆进行推广、搜集、整理“敦煌学”资料的工作有关。

据我所知，敦煌学是一门世界性的综合学科，内容涵盖宗教、历史、地理、艺术、文学、民族、民俗、经济、政治、文化、语言文字、中西交通、石窟保护及维修以及医学、建筑等。其研究领域非常广泛，包括目录学、宗教、文物考证、绘画、彩塑艺术、文物保护、历史文化、材料、建筑、乐器、题记等等。归结起来，“敦煌学”的研究对象主要包括：敦煌遗书、石窟艺术、研究文献、研究专家和研究机构、地震史料、旅游资源等。

《太平天国诸王传略》那本书的作者为刘刚、焦洁，2003年7月由中国广东人民出版社出版。书里收录了大量历史资料，撰写了太平天国主要成员的列传，包括天王洪秀全、东王杨秀清、西王萧朝贵、南王冯云山、北王韦昌辉、翼王石达开、燕王秦日纲、豫王胡以晃、英王陈玉成、忠王李秀成等，并在书后附有诸王王府位置表、诸王旗制服饰表、诸王印制加衔表、诸王特权扈从属官表等翔实资料。

令人最感兴趣的是，那本书是没有资格待在四楼古籍收藏室的。据朱极分析，双翼人是从其他地方拿到该书后，躲进四楼翻阅，却被他意外发现的。

大学生朱极遭遇双翼人的怪事竟发生在图书馆里，可见那双翼人的思维是正常的，他似乎也需要从敦煌古籍中查阅资料。

我们在寻找他，他又在寻找什么呢？

以上四份资料，唯一能够说明的就是敦煌出现了一名真正的双翼人，而不是疯虎或针孔那样的正在异变中的人。他有着鹰一样的脸孔、鹰一样孔武有力的双翼，但同时又有人的思维方式、说话能力，处于半鹰半人之间。

跟随针孔夜探井底地穴时，我曾仔细观察过那个银甲双翼人，他能在空中随意高速飞行，那是任何人类都无法做到的。如果世界上大量出现这种异变暴徒的话，敦煌将面临一场无法想象的浩劫。

长江部队采取的措施是合围、死等、伺机活擒之类的应对办法，头痛医头，脚痛医脚，根本不是长久之计。

在我看来，现在最关键的问题有两个：第一、他是谁？第二、他是从哪里来的（或者说他是怎么开始异变的）？

长江部队肯定为此做过大量工作，但最后一无所获，被逼放弃，将希望寄托在无所不能的隼机关身上。铁衣将军关飞度老谋深算，故意借输掉对局而交出资料，在棋盘之外下了这步险棋，以退为进，以守代攻，真不愧是滴水不漏的老江湖。相信只要雪莉一有突破性的收获，长江部队就会杀出来坐收渔翁之利。

所以，可以预见，未来隼机关与长江部队之间的一场生死火拼将不可避免。

看完所有资料后，我打开电视机，找到一个插科打诨的无聊频道，任它自说自话，然后躺在沙发上闭目休息。这种独特的假寐方式是大哥教我的，因为噪声令人无法真正睡熟，一有任何风吹草动就能跳起来反击。

“想真正做到江湖第一，就要练睡觉时都要睁一只眼。”他亲口对我说过。

半睡半醒中，一张“鹰人”的脸始终在我眼前晃动着，挥之不去。我确信他就躲在敦煌城里的某处，白天匿迹隐藏，黄昏之后才会借着夜色出来活动。

“他与银甲将军之间，又有着怎样的联系呢？”我时时刻刻都在扪心自问，期望第六感能突然灵光闪现，给我醍醐灌顶般的提示。不过在在断断续续睡了两个小时，直到被一阵电话铃声唤醒后，仍是满头雾水，猜不透那双翼人一次次出现到底意味着什么。所有的线索都是支离破碎的，没有任何主线能将它们连缀起来。

万没想到，这电话竟是新加坡燕盟的梁夫人亲自打来的。

她的声音温婉动人，带着天然的迷人磁性：“杨进，我已经从各个渠道知道了敦煌已经发生的和正在发生的许多事，怎么样？你还好吗？雷先生说过，你的自身素质不逊于杨正，属于‘压力越大、潜力越强’的那种人，要我对你完全放心，呵呵呵……”

按年龄推算，梁夫人的年龄已经在四十岁上下，但她的笑声却像是灿烂阳光下摇晃着的银铃，一声一调悦耳万分。

我揉揉眼睛，迅速关掉电视，恭恭敬敬地回答：“谢谢梁夫人关心，我没事。”

花错在老屋殒命、白雪在去机场的路上失踪——两件大事对燕盟十二君子打击极大，但梁夫人的情绪并不低沉，只是闲花照水一般笑着：“那就好，那就好。敦煌是个神秘而迷人的地方，杨正大侠曾亲口对我讲过，那地方就像一串沐浴阳光雨露而丰盈成熟的紫葡萄，色泽迷人、香味诱人、汁水馋人。可惜我天生对沙尘和干燥过敏，从不敢渡过长江北上。唉，现在只有在电视、画册上遥想敦煌这颗西北明珠了。”

我屏住呼吸，认认真真地听梁夫人说话，对她这个人有着发自内心的尊敬。

其实不止梁夫人，只要是与大哥关系密切的人，我都会尊敬对方，在礼节方面毫不怠慢。

“梁夫人亲自打电话来，有什么吩咐吗？”我等她的笑声停歇了，才恭敬地问。

茶几上仍旧摊放着那些照片，我无法最终断定送来照片的就是白雪，所以没法跟梁夫人说明此事。

梁夫人叹息着：“吩咐是绝对不敢当的，长江后浪推前浪，一代新人换旧人。我和雷先生都已经老了，未来永远是属于你们年轻人的。别太担心白雪，以她的聪明机智、胆略身手能够应付任何难题的。对了，刚刚我打了一点钱到你账户里，现在大陆的消费水平日趋高涨，多带点钱在身边是好事。呵呵，不必谢我，就当是打给白雪的，由你暂时替她保管罢了。”

我立刻答应，再三致谢。

梁夫人是20世纪的巾帼传奇人物，她的祖先能一直追溯到击鼓抗金的南宋女将军梁红玉，上三代全都是东南亚的商业巨子，家族势力遍布新加坡。能得到她的关怀，是任何一个年轻后辈的荣幸。

“好了，山雨欲来风满楼，沧海横流安足虑？杨进，我和雷先生都知道，真正的大人物只会在战斗中才能历经磨砺而锋芒毕露。我们都很看好你们这批年轻人，就像之前看好你大哥杨正一样。唯一要告诫你的，就是时刻记住现在已经不是单打独斗的年代了，孤胆英雄不再流行，要懂得合纵连横，协同作战。最后，我遥祝你在敦煌旗开得胜，马到成功！”

然后，梁夫人优雅地挂断电话。

我对着那些照片苦笑："旗开得胜、马到成功？会有那么容易的事吗？"

稍后我用电话查询自己的银行账号，里面已经多了从新加坡汇出的五十万美金。无端接受燕盟的馈赠，我无法说服自己的良心，这笔钱总有一天是要还回去的，因为我自己并不缺钱，尤其是不缺来意不明、无法等值回馈的钱。

吉川小卷没有起床吃午饭，所以我只叫了一份简餐到房间来，一边继续研究那些访问记录，一边食不知味地将托盘里的食物扫荡一空。

其间又发生了一件小事，服务生送来整套的西装、衬衫、领带、袜子、皮鞋，全都是本季意大利顶级男装品牌的最新款。西装口袋里留着一张小纸条，上面写着"佛靠金装、人靠衣装，今晚一起去见龙王，不要丢了面子，失了锐气。"我认得那些龙飞凤舞的中文是来自隼机关欧阳雪莉的，心里不由得涌起小小的感动。这是除大哥之外第一次有人帮我买衣服，并且是在我最需要的时候。雪莉用心良苦，做任何事都契合我的心意，连所有衣服的尺码都完全准确，这一点尤为难得。

我拨电话给雪莉，她的笑声优雅含蓄了许多："别为衣服道谢，要谢就谢敦煌风雨又让你我重新聚首吧。如果你肯再度替我保驾护航去见龙王，那我就最开心了。杨进，据我最新搜集到的情报，龙王麾下的线人之一早就把你的事报告给了龙王，他对你很感兴趣。"

"线人？可是老鬼？"我想起了那个带我们夜探莫高窟的猥琐黑导游。

如果老鬼仅仅是黑导游并不可怕，只要给他封口费，我和白雪、石梦夜探莫高窟的目的就不会被别有用心者获悉。最怕的就是他自身就是黑社会的骨干成员，给我们提供方便的同时，又偷偷收集资料，提供给其他人。

雪莉轻叹一声："杨进，你果然不同凡响，一点就透。"

电话这端，我忍不住狠狠地在茶几上拍了一掌，将其中一叠照片掀到了地毯上。当时我太大意了，以为敦煌城是干涸浅滩，不必防范走漏消息。现在才知道，敦煌的水很深，深到轻易让人没顶的地步。归根结底，是我太浮躁了，根本没有沉下心来，认真地捋顺敦煌黑白两道的关系、目的、手段，从而达到办任何事都不留后患的地步。

"龙王怎么说？"我不确定能不能弥补那些失误。

"龙王要钱，要很多很多钱，那个数字大到几乎让隼机关破产。"雪莉笑了。

隼机关以及51基地总部的经费都来自美国财政部直接拨款，能让他们都挠头的话，龙王的开价已经接近天文数字了。

据传，龙王是中国内地江湖十大富豪榜上的常客，不动产遍及世界排名在前一百位的大城市。但是，他仍然痴迷于赚钱，就像一个长年饥饿的人对于面包的渴求那样，永远不知满足。

美国政府当然不会甘愿破产，所以雪莉与龙王间的交易永远无法正常进行下去。

我沉吟着问："龙王能给我们什么？雪莉，我想听你说真话。以隼机关的实力，绕开龙王甚至除掉他再找人取而代之都不是难事，为什么偏要羊入虎口，任他敲诈？"

51基地初创时，全球各地到处都有他们的敌人，时不时有黑白两道的大佬跳出来对他们的神秘研究横加阻挠。曾几何时，那些所谓的"大佬"都热汤泼雪般快速消失了，只有51基地傲然矗立，高速成长为全球的神秘事件剖析中心，被各国科学家视为无所不知、无所不能的学术后盾。时至今日，只要涉及外星人、飞碟之类话题，人们就会迅速想到"51基地"的名字，连美国好莱坞制作的一些惊悚大片，比如《独立日》、《X档案》等，也郑重其事地将"51基地专家任本片剧情指导"作为票房噱头。

这么多年来，全球人民对"51基地"不再感到陌生，并得出了这样的结论："该地区一定储存着美国政府正在秘密研制的一些绝密技术，是美国高科技的核心堡垒，就像自由女神像皇冠顶上的明珠一样，不容任何人侵犯。"

龙王要价时敢于狮子大开口，就等于对51基地和美国政府的悍然挑衅。

"记得吗？老子《道德经》第三十六章说'将欲歙之，必固张之；将欲弱之，必固强之；将欲废之，必固兴之；将欲取之，必固与之。是谓微明，柔弱胜刚强。鱼不可脱于渊，邦之利器不可以示人'。"雪莉没有正面回答我，只背诵了《道德经》上的这段至理名言。

其直接译文为：想要收束它，必须暂且扩张它；想要削弱它，必须暂且增强它；想要废黜它，必须暂且兴举它；想要执取它，必须暂且给予它。这就叫做不引人注意的明道境地，是柔弱战胜刚强的机理所在。鱼不可以离开深厚的水体而生存，国家有效力的凭恃不可以轻易展示于人。

这段话流传千年至今，已经被引申为"将欲取之、必先予之"，是所谓"老子贵柔”这一理论的有机组成部分。在许许多多古今中外的史学家、军事家、政治家眼中，本章阐述了一种荡秋千式的局势推动术，即“取予之术”。懂得采用“取予之术”，柔中寓刚，刚柔相济，才是以柔克刚的精髓。

我立刻明白了雪莉的意思，其实龙王就算再强大，仍不过是一城、一地、一时、一势的黑道枭雄，只要破了他的城、夺了他的地、废了他的时、搅了他的势，他还能嚣张得起来吗？今天，雪莉可以预付定金给他，无论一百万还是五百万，随时都能直捣黄龙、连本带利一起拿回去。

“非此不可吗？”我追问。

这是在中国的敦煌，作为一个中国人，我有义务为确保城市的安宁尽力，而不是任由他人破坏和平，并因此而殃及无辜百姓。

雪莉没有立即回答，我苦笑着继续追问：“我明白隼机关是在下一盘很大的棋，庞大繁杂，无法戏论。但我是中国人，我的生命扎根于中国的九百六十万平方公里之上，绝不会卖国求荣，成为美国人的狗腿子。所以雪莉，你必须告诉我，我是你那盘棋里的哪一颗棋子？”

她立即反问：“那么，你也肯定不会卖友求荣了，对不对？”

我恳切地回答：“当然，那不是我的人生原则。”

雪莉大笑：“那就好了，我不会让你做有辱国格、有损百姓的事，你也不要阵前倒戈，帮别人来害我，怎么样？好了，车子两小时后准时到酒店，剩下的时间你可以洗洗澡，然后去酒店的二楼商务区做个新发型，希望见面时能给我‘眼前一亮’的感觉，怎么样？”

我一字一句地告诉她：“君子一言，驷马难追，就这样说定了，雪莉学妹。”

这一刻，我心底浮现的是石梦的影子，她牢牢占据了我的心，任何人无法取而代之。也许世间真正有缘的男女都会踏上一见钟情的快车道，爱与不爱在一照面就铁板钉钉，然后将对方的形象镌刻在思想、心底乃至骨骼血肉中，再也无法忘怀。

反之，我和雪莉之间的关系永远不可能更近一步，日久不会生情，只能把我们变成情深义重、彼此关爱的兄妹。我可以用“学妹”二字提醒她，不要再陷入男女之情的漩涡。

雪莉突然变得黯然萧瑟起来，淡淡地回应：“杨进，不要刻意提醒我时时保持学长学妹的距离。我来敦煌，九成九的心思是探究父亲的死因，只有百分之一的心思仍维系在过去的青涩旧梦上。你这样说话太残忍，就让我留住那些枯蝶蝉衣般凄惨但美丽的幻影，留点君心我心的记忆——哪怕是一点点，不好吗？”

我沉默无语，但很清楚自己能给对方什么，不能给对方什么。假使随波逐流地暧昧痴缠下去，哪怕两个人仅仅温存一秒钟，都是对她最大的伤害。

最后，雪莉长叹一声挂断电话，我们之间仿佛突然架起了一道巨大的屏障。

〔肆〕

控制莫高窟的幕后黑手八面龙王

两小时后，我上了雪莉派来的车子，但没看到雪莉，车上只有原先那名司机。

“雪莉小姐在等一个国际长途电话，还需半个小时才完，要我先送杨先生过去。”司机很客气。

我平静而低调地点点头，雪莉执掌隼机关大权，当然不会像白雪、石梦等江湖人一样自由行动。

车子由宁塞路拐上沙州南路，从后视镜里看，两辆黑色本田轿车紧紧地跟上来。当我们向右折进新建路时，其中一辆本田车超过我们，变成了一前一后的夹击态势。

司机有些不安地回头请示：“杨先生，这两辆车来者不善，怎么办？”

我摇摇头，示意他继续开，不要胡思乱想。

我们的车在新建路上行驶了一小段后，向左进入敦煌市仿古商业一条街。这是一条集中了敦煌所有古玩行家们的街道，目光所及，到处是古色古香的店铺招牌。很可惜，像所有城市中的“古玩一条街”一样，出现在这里的看似颇有来历的古玩大多是赝品，仅为骗观光客的钱而已。

最后，车子在紧靠汉月堂的一个大门前停下来。

司机刚说了句：“雪莉小姐说的地点就是这里——”几个身着白色唐装的年轻人便从两辆跟踪车上跳下来，拉开我这边的车门，半拖半拽地要我下来，然后紧紧地簇拥着我，走进那个朱漆大门里去。司机虽然没敢抗辩，脸上也吃了好几拳，闷着头发动车子向前驶去。

经过一条青灰色的狭长走廊后，我们到达了一个青砖铺地的敞亮院落。有人抢先进大厅去通报，随即走出来站在厅前的台阶上吩咐：“龙王说，请杨进先生进去喝茶。你们几个先搜他的身，别暗藏武器闹出事来。”

从进门到现在，我没有任何反抗，听任他们摆布。此刻只是略微抬高双手，任凭他们搜个遍。然后，我被带进光线晦暗的大厅里，面对着一个端坐在紫檀木太师椅上的人。他的年龄接近六十岁，身上穿着传统款式的月白色丝绸长衫，一手端着茶盅，一手摇着折扇，透过鼻梁上架着的金丝边眼镜，好整以暇地看着我。

廊檐下的那只红嘴绿衣鹦鹉扑腾了几下，叽叽喳喳地叫着：“快叫龙王，快叫龙王，拜见龙王，拜见龙王……”

我脸上不带丝毫表情，缓缓拱手，一字一句地说：“晚辈杨进，拜见龙王。”

对方“啪”的一声收起折扇，用小指推了推眼镜，皱着眉死盯着我看了几眼，脸上忽然出现了笑意：“年轻人，请坐吧。隼机关的新掌门欧阳雪莉不敢来，只派你来送死吗？我要的见面礼呢？”

雪莉已经把支票给了司机，他们怎么跟龙王联络与我无关。

我沉稳地摇摇头，冷然回答：“我不是隼机关的人，你说的事最好跟雪莉小姐重新敲定一下，我什么都不知道。”

对方陡然仰面大笑，双手拍打着太师椅扶手，仿佛我说的话是疯话傻话，根本无需理睬。一直到笑够了，他才猛地收声，一字一顿地说：“你不是隼机关的人？那凭什么有资格坐到我的客厅里来？你不会不知道，龙王一发怒，事情就会变得很严重吧？”

我摇摇头，冷冷地望着他。

这个客厅很大，所有的家居摆设都是深色调的，给人以阴森森、寒浸浸之感。对方椅子后面的墙上悬着一杆八尺长青龙偃月大刀，硕大的刀头虽然套在紫红色的套子里，却仍散发出一股澎湃的杀气。

“我是欧阳雪莉的朋友，你们之间有什么交易与我无关。你的人很嚣张，这不是件好事，总有一天会给你惹祸的。”我向着他冷笑。

我到这里来，是为保护雪莉的，与其他问题无关，更不会替隼机关做事，那样太违背我的原则了。

“年轻人，知道我的做事规矩吗？办事前先交订金；完事后再付余款。我不想知道隼机关为什么派你来，不交订金就准备灰头土脸地滚蛋吧！”龙王的火气极大，语气很不友好，我一时无法回答，索性眯着眼看窗前青花瓷盆里茂盛的云竹和松树，不想再搭理对方。

龙王的愤怒之火越发高涨，摘下鼻梁上架着的金丝边眼镜，大声呵斥：“别浪费时间了，雪莉呢？打电话叫她来见我！”

我不想理他，静静地坐在沙发里出神，等待雪莉出现。

廊檐下的鹦鹉烦躁地飞上飞下，一刻不停，发出扑扑棱棱的巨大动静。

龙王沉默下来，客厅里立刻冷场。

几分钟后，一个佝偻着背、左腿一瘸一拐的人费力地进了大厅，站在我面前，勉强堆起一个谄媚的笑脸，低声问：“杨先生，还认识我吗？”他的脸上青一块紫一块的，双眼肿成了一条线，很明显是刚刚遭过毒打。

我仔细辨认了一下，才试探着问：“是老鬼吗？”

那人连连点头，带着哭腔回答：“是我是我，杨先生救救我吧！”

老鬼不是我们的朋友，他带路去莫高窟只是想赚我们的钱，就像之前赚任何游客的钱一样。

“你怎么了？”我平静地问。

“他在我地盘上做事，心却向着你们这些外乡人，根本没把我龙王放在眼里。所以，我必须得提醒他，好好认清敦煌江湖上的规矩。不懂规矩的人，根本没资格跟龙王谈，我管你是美国来的还是港岛来的，没钱通通滚蛋。”龙王的嚣张气焰又一次高炽。

我懒得回应他，慢慢起身，踱到他面前。

“喂，你想干什么？”龙王合拢折扇，指向我的鼻尖。

我冷冷地回答：“你不是龙王，只不过是在台前幕后帮他跑龙套的线偶。听我说，给你十秒钟时间，要么自己消失，要么被我打成残废！”

对方瞪大眼珠子盯着我，额头、鼻尖突然渗出亮晶晶的汗珠。

“别试图跟我动手，桌子底下、椅子后背包括你腰间、腿弯、鞋底的所有武器都不要亮出来。刀枪无眼，伤了你没人负责，对不对？”我举手摘下他的眼镜，丢在桌子上，然后轻拍着他汗津津的脸颊。

“我不懂你在说什么！”他已经脸色大变。

我向他腰间探手，从他肋下的暗袋里嚓地抽出一柄两尺长的软剑，迎风一晃，灵蛇一样的剑身发出“铮铮”的怒啸声。

“十秒钟过得很快，想死你就继续装傻，等龙王给你收尸吧。”我叹了口气，把软剑压在他的脖子上。

终于，他的态度软下来，后退一步，双手接下软剑，低声说：“好吧，杨先生请跟我来，刚才得罪了。”

老鬼还在我身后傻站着，我不想理睬这可怜的家伙。因为在那些江湖大佬眼中，老鬼只是一只蚂蚁，招之即来，挥之即去，要他干什么就干什么，根本不配享受人的待遇。但大佬们可能忘了，要他演戏，至少要告诉他怎样演才行，省得一出现就露了马脚，惹人发笑。一个刚刚遭到毒打的人是不可能仍然穿着干干净净的袜子和皮鞋的，而且他的嘴和鼻子都在流血，衣服上却一滴血迹都没有，我只能说，老鬼不是一个敬业的演员。

那被我揭穿的人带我一直向后走，沿着一条被藤萝密密覆盖的木廊进入一座飘着袅袅藏香的木楼。

“杨先生，我可以问个问题吗？”那人停下脚步，满脸严肃地问。

我叹了口气：“海大师，我已经再三申明跟隼机关没有关系，只是陪朋友欧阳雪莉过来，对龙王毫无敌意。相信见面之前你也查过我的底了，怎么还不相信？”

那人眯起眼睛微笑着：“查过，难道你也查过我和龙王的底？哦对了，隼机关的资料收集系统全球第一，欧阳雪莉已经向你透过底了？”

我摇摇头，只说了一个名字：“雷动天。”

在港岛时，雷动天向我历数过大陆西北的绿林豪侠，“八面龙王”、“三眼夜叉”这两个人是他心目中极重要的角色。“八面龙王”是指龙王擅长易容杀敌、威风八面、四夷宾服、八方来归；“三眼夜叉”则是指海大师拥有超强的警惕性，就像脸上长着第三只眼一样，连睡觉时都睁着，能够洞悉一切危险，成为挡在龙王面前的一道安全壁垒。

听到雷动天的名字，海大师似乎偷偷松了口气，苦笑着说：“请杨先生见谅，最近我们这边发生了一些事，不能不提高警惕。我对霹雳堂雷先生一向是非常尊敬的……”

我敏锐地意识到海大师一定是有着非同寻常的苦衷，而这事又是因龙王而起的。现在我们的侧面有一道狭窄的楼梯通向二层，但海大师一直拖延着不肯带我上楼。

“海大师，我不一定要见龙王，不如等雪莉来了你们再谈。”我不想无端地让对方为难。

海大师搓了搓手，脸上的苦笑更重了：“不是不是，杨先生，说实话吧，我和龙王对令兄大侠杨正非常敬仰，可惜现在没机会当面向他请教了。所以，龙王非常希望跟你谈谈，但是……但是……”

楼梯转角处忽然有人低声咳嗽，一个深沉厚重的声音响起来：“请杨先生上来坐吧，我刚刚熬了两杯七宝静心汤，正等知音一起分享呢。”

那是一位高大而枯瘦的老人，身上的灰色长袍被宽平的双肩撑住，下摆晃晃荡荡地随风飘浮，看上去整个人犹如一个移动着的巨大衣架。那老人的头发短而稀疏，剩余的发茬是灰白色的，仿佛秋天收割过的田野，透出无尽的寂寥而凄惶。

他的五官与海大师极像，因为雷动天说过，龙王与海大师本就是同父异母的兄弟。

海大师抬头看了一眼，脸上的肌肉神经质地哆嗦了几下，不由自主地悄悄退了半步。他的这种表现，显示出对转角处那人的极度惧怕。

“你今天身体好些了，对不对？我早说过，七宝静心汤是宫廷秘方，专能辟邪祛毒，提气醒神的。你刚刚好，千万要静养，外面的事有我呢！”海大师每说一句话，眉头就紧皱一次，嘴角也抽搐一次，几近失态。

他们两个的鼻子同为狮子鼻，鼻子的山根、年寿、准头、兰台、廷尉各部位全都生长着细密的“双十字星纹”。

中国传统面相典籍《诸葛神相》中说：“山根主智力、荣誉和疾厄；年寿主人寿、意志、中年运气；兰台、廷尉主富贵；准头主金钱、婚姻。”从龙王、海大师的面相看，山根带“双十字星纹”不是好兆头，属于“梦里横祸血花飞”的不祥之兆。

“我当然放心你。”那个高瘦的人微笑起来，“你很能干，外面的事一定会做得很好。不过，我刚刚潜心占卜了一卦，是周文王六十四卦里的‘剥卦’。你知道，现在的敦煌正处在‘山雨欲来风满楼’的变化阶段，必须要顺势而为，才能渡过难关。”

海大师脸色更加难看，偷偷向我瞟了几眼，双手不住地攥紧、伸开，再攥紧、再伸开，显示出内心无比的矛盾纠结。

“你先去吧，见到隼机关的小女孩千万不能盛气凌人、以大欺小。还记得吗？隼机关英哲先生刚来敦煌的那年，是跟欧阳有悔同行的，他们请咱俩吃饭，还送了两条带有拳王泰森签名的黄金腰带给咱们。那小女孩是欧阳有悔的宝贝女儿，无论如何看他的面子，我们都得好好看待小女孩。对了杨先生，那小女孩的名字是‘雪莉’两个字对吗？”那老人转向我，但双脚仍钉在楼梯转角处，再也没有向下一步。

我点点头，恭敬地向他鞠了一躬。

“欧阳雪莉，欧阳雪莉……我记得欧阳有悔的亡妻名字中也有‘雪莉’二字，世事无常，流年暗换，转眼间他们就都去了，看来我们这一代人迈过21世纪的门槛是非常不易的，不是倒在门槛外面，就是倒在门槛里面。唉，这世界终归是属于年轻人的，那才是人类亘古不变的真理。”他慢慢转身，用瘦骨嶙峋的大手抓住旁边的扶手，一步一晃地上楼。

海大师紧紧地咬住了自己的嘴唇，攥紧双拳，手背上的青筋根根崩起来。

最终，他没有再说一个字，猛转身大步向来路走去。

易经六十四卦中，剥卦是凶险到顶的一卦，其卦形是坤下艮上。坤为地，艮为山，虽然山高地低，但山还要依附于地，有山被剥落、侵蚀逐渐由高变低、接近地面的意思，引申指事物的衰落、风气的变坏等一切走下坡路的现象。其原文是：

剥，不利有攸往。

初六，剥床以足，蔑贞，凶。

六二，剥床以辨，蔑贞，凶。

六三，剥之，无咎。

六四，剥床以肤，凶。

六五，贯鱼以宫人宠，无不利。

上九，硕果不食，君子得舆，小人剥庐。

剥卦象征剥落，不利于有所作为。因为此卦阴盛阳衰，阴逐渐剥落阳，整卦缺乏阳刚之气和奋发向上的精神，陷入停滞、混乱，所以不利于君子有所作为。

如果按目前敦煌的局面判断，龙王的势力分布极广，威震八方，财源广进，应该是繁荣昌盛之势才对，怎么会对偶得的不吉卦象如此看重？

“杨先生，请上来吧。”龙王的声音再次传来。

我沉稳地缓步登楼，越向上去，檀香、龙藏香、象藏香、龙涎香混合在一起的异香便越浓，令人的头脑时而昏昏沉沉，时而极度清醒。我明白那是因为在所有的普通花木薰香之外，又添加了某种高纯度兴奋剂的缘故。这种做法，常常用于高危病人的治疗室，属于“欲扬先抑、欲抑先扬”的“褒贬推拉疗法”，用纯天然香气杀死病毒，再用兴奋剂提升病人的机体活力。

楼上的陈设非常简单，只有一个小巧的红泥炭炉，上面架着一口黑陶砂锅，熏香烟气和氤氲蒸汽从锅底、锅里一起飘起来。除此之外，四壁皆空，连床、桌、椅、凳都没有。

龙王已经在炉边坐下，用一柄木勺在锅里搅动着。他的身体极瘦，因为那长袍从肩头以下的部分便有三分之二空着，被过堂风一吹，扑扑簌簌地飘个不停。

“我看过你所有的资料，从出生到上学、从小学到大学、从大学到现在所有能够查到的点点滴滴都看过。不过很可惜，你不是大侠杨正，现在帮不了我。普天之下，只有他才是无所不能的第一寻宝师，能够将别人终生无法领悟的难题一语道破。他失踪之后，我一直都在想，都说‘天机不可泄露’，而他的一生，一直都在不断地破解上天故意隐藏起来的东西。泄露天机者，上天不容。所以他才永久消失了。杨进，从你在敦煌国际机场落地那一刻起，我就一直想见你，然后告诉你一句最真诚、最实在的话，那就是：远离敦煌。我很欣赏杨正，爱屋及乌，对他唯一的弟弟也会倍加爱护，就像对自己的弟弟那样。你看，我弟弟明年就到六十岁了，可他在我眼里，仍旧像小时候那个需要关心、需要教导的娃娃一样。在这一点上，我和杨正虽然年龄相差三十年，心中所思所想却是完全一样的。”龙王没有看我，只看着那一锅热腾腾的汤。

“兄弟手足之情，在每个人心中都是一样深重的。哥哥爱护弟弟，弟弟也不会在哥哥陷入险境时无动于衷。前辈，我确信大哥还活着，所以才千里迢迢到敦煌来，不肯偷生。你有难，海大师内心也会万分痛苦，恨不得豁出命去帮你分担，不是吗？”我看得出，他们兄弟之间一定存在某个大秘密，而且是个无法解决的大难题。

龙王皱着眉笑起来，鼻梁山根处的细纹剧烈地颤抖着，像树欲静而风不止的那些抖瑟枝条。

“你有生命中不可躲避、无法渡过的大劫厄，卦象和你的面相都说明了这一点。前辈，我猜你约见隼机关欧阳雪莉，根本就不是为了金钱利益的原因，而是希冀借助隼机关、51基地的巨力，帮你脱困过关，是吗？”我没有兜圈子，径直说出自己的猜测。

敦煌不比港岛，任何事都风雷雨暴般说来就来，我们根本没有烹茶对坐、夸夸其谈的时间，只能直奔主题。

“是吗？不是吗？”龙王自嘲地笑着，停止搅动，用木勺舀起锅里草绿色的汤汁，倒进两个黑色的陶杯里。

“你很清楚，隼机关不是扶危济困的救世主或慈善家，只要他们插手，这件事最后的所有利益都会被他们连肉带汤一锅端走，什么都不剩。所以，你无法痛下决心向他们交底，因为你舍不得。但是，那件事越来越急了，你的方寸已经乱了，不得不派出大量的人手跟踪到敦煌来的每一股势力，也包括我、白雪、石梦、欧阳雪莉甚至是长江部队的人。当然，你也会时刻注意本地的黑星帮和刀子帮，省得他们搅局。想知道我是怎么看透这事的吗？因为刚才带我下车的几个人曾多次出现在我视线里，我们已经成了没打过招呼的熟人。我习惯了低调沉默的行事方式，但并不代表我什么都看不到、什么都听不到。前辈，到底发生了什么事？为什么还不能直说？你要海大师带我进来，不就是想要我替你开路搭桥的吗？坦白说，我们已经没时间了。”第六感告诉我，死亡的气息无处不在，无论是在高级宾馆里，还是在这种迷宫一样的民居老宅中。

龙王把其中一只陶杯递给我，之后陷入了长久的沉默。

“剥卦”的出现，表明那危机感也同样困扰着龙王。

流传千年的《易经》六十四卦是中国最古老而深邃的一部经典，据说是由伏羲的言论加以总结与修改概括而来（同时产生了易经八卦图），这是华夏五千年智慧与文化的结晶，被誉为“群经之首、大道之源”。在古代，它是帝王之学，是政治家、军事家、商家的必修之术。从本质上来讲，《易经》是一本关于“卜筮”的书，“卜筮”就是对未来事态的发展进行预测，而《易经》便是总结这些预测规律的理论书。

“卦象说，君子在被剥落的过程中，经受磨难，获得新生，犹如果实没有被完全吞食掉，又有新的萌发之机。君子守正得到大车受到百姓拥戴，身边原来受宠的小人则被剥去屋舍，最后无安身之地。居于尊位的人也因听信小人谗言压制君子，最终毁掉了自己的江山社稷。我不知道自己到底该是卦象里的‘君子’还是‘居于尊位的人’，你说呢？”良久，龙王才轻呷着杯中的汤，顾虑重重地问。

我立即简洁地回答：“后者。”

龙王在敦煌盘踞的时间太久了，以至于连隼机关的人都知道要顺利行事，就必须先到龙王这里来拜码头。

“那么，这一劫我躲不过了？我不是怕死，而是有些事情还未了结。在敦煌这么多年，树敌太多，一旦我倒下，我弟弟根本抵挡不住其他势力的报复性反扑。他是个无勇、无谋、无胆的人，他的能力也根本不足以领导麾下人马。十几年来，我费了很大力气才让所有人都明白‘海大师保护龙王’这个道理，反复地当着那些人的面告诉弟弟：‘这里可以没有龙王，但不能没有海大师；龙王倒下，海大师就能把天撑住。’事实上，我了解自己的弟弟到底具备怎样的特质。约见隼机关的人，是我想出的‘金蝉脱壳’之计，把我们在敦煌的所有不动产和势力地盘都原封不动地卖给对方，然后我们顺利离开敦煌，寻找一个风景如画的海外城市，隐姓埋名地定居下来，永远退出江湖。”龙王的声音低沉悲壮，与他今时今日的地位很不相称。

我想了想，一针见血地问：“你的身体已经到了撑不住的地步了吗？为何选在隼机关新旧掌门更替之时展开这样的行动？你想必知道，51基地从来不会任人唯亲，而是严格考察一个人的才能后才委以重任。欧阳雪莉能坐上那个位置，证明她比别人更优秀，更适合执掌敦煌的工作。龙王，你是骗不了她的，就像骗不了我一样。”

〔伍〕

龙王异变，同根相煎

炭炉里的火渐渐熄灭，笼罩小楼的香气正慢慢散去。

龙王轻轻捋着鼻梁上的细纹，定定地凝视着脚下的灰烬，突然浑身一震，双手抱住肩膀，爆发出一阵痛苦而剧烈的颤抖。

“你怎么了？”我从盘膝打坐的姿势一下子弹跳起来。

龙王脸色变了，双眼的瞳孔已经开始充血，鼻孔里咻咻地喷着白气，像一匹疲倦到极点、疯狂到极点的老马。

“你走，你快走！不要管我，快走！快离开这里！”他嘶吼着，十指扣住肩头，双臂发力，指、腕、肘、肩各关节发出喀喀嚓嚓的恐怖动静。

我后退几步，还想留下观察，但他冷不防飞起一脚，将炭炉踢飞，余温未消的炭块、炉灰铺天盖地而来，逼得我旋身一跃，落在一二层之间的楼梯拐角处。

此刻，海大师行色匆匆地从木廊尽头跑过来，一边气喘吁吁地叫着：“杨先生，雪莉小姐在前厅等你，说有要事，快去吧！”

我还没向他介绍龙王的情况，二楼上便响起龙王咬牙切齿的痛苦哭号声。

海大师立刻低叫：“我哥哥的疯病又犯了，你快走，我来应付！”

我听到雪莉到达的消息后，精神一振，马上赶往前厅。其实在这里我是犯了一个大错误的，因为见雪莉和守护龙王这两件事上，很明显是后者重而前者轻，我不该就这样轻易离开小楼，置龙王于不顾。

到达前厅时，雪莉正在悠闲地喝茶，另一只手举着几页资料在看。

“喂，杨进，你不在这儿好好喝茶，跑到哪里去了？”雪莉站起身，新换的黑色皮衣皮裤散发着幽幽的油光，越发显出她的干练不群。

夕阳落在空无一人的庭院里，那只红嘴鹦鹉也无精打采地垂下头，像那些蔫头蔫脑的花朵一样，都仿佛失去了生气。

我在她身边坐下，无意中一瞥，看到那些资料的抬头位置，是“转让协议”四个字。

“你大概没想到，龙王要把所有位于敦煌的不动产捐献给我们，然后以此为据，申请美国的永久公民权。这一点出乎我的预料，我原以为‘强龙不压地头蛇’，跟他的谈判会费一些力气呢！”雪莉并不兴奋，脸上疑虑重重。

之前我们在电话里产生的芥蒂仍在，所以两人之间的感觉有一点点尴尬。

“为什么自己一个人过来？雪莉，行事不要太大意，现在你已经成了敦煌漩涡里的关键人物，想跟你合作的人和想取你性命的人同样多。”我虽然极力在语言上推远两人的关系，但她的安危也在时刻牵动着我的心。

雪莉耸了耸肩，漫不经心地回答：“我派他们去执行一个最重要的任务了。”

她以为我会追问下去，便停住嘴等着。

我顺着她的心思追问：“什么重要任务能比你的安全还重要？”

雪莉叹了口气，答非所问：“杨进，别为了补偿我而故意顺着我说话，其实我更喜欢你姿态最低调、说话最简洁时的样子。你从来都不欠我什么，我已经不是十六七岁的少女了，一定要别人疼着哄着才开心。从我父亲去世，我已经一夜间长大，坚强得像一辆超重型攻击坦克。”

我点点头，先有选择性地把与龙王的谈话告诉她，这也能从另一个侧面解释龙王那份“转让协议”的来由。

雪莉的表情立刻放松下来，长长地“哦”了一声，然后才问：“龙王得的什么病？他的状态怎样？”

我想了想，字斟句酌地回答：“怪病，已经病入膏肓，靠佛香和兴奋剂维持着，朝不保夕。”

雪莉抱着胳膊想了几分钟，脸上忽然有了忧色：“失去了龙王这样的大佬，敦煌江湖又要开始乱了。这是英哲先生苦盼的局面，他布局那么久，就是要等到大佬崩盘、群魔乱舞的那一刻，隼机关才能浑水摸鱼、从中得利。可惜，人算不如天算，他始终没能等到这一天，剩下我来做丰收后的收割者。”

她拿起那份合同弹了弹，表情和语气说不出是高兴还是忧伤。

过了一会儿，又是她率先打破了寂静：“我所有的手下都去了丝路宾馆，需要运送到港岛去的两人已经被麻醉禁锢，抵达港岛前不会醒来了。”

她翻腕看了看那只江诗丹顿名表，加快语气：“大约在晚上十点钟左右，一切都能按次序搞定，然后出发前往机场，搭乘小型军用机离开敦煌。我单枪匹马到这边来，不过是为了吸引所有人的注意力，然后要手下人顺利做事。”

我一听到“丝路宾馆”的名字便开始皱眉，因为那里曾是石布的办公室所在地。

雪莉盯着我的脸看了几眼，忽然一笑：“千万不要腹诽我了，我承认，当石布等人驾临敦煌时，英哲先生的人马已经提前入住，包下了大部分房间，对石布的考察队形成了隐形包围圈，有三个线人甚至加入考察队，专门负责刺探情报。那是隼机关的本职工作，所有人像流水线上的工业机器人一样展开行动，并非专门针对石梦小姐的哥哥。你是中国人，满怀热血沸腾的爱国之情，胸膛里跳动着的是热浪滚滚的赤子之心。而我是美国人，也曾在美利坚合众国星条旗下宣誓要保卫自己的国家。所以，我对于任何上级交付的人物，都会全力以赴去做，绝不徇私。”

我无法反驳她，古代中国人就奉行“两国相争、各为其主”的原则，各自效忠于本国皇帝。

在美国，对着国旗宣誓效忠的活动始于1892年，最早的誓词是这样写的：我宣誓忠实于美利坚合众国国旗，忠实于它所代表的合众国——上帝之下一个不可分裂的国家。在这里，人人享有自由和正义。一个多世纪里，宣誓活动已经成为美国生活的一部分，宣誓词的最后六个英文单词（with liberty and justice for all）是美国立国理想的精华，浓缩了美国人基本的价值观，也是美国政治理念对世界的吸引力所在。

“抱歉，我不会腹诽任何人。在这场战斗中你赢了，因为龙王无路可退，只能将最后一注押在隼机关身上。我到现在都想不通，到底是什么样的怪病让他连求生的勇气都抛弃了。西北江湖上的人都知道，龙王一生最崇拜的是‘武圣’关羽关云长，年轻时曾亲自选铁、冶锻、开刃、磨锋，打造了那柄青龙偃月刀，尺寸、重量都与当年‘武圣’所用的一模一样，刀长九尺五寸，重八十二斤，刀身镶嵌青龙吞月的图案。当年，他曾在江湖械斗时，骑西域大宛赤兔马，提那柄大刀杀敌，成为年轻人争相模仿的偶像。可是现在……”我不想再用刻薄的话去描述小楼上那位暮年豪侠，再多的钱都换不回青春和健康，他的时代已经永远地逝去了。

在我说话期间，雪莉又看三次表，可见她的心思半在此地，半在丝路宾馆，有些心神不宁。上次燕盟企图运走疯虎时出事，雪莉一定已经引以为戒。

海大师过了好久都没再出现，暮色已经笼罩前院，客厅里的光线已经暗到看不清雪莉阴沉沉的脸。院里的几棵大树顶上，传来猫头鹰睡醒出洞后“咕咕喵、咕咕喵”的诡异叫声。这里远离敦煌的繁华商业区，一入夜，便是归鸦、老鼠和猫头鹰的大好世界。

“在你过来之前，海大师吩咐所有人退下，免得双方有约的消息透露出去。他再不出来，咱们就要饿肚子了，哪里有这种待客之道？”雪莉不悦地说，再看了看表，腾地站起来，“再过五分钟我们就走，没人请吃饭，我请。”

没有人会在乎一餐饭，我心里一直担心的是龙王的身体。当时他交叉双臂死命扣住自己肩头的时候，脸上那种绝望而不甘的表情重重地震撼着我。他对海大师至真至诚、至纯至大的手足之情，更给我留下了太深的印象，因为我也有大哥杨正那样的好兄长，完全理解兄弟间“血浓于水”的真感情。

突然，暮色中传来一声沉闷而恐怖的低吼，一个高瘦的影子倏地出现在客厅门口。

客厅里没开灯，所以造成了里面暗而外面亮的强烈对比，我们看不到他的脸，只能看到他的身体轮廓。

我刚想站起来向前迎去，突然发现情形有些不对。那人就是隐居小楼的龙王，但他的脚步蹒跚迟缓之极，仿佛身体正承受着巨大的负担。

“杨进，且慢！”雪莉低叫，一把抓住我的胳膊，向右侧滑五步，站在博古架留下的阴影里。同时，她的掌心里弹出了一柄乌沉沉的短枪，快速地在皮衣拉链上一划，咯啦一声，子弹上膛，瞄向那黑影。

“看他的肩头，你看他的肩膀，这次我们要糟糕了！”雪莉贴着我的耳朵说。

细看龙王的双肩位置，有什么东西突兀地鼓起来，将衣服也撑得变形了。他在客厅门口停了几秒钟，然后缓慢地踏进来，走向正面墙上挂着的那柄大刀。空气中充满了莫名其妙的腐败味道，并且随着龙王的脚步越来越浓烈。

雪莉的枪口随着龙王的身体移动着，另一只手取出电话，按下摄像键，偷偷地开始拍摄。

从门口到墙边大约有二十步距离，但龙王走得极慢，差不多用了三分多钟。最终，他举起双手，握住刀柄，看样子是要把大刀摘下来。

“别动！”海大师尖锐的怒吼声从客厅侧面的那扇八角雕花窗边传来。啪嗒啪嗒两声，有人按下开关，客厅顶上的仿古吊灯、强光射灯一起亮起来，十几条雪白的光柱射下，照亮了面向墙壁的龙王。而后，几十名平举着短枪的精悍年轻人从门口、窗口涌入，在龙王身后形成一个半圆形包围圈。

我和雪莉被排斥在包围圈外，只能从人头缝隙里望过去，看见龙王的长袍下一直都有什么东西在缓慢地摆动着。

雪莉连打了两个寒战，低声叹息：“有句话不知该不该说，我觉得他好像又是疯虎异变的翻版。”

我无声地拥住她的肩膀，面对这种诡谲的突发事件，实在无言以对。

“放开那刀，放开它！这里有二十柄快枪对着你，快跟我回小楼去！”海大师仍旧站在窗台上，手臂上缠着一条八字麻花纹精钢脚镣，手里还拎着两副叮当作响的钢铐。

那群年轻人鸦雀无声，全都扣住扳机，静待海大师下令。

眼前这种情形诡异到了极点，灯光和人数上的优势消除了人们的恐惧心理，因为这二十柄快枪一起连续发射，足以干掉一头凶悍的大象了。

“放下刀，你还是我哥哥。你病了，必须要回小楼去吃药静养，从俄罗斯请的名医后天就到，你必须回去再等二十四小时。听话，放下刀，放下刀……”海大师从窗台上跳下来，连续做了十几个深呼吸，强自定了定神，分开包围圈，走向龙王。

“哇呀、哇呀”几声，外面响起了乌鸦振翼高飞时的凄厉怪叫声。

我有一种不祥的预感，那种鸟曾被称为“死神的号角”，只有感受到死亡的气息时，才会成群结队地从栖息处逃离。不知何时，客厅外起风了，树梢起舞时的“哗啦哗啦”声此起彼伏地响起来。

博古架后面不是最好的防御地点，我带着雪莉悄悄横向移动，靠近另一扇洞开的八角窗，先行找好撤退路线。龙王的长袍下面一定藏着某种令海大师感到极度恐怖的东西，否则他就不会事先准备好手铐和脚镣，预备将自己的哥哥禁锢起来了。

“那会是什么呢？”我一直在想，却又不敢直接承认，相信雪莉亦是一样。

喀啦一声，龙王双臂发力，猛地抓起大刀。原先刀柄是被两个金属环锁在墙上的，这时也被他径直扯断。刀头上的套子随即滑落，露出精光四射的锋刃来。我看过无数青龙偃月刀的仿造品，外形虽然与这柄大刀近似，刀锋上散发出来的杀气却不及它的万分之一。

大刀在手，龙王立即转身，面对着昔日的兄弟和麾下人马。

他脸上的肌肉剧烈地颤抖着，脸色惨白如纸，几条最重要的面部血管都怪异地凸显出来，弯弯曲曲地横贯下巴、颧骨、鼻梁、眉际和额头，如同一条条青灰色的蚯蚓。

“放下刀！”海大师也亮出了短枪，锐声叫着。

“放下刀，你已经杀了我兄弟，他们的血是不会白流的！”海大师身边有个年轻人撕心裂肺地哭喊起来，“我要、我要亲手杀了你！”

啪的一声，海大师挥手一掌，打得那年轻人跌出五步以外，短枪脱手而飞。

“他是我哥哥，这里什么时候轮到你开口？”海大师怒吼着。

那个年轻人捂着脸跳起来，不敢跟海大师冲突争辩，陡地哀号一声，拔腿冲向门外。

“杨进，这段录像完全有资格进入51基地总部的‘不可思议秘闻馆’，但我还是不能确定，那件灰袍下面到底有什么。难道是与疯虎后背上一样的……”雪莉停顿了一下，总算没把“翅膀”两字说出来。

的确，我们看到龙王的诡异举止后，最先联想到的就是背生双翼的疯虎。疯虎和针孔已经被隼机关囚禁，眼前却又多出来一个龙王，这场噩梦什么时候才能到尽头呢？

嗡嗡两声，雪莉的话机起了一阵微微的震动，有人拨电话进来。

她看了看屏幕上的号码，眉头一皱，立即接听。不过听筒里并没有人讲话，所以她在“喂”了几声后只能挂断，然后回拨过去。

“真是奇怪，怎么不接电话？”她自言自语着再次挂断，重新拨了其他号码，但是仍然没人接听。

“杨进，是我的人打来的电话，但是……但是……算了，那边人手足够了，稍后再说吧！”她焦躁地挂断，狠狠地把电话塞进口袋里。

现在我们处在包围圈之外，心里感觉是安全的，所以才能分心做别的事。相反，一步步靠近龙王的海大师就没有这么轻松了，因为他知道那柄大刀是真正的杀人利器。

“好了好了，大哥，放下刀，我们回小楼去。听话，你一定会没事的，俄罗斯名医索曼莎一定能解决我们的难题。来，我们回去，再叫他们去找几个女孩子来弹琴、跳舞、唱歌，大醉一场后你就会忘掉现在的烦恼了。好了，把刀给我，把刀给我……”海大师已经到了龙王身前，慢慢地伸手去抓刀杆。

“不能……我不能坐以待毙，我要做……些什么……走开，你走开……”龙王的声音是从喉咙里发出的，夹杂着咕噜咕噜的痰音。

“女孩子们就要到了，大刀会吓坏她们，给我吧。”海大师双手一分，跟龙王的双手交错握住刀杆。

雪莉刚刚松了口气，以为危机已经过去，但不知怎的，龙王手肘一屈，海大师的肩头便被击中，踉跄倒退五步。紧跟着，龙王挥舞大刀，逼得那些年轻人左右一分，让出一条路来。

“你不……明白……我要做事……”龙王单手抠住自己的喉结，鲜血立刻从他指缝里喷溅出来，随即他满嘴咯血，发出一阵狂野的吼叫，“我要做事！我一定要做些事！兄弟，你根本不懂，我必须要为你做一些事！”

我的心突然一紧，因为龙王能够残忍地抠破自己的喉咙发声，这种极其变态的做法只有在孤注一掷的情况下才会施行，此刻他所说的一定是最重要的事。所以，他一定是遭到了别人的最大误解。

当龙王提着大刀向外狂奔时，我立即大喝：“不要开枪，谁都不要开枪！”

与此同时，海大师做出了“开枪”的手势，年轻人只会听命于他，不理会我的喝声。情急之下，我旋风般卷了过去，手脚并用，连续打翻、踢翻、撞翻了七八个年轻人，但其他人仍然扣下了扳机，十几柄无声手枪射出的子弹交织成一层诡异的弹幕，卷向龙王背后。

一阵乱响过后，大刀在龙王身后旋转成了一朵瑰丽的银色巨花，子弹被巨花挡住，迸射得无影无踪。然后龙王冲进了门外的黑暗中转瞬不见，地上只留下一行触目惊心的斑斑血迹。

“为什么要救他？你为什么要救他？天哪，他已经变成了妖怪，一个背生双翅的妖怪，那会给敦煌带来灾难的！”海大师声嘶力竭地捶地大叫，已经没有力气起身。

所有枪手被眼前的怪事惊呆了，射光子弹后，都愣在原地，等待海大师的下一步命令。

不管海大师怎么说，我只相信自己的直觉，而不是像他那样仅仅看表面问题。之前在小楼上，龙王情真意挚地表达出了对弟弟的关爱，他现在出去，也许是为了替海大师解决一个大麻烦，保全自己的兄弟。

“杨进，追出去，方向是……情况好像不对，龙王去的是丝路宾馆的方向！我打不通电话，感觉要坏事！”雪莉早就出了客厅，不知从哪里找到一辆刚刚发动的摩托车，吱嘎一声停在门口。

我无法向海大师解释，立即跳上摩托车后座，车子随即高速启动，从这个大院的侧墙小门出去，冲进旁边的小巷里，一直向东。

“我在他衣襟上别了一枚追踪器，看！”雪莉亮了亮手腕，原来她的那只腕表是两层的，正常表盘旋转到一边后，露出底下的微型液晶屏，一个红色光点正笔直向东移动。之前在月牙泉时，我曾多次注意到她做出低头看表的动作，原来并非关心时间。

摩托车又过了两个路口，从一个小吃广场的几十张桌子中间穿过，引起一片惊呼声和叫骂声。前面是一个被红砖围墙挡起来的建筑工地，地面刚刚平整完毕，还没开始挖掘地基。雪莉紧急停车，向液晶屏观察了几秒钟，再次前进，由一个破破烂烂的木栅门进入工地，随即熄火，任由摩托车滑进围墙阴影里。

右前方五十步外，停着一辆破旧的日产挖掘机，此刻龙王就站在挖掘机的驾驶室顶上，昂首挺胸，向着东方。

从刚才行经的路线判断，前方距离丝路宾馆只有不到两公里了。

雪莉跳下车，从侧面的黑皮挎包里抽出一柄短筒双管猎枪，掰开枪身，先退出子弹检查了一下，又重新上膛。

我们都沉默不语，远眺着龙王。那柄青龙偃月刀斜扛在他肩上，刀头上偶尔掠起一溜青渗渗的反光。这个工地应该已经荒废很久了，近处的值班室空无一人，门窗都被砸掉，黑洞洞的，像三只被捣瞎的眼睛。敦煌之夜的灯火喧嚣变得极其遥远，有那么一刻，我甚至觉得眼前空荡荡的工地就像一个开阔的古战场，而龙王就是横刀立马的将军，等待敌将来袭。但是，他究竟在等谁呢？

“海大师错了，龙王也错了，如果他肯把实情告诉弟弟，两人联手，或许情况会稍好一点，不必同室操戈、同根相煎。”我只是有感而发，自言自语。

雪莉在一摞红砖上坐下，把猎枪横担在膝盖上，淡淡地回应：“海大师从来就不是个明智的人，他的能力只配做马前卒，而龙王却一直要把他扶上领袖宝座，那可能吗？昔日诸葛神侯要鼎力扶持刘阿斗做蜀中王、天下王，结果怎么样？把诸葛神侯也拖累得在五丈原呕血而亡。现在，海大师已经算是我的人了，他主动请求跟隼机关合作，而那份转让合同也是他一手促成的。你猜，他用这些跟我交换什么？”

“什么？”我突然感觉雪莉变得极其陌生。

“交换一个美国公民的身份，然后再加一份美国总统和国防部签发的‘永久免死令’。嘿，他根本不知道，连总统都是四年一换，到时候自身难保，谁还管他？再说，他带那么多财产去美国，走到哪里都是一块诱人的唐僧肉，还不如留在敦煌老巢里安安静静地做他的西北王。”雪莉嘴角泛起一缕讥讽的微笑。

稍后，她又重重地补充了一句：“敦煌人的根就在敦煌，离开这片西北大漠，无法成活。”

〔陆〕

丝路宾馆地下停车场里的惨变

物离乡贵，人离乡贱，这是亘古不变的真理。

我无法理解海大师的愚蠢想法，就像他不理解龙王带刀冲出是为他好一样，大家在不同生存环境下，想的做的都会迥然不同。之前大哥偶尔提及过，51基地笼络了全球各地不同国籍的精英，已经成为当代的“智慧硅谷”，技术水平和思考水平都远超普通人。所以，他们看问题的准确性、透彻性是毋庸置疑的。

“就算他不走，龙王一死，海大师的位置也会被其他人取而代之。江湖永远是个弱肉强食的地方，敦煌也不例外。雪莉，如果将来方便的话，请给海大师留条活路，看我的面子。”我突然感到一阵无言的悲哀，因为龙王为自己弟弟考虑了那么多，千方百计要贬损自己、扶他上位，到头来，自己却被亲弟弟视为异端，而且遭到弟弟预先埋伏下的那队枪手围剿，一腔热血全都白费了。

雪莉凝视着我，眼底慢慢地涌现出闪亮的温情。

她伸出手，握住我的手指，用力捏了捏，轻叹一声：“杨进，我知道你心里在想什么。你和大侠杨正都是万里无一的正人君子、江湖高手，龙王与海大师再强十倍，也无法跟你们兄弟相提并论。相信我，杨大侠会没事的，你们兄弟总有相见的一日。到时候，无论我在地球的哪个角落，只要还有一口气，就赶回来陪你们一起喝个痛快。答应我，不要再消沉下去了，我们都没有放任自我、随波逐流的权利，因为有太多事等我们去完成。答应我，振作起来，好吗？”

我的心被她的话轻轻刺痛了，她说的，全都是我此刻思想深处没有勇气表达出来的话。

“谢谢。”这是唯一能表达我心情的两个字。

“朋友一场，我总该分得清远近亲疏吧！”雪莉笑了。

我由衷地感叹："雪莉，其实我不赞成你加入隼机关，那种地方会将一个正常人磨砺为机器，直到被51基地那台更高层的庞大机器吸干生命，完全丧失了作为一个'人'的思想和尊严。之前你做黑客或是做其他工作，岂不也干得好好的？我在担心，你一入隼机关，将来我们连朋友都做不成了。"

雪莉庄重地摇头："不，你错了，所有的黑客都渴望被重视、被招安，借助某些强大的力量，让自己永远屹立于世界的巅峰。我们的最高理想是更长久、更潇洒地向这个世界展露自己，而不是被十年二十年地关在联邦法院的铁狱里。我热爱目前这份工作，因为我有足够的金钱和力量做任何想做的事。如果将黑客比喻成一把剑、一把刀、一支短枪，那么隼机关就是迫击炮、机关枪甚至是海湾战争中伊拉克总统萨达姆手中的'大杀器'，无所不能，无所不在。"

她放开了我的手，脸上重新浮起微笑："但是，武器和枪炮是给敌人准备的，对于你，我永远都会展示玫瑰与美酒的温情一面。英哲先生当年说过，隼机关的大门永远向大侠杨正敞开着，而现在我要说：隼机关的大门永远向杨进敞开着，随时恭候加盟。"

我无法坦然面对她温情脉脉的眼波，因为我很清楚，大家已经成了两条延展向未来的铁轨，永远不会再有交集。

正东方一座水塔上的探照灯突然熄灭了，那仿佛是冥冥中一个玄之又玄的信号，令我和雪莉同时跳起来。

挖掘机顶上，龙王陡地横刀在手，发出一声嘶哑的长啸。

夜风越来越大，他的头发已经被吹得乱七八糟地倒竖起来，身上穿的那件灰色长袍也一次次横向飘飞，一丝不得停歇。

"他背上……会有什么？"雪莉苦笑一声，十指紧攥猎枪，发出"吱嘎吱嘎"的汗渍打滑声。

我摇摇头，不能回答也不想回答。

在元壁的小楼厨房里，疯虎和针孔已经让我见识了令人作呕的一幕，我不想再见第二次。

等了大约两分钟后，现场的情况并没有发生变化，雪莉不免有些疑惑："怎么还没动静？云从龙、风从虎，恶风大作，为什么强敌还不出现？"

她放开猎枪，再次拨打电话，脸色阴沉沉地说："没有人接电话，难不成大家都睡死了吗？"

燕盟的力量与隼机关不可同日而语，况且白雪出事那件意外已经给雪莉提了醒，相信她是不会犯下任何低级错误的。那么，她的人不接电话的原因何在？是被人强行偷袭吗？我不得不联想到铁衣将军关飞度身上去，他抛出四份访问资料做饵，总得收回一些什么吧？

没等我开口，她已经狠狠地拨了另外的号码，皱着眉低语："长江部队！长江部队！难道是关飞度的人在抄我的底？现在我就问问。"

不过，她的电话也没来得及拨出去，因为在她低头的瞬间，一个巨大的黑影骤然从东方天空飞掠过来，直奔龙王。那一刻，龙王手中沉重的大刀变得如一只羽毛笔般轻松，舞出几十个舞蝶翻飞花丛般曼妙的刀花，小花串成大花，大花连成花环，花环又变成花阵，迎击那扑扇着双翼的黑影。双方刚一接触，龙王便向后弹开，轻飘飘地后退十步，稳稳地落地。

黑影取代了龙王的位置，双翼慢慢收束起来，静静地直立在挖掘机顶上。

"谁？你是谁？"龙王单手提刀，指着那黑影大叫。

雪莉已经取出望远镜，紧张地调整焦距，瞄向那黑影脸部。

我刚要提醒她注意镜片反光会带来危险，那黑影便嗖的一声飞起五米高，向这边俯冲而下。

"是那张脸，是——"雪莉不顾危险，迎着黑影拨动望远镜调焦轮。

那黑影来得好快，我搂住雪莉的腰向右侧飞旋躲开，横移五步，但对方也立即半空转向，仍旧瞄准雪莉冲下。我毫不迟疑地夺过雪莉手上的猎枪，枪口上抬，连续扣动扳机。那种大号铜壳弹已经是民用枪械里的子弹极限，两枪下去足以放倒一头长白山成年黑熊。

砰砰两声，火光两闪，对方中弹，翅膀翩然挥动，兜了个大圈子再次冲向龙王。晦暗夜色中，我隐约看见对方蜷缩在羽翼下的瘦长身体，并确信那是个"鹰翼与人合体的怪物"。

"子弹！"我掰开枪身，雪莉立即帮我填弹，我们之间的第一次战斗配合竟然天衣无缝。

"它中弹了！"雪莉向前跨出几步，抬手接住半空飘落的一根灰白色羽毛。

我无暇旁顾，立即高速冲出，奔向龙王。很可惜，这种猎枪威力最大的射程半径为十五米，我必须无限接近那怪物，才能一击得手。如果此刻在手的是支高爆霰弹枪就好了，子弹出膛后连环爆裂，笼罩范围变成一个半径五米的大圈子，这怪物就不会轻松逃离。

龙王的刀光又闪烁起来，但那黑影显然不惧怕冷兵器，半空旋转半圈后，翅膀扫中了龙王的脖颈，后者立刻翻倒在地，大刀脱手而飞。那时我距离战团还有十步，那黑影抓起龙王，振翼飞起，一直向西北的黑暗夜色中飞去。

我手中的猎枪上指，却已经没有必要射击，因为他们已经脱离了射程范围。

“奇怪，龙王不可能如此不堪一击？他从仿古一条街那边高速奔跑过来，表示身体状况良好，应该能够发挥青龙偃月刀的最大威力，怎么几秒钟内就被怪物击倒了？”雪莉有些迷惑不解。

一瞬间，我脑子里跃上一个不祥的念头：“同归于尽，他要跟怪物同归于尽！”

那时雪莉的思想也转过弯来，惊呼一声：“他明知敌人无比强大，所以大动干戈地拖着大刀赶过来，只是虚张声势，引开敌人视线。我猜他身上一定绑着炸药，接下来在半空中飞行时引燃，跟对手一起粉身碎骨。这一手真是高明，既消灭了敌人，又不会给地面上的人造成任何灾难，保全了海大师的清白名声。龙王不愧是黑道上成名成精的人物，做事滴水不漏，值得我们学习。”

枪声会招来警察，我和雪莉都很明白这点，所以毫不耽搁地启动摩托车，从另一边的栅栏门冲出，拐进路灯照不到的暗巷，奔向丝路宾馆。

“他就是长江部队访问记录上说的那个‘鹰人’，长着鹰眼、鹰嘴，五官与人类迥异。我是故意要引他过来的，因为距离太远，那个角度也观察不到他的脸。谢谢你杨进，刚才的救命之恩，请一定给我机会报答。现在，搂紧我的腰，我们必须争分夺秒了！”雪莉脸上露出了胜利的笑容，猛地一拧油门，摩托车怒吼着冲出暗巷，九十度右拐，由丝路宾馆后门驶入，然后继续右拐，径直驶上地下车库的入口斜坡道。

她的胜利有双重意思：第一，冒险看清了“鹰人”的脸，与记录中目击者的描述相印证；第二，她用“敌人突袭”来考验我对她的感情，我的反应足以让她满意。然后两人共同经历的生死考验越多，感情就会越近，累积下去，终有一天会捕捉到我的心。

我在心底发出一声浩叹：“雪莉是个好女孩，数年如一日，对我用情既专又深。只可惜，如果我能爱上她的话，在大学里就不会错过了。那时错过，今天仍会错过，无缘就是无缘，不会因时间的长短而改变。只有石梦，才是我心中今生唯一真爱。”

回想起来，从出事那天起，石梦等四人就像从这个世界上突然蒸发了，没留下任何线索，也没有走入我的梦境中来。

“石梦，你在哪里？”耳边风声呼啸，我的心又一次如沐冰雪严霜。

丝路宾馆的地下停车场设施比较陈旧，门口连自动升降栏杆和收费室都没有，因为该宾馆另有一个地上停车场，位于正门右侧，入住的客人喜欢把车停在那地方。至于这边，已经被大多数人遗忘了，只当做地下仓库来用。

摩托车直驶到停车场最深处，在一扇厚重的大铁门前停住。

这里非常安静，连一点风声都听不到，所以我下车时踩到泡沫垃圾发出的吱嘎声都异常刺耳。

“很安静！”雪莉皱着眉冷笑，“不是个好兆头，对吗？”

我会意地平端猎枪，指向大铁门。

“我在这里留了四个人，在通向机场的G 313国道沿途布置了三个护卫小组，共三十人。按照我的推想，有人想劫车的话，只会在会宁村林场、新墩村林场、敦煌站文化路口道班附近动手，因为那些地方比较荒僻，一旦战斗开始，警察不能马上到达。为什么我没在这里布置太多人呢？是因为除了上面说的四个人，我还在丝路宾馆四周留下了十二个流动哨，一有风吹草动就向这边发出警示讯号。但是，我还是算错了，我猜打开这扇门以后，将是满地狼藉，惨不忍睹。杨进，我不想倒了大家的胃口，现在就叫人来清理现场，而我们——对了，丝路宾馆顶楼有一个二十四小时营业的露天音乐酒吧，去喝一杯怎么样？”雪莉最终也没去敲开那扇铁门，而只是用平静的语调迟缓叙述着。

我们同时抽动了一下鼻子，一股血腥气隐隐约约飘浮在空气中。

“怎么样？”雪莉重复了一句，眼神中只有越来越孤傲的冷冽，“隼机关是个打不垮的战斗组织，无论是燕盟、长江部队还是本地的几个小规模黑帮，都不会对我们的行动造成任何阻碍。好了，去喝酒吧？”

我叹了口气，把猎枪插到摩托车侧面的挎包里，苦笑着点头：“是个好主意！不过，我得先打电话回酒店去，通知我朋友一声。”

吉川小卷的出现，是敦煌这边死水微澜中的一线转机，我想借力脱困，而不是对对方置之不理。当然，我们的合作中是绝对不会出现男女之情的，只是极有距离感的友谊关系。

雪莉皱皱眉，转瞬即翘着嘴角露出狡黠的微笑："通知吉川小卷小姐吗？我想不必了，此刻她正跟来自日本的朋友共进晚餐、把酒言欢呢！贸然打电话过去，只怕会扫了人家的雅兴。再说，你跟她只是萍水相逢，何必在礼节上面面俱到？说实话，我对这位日本小姐没什么好感……"

我们一同并肩向停车场外边走，趁她打电话叫人的空当，我也打电话给吉川小卷。

接电话的竟然是个年轻男人，他用带着日语余韵的中文礼貌地告诉我："对不起，吉川小姐去洗手间了，可能得几分钟后回来，要不要留话或是再打来？"

我微微一愣，随即恢复正常，同样彬彬有礼地回答："不必了，谢谢，再见。"

吉川小卷坦然告诉过我有朋友要来，替她接电话也很正常，而且这样一来，我就不用担心她的身体了，她的朋友自然会关照她。

雪莉打完电话，手臂穿过我的臂弯，挽着我折向宾馆主楼的侧门，由那里乘电梯直升顶层平台。在电梯里她歪着头看着我，不说一个字，只是嫣然浅笑。

我耸耸肩膀微笑，彼此心照不宣，反正心底无私无愧，她要笑就任她笑吧。

顶楼顶平台的酒吧完全是仿欧式设计，吧台、高脚椅、环形沙发、藤椅以及周边的木栏杆全部漆成白色，所有的花盆里都盛开着一簇簇不知名的五颜六色的小野花。至于我们头顶上方笼罩着的拱形架子，则被紫藤蜿蜒的纸条爬满，密密实实地遮盖了天空。身在此处，酒杯在手，令人浑然忘却了身在他乡，并且是大陆西北的沙漠之城。

雪莉要了两倍龙舌兰加冰，稍稍迟疑后又要了一盒骆驼牌香烟。

"抱歉，我思考时离不了香烟，唯有抽着这种劲头够足的骆驼烟，才能用美国式的思维模式展开工作。"她有些不好意思地向我道歉。其实酒吧里的女孩子一般是喝百利甜酒、抽绿摩尔女士烟，很少要烈酒和骆驼烟的。

我摆摆手，示意她"请便"。

激战过后，我们的思想都很紊乱，无论采用什么方式来平复心情，都是无可厚非的。我一口喝干了那杯龙舌兰酒，又叫了一整瓶马爹利酒，没有加水或冰块，只是一小口一小口地轻呷着。

"几年以前，父亲带我看过一次中国传统舞剧《丝路花雨》的翻版演出，我醉心于那些从敦煌壁画中拓扑而来的奇幻舞蹈，并为此彻夜难眠，以为发现了生命中最美好的东西。那时，我还是一名黑客，敦煌舞蹈像暗夜里的一线天光，照亮了黑客的独行世界。世界各国没有任何一种古代舞蹈能像敦煌壁画中描绘的舞蹈造型那样婀娜多姿，令观众如痴如醉。父亲说过，有生之年他一定要挖掘出深藏于敦煌地下的秘密，揭示到底是什么样的舞者才能达到那样飘逸出尘的境界。其实这也是我投身于隼机关的间接原因之一，我像吸毒者迷恋高纯度可卡因一样痴迷于莫高窟的壁画。事实上，我在元璧的博物馆见你之前，已经提前三周到达敦煌，并十几次亲临莫高窟，甚至接到你第一个电话的时候，就在莫高窟的112窟里。抱歉，我不能因私废公，必须要向你隐瞒一些东西……”

酒吧里的客人三三两两离去，最终只剩我们俩。

“我理解。”我向雪莉举杯。51基地和隼机关直属美国国防部领导，铁的纪律是保证该机构正常运转的先决条件之一。

“我爱上了敦煌壁画里的《霓裳羽衣舞》、《胡旋舞》、《胡腾舞》、《柘枝舞》，那些都是舞蹈艺术的最高境界，似乎舞者和画工已经脱离了理性思想的掌控，最终因‘情动于心’而‘手舞足蹈’……”

雪莉沉浸在自己的回忆里，她腕上的追踪器仍在工作，表示龙王的红色光点越来越微弱，一直向西移动着。

《丝路花雨》是中国舞剧里的经典，曾频繁见载于各种媒体资料：1979年《丝路花雨》被选为国庆三十周年献礼，于10月1日在人民大会堂演出，邓小平、叶剑英、李先念、邓颖超、杨尚昆等三十多位国家领导人和来访的外国元首、贵宾、各国驻华使节及社会名流、人大代表都观看了演出，被文化部授予三十周年献礼演出创作、演出一等奖，受到中国文艺界老前辈茅盾、曹禺、吴晓邦、袁雪芬等的高度赞扬。此后《丝路花雨》五度进京，巡演南北，先后在广州、桂林、上海、天津、西安、太原、杭州、南京、武汉、南昌、九江等地久演不衰。1979年12月《丝路花雨》应邀赴香港演出，香港总督、各国领事、社会名流都观看了演出，港媒以“目瞪口呆、既醉且痴”来形容港胞的感受。仅十日间，各报刊登评介文章二百六十余篇，照片、速写三百二十余幅，香港为之轰动……

大哥研究敦煌资料多年，书房里收藏有各个时代、各个版本的《丝路花雨》，所以我对那个舞剧也非常熟悉。

雪莉在抽完五支骆驼烟、喝完四杯烈酒后，眼睛渐渐变得明亮起来，若有所思地问："杨进，如果现在就去莫高窟，解除一切限制，任你搜索，有没有把握发现什么？"

我摇摇头："我只是普通人，没有'通天眼'的神力。你的意思是不是表示，之前你在莫高窟一无所获？"联想到上次由老鬼带领去莫高窟的事，我相信，要想在那些空荡荡的石窟里找到前人疏忽的东西非常难。

雪莉自嘲地微笑着："对，基地和卫星都提供了那个神秘圆洞的精确经纬度坐标，按说很容易就能找到它位于古藏经洞的出口。可是，我除了没能掘地三尺外，把所有技术手段用了个遍，搜索了地面上的每一条缝隙和纹路，最终也没能找到入口。"

她扬手招呼服务生："拿白纸和铅笔过来。"

纸笔来了，她迅速绘制了一张古藏经洞的草图，在靠近北壁处画了一个圆圈，然后露出无可奈何的苦笑。

我没有多说话，因为经验告诉我，普通人能想到的办法隼机关早就提前想到并且付诸行动了。他们做不到的事，任何地球人都做不到，无需尝试。

"这是一道无解的多元方程式，而埋藏于敦煌的每一个秘密都是方程式里的一个未知元素。杨进，我感到自己被几万条乱麻捆住，动弹不得，挣脱不能，直至脑力、体力、精力衰竭为止。可惜你不愿加入我们，否则有你这样的好伙伴一起行动，事情肯定就变得容易了。唉，高山流水难觅知音，难道我们必须错过吗？"她显露出与年龄极不相称的苦涩表情来，忽然转换话题，"你该见过程霓裳吧？就是那个擅长舞蹈的天才女孩。我看过她的资料，带给我很多触动。对对，我知道你要说什么，是说她已经与石梦、多吉占堆、班措一起失踪了对不对？这个问题你且不要管，先告诉我，面对程霓裳时，你会想到什么？"

我仰着头思索了一会儿，程霓裳那种不食人间烟火似的孤傲表情又一次浮现在脑海里，但雪莉等不到我回答便接下去："她不像人，不像一个活生生、水灵灵的那个年龄段的女孩子。听不懂我的话？好，我是说她身上带着极重的阴气，给人以最深刻的'寒冷感觉'。上周，我已经将获取到的关于程霓裳的所有资料传给51基地屠博士，相信不久他就会得出一些很值得深思的结论来。"

据我所知，屠博士的全名为"屠龙士"，美籍华人，原籍中国江西，曾是中国茅山术派的后起之秀，三十岁后改拜北欧占星术高手为师，将中西阴阳理论融会贯通，创造出了属于自己的灵异学理论，最终被51基地笼络到帐下。

“希望到时候那资料能你我共享，怎么样？”我对程霓裳也很感兴趣，石布神秘坠楼事件因舞蹈而起，而他与程霓裳之间到底交流过什么，已经成了不解之谜。

雪莉不置可否地一笑，转脸向着电梯方向，那边正有一个身着黑西装的矮个子年轻人冲出电梯间，略带慌乱地快步走过来。

“雪莉小姐，这是地下停车场里的监控录像资料，我已经付钱买下，不会扩散出去了。我们遭遇了一个极可怕的敌人，一个长着翅膀的绝顶高手。他杀了处于麻醉状态的疯虎和针孔，现场惨不忍睹，我方的四个人全都被吓昏过去了。”年轻人迅速地在桌上摆好了一部笔记本电脑，按下视频播放键，请雪莉观看。

〔柒〕

与隼机关高手同行

雪莉突然倒吸了一口凉气，倏地把电脑屏幕转向我，然后跃到我身边来。

画面中，四个正在打牌的年轻人目光齐齐地望向门口，随即一个浑身被灰袍罩住的人出现在他们面前。年轻人们目瞪口呆，几秒钟后才回过神来，一起伸手拔枪。灰袍人的动作快到极点，超出了摄像头的记录帧数，只看到一团模糊的影子向前飞去，然后四个人便仰面倒下，不再动弹。

“下面切换到我们安置的摄像系统，镜头位置在冷藏车的斜后方房顶上。雪莉小姐，G313国道沿线的小组正在等候命令，怎么办？”年轻人焦灼地请示。

雪莉冷冷地挥手：“全部原地待命，等候机动小组传回的追踪消息。”

年轻人跺了跺脚，露出悲哀而颓丧的表情：“雪莉小姐，机动小组共有五人，随身佩带的全是轻武器，如果跟那个怪物遭遇，岂不是只有等死的份儿？”

雪莉弹了弹指甲，轻轻地呵斥了一声：“如何决策是我的事，管好你的人，做好你的本职工作，懂吗？”

年轻人脸色一凛，赶紧后退一步，诚惶诚恐地低下头：“是是，我不该多嘴，请雪莉小姐原谅。”

雪莉的脸色略微缓和了一点，淡淡地说：“你下去吧，机动小组会直接向我报告，你不必管了。”

那个年轻人低着头后退，很快便消失在电梯入口。

画面切换后，灰袍人正打开冷藏车的铁门，从里面拖出两只钢化透明冷藏匣来。冷藏匣落地，上盖随即弹开，露出里面两个沉睡着的人。

“我命人把疯虎和针孔置于低温冷藏状态下，那样他们身体内的一切新陈代谢就会放缓，不吃不喝、不睡不动，至少在抵达港岛前不会醒过来惹麻烦，绝不重蹈白雪的覆辙。可是，这灰袍人是从哪里钻出来的呢？怎么能如此准确地追踪到地下车库去？这一切是如此令人费解！真是他妈的糟透了！”雪莉突然骂了句粗话。

灰袍人在疯虎面前蹲下，低头凝视着昏睡中的人，几秒钟后，他慢慢抬起双手，插进冷藏匣里。转瞬间，他的影子又飞快地晃动起来，好像在跳着一种奇怪的高速舞蹈。

“我觉得——有点冷。”雪莉向我身边靠了靠。

我自然地伸出手臂环住她的肩，眼睛并没有离开屏幕。当灰袍人停止动作时，雪莉的头一下子埋进我的臂弯里，身体颤抖着发出一声接一声的干呕，随即抓起酒瓶，大口大口地狂灌烈酒。

灰袍人又走到针孔面前，重复着刚才的动作。那是屠夫或厨师挥刀剁肉馅的动作，不过灰袍人剁的是两个昏睡中的活人，而且并非用刀，他用的是自己的双手。我冷冷地盯着画面，直到他将现场搞得满地狼藉，然后用其中一个年轻人的外套擦干净自己的手，转身向画面外走去。

这就是那个被我射中两枪的“鹰人”，也是铁衣将军关飞度提供的访问记录中出现的那个怪人。

“机动小组能追踪到鹰人和龙王吗？”我觉得自己的声音已经变得干瘪而生涩，但仍能坚持，不为任何血腥画面所动。非常时期，我只能采取非常手段，严格控制住自己的个人生理反应，不放过画面中的任何细节。

“能。”雪莉呻吟着回答一个字。

“我很钦佩龙王‘舍生取义、杀身成仁’的大无畏精神，但他恐怕没有同归于尽的机会，因为这个怪人拥有人的思维同时拥有鹰隼的犀利手段。通知你的人，不要追得太紧，免遭戕害。”我推开电脑，喟叹着提示雪莉。

不等她打电话，她的电话先响起来，正是机动小组的组长打来的：“目标跟丢了，目标好像是飞向了魔鬼城，但我们无法最终确定其动向。现在我们的车子刚刚到达老黑沟附近的旷野里，向西北去需要绕过洋水海子，地形比较复杂，不敢贸然北进，请指示。”

我在笔记本上敲了几个键，打开卫星定位系统，迅速找到敦煌西面的玉门关遗址，鼠标停留在“老黑沟”那一点上，然后指给雪莉看。

魔鬼城不是城，指的是敦煌雅丹地貌国家地质公园，位于敦煌市玉门关遗址西北八十公里外。在这片约四百平方公里的黑戈壁上，水蚀、风蚀形成的各类土丘栩栩如生、不计其数。由于受比较固定的水流和风向的不断侵蚀，一座座雅丹地貌整整齐齐地纵列成行，从而与行间空地自然地形成了整齐划一的街道。整个城内有广场、教堂和许多令人浮想联翩的自然雕塑，形象生动，惟妙惟肖。夜风吹过时，城内鬼声森森，怪声不止，令人胆战心惊，毛骨悚然。因此，这个整体酷似一座中世纪古城的地方，被当地人形象地叫做“魔鬼城”。

从来没有外地游客敢在夜间踏足魔鬼城，那组长的声音里充满惶惑与恐惧，似乎已经被双翼人、魔鬼城给吓住了，把那双翼人当成了来自雅丹魔鬼城深处的食人妖怪。

雪莉振作精神，冷静地问：“你们停下多长时间了？望远镜里看到过什么？龙王还活着吗？”

那组长回答：“刚刚三分钟，追踪目标已经消失在沙丘后面，龙王仍活着——”

就在此时，听筒里传来剧烈的爆炸声，电话那头的组长大叫起来：“西北五公里外的沙丘上发生大爆炸，火光冲天，我们马上赶过去看！”

我立即做了个“阻止、后撤”的手势，雪莉随即吩咐：“不，带你的人立即撤回敦煌，抄小路避开警察和赶去看热闹的。注意，不要跟任何人发生冲突，安全第一。”

挂断电话后，雪莉低头看看腕表上的液晶屏，那红点已经撤底地消失了。

“往好处猜，龙王跟双翼人同归于尽，尸骨无存了；往坏处猜，龙王炸死了自己，双翼人翩然离去，毫发无损。你猜是哪种结果？”雪莉长叹着合上笔记本电脑，在见底的酒瓶上弹了弹，举手招呼服务生再拿一瓶酒来。

作为敦煌黑道上的魁首，龙王用一次惊天动地的大爆炸结束了自己的生命，也把身体异变的秘密永久地封存起来，不给海大师留下太多思想上的负担。他付出了真心和生命，不知道能否唤醒海大师的良知？

酒来了，雪莉看了看腕表，苦笑着说：“杨进，我们今晚共谋一醉，然后在丝路宾馆好好休息十几个小时，只等明天黄昏以后一起进入莫高窟，做最后一次探索。这次我把所有的赌注全都押到你身上了，并且会在明晚九点半钟连通太空间谍卫星，要对方再次校准神秘洞穴的经纬度坐标。同时，我的人还将携带最犀利的高速钻探工具，无论采取何种手段，一定把那个所谓的入口找出来。”

我立即发现了她话里的漏洞："雪莉，你们以为那圆洞通向哪里？"

雪莉苦笑着回答："第二古藏经洞，一个比王圆箓发现的古藏经洞更具研究价值的神秘洞穴。"

我饶有兴趣地追问："找到圆洞有什么用？那么小的直径，你以为正常人能循着这条路下去吗？或者有什么人能从这里爬出来？"

按照雪莉叙述过的资料，那圆洞只能发挥通风、换气之类的作用，而绝不可能用作进出通道。

雪莉摇摇头："那圆洞做视频扫描足够了，我已经做好准备，一旦发现洞口，立即插入管状摄像头，尽可能地获取下面的视频资料。这是现阶段我最重要的任务，不达目的，我是不会离开敦煌的。"

我忍不住摇头："雪莉，别用自己的固执去对抗神秘的大自然，在这一方面，51基地的前辈们遭受过太多重挫，比如百慕大魔鬼三角事件、北极冰盖下的第二地球事件、金字塔太阳之舟地穴事件、尼泊尔时空神庙事件……太多太多了，他们每一个人都曾像你一样自信，以为地球上的每一件事都应该能找到真相。不可否认，他们都是超级优秀的大师级人物，洞察力与思考力超越普通人百倍以上。但结果怎么样？他们已经倒在探险史的漫漫长河中，尸骨与名字同朽。自51基地建立以来，同样的人、同样的事不胜枚举，多如恒河沙数，你为什么不能从中吸取一些教训呢？"

大自然复杂多变，其神秘性不是我们这些寄生其上的地球人能够洞察的。

之前最著名的南非籍探险家索萨亚曾说过一句非常贴切的话："人们试图揭开地球真相，就像寄生在大象身上的虱虫企图弄清这庞然大物的遗传基因一样可笑，而且遥不可及，永不见尽头。"

雪莉带着醉意而笑："不不不，杨进，你不会了解51基地有多强大，不会知道那些失败事件其实只是官方释放出来的烟幕弹，去供作家们和媒体记者们自由发挥，当做写稿的优质素材。我必须告诉你，这世界上有些事是你知道的，另有一些事，是你以为知道而其实并不知道的……这句话有点像绕口令，但你应该抛弃成见，深入了解51基地的精髓，也许有一天就会改变初衷，加入到我们中来。我们的目的，就是从微观角度分析地球，把一切未知变为可知，去掉那些神秘莫测的不安定因素，让地球按照最安全的轨迹健康运行……"

我不再开口，却对隼机关的野心越来越感到吃惊。这批人与普通盗墓贼、探险家、寻宝师截然不同，他们都是“视金钱如粪土”的，唯一追求的目标就是真理和真相。

记得有一次大哥与雷动天一起喝茶时说过，地球上有太多不敢揭开的真相，就算发现了，也只拍照记录，留在自己的私人笔记里，不能向政府和民众说明，以免引起巨大的骚乱与恐慌。他很钦佩鲁迅先生说过的一句话：“假如一间铁屋子，是绝无窗户而万难破毁的，里面有许多熟睡的人们，不久都要闷死了，然而是从昏睡入死灭，并不感到就死的悲哀。现在你大嚷起来，惊起了较为清醒的几个人，使这不幸的少数者来受无可挽救的临终的苦楚，你倒以为对得起他们么？”

相比较而言，他就是那几个清醒人中的一个，眼睁睁看着灾难临近，却只能理智地选择沉默，因为没人能扭转大灾难的侵袭。相反，51基地的人前赴后继地以“揭秘”为己任，将会给人类带来无尽的恐惧。

俗语说“酒逢知己千杯少、话不投机半句多”，接下来，我和雪莉的对话越来越少，只是一杯接一杯地喝酒，很快她就醉得双眼发直、满脸通红，必须让我搀扶着，才能勉强走到电梯间去。她的人在五楼开了一个豪华套间，我把她扶上大床，然后回到客厅，从冰箱里取了一罐冰啤酒，打开电视，一个人独酌。

疯虎和针孔死了，被千刀万剐，化身肉泥。为什么？他跟那杀出来的灰袍双翼人不是同类吗？从双翼人的杀人手法中，我联想到睡佛的死。当时在老屋门前，睡佛同样被白光斩成了碎片，随风而逝。两次杀人事件，会不会有某种内在联系呢？

不知何时，我推开啤酒罐，斜躺在沙发上入睡，耳边似乎一直响着西北大漠上的风卷狂沙声。

在我的梦境中，莫高窟如同一个岿然矗立的巨人，漠视着风沙滚滚的荒原。当年那些垂涎古藏经洞秘籍的外国投机者正用骡车和骆驼络绎不绝地搬运着那些天降宝典，那时候敦煌是座不设防之城，任这些侵略者们予取予求。我仿佛孤身一人进入了古藏经洞，与搬运者擦肩而过却彼此互不惊扰。他们看不见我，我也看不见他们。敦煌的古代文物再多，也经不起东一批、西一批、南一批、北一批的求索者纷至沓来，终于，我身边的那些沙漠淘金者拿走了地上最后一本册子，之后便心满意得地呼啸着远去。不过，我脚边仍有一些灰白的碎片保留了下来，那是一具被暴力拆散又被无情践踏过的骸骨。除了骷髅头幸免于难、保持完好外，其余碎片已经无法拼凑。

“那会是什么人的骸骨呢？守经者、殉葬者、盗墓者、石窟画工？还是……”

昏暝中，我慢慢蹲身捡起那个骷髅——梦境到这里就突然结束了，我猛睁开眼，房顶的八瓣莲花水晶吊灯仍亮着，而墙上的电子钟已然指向清晨五点。

我下意识举起手，看着洗得干干净净的手指。骷髅头带给我一种非常玄妙的启迪，但梦境断开得如此突然，就像演唱会上的最后一个高音，在最高峰处戛然而止，带给人无尽的遐想。

就在那一刻，我的电话响了，屏幕上显示的是吉川小卷的号码。

我翻身起来，凝视着那个号码，不自禁地再次抬头看看电子钟，以确认目前的时间。几秒钟后，我清了清嗓子，让沉沉的睡意散去，然后按下接听键，沉着地开口：“喂，吉川小姐起得真早啊？”

吉川小卷的笑声中带着忧郁：“五点钟还早吗？我们日本人习惯了早睡早起，赶在太阳的前面。我的朋友对昔日的‘亚洲第一寻宝师’杨正大侠非常崇拜，听说你的名字后，非常希望有机会请你吃饭，然后当面聆听教诲。怎么样，给个面子，赏光赴宴好不好？”

我心里微微一动，她是敌是友尚且无法确定，又突然杀出来一个日本男人，事情好像哪里不太对劲。

“杨进，你不会一整天都没空吧？晚餐时分给我一小时怎么样？我朋友的敦煌游行程安排得比较紧，明天就会随团西进，去阳关、玉门关、雅丹魔鬼城三地游览，一周后便离开敦煌了。无论如何，你再忙，总不能伤害日本年轻人的热情，不满足他这点要求吧？”吉川小卷半真半假地发牢骚。

听到“魔鬼城”三个字，我的心骤然紧缩了一下，差点脱口而出，让她阻止那年轻人的旅行计划。但是，雪莉无声地从卧室门边滑过来，坐在我旁边的沙发背上，及时地将食指竖在嘴边，阻止了我的话。

我沉吟着回答：“抱歉，今天我实在没时间。”

吉川小卷失望地叹了口气：“我知道石梦、程霓裳等人失踪对你影响很大，不过再不好的事情都会过去，生活仍需继续。杨进，敦煌的医疗条件比较差，我想带程风博士去北京、上海或者干脆回日本大城市去治疗。程霓裳不在，我只能知会你一声，你有没有什么意见？”

直觉上，我知道自己该拒绝这个要求，因为程风的呓语带给我更大的困惑，他虽然疯了，但谁知道他什么时候能一下子醒来呢？只要他清醒了，莫高窟的某些谜题就会被揭开。不过，我没有直接拒绝，只是淡淡地回答：“明天见面谈吧，我们最好不要替程霓裳做主，那样实在越俎代庖。”

吉川小卷越发失望，长叹着道了“再见”。

我仍保持握着电话倾听的姿势思考了几分钟，才轻轻地吁出一口气，将空了的啤酒罐扫进垃圾桶里。

吉川小卷的提议看起来是顺理成章的，要给程风以最好的治疗环境。那么，她到底想要什么？之前石梦说过，石布、程风、吉川羽三人属于一种松散的合作关系，彼此之间都没有相互照料的义务。所以，程风、吉川羽二人出事后，石布、石梦两兄妹仍然会放心地飞去港岛，不理会他们。换句话说，发疯的程风理应由程霓裳照顾，与吉川小卷无关。她肯主动施以援手，不会只是慈悲心发作，必定另有所图。

雪莉沉静地仰着头，睡意全消的脸上浮着若有若无的冷笑。昨晚的大醉给她留下了一对不大不小的黑眼圈，但精神却很好，似乎已经抛开了双翼人带来的种种压力。

“杨进，我想提醒你，日本女孩功利心很重，很少有哪一个会对华裔男人动心，大部分都是受利益的驱使而逢场作戏罢了。我会派人跟踪她的朋友，敦煌这一锅大杂烩已经够乱了，容不下别人的勺子再伸进来。声名远播的吉川羽博士说穿了不过是个高级的文物掮客，这几年他从中国运往日本的货物中，不少都是国宝级的在册文物。如果吉川小卷也跟她这位叔叔是一丘之貉，早晚你会被她拖累，成了顶包的傻瓜。”雪莉的话已经说得很透彻，我只好笑着点头，不想就这个问题深入讨论。

整整一个白天，我都在房间里看电视、看报纸、闭着眼睛沉思，连丰盛的午餐吃到嘴里都食不知味。终于熬到太阳西斜的时候了，雪莉却没有开始行动的意思，仍旧在阳台上哼着歌拨弄花草。

“我们还需要等一个人，有了他抵得上十个导游。”雪莉故意卖关子，引我着急。

五点一刻，海大师敲门进来，脸上丝毫没有失去兄长的痛苦。反之，他刚刚换了一身崭新的灰黑色西装，下巴刮得铁青，意气风发，踌躇满志。

这一次，他对我和雪莉的态度恭敬谦和之至："两位，莫高窟之行我已经安排好，现在可以启程了吗？"

我无言地摇头，知道龙王所做的一切并没有人领情，可能海大师心中正为自己能迅速上位而欣喜若狂呢。

雪莉没有急于换装出门，而是答非所问地提出了一个问题："海大师，你和龙王是兄弟，都是满族人，正宗八旗子弟的后裔，对吗？"

海大师一怔，迟疑地点头。

雪莉哈哈一笑，没再说什么，然后一行人下楼，进了海大师手下开来的灰色子弹头别克车。

"莫高窟那边所有的保安员都收到了我的通知，这辆车过去，在他们眼中就像空气一样，任我们横冲直撞，可以从傍晚七点钟保安交班后，一直活动到清晨七点钟。这样的安排，雪莉小姐满意吗？"海大师脸上堆着讨好的微笑。

他已经到了退出江湖的年纪，却仍热衷于权力，对雪莉这样的后辈恭敬多礼，令我隐隐然有些心酸。但我也知道，他是向隼机关、51基地低头，而不是向雪莉屈服。

雪莉淡漠地点点头，面无表情，转脸望着窗外。

车子驶上阳关东路的时候，后面跟上来一台挂着"电力检修工程车"铭牌的中巴车，里面挨挨挤挤地坐着十几个人，全都穿着橙黄色电厂工作服，戴着同样颜色的钢化安全帽。

"我的人。"雪莉低声告诉我。

于是，两辆车一前一后驶上了G313国道，一路向东去。行驶了一段后右拐，驶上通向莫高窟的沙漠公路。沙漠的黄昏风景是壮观而凄凉的，因为目光所及，竟然看不到一个人影，两侧只有沙丘和戈壁，连植物和小动物都没有，只剩与天地同色的鹅卵石、沙土、草根，仿佛刚刚被大自然洗劫过。到敦煌之后，我看过太多雷同的风景，此刻略带倦意地后仰，靠在软绵绵的座椅中昏然欲睡。

很快，车子抵达莫高窟，径直停在了游客参观路线的起点处。

"直接去第17窟古藏经洞，技术组马上打开半月形天线，与卫星联网；特勤组，保持高度警戒，不要让任何人靠近第17窟。"雪莉精神抖擞地大声下达命令，像仅在夜色里开放的夜来香。

有两个年轻人从工程车上扛下来一部一米长的自重力式高速钻机，扛在肩上，带着另外四人迅速赶往17窟。剩余的十人手持短枪，迅速融入莫高窟的暮色阴影之中。这些人的行动娴熟老练，有条不紊，应该是多次探索莫高窟行动后的结果。

我站在车前，仰望莫高窟这边的灰色山崖，今晨的梦境油然浮现在脑海里。千百年来，西北风沙没能摧毁这矗立着的巨人，它屹立于此，胸藏万千神秘壁画，到底想要告诉后人什么？敦煌学的建立研究是件费时、费力、费心的工作，也许考古学家们的研究进程跟不上洞窟的损毁速度，有些秘密将会被永久湮灭，成为历史的黑洞了。

“杨进，在想什么？”雪莉踱过来。

我不置可否地摇摇头，那个梦远了，取而代之的是雪莉衣领上飘来的香奈儿五号的香水味道。

“注意海大师，他的神情好像不太对，有种……焦黑的死气出现在他的眉心，通常只有很想自杀或杀人者才会有那种黑气。”雪莉咬着我的耳朵说。

此刻海大师还坐在车里，仰头向上望着，眉心纠结成一个核桃大小的疙瘩。

死气即中医高手所说的“怨毒之气”，郁结在心，显露于眉，犹如火山即将爆发前的预兆。上车前，他还是志得意满的，怎么一到莫高窟就变了模样？

“先去古藏经洞吧，我已经吩咐手下，只要海大师有异动，就马上开枪，绝不能被他搅乱了行动步骤！”雪莉挽起我的手，语气严厉，脸上却笑靥如花。

〔捌〕

夜探莫高窟古藏经洞

“藏经洞”是莫高窟第17窟的俗称，位于第16窟甬道北侧壁内。

此窟为唐宣宗大中五年（851年）时开造，原为当时河西都僧统洪辩的影窟，窟门与甬道壁浑然一体，上面绘有壁画，十分隐蔽。清光绪二十六年五月二十六日（公元1900年6月22日），藏经洞被敦煌莫高窟主持道士王圆箓发现，距今百余年。现在，已经成了一个空荡荡的石室，之前洞内藏有的五万余件文物早就搬运一空。

最先进来的六人已经在第16、17两窟里安放好了八盏蓄电池供电的马灯，那台钻机是最后的王牌，暂时还不会启用。一路走来，甬道中四处弥漫着远古时代的陈腐味道，原本能够涤荡污垢的香烛气息也因时间的洗礼而变味了。

我和雪莉无心观赏壁画，直接进入17窟。藏经洞实在太小，长宽各2. 6 米、高3米。灯光下，对面墙上的壁画清晰展现，依旧是敦煌壁画特有的飘逸笔法。

“卫星通讯连接完毕，最新的经纬度数据正在传输中。”一个蹲在角落里操作笔记本电脑的年轻人头也不抬地报告。

很难想象，这个小小的石窟中竟然封存着从公元4世纪到公元14世纪的各种历史文本、绢画、刺绣等五万多件珍贵文献。如果没有当年的一次意外发现，这个内容丰富的古代博物馆也就不复存在了。

关于古藏经洞的由来，敦煌学专家根据历史资料进行推断，提出了多种假说，主要观点有战乱说、废弃说、书库改造说三种：

持“战乱说”的专家认为，这么多经卷和遗书被藏于石室中，是莫高窟僧人为躲避战乱、使经卷遗书免于战火而存放的。最有代表性的说法是，宋初西夏人占领敦煌前，千佛洞僧人把经卷、佛像、杂书等藏入洞内封闭，待战乱过后再回来启用。

持“废弃说”的专家认为，这些经卷遗书都是当时敦煌僧众抛弃无用的废品，因佛经众多，为尊重佛法佛典，这些用过的经品既不能丢弃，也不能烧毁，只好用这个石室封存起来。这种说法的由来是因为藏经洞内没有整部大藏经和其他珍贵物品，大多是残卷断篇，夹有不少疑伪经，甚至还有不少错抄的废卷和涂鸦乃至作废的文书与过时的契约等等。

持“书库改造说”的专家认为，大约公元1000年左右，折页式的经卷已从中原传到敦煌，因其阅读、携带方便，受到僧侣们的青睐。因此，将使用不便的卷轴式佛经以及许多杂物一起封闭在石室里。

迄今为止，关于古藏经洞的封闭时间和原因仍是众说纷纭，莫衷一是，从无权威性的定论。

年轻人接收完卫星数据后，把手中的微型经纬度定点仪固定在三脚架上，小心地安放在藏经洞正中央，稍稍向右移动了几厘米，然后把三脚架上的三向水准管气泡调整居中，使三脚架和定点仪处于绝对的水平状态。定点仪立刻发出“嘀”的一声轻响，一条纤细的激光红线从定点仪底部射出，笔直地落在地面上。

“那个神秘通道的位置就在这里，直径大约为二十厘米。雪莉小姐，我们要不要现在就启用钻探机？”这是一个精明干练的年轻人，技术熟练而且富有挑战精神，但我很难想象钻探机开动后，会给莫高窟带来什么样的巨大破坏。因之带来的后果就是大家将被警察一锅端，成为明天报纸上的新闻人物。

“稍等。”我制止他，蹲在三脚架旁边，凝视着红点四周的地面。

关于莫高窟的地质状况，我可以引用以下官方资料来做说明：敦煌莫高窟开凿于鸣沙山东麓大泉河西岸的砾石层崖壁上，一千多年来，由于受大泉河水流和大气降水的不断侵蚀破坏，使莫高窟崖壁出现多处坍塌，许多洞窟受到不同程度的破坏。莫高窟崖体是由中更新统酒泉组砾石层堆积而成，砾岩成分为灰岩、大理岩及片麻岩，砾径为1至5厘米。砾石层下界与前震旦系敦煌群变质岩系呈角度不整合接触，上覆中更新统沙砾石层。酒泉组砾石层胶结程度极好，古人正是利用这一特性，在其中开凿出多层次的大型石窟群。在莫高窟北区的某处上下两窟之间，砾石层厚度仅 10厘米左右，上面仍可承受多人站立，砾石胶结紧密的原因是由于大泉河的河水中含有大量的钙质。据测量，大泉河出山口处的河水矿化度达每升25克，当河水沿砾石层下泄时，在地下水面附近产生钙质沉淀，将砂砾石胶结成坚硬的岩层。

在这样的地质结构下，不可能自然形成直径二十厘米的圆形通道。那么，通道是人工开凿出来的吗？答案更是否定的，因为没有人肯费大力气弄那样的通道出来，极度浪费时间，而且毫无用处。

我慢慢地抚摸着粗糙的地面，长久地沉默不语。

“杨进，你怎么看？”雪莉蹲在我旁边，取出一架相机，不停地以红点为圆心连续按下快门。

“为什么想到用钻探机？难道你以为有人故意封闭通道，然后再在上面做好天衣无缝的伪装，以避开别人的侵扰？这样的结论未免也太天方夜谭了吧？”我对隼机关的某些低级决定嗤之以鼻，不敢苟同。

灰暗的地面毫无异常，与莫高窟其他洞窟里的地面没什么两样，钻机一开动，我们这个“破坏敦煌文物”的黑锅就背定了。所以我宁愿再多观察一会儿，以免酿成大祸。

“大胆猜测，小心求证。做哪一行的都一样，不是吗？”雪莉微笑着，满怀期待地看着我，等待我的最终结论。

那年轻人插嘴：“间谍卫星传递过来的资料显示，那通道里的温度比外面高十到二十摄氏度左右，下降五十米后将有一个直径为五米的圆形气泡样的东西，那里温度更高，约在五十度左右，普通人极难忍受。国防部指挥官的意思，是要我们继续向前，决不退缩，想尽办法探测到那里的情况。”

我不屑一顾地一笑：“没找到线索前，一切都是白费力气。”

年轻人理直气壮地叫起来：“所以我们必须进那里面去，杨先生，你听我说，那是我们的使命所在——”

雪莉举手阻止他说下去，示意他干好自己的工作，不要打断我们的谈话。

“继续向前、决不退缩”两句话谁都会说，但实际实行起来却是老虎啃天，无处下嘴。如果按年轻人所说，开动钻机轰轰隆隆地穿透地面，把17窟弄出个大洞来，将会造成什么样的后果？年轻人除了冲动，别无良策，只会把事情弄得不可收拾。那样做就不是探险家、寻宝师所为，而是不讲道理、不讲方法的盗墓贼。

幸好雪莉不是那样的人，否则，她就坐不到今天隼机关掌门人的位置了。

我退回到第16窟里面，慢慢地回忆起自己的梦境来。当时自己捡起的骷髅头，就在红点所指的地方，难道这仅仅是一次无意识的巧合吗？

第16窟建于唐大中五年至咸通（公元851－867年）年间，窟主为晚唐河西都僧统吴和尚。该窟的上层为第365窟（七佛堂），顶层为第366窟，均为吴和尚独立开凿的系列窟。窟前倚崖统建三层木构窟檐（即“三层楼”），为清光绪三十二年（1906年）王圆箓道士主持修建。

此窟为莫高窟大型洞窟之一，覆斗形顶，中心设马蹄形佛坛，坛上存清代改修之宋塑一佛、二弟子、两协侍菩萨、四供养菩萨共九身塑像，佛坛西设背屏直触窟顶、四壁壁画为重层，表层为西夏所绘千佛，色彩单调，千佛一面。窟顶为西夏浮塑贴金的四龙团凤藻井，四坡为贴金棋格团花图案，甬道南壁有王道士为表其修三层楼之功德而建造的墓碑。

定点完成后，雪莉让现场的年轻人全部撤出去休息，要他们半小时后再进来。道不同不相为谋，那几个人的智慧无法跟她、跟我相提并论，大家绝对没必要坐在一起商讨下一步的行动。当然，那个操作笔记本电脑的年轻人还是有些不服气，昂着头气鼓鼓地离去，电脑也随随便便地扔在角落。

“我也不想用钻探机搞破坏，但如果这是唯一可行的办法，我将不得不用。就像某些大型电脑系统的门禁一样，有时需要采取耐心破解的‘软’办法，反复增加密码字典的厚度和范围，成千上万次试探口令；也有一些门禁口令是毫无规律可言的，只能采取暴力破解的‘硬’办法。现在，只等你点点头，我就要采取后一种方式了。不过，我目前最担心的是红点下面并非通道入口处，因为我之前曾做过一个奇怪的梦。”雪莉忧心忡忡地靠在17窟的入口处。

“什么梦？”我的心情没来由地紧张起来。

“在梦里，我一个人走到这里来，看到了几百名掠夺者正疯狂地搬走洞窟中的一切，并将一具打碎的骸骨反复践踏着，直至骨骼粉碎，只剩下一个骷髅头为止。杨进，你一定知道古格银眼的传闻吧？我在梦中看到的三眼骷髅头，似乎与此有关，但我说不清自己当时的感觉，只是站在那里抬头仰望。”她指向三脚架位置，困惑无比地接下去，“我看到了那条通道入口就在17窟顶上，幽深晦暗，仿佛直通向十八层地狱，透着说不出的狰狞恐怖。”

她突然提及“古格银眼”，那句话像暗夜里的闪电，把我的梦境一下子照亮了。

“雪莉，停停停，赶快停下来，请把刚才的话再重复一遍好吗？”我的心急骤地怦然跳动。

雪莉顺从地将她的梦重述了一遍，我掩抑不住兴奋之情，一掌拍在身边的石壁上：“雪莉，谢谢你，我终于知道自己为什么会从梦中突然惊醒了，就是因为那骷髅头——那三只眼的骷髅头。”

在我梦中，捡起那只骷髅头后，它的前额上留着一个纵向的眼眶，再加上两只正常的横向眼眶，恰好构成了三只眼的“古格银眼”形象。

古格银眼铜像被视为佛像中的精品，极少流传于世，只有古格王朝的能工巧匠们才能制作。

1997年夏季，在皮央遗址杜康大殿的考古发掘中出土了一件精美的铜像，头戴化佛宝冠，四臂各执法器，结跏趺坐于兽座莲台。佛像头生三眼，额上正中眼为纵目，三只眼的眼球都采用镀银的技法做成，在金黄色的铜像背衬之下银光闪闪，晶莹锃亮，这就是传说中的 “古格银眼”。

古格王朝的前身可以上溯到象雄国，王朝的建立大概从 9 世纪开始，到17世纪结束，前后世袭了16个国王。它是吐蕃王室后裔在吐蕃西部阿里地方建立的地方政权，其统治范围最盛时遍及阿里全境，使佛教在吐蕃瓦解后重新找到立足点，并由此逐渐达到全盛，因此古格王朝在西藏历史上具有重要意义。

在西藏十大神秘事件中，古格王朝消失之谜名列第七，与其他的野人、红雪、虹化、珠峰旗云、象雄、说唱艺人、伏藏、香巴拉、巫师等共同成为考古学家、探险家、寻宝师们津津乐道的话题。我不知道梦境里为什么会突然出现与“古格银眼”有关的骷髅头，但却明白，我和雪莉一定是受了同一种神秘思想的启迪，才会不约而同地梦见同一个场景、同一件事。

“我们做了同样的梦，对吗？”雪莉既惊讶又欣喜地叫起来。

我点点头，指着第16窟的入口，边思索边说：“从那里进来，身边是严肃而沉默的搬运者，他们都垂着头，衣衫褴褛，有些手上脚上还锁着铁链，显然是些贫困的流民和囚犯。以他们的社会地位，是无法明白那具骨骼深藏的意义的，眼中只有那些经卷典籍。于是，骸骨被推到一边，支离破碎地跌在地上，只剩那个坚硬的骷髅头被保存了下来。如果骨骼得以复原的话，我相信它应该长着四只手臂，就像真正的‘古格银眼’铜像那样。雪莉，这不仅仅是一个梦，而是……而是……”

没有任何一个名词能概括我们梦见的一切，雪莉陡然拍手，低声叫起来：“杨进，我们就像两名占卜师或预言师一样，在冥冥中看到了过去发生的事。或许机缘巧合的话，我们还能看到将来——看到敦煌的将来。这一切……真的是太神奇了，不是吗？不是吗？”

因为过度的兴奋与激动，她双手捂住心口，双颊也倏地飞起了两团红晕。

我慢慢走到她身边，向17窟晦暗的窟顶上望去。雪莉善解人意，马上揿亮了一只强力电筒，雪白的光柱射在窟顶中央。

“那个入口就在那里，但我费了很大力气，借助放大镜一寸一寸地观察过石壁表面，不止一次地重复同样的动作，但却一无所获。杨进，我带钻探机进来，并不是针对地面，而是针对那里的。这个梦我从未对其他人说过，他们当然不会懂。”雪莉在我耳边低语着。

“你说，这个洞里真的出现过三眼骷髅吗？”我明知那是个玄妙无比的梦，仍然锲而不舍地追问。

“历史上没有记载，《敦煌县志》上也没有。我查过所有与藏经洞有关的资料，都未曾找到骷髅、骸骨或者是与古格银眼有任何联系的文字记录。”雪莉随口回答。

我马上打断她：“错了，历史是由人记载的，很多细节失于偏颇，有时又人云亦云。唉，怎么做才能完整地还原那时的真实历史呢？只凭我们两个的梦境肯定被人指斥为荒谬。在这个世界上，有多少人真心相信预言师呢？算了算了，我先试试，看看那窟顶上到底有什么！”

事实上，我们都知道历史无法复原，除非有人能穿越时空，回到王圆箓发现古藏经洞的年代。

我先接过手电筒咬在嘴里，然后向左前方跨了一大半，靠近17窟的墙壁，施展“壁虎游墙功”，胸部、腹部和四肢紧贴在墙上，依靠肌肉的收放沿墙壁向上，迅速爬行到窟顶正中。雪莉不是庸手，她检查过的地方基本不会藏有秘密，因为窟顶的壁画线条、石缝纹路都是自然连贯的，颜色也深浅一致，没有突兀断开的痕迹。

“要不要用放大镜？”雪莉向我扬起手臂，一只单柄放大镜在她手中闪闪发光。

我点点头，她轻轻一抛，放大镜落在我手里。

那时候，16窟外面传来了那六个人的轻咳声和不耐烦的来回踱步声，有海大师相助，隼机关在此地行事方便了许多，这应该是雪莉走出的一步极其重要的好棋。

“我试过，而且是试过多次，眼看就要放弃了。杨进，希望你能有所发现，不至于动用钻探机。唉，那种没有办法的办法还是不用的好，免得惊动敦煌文物管理局和警察，给隼机关带来麻烦。”雪莉的语气透着重重的无奈。钱能搞定大多数事，但要是在莫高窟这种敏感之地大搞破坏，的确不是件太明智的事。

我采取了最笨的办法，接着电筒的强光，一寸一寸地观察着窟顶。反正17窟的平面面积不大，再慢也用不了一个小时就能检查完毕。渐渐地，我忘记了下面的雪莉，只是全心全意地运用目力展开工作，眼中所见不再是壁画线条，而是变成了一个连一个的小方块，殚精竭虑，就为找到雪莉梦中所见的圆形通道。

不知什么时候，我听到了连珠弩机簧发射后回弹的嘎嘣声，立刻适时地横向摆动身体，像一只大壁虎一样做了个九十度旋转的动作，险而又险地避开了射向我后颈的一支镔铁灰羽短箭。嚓，箭镞在石壁上留下一串灿烂的火星，紧接着是第二支、第三支，逼得我卸掉胸腹上的力量，身子下坠，只靠右手吸在窟顶上。

“嘿，别动，我发誓，你敢动我就射杀这个小姑娘！”一个邪恶而阴冷的声音慢吞吞地响起来。

我低头向16窟里看，一个浑身漆黑、脸上和手背也故意涂黑的矮个子男人站在雪莉身边，手里的连珠弩射击孔正对着雪莲的左侧太阳穴。他死死地盯着我，黑白分明的蛇眼中射出居心叵测的寒光。

“阁下是谁？”我虽然心里又惊又怒，但表面装得若无其事。

“我姓乌。”黑男人笑起来，露出白森森的牙齿，像条专门躲在暗影里偷袭的豺狗。

“乌桥？访问资料上出现过的那个盗墓贼乌桥？”我迅速将对方的力量做了对比。如果乌桥只是一人，肯定好对付，就怕是他与长江部队的人马同行，把事态继续扩大化，引发双方的激烈火并。

“对对，正是我，一个靠盗墓为生、自由自在活着的好男人，不受任何帮派势力约束，只会坐山观虎斗。现在，请慢慢地跳下来，别等我的连珠弩发火！”乌桥从齿缝里发出吃吃的冷笑声，像一条扁颈眼镜蛇正在咝咝吐信。

突然，我的右手掌心里出现一种极其怪异的感觉，当我全力发出“小天星黄龙吸水掌力”吸附窟顶时，本来巍然的石窟猝然发出了一阵轻微的震颤，似乎马上就要全部崩塌下来。我大吃一惊，仰面向上看，一条直径约二十厘米的环状裂纹出现在我手掌周围，细碎如面粉的石屑也随之飘然撒落。

〔玖〕

谁曾进入圆形秘道

“什么？那是什么？天哪，果然出现了秘道……天哪，我不是在做梦！我从前看到的也不是做梦！”乌桥骇然大叫起来，放弃雪莉，一步跨进17窟，连珠弩指向我，再次大叫，“快快，把那洞口弄出来，那就是古藏经洞里所有的秘密所在，快——”

我收回掌力，飘然落地，先关切地扶住雪莉。

“没事吧？”我轻轻地环住她的肩膀，让她的头靠在我怀中，然后低声耳语，“如果有危险，就先冲出去，不要回车上，就近躲入其他洞窟里。乌桥不会一个人杀进来，我怀疑你的人里面有内鬼，另外当心长江部队的伏击。”

生死关头，我全心全意地呵护她的生命，把其他一切都抛诸脑后。这样做无关男女私情，而是基于朋友间的珍贵友谊。

雪莉的双眸如暗夜星子一样闪亮着，嘴角牵动，露出一丝狡黠的笑意。

“快，你他妈的快过来，把那里打开，打开……”乌桥发疯一样叫起来。奇怪的是，原先站在16窟外的年轻人们寂然无声，并没有即刻冲进来救援。我只能判断他们已经全部罹难，成了偷袭者的猎物。

“乌桥，你到底知道什么？你怎么能判断出那就是秘道入口？”雪莉推开我，挺身站起来。

我马上长吸了一口气，随时准备抢在她前面，挡下盗墓者手中的连珠弩箭。打掉或杀死乌桥都不是件难事，但我宁愿冒险静观其变，看看他要做什么。

乌桥仰起脸来，对着窟顶那个模糊的圆环，歇斯底里地怪笑着：“我当然知道，我当然知道，因为上一次，我曾看到有人从那里钻进去。你们猜那是谁？那是谁？打死你们都想不到，那是‘亚洲第一寻宝师’大侠杨正……是杨正，他的身体能缩小为一条细长的……就从那里轻松地……进去……”

我暴怒地冲过去，一拳打在他的下巴上，恨不能把“虫子”、“钻”两个词从自己的耳朵中彻底抹去。砰的一声，乌桥的身体倒飞出去，一头撞上石壁，哇地喷出一大口鲜血，软绵绵地瘫倒在地。

“杨进，不要冲动！”雪莉抢过来，双手扣住我的右臂，阻止我继续前冲。

“你都听到了？”我感到浑身的鲜血都涌向头顶，胸膛里如同有几百只巨鼓咚咚狂擂着，浑身躁动着一股龙卷风般的杀气，只想打人、杀人来发泄难以抑制的愤怒。

“你不要多想，乌桥只不过是在用一些形象的词语描述杨大侠的缩骨功而已，没有其他意思。你看，那么小的通道入口，不紧缩身体怎么能进去？杨进，深呼吸，请千万冷静点，在没弄清事实之前，留他一条狗命，我们还有用处。”雪莉用力摇动着我的手臂，试图让我清醒下来。

蓦地，我感觉天旋地转，17窟变成了一个高速的旋转木马，越转越快，像是要把我抛离出去一样。默默地，我的身边出现了很多垂着头的搬运者，他们排成一队，从我脚下搬起一摞摞经卷，沉默地转身向外走。我看到17窟最里面的角落里，并排躺着两具白森森的骸骨，没错，是完完整整的两具，而不是梦境中看到的零零散散的那些碎片。

我立即跨步向前，走到骸骨前，先观察它们的头部，正是两横一纵共三只眼眶。接着，我看到了它们身体上长着四条手臂，两条是正常的，从肩部垂下；另外两条，则是从后背上长出来，现在正垫在身体底下。骸骨从头到脚的总长度约为一米七十左右，跟普通人差不多。

“杨进，杨进……”雪莉的叫声传来，那么遥远，仿佛隔着一层无形的厚壁。

我转头看她，两人之间竟然相隔很远，像井下的人正仰望井口的人一样。她的脸出现在一个圆筒里，背景是明亮的，但隔开我和她的那段空间却是漆黑一片，无法判断远近。

“雪莉，我看到了我们的梦，并且是那段梦之前的部分。古藏经洞里曾经出现过三眼四臂的骸骨，就像考古学家发掘到的‘古格银眼’铜像一样。那将证明，古格王国臣民的突然消失，与敦煌莫高窟有着千丝万缕的联系！”我努力地提高声音，但每一句话都像被厚壁挡住并反弹，发出嗡嗡嗡嗡的回声。

“杨进，冷静一点，冷静一点……”雪莉的声音越来越遥远。

我向前伸手，想抓住她的影子。此时此刻，我的脑子里一片空白，除了眼前的雪莉，谁都不存在，谁都不想了，只是凭着人的本能想抓住她，仿佛那是这黑暗的深井中唯一的救命稻草。

“雪莉，别放弃我，拉我上去，我不要困在这个噩梦里！”我突然明白过来，这并不是梦，而是一种无法解释的时空逆转现象。古藏经洞曾经被封闭过、被开启过，并伴随着大量的杀戮与劫掠，侵略者和盗墓者的血都曾渗入地下，飞溅于石壁，所有亡魂也伴随着死亡留在这些古老的洞窟里。这一刻，我感受到了来自死神的强大威胁，眼前的黑暗，就是隔断阴阳的死神之镰。

最终，雪莉的影子消失了，黑暗抹去了井口那唯一的亮色光圈，也无情地将我吞噬下去。

不知过了多久，我悠悠醒来，眼皮无比沉重，后脑也阵阵作痛。

“那一晚，正好是农历的八月十五中秋节，中国人全家团聚的好日子，看守莫高窟的保安人员只剩六名，其余的都偷偷溜回去跟家人吃团圆饭了。我早就计划好了要利用月圆之夜探索17窟，因为江湖上传说古藏经洞下面还有另一个更大的洞窟，里面藏着数不尽的宝物。嘿嘿，这消息其实就是从51基地传出来的，你们美国军队的纪律再严明，也总会有些小军官受不了黄金的诱惑，透露出一些秘密来。我的目标很明确，就是进入17窟寻找秘道，所以黄昏后从藏身的沙丘鼠穴出来，当晚六点半钟就进了16窟。那时候，东天的圆月刚刚升起，皎洁的月华笼罩着沙漠，四面一片死寂，我觉得自己像置身于一个巨大的古代坟茔里，莫高窟的所有洞窟不是为了歌功颂德而凿刻出来的，而是为了埋葬某些神秘的灵魂而建。幸好我只是盗墓者，再华丽的庙堂宫殿，也只当它是荒冢孤坟，脑子里从来没有什么生人、死者的分别，眼里只看到之前的文物古董。”那是乌桥阴森森的声音。

随即，雪莉的声音响起来：“不必抒情了，只讲细节。”

乌桥嘿嘿奸笑了几声，尖刻地反问：“细节？什么是细节？我所看到的，就是那个号称‘亚洲第一寻宝师’的杨正钻进了直径只有二十厘米的洞里。在以后的数年里，我无数次到这里来，就是想打开洞口，看看那洞口通向何处。这秘密是属于我自己的，永远不会拿出来跟别人分享，但是——”

雪莉冷笑着打断他：“但是这次你的命已经握在我手里，不说就得死。你刚才服下的药丸有个很好听的名字，叫‘八仙极乐丸’，来自云贵苗疆。对了，作为盗墓界的大行家，你该知道那种药丸的力量吧？好了，有话快说，否则胃液融化药丸表层的封蜡后，里面的八种活虫发疯起来，天王老子也救不了你！”

乌桥嘶哑着喉咙低叫：“我死，二十年之后又是一条好汉，那秘密可就永远湮灭，谁也别想要了！”

雪莉慢条斯理地回答：“据我所知，现在你已经不是从前的独脚大盗乌桥了。从前你一个人独来独往，无牵无挂，过一天算一天。可现在呢？你已经有了个如花似玉、如胶似漆的好老婆，还有一个白白胖胖、聪明可爱的两岁儿子。我的人做事很有效率，几分钟前已经查找到了你在酒泉市的新家地址，此刻就站在你的别墅门口。乌桥，你只能算是盗墓界的高手，跟隼机关比，你只不过是一只小蚂蚁，我要你生就生，要你死就死，不费吹灰之力。想想，你的宝贝儿子多可爱呀！如果你死了，你老婆会带着所有的财产改嫁别人，你儿子将姓别人的姓，叫别人爸爸，你今生一切奋斗真应了‘为别人做嫁衣裳’的俗语。唉，我的目的不过是大家合作、一起得利，从没说过要霸占你的秘密。当然，只要你松口，我这里已经准备了一张足以养活你们一家三口一辈子的大额支票作为酬金。总之，跟隼机关合作，只有好处，没有坏处，你好好考虑考虑吧！”

乌桥暴怒地大叫了一声，态度随即软了下来：“不要碰她们母子，她们什么都不知道，连我的真实身份、真实工作都不知道！”

雪莉冷笑了两声，不再开口。

乌桥的语调平静下来：“好，我说，希望你不要反悔，要你的人离我家远一点。”

下面就是乌桥在月圆之夜的莫高窟经历过的事，其中除了大哥杨正，又牵扯出了另一个名叫“梦色”的女孩。

到达16窟后，我暂时伏身于黑暗的角落里，想等保安人员最后一次巡逻过后再开始行动。大概在七点四十五分左右，两名保安人员准时经过，然后一路说笑着下去，回管理处办公室那边去了。可是，我还没开始动手，便有一对男女突然出现，点了我的穴道，然后用我挎包里的牛筋绳子紧紧地捆住。

我认识其中一个男的，就是大名鼎鼎的“亚洲第一寻宝师”杨正，一直都是盗墓界又敬又恨的人物。另一个，是一名戴着黑色头套的女孩子，只露出一双水汪汪的大眼睛来，被杨正称作“梦色”。

我听到杨正说："梦色，你已经决定了吗？"

那女子回答："决定了，因为我没有其他选择。"

杨正又说："其实我们并没有最终确定那件事的来龙去脉，一切都只是建立在理论性推断上。说实话，我不愿你贸然涉险，进入那里。在这个世界上，危险的事应该是男人来扛才对，不该假手于女人。"

梦色回答："那件事是因我的家族而起，当然是由我来结束它。杨正，谢谢你的好意，别为我惋惜，因为这是命运的安排。我从出生开始，就是为了完成这件事而活着的，到了今天，死得其所，就是最完美的结局。"

杨正大力地摇头，一边叹息一边说："可是，你从没考虑过我的感受，不是吗？"

梦色长叹着回答："江上飘萍，偶然相逢。未知来向，何必动情？杨正，我们在东北白山黑水一战相遇时，我就已经说过，大家只能是萍水相逢，终究会各奔西东的。所以，不必留恋，就当我的出现是一场梦吧，终究会随风而散，不留痕迹。"

杨正苦笑："但你真实地闯入了我的生命，说是梦，连我自己都不可能相信。"

梦色平静地回答："你是好多女孩子的梦中情人，我想你该放弃我，去圆她们的梦才对。"

杨正反问："她们的梦有我可圆，我的梦呢？除了你，谁能圆我的梦？"

他们两个四手交握，浑然忘记了躺在角落里的我。那个女孩子的腰肢极其纤细，盈盈一握，声音也极其甜美动人，仿佛连16窟里的空气也因她的音色而变得清新宜人起来。我搜遍了印象中的江湖美女，却没找到一个名为"梦色"的，不免感到无比惊诧。

据我所知，杨正与新加坡燕盟的梁夫人交往比较密切，燕盟十二君子里超过一半的女孩子都对杨正仰慕不已，但这女孩子说话是北方口音，绝对跟燕盟无关。

"我该离去了。"梦色再次打破了沉默。

"要不要再检查一遍武器？"杨正问。

"好。"梦色答应着，撩起黑色长袍的下摆，摘下一只边缘铸着九道月牙弯刃的轮子来。当她抓住轮子中间的把手轻轻舞动时，弯刃上的雪亮寒光便反射到

16窟的石壁上，令我毛骨悚然。

然后，杨正贴近17窟的洞壁，用“壁虎游墙功”爬上去，右掌吸在窟顶的中央，就像刚才杨进做过的那样，缓慢发力，将一块直径二十厘米、长度在一米五十左右的石柱吸了出来。那个过程说起来简单，但我自信世界上没有几个人能做到，因为石柱并不是笔直的，末端有一个九十度左右的圆弧形拐弯，弯头长度约三十厘米。我到现在都想不通这种形状的固体石柱怎么可能被塞进去又被吸出来，除非石柱能像弹簧或海绵一样地自由拐弯。唉，那简直是不可能的，根本违背了地球物理学上固态、液态、气态的科学分界定理。

不管怎么说，杨正做到了，他把石柱平放在地上，那时窟顶就出现了秘道入口。

梦色说：“好了，该到告别的时候了。”

杨正回答：“这时候，该给我看看你的真实样子了吧？”

梦色说：“你真的要看吗？我很丑的，只怕会吓坏你。不过，在我踏上征途前，会抛下所有衣物的羁绊，就像藏传佛教中得道高僧虹化而去那样。如果不是你执意坚持要来，我宁愿选择一个人静悄悄地离去，就像莫高窟一直传说的洞窟衣冠冢那样。杨正，之前那些突然虹化、衣冠跌落的高僧们并非是寿终身死，而是去了那个地方，为了消灭黑暗而战斗。迄今为止，没有人平安归来，我猜他们已经为了正义而战死。别为我担心，‘求仁得仁、死得其所’就是我们这类人的最完美结局。我不是第一个，也不会是最后一个，直到黑暗被完全消灭为止。”

杨正笑着回答：“当然要看，如果有幸做下一个虹化者，才能了却我追随你的夙愿。”

当时，我在17窟的角落里放上了一只最低瓦数的应急灯，光线虽暗，却能照亮两个人的脸。那女孩子抬起手，揪住面罩的一角，向上轻轻掀起。我努力地瞪大眼睛，希望能看清有着那样一双秋水明眸和悦耳嗓音的女孩子到底会是什么样的天生丽质，但是，杨正突然旋身挥臂，掷出背后的灰色披风，罩住了我的身体，顿时什么都看不到了，只能竖起耳朵谛听。

“啊！”那是杨正倒吸凉气的声音。

“我一早就说过，我很丑、很吓人的，你非要看。现在好了，你知道了我的真实面目，也就彻底死心了。你我本来就不是同一世界、同一种族的人，无论有多接近，多爱慕，最终只会是浮萍聚散，大梦一场。杨正，我该走了，再见。”

梦色涩涩地苦笑着说。

杨正低叫："原来……那传说都是真的？古格王国的突然覆灭、古格银眼的诡异故事都跟那地方有关？告诉我，你还会回来吗？虹化后的高僧都去了哪里？别走，别走，让我把话说完，我从没——"

我的头被蒙住，但眼睛仍然感受到一道七彩强光倏地闪过，比雷雨夏夜里旷野上的电光更为骇人。

杨正叫起来："别走！"我猜那女孩子此刻已经消失了，因为杨正的声音突然低沉下去，"梦色，我从没后悔结识过你、爱上你，如果你给我一点点时间，就一定能明白，有一种爱是可以穿透一切世俗厚壁，并且与宇宙天地、日月星辰同朽的，不会因外形、种族的差别而被阻挡。等着我，我也到那地方去，消灭黑暗，让世界重归安宁祥和。我的寻宝师的生涯就要结束了……"

乌桥的叙述到这里就结束了，因为他莫名其妙地昏厥过去，再次醒来时是在两周之后，而且被安置在酒泉市的一家小医院里。有人替他交了一大笔住院费，还留了一封信给他，警告他不要多话，否则就是自找麻烦。

实际上，他并没有看到大哥杨正或是其他什么人缩骨变身，而是仅凭自己的猜测。

"我清醒后，便火速赶回这里来，但17窟的窟顶已经完全复原，看不出破坏过的痕迹。我知道杨正是寻宝盗墓界的大行家，他能轻松地掩饰古迹遭毁的事，凭外面那些吃干饭的保安哪能看出来？接下来的一段时间，我用尽了各种办法想让那圆洞再次打开，却始终没能如愿。在这种地方使用钻探机也白费，因为钻头是不会九十度拐弯的。除非那一个人能有杨正的神奇武功，将那堵塞洞口的圆柱吸出来。"乌桥应该没有说谎，因为他的叙述很流畅，也非常有条理，不像是胡乱编造的。

我终于费力地睁开眼睛，后脑痛得厉害，但眼前的景物已经逐渐清晰可辨。我们仍在16窟内，乌桥倒在墙角下，脸色灰白，胸前血迹斑斑。他的手腕上锁着一副手铐，在灯光下反射着惨白色的冷光。

"这些你没告诉长江部队的人吧？"雪莉的表情越来越严肃。

乌桥立刻摇头："没有，货卖识家，没有出高价的，我怎么舍得泄露秘密？"

雪莉拍拍手，有人快步走进来，一把拉起乌桥，等候发落。

“带他出去，做测谎仪试验。然后要他把刚刚说过的一五一十写下来，不能有半点隐藏。电话通知酒泉市那边的人，秘密监视乌桥的老婆和孩子，没我的命令不许露面。非常时期，让他们千万低调行事，以免引起警方注意。”雪莉冷冷地下了命令。

乌桥被带走了，16窟内重新安静下来。

〔拾〕

小天星掌，诡谲秘道

“醒了？”雪莉走过来，用力扶起我，满含歉意，“刚才你的情绪近乎失控，所以我只能采用最原始的笨办法，在你后脑来了一下。这种放血疗法最管用，你现在看起来好多了。”

我不由得苦笑：“多谢。”

事不关己，关己则乱。我追寻了那么久，一旦发现与大哥有关的线索，激动是免不了的，特别是乌桥又说了那种极具误导性的话。

大哥杨正在我心中是永远的英雄，也是我自小学习模仿的偶像，容不得来自别人的半点亵渎。乌桥那一拳挨得一点都不冤枉，他已经碰触到了我的容忍底线。

“杨大侠是万里无一的高手，他无论做什么事都会有理有据，并且是为了一个光明正大、毫无私心的目的。那位‘梦色’不知是什么人，面罩下隐藏的不知是一张什么样的丑陋的脸，会让杨大侠如此吃惊。测谎仪会最终过滤掉乌桥话里的水分，然后我会送他回酒泉，再也不准他踏足敦煌半步。怪不得那份采访记录是从他的藏经洞之行开始的，原来他一直惦记着窟顶的秘密。没想到小小的17窟竟然跟‘古格银眼’和‘虹化之谜’两大西藏神秘事件有关联，看来51基地的情报搜集系统也不是万能的，竟然连这么重要的细节都疏忽了。杨进，现在我唯一的选择就是动用钻探机了。听，我的人正在外面连接电力系统。忘记跟你说了，在你昏迷的半小时里，我们跟长江部队的人有过一次小小的交锋，对方来的人虽多，却吃了大亏，已经全线溃败……”虽然胜利，雪莉脸上却殊无笑意，眉头越皱越紧，不时地低头喟叹。

隼机关与长江部队之间的冲突是无可避免的，没有明争，就一定会有暗斗，只是雪莉与铁衣将军关飞度都不说破，大家在表面上仍然说说笑笑、你谦我让，装得一团和气罢了。

“关飞度一定要大发雷霆了。”无论双方谁胜谁败，都不是我想看到的结局。

“对，我在月牙泉已经让了他一步，但他就是放不下江湖前辈的大架子，得寸进尺，招招紧逼，我只能还以颜色了，好让他清醒一下。隼机关的特别攻击小组成员全部是从海豹突击队里选拔出来的，擅长在任何天气、任何地形下攻杀战守。不管是硬碰硬的冷兵器格杀近战，还是点对点的现代化枪械远战，都不会把长江部队的散兵游勇放在眼里。”雪莉傲然点头。

有隼机关这副好牌在手，雪莉的确不必对铁衣将军关飞度低头，之前的所有谦让都只是以退为进，诱敌深入。

21世纪是八零后、九零后年轻人的天下，关飞度那批老江湖的行事方法已经大大过时了。

“钻机没用。”我动了动脖子，后脑一痛，血又浸出来，湿淋淋地淌进衣领里。

“我没有别的选择，摄像管已经准备好，只等入口打开，便伸进去窥探检测。”雪莉在我旁边席地而坐，背靠石壁。

外面不断传来杂沓的脚步声，有人似乎在拨弄一些金属管子，发出刺啦的摩擦声。

雪莉揿亮电筒，光柱再次落在17窟窟顶上。如果乌桥所说是真的，那根直径二十厘米的石柱就能被吸出来，只要具备超强的缩骨功，人就可以沿通道钻入，探索其中的秘密。

我的武功不及大哥的一半，但“小天星黄龙吸水掌力”却是从七岁起就每日修炼的，单就这门功夫说，跟大哥不相伯仲。

“我想试试，要你的人少安毋躁。”我艰难地盘膝打坐，后背离开石壁，气沉丹田，抱元守一。

“好。”雪莉只回答了一个字。

“去查……梦色是谁？从东北、白山黑水那条线去查，把东北的成名人物、认识大侠杨正的黑道高手都找出来，挨个问……问他们知不知道‘梦色’。雪莉，大哥不是个贪恋女色的人，东南亚那么多女孩子都仰慕他，专程飞到港岛去结交他，他从来都不屑一顾。我不相信他会单纯为了追随一个奇怪的女孩子而放弃一切……”我的思绪暂时无法完全平静下来，因为我很清楚大哥襟胸广阔，在儿女私情上从不自乱方寸。

雪莉伸手按住我的肩膀，柔声回答：“我知道。父亲说过，如果全球各国只有一个男人能被称为‘大侠’的话，除了杨正，再无旁人。侠之大者，为国为民。杨正是一个公正无私、英勇无敌的好男人，名为‘寻宝师’，实际上是在借‘寻宝’之名消弭地球隐患，把那些可能引发暴乱、贪婪与杀戮的所谓宝藏尽可能地公之于世，剪断暴力事件的导火索。这一次，他一定另有隐情，不会迷失本性的。”

欧阳有悔是美国军方精英中的精英，他能对大哥杨正下这样的定语，绝对是难能可贵的。

“谢谢，谢谢欧阳将军。”我的脸上渐渐有了笑容。

雪莉看了看腕表，故作轻松地说：“离天亮还有七个小时，长夜漫漫，我们有的是时间。你慢慢休息，好好地恢复元气，我去看看外面的准备工作，联络基地方面彻查‘梦色’的资料。放心，我的人会封锁16窟入口，保证你的安全。”

她起身出去，过了几分钟，外面的噪音全都消失了，只有大漠狂风不知疲倦地扑击莫高窟石崖的呼啸声。

一个小时后，我打坐结束，由膻中穴至丹田穴重新充满了火热的力量，起身进入17窟，贴壁游上窟顶，右掌稳稳地吸附在圆环缝隙内。“小天星黄龙吸水掌力”的要点不是采用“擒龙功”、“控鹤功”、“吐蕃吸星掌”之类的刚猛吸力，而是以“水银注地”般的超强耐性发出掌力，一直传递到被控物体的内部，一点一点地分离石壁与石柱。每分离一点，就向外吸出一点，类似于从长颈葡萄酒瓶里拔出橡木塞那样。

那石柱正在松动，我反复催动掌力，在长达四十分钟时间内，锲而不舍地工作，终于成功地取出了这个弯曲的“塞子”。乌桥说得没错，石柱呈曲尺形，钻机是没办法搞定它的。

现在，窟顶出现了一个漆黑幽深的浑圆洞口，我伸手试探一下，洞里没有风，证明里面的空气是绝不流通的，那是个只有一头出口的怪洞。电筒强光照射下，我只能看到秘道在一米多一点的位置横向拐弯，不知通往何处。

我轻轻落地，把石柱平放在角落里，此时已经运功过度，浑身没有一丝力气。

雪莉的人冲进来，迅速架起简易脚手架，连接摄像线路，五分钟内就一切就位，静待雪莉指示。

“如果发现一些令人不愉快的东西，请你一定要克制住自己的情绪。”雪莉迟迟没有下命令，并且三次亲自登上脚手架，握着电筒向秘道内观察。

隼机关准备的摄像线路大约有一百米，最前端是一只欧洲出品的千万像素微型摄像头，接收系统则是四台顶级笔记本电脑，一部电脑为主，其他三台作为摄录备份。

面对那条弯曲的石柱时，所有骄傲如小公鸡般的年轻人都垂下了高贵的头颅，向我投以衷心钦敬的目光。特别是那个一开始就极力主张用钻机强攻的年轻人，满脸惭愧，两颊边冷汗涔涔。如果当时任他行事，不但钻探方向南辕北辙，要想达到目的更是痴心妄想。

终于，雪莉皱着眉退回来，挥手下令，开始行动。

“还撑得住吗？我已经命人下去取急救包了，坚持一下。”不知为什么，我感觉雪莉的目光变得阴沉而忧郁。

我慢慢地擦掉额头上的冷汗和后颈上的鲜血，苦笑着回答：“我能撑得住，下次遇到我情绪激动的时候，千万别用后脑放血的危险手段了。只要用拇指按住我颈后的大椎穴，就能迫使我安静下来。”

雪莉摸着自己的发梢，淡淡地一笑：“你当时像发疯一样狂叫，我从没见过你如此失态，觉得事态非常严重，所以就采用了下下策。杨进，你看到了什么恐怖东西？”

幻觉中经历过的事三句话两句话说不清楚，而且当着这么多人的面，我选择了摇头不答，以后再说。

电脑屏幕上出现了秘道内的图像，洞壁非常光滑，像是被高硬度环刀切削加工出来的一样，与盗墓者们穿凿出来的盗洞有着明显的不同。单单是这一点，就让那些年轻人面面相觑，知其然而不知其所以然。

三个年轻人按高低次序站在脚手架上，不停地向秘道深处传递摄像管。正因为秘道表面光滑无比，所以摄像管的推进速度非常快，毫无阻隔，很快便输送到了二十米的长度。到目前为止，电脑画面没有太大改观，都是浑圆光滑的青色内壁。渐渐地，我有了新的发现，秘道的洞壁有点像蝉的幼虫在泥土中打造出来圆形洞穴，那些小东西靠分泌液来黏合泥土，不厌其烦地修造出光滑的洞壁，为的就是在合适的时机迅速逃离栖身之所，躲开天敌的攻击，爬到附近的树干上去。

假如把以上理论平移到17窟顶的奇特秘道上，是否也会成立呢？

“在想什么？”雪莉打断了我的沉思。

“我在想，这秘道到底是做什么用的？”我没有直接表达自己的看法。

雪莉啪地打了个响指，意味深长地说：“什么都不必说，只看事实，就像那三台电脑一样，只忠实地记录事实，其他什么都不讲。”

16、17两窟里没人开口，连呼吸声也仿佛被抑制住了，只剩下摄像管摩擦声和笔记本电脑的散热风扇转动声。除了脚手架上的三人，17窟四角各有一名年轻人双手举枪，瞄准那个黑幽幽的洞口，保持着随时开枪射击的戒备状态。不过，大家都清楚，如果有危险来袭，四柄短枪是派不上什么用场的。

“三十米。”站在脚手架最高处的年轻人报告。

“四十米。”五分钟后，他第二次报告。

雪莉曾说过，为了保证成像质量，摄像管的总长度定为六十米左右，目的是探明那个气泡状的密室里藏着什么。但是，现在是从17窟顶上进入，并且有横向拐弯，摄像管的长度到底够不够抵达气泡状密室已经是个大问题了。

“五十米、五一、五二、五三、五四——停！”那年轻人突然大叫。

电脑屏幕上出现了一个俯瞰画面，正对着一个圆形空间。操作电脑的年轻人立即将画面亮度调到最高，同时打开了摄像头上自带的照明系统。

现在，映入我眼帘的首先是地面（假如那地方暂时能称之为“地面”的话）上躺着的很多巨大的“茧”。因为没有太明显的参照物，我只能大致判断每个茧的长度为一米半到两米，它们从头到尾被一些白色的“布”包裹着，让人第一时间联想起埃及木乃伊的模样。

“继续推进半米，将摄像头自带的三支射灯全部打开。”雪莉果断下令。

立刻，画面变得明亮而清晰，电脑旁的年轻人大声报告：“那些东西的长度为一米七十，直径四十厘米，共有三十五个。据目测，那些东西都遭受过横向割裂创伤，伤口在正中央位置，但没有看到任何液体渗漏的痕迹。那个地方为不规则圆形，最大直径约五米，洞壁光滑，一如摄像管刚刚经过的秘道洞壁。现在，我们的摄像头在超远距离内无法做出动作，得到的图像仅限于此。”

我盯着电脑屏幕，忽然感觉那地方像一个孵化室，而所有的“茧”都只是等待孵化的幼虫。那么，如此巨大的“茧”，最终能孵出什么？

雪莉在电脑前来回踱步，牙齿咬得咯咯响，但却无计可施。

我向她做了个“暂停”的手势：“雪莉，我们需要冷静一下。良好的开端是成功的一半，探索工作到了此时，已经算是比较成功了。告诉你的人暂停工作，原地休息待命，跟我出去透口气，好不好？”

要想改变思路，必须先改变所处的环境。

雪莉怔了怔，满腹狐疑地盯着我。

“走吧，相信我，我有个新想法，出去告诉你。”我率先走向洞窟外。

雪莉思索了几秒钟，才低声下令：“关闭摄像头射灯，换班警戒，其他人原地休息，随时待命。”

走出洞窟，我又呼吸到了沙漠上刮来的粗粝夜风。不过现在我已经适应了敦煌带着原始野性的风沙天气，在城市待得太久了，多吹吹这样的烈风，身体内积蓄的郁闷之气会被涤荡一空，整个人都变得爽朗轻快起来。

“杨进，我会向基地那边提出申请，调集更先进的移动摄像系统过来，锲而不舍地进行探索，直至彻底弄清楚那气泡形密室里藏着什么秘密。”雪莉郁闷地仰天长叹。

我微笑着摇头，张开双臂，拥抱夜色。

下面，海大师正站在车子旁边，倚着车门想心事，并没有注意到我和雪莉。

“怎么？你不同意？”雪莉不解地问。

“如果有必要，我能进入那里面去，不过要费一些时间。但是，现在那里面只有一些看起来已经死掉的茧，毫无探索的价值。雪莉，刚刚的摄像头已经够用，无需惊扰51基地。如果可能的话，我希望你全力收集古藏经洞失踪典籍的资料，因为现在看来，史书上对于王圆箓盗卖佛经文物的记载是非常不全面的。我大胆预言，记录历史的人做出了‘买椟还珠’的愚蠢选择，只记下散佚了经卷多少、文物多少，却忽略了最重要的东西。”

我的话已经将雪莉惊呆了，她愣了一会儿，猛地在额头上一拍，低叫一声：“噢，对了，是那些骸骨——最重要的是那些骸骨，对不对？”

海大师被我们弄出的声音惊动，向上看了几眼，扭身钻进车里，哗的一声关上车门。

我立刻告诉雪莉：“要你的人盯紧海大师，他今晚老是一副心怀鬼胎的样子，千万别在这个细节问题上出事。龙王死了，他只要还有点人性，就不会无动于衷，毫无表示。他现在这副样子，总让我心里不踏实。”

神奇的第六感每次带给我的都是危险预兆，这一次也不例外。

雪莉叫过来一名年轻人，耳语几句，那年轻人立刻掏出短枪，子弹上膛，快速地赶往海大师的车子。

“回去后，我就联络总部，调集那部分卷宗重阅。杨进，想法是你提出来的，一起进行吧？”雪莉仍未忘记游说我加入隼机关的初衷。

我故作糊涂，岔开话题：“依你看，龙王引爆炸药后，那个神秘而凶悍的双翼人是不是已经被消灭了？在任何一个江湖年代，都需要一些杀身成仁、舍生取义的孤单英雄以命搏命，跟敌人同归于尽。对于那种人，虽不能名垂青史，却会永远成为江湖的传奇。”

这个愿望虽然美好，但从雪莉的压抑眼神中，我看得出，她也不相信双翼人已经被消灭了，与龙王一起粉身碎骨的可能性几乎为零。

突然，16窟内冲出一名年轻人，上气不接下气地一路低叫着：“雪莉小姐、杨先生，有新发现……气泡形密室的墙壁上有字……有很多字……”

雪莉大吃一惊，抓住年轻人胸口的衣服喝问：“是文字还是符号？是什么字？哪种文字？”

年轻人拼命点头，话都在喉头噎住，一个字都说不出来。

我推开他，拉着雪莉的手快速返回16窟内。

电脑屏幕上，摄像头传回的图像正在轻轻晃动，映出洞壁上十几行字的模糊影子。

电脑旁的年轻人焦灼地报告：“这已经是反复调整后得到的分辨率最佳的图像了，壁上留下的全是中文。雪莉小姐，我们无法做到更好，摄像软管毫不受力……”

我在电脑前蹲下，凝神观察，立即发现最靠近摄像头的一个字是“是”。

雪莉的洞察力亦是无比犀利，随即叫出来：“是！正——中间一个字是什么？杨进，你快看，那是不是一个简体‘杨’字？”

没错，三个字连起来就是“是、杨、正”。

我的心立刻被狠狠地揪了起来，推开年轻人，亲自操作电脑，反复调校图像的亮度和对比度，终于看清了那三个字前面的一个“我”字，连起来就是一句完整的话："我、是、杨、正"。